Y DÜWCH

JON GOWER

Y DÜWCH

y Lolfa

Gyda diolch dibendraw i
Alun a Meinir

Argraffiad cyntaf: 2018
© Hawlfraint Jon Gower a'r Lolfa Cyf., 2018

Cynllun y clawr: Sion Ilar

Rhif Llyfr Rhyngwladol: 978 1 78461 553 6

Dymuna'r cyhoeddwyr gydnabod cymorth ariannol
Cyngor Llyfrau Cymru

Cyhoeddwyd ac argraffwyd yng Nghymru
ar bapur o goedwigoedd cynaliadwy gan
Y Lolfa Cyf., Talybont, Ceredigion SY24 5HE
e-bost ylolfa@ylolfa.com
gwefan www.ylolfa.com
ffôn 01970 832 304
ffacs 01970 832 782

Torri cnawd

ROEDD HI'N GEFN drymedd nos uwchben Port Talbot, ac oren gwan yr haul yn gymysg â lliw tanjerîn gweithfeydd Tata Steel. Lawr ar y gwastadeddau llwydion rhwng Cynffig a sianelau llwyd aber afon Nedd roedd y ffowndris mawrion yn tasgu gwres a gwreichion. Yr adeg hyn o'r dydd, byddai'r simneiau diwydiannol yn arllwys cymylau trwchus o wenwyn, a hwnnw'n drifftio'n gymysgedd o wyrdd, porffor a leim dros stadau Sandfields ac ymlaen tuag at goedwigoedd du Cwm Afan, lle roedden nhw'n blingo'r dail fel gaeaf artiffisial.

Munud i ddeg o'r gloch.

Lawr ar y stad siopa fawr sydd wedi tyfu o gwmpas Morrisons, ger ysbyty newydd Castell-nedd Port Talbot, roedd y siopwyr olaf yn llwytho'u ceir. Cariai un ohonynt focs mawr o stwff ar gyfer parti ac erbyn cyrraedd y car roedd yn difaru na fyddai wedi defnyddio'r troli yn hytrach na chwysu gyda llwyth dyn diog. Er mwyn cael y stwff i'r car mae angen symud tri bocs yn llawn gwaith papur: er gwaetha'r dechnoleg mae bod yn bennaeth ysgol yn golygu bod dogfennau di-ri yn anorfod. Mae'n biti na ofynnodd am *shredder* ar ei ben-blwydd yn hytrach na'r llyfr Cymraeg y bydd ei wraig o hyd yn prynu iddo er mwyn gwella safon ei iaith.

Wrth iddo gwmanu, gan lwytho'r poteli Rioja a'r cnau hallt i'r sedd gefn, teimlodd gysgod y tu ôl iddo. Am eiliad roedd rhan o'i ymennydd yn cwestiynu ei synhwyrau: gweld cysgod, nid teimlo cysgod y byddai.

*

Dihunodd y dyn mewn byd o boen gwyn, gan hongian gerfydd ei arddyrnau yn y tywyllwch, yn aros i rywbeth ddigwydd, wrth i'w synhwyrau weithio ffwl pelt i geisio deall y sefyllfa ac i dorri'n rhydd, er nad oedd hynny'n debygol, o ystyried pa mor ddiymadferth ydoedd. Yno, yn hongian.

Doedd y poen ddim yn ormesol bellach: roedd e wedi dioddef gormod i hynny. Poen pur oedd e. Poen o fyd arall. Ni theimlai dyndra'r metel fel feis o gwmpas ei arddyrnau na gweld y gwaed. Faint o amser roedd e wedi bod yma? Deuddeg awr? Mwy? Faint o waed a gollodd? Peint neu ddau eisoes, siŵr o fod. Chwe pheint ar ôl.

Ond ni châi'r cwestiynau gyfle i deithio i ben eu taith oherwydd daeth braw yr atgof – braich fawr yn dal gafael yn ei gefn a llaw fawr arall yn gwasgu rhywbeth gwlyb dros ei geg a'i ffroenau, cyn bod y golau oren o'i gwmpas yn pylu. Yna, sŵn gwydr yn torri. Potel win o Sbaen yn ffrwydro'n deilchion.

Yn y pellter clywodd ddrws metel yn gwingo wrth agor. O Dduw mawr, roedd y dyn yn ei ôl. Gwnâi ei ysgyfaint sŵn fel consertina, yr aer yn hisian yn gyflym, mewn a mas, mewn a mas...

Gyda chlec fel ergyd dryll agorodd y drws mewnol a cherddodd y Bwystfil i mewn – enw bedydd y cyfryngau am y dyn, yr ellyll, y cawr chwe throedfedd a hanner. Prowliai fel arth o gwmpas ei brae. Y gath yn chwarae â'r caneri, yr arth â'r eog. Dyma sut y byddai'r Bwystfil yn ennill ei bleser. Troi'r broses o farw yn broses hir ddychrynllyd.

Felly, byddai'n hamddenol, yn cymeryd ei amser. Mewn

hen fag doctor y cadwai'r teclynnau siarp, pob un mewn cas arbennig, â min ar bopeth. Gallai wneud llawdriniaeth mewn ysbyty gyda'r cit yma: y sgalpelau, y llif arbennig i lifio esgyrn, a'r morthwyl a allai dorri drwodd i fêr esgyrn heb unrhyw drafferth. Byddai'n tynnu pob arf mas, fesul un, yn ddefodol, ac yn eu gosod mewn trefn. Y pethau bach ar gyfer sleisio a thorri'n fanwl. Yr offer trwm i dorri drwy ddarnau ystyfnig y corff. Hec, pe bai'n dal mwy o bobol gallai fod yn ddoctor. Blingo. Siafio. Torri.

Roedd e wedi darllen rhywdro nad oes angen pendics ar ddyn, a gwnaeth hyn ennyn ei ddiddordeb mewn pethau eraill diangen sydd yn y corff. Tafod? Oes wir angen tafod? Clust? Roedd rhywun yn gallu clywed heb y fflap allanol, felly pam ei gadw? Syllodd y Bwystfil ar ei brae yn hongian o'i flaen wrth feddwl am hyn, gan ei astudio, fel petai'n broffesiynol. Fel y bydd cath yn chwarae'n ddiangen pan fydd llygoden yn ei meddiant. Chwarae am fod y chwarae'n bleser... y peth bach pitw yn ddim mwy na hyd ewin siarp i ffwrdd.

'Ronnie. Ti'n clywed, Ronnie? Sgen ti neges i dy wraig, falle? Galla i gymryd neges, os ti moyn. Dy eirie ola. Sgen ti gyffes iddi, rhywbeth ti am weud wrthi? Famous last words? Oherwydd galla i dy neud ti'n enwog. O blydi hel, galla, Sunbeam.'

*

Ronnie Davies. Dyn ag ambell sgerbwd yn y cwpwrdd, ond dim byd i'w gyfaddef wrth ei wraig, Loreen. Dim nawr. Dim os bydd yn marw, yma yn y... beth? Warws, garej, *lock-up*? Doedd ei lygaid ddim yn gallu ymdopi â'r tywyllwch. Deuai'r unig olau o un gornel yn y lle gwag fel ogof, lle roedd y dyn yn prowlan. Gwell iddi hi, ei wraig druan, ei gofio fel ag yr

7

oedd e. Dyn syml i bob pwrpas, ond dyn roedd hi'n ei garu. Dyn sydd yn ei charu hi.

Iesu, roedd y poen yn ôl, yn saethu ar hyd ei freichiau fel ergyd drydanol hurt o bwerus yn dod yn syth o'r Grid Cenedlaethol. Poen gwyn, yn dod fel lliw.

*

Yn ddigon hamddenol agorodd y Bwystfil y bag ac yna cofiodd fod angen agor y ford bapuro er mwyn gosod ei offer yn deidi. Chwibanai'n dawel, hen gân Soft Cell y bu'n gwrando arni yn y car ar y ffordd i Morrisons, cyn parcio yn yr unig fan lle nad oedd camera cylch-cyfyng. 'Tainted love, baby, tainted love.' Doedd ei lais ddim yn gryf. I'r gwrthwyneb. Roedd yn uchel ac yn fain, bron fel petai wedi bod yn anadlu heliwm allan o falŵn plentyn, fel llais merch. Yn sicr, yn ddim byd fel y llais y byddech yn ei ddisgwyl gan gorff mor fawr, llawn steroids. Byddai'r Bwystfil yn ymarfer yn galed, yn edrych ar ôl ei gorff, yn gweithio'r cyhyrau i'r eithaf.

Trodd y goleuadau ymlaen, gan fod lot o waith i'w wneud. Roedd ganddo o leia bum mil wat o olau yn disgleirio ar y dyn bellach, y math o olau sydd ei angen ar gyfer llawdriniaeth. Gwnâi'r dyn sŵn fel cwningen wedi'i dal rhwng dannedd wenci.

'Dŵr,' ymbiliodd.

'Sdim pwynt,' oedd yr ateb swta.

Cachgwn yw'r doctoriaid sy'n defnyddio anesthetig. Eisiau osgoi sŵn y gweiddi mawr. Na, dyw e ddim yn ddoctor. Rhaid iddo gofio hynny, neu allai ddim gwneud hyn. Er, efallai ei fod yn iacháu. Cael gwared o'r poen, er taw fe blannodd y poen yno yn y lle cyntaf.

Y Swann Morton 4, dyna'r sgalpel i gychwyn. Roedd yr handlen wedi'i chynllunio'n gain ac roedd hyd yn oed ei fysedd mawr selsig Cumberland yn gallu dal y teclyn yn dynn, a gweithio'r blêd fel nodwydd. Fel hyn. Fel arall. Torri'n siarp, go iawn.

Cerddodd yn hamddenol tuag at y dyn. Chwibanai'n dawel unwaith eto alaw'r gân oedd wedi sticio yn ei ben fel tôn gron. 'Tainted Love.' Torchodd ei lewys cyn gwisgo ffedog drwchus o blastig gwyn. Amser cychwyn. Amser torri.

40% alcohol

R OEDD GWELD Y byd drwy waelod gwydr fel blasu'r byd mewn blas wermwd, blasu drwy ffilm o wenwyn ar y tafod. Dyna sut y byddai'r cyn-Arolygydd Thomas Thomas – neu Tom Tom i'w gyfeillion – yn teimlo ambell fore, wrth godi o'i wely, pe bai wedi digwydd bod yn ddigon ffodus i gyrraedd gwely, unrhyw wely.

Bu'r cyn-dditectif yn ddigon anffodus i gysgu mewn ffos rhyw dro ac unwaith y tu ôl i sgip oedd yn llawn gweddillion bwyd a'r lle fel carnifal o glêr. Cysgodd hefyd mewn blwch ffôn a thro arall ar stepen drws rhyw deulu a ddaeth o hyd iddo'n cysgu'n braf wrth i'r plant adael am yr ysgol. Wedi gweld eu coesau bach nhw'n mynd heibio penderfynodd gael nap bach arall, cwrlo lan mewn pêl, fel baban yn y groth.

Dyna pryd gallech chi ddweud iddo golli'i holl urddas oherwydd aeth ar i lawr wedi hynny. 'Sha lawr oedd yr unig ffordd i fynd, yr unig ddewis oedd ar ôl ganddo. Pa mor gyflym oedd am fynd er mwyn cyrraedd y gwaelod? Ta ble byddai'n cysgu, roedd un peth yn sicr – byddai'n teimlo'n ofnadwy ben bore – ei goluddion a'i stumog yn llawn asid a surni, ei geg yn teimlo fel ceg rhywun arall, gyda blas, wel, fel sgidiau. Blas sgidiau – un o'r pethau nyts ynglŷn â goryfed. Gwelsai'r diafol ei hun, un o'i brentisiaid demonig, fwy nag unwaith yn ystod y *piss-up* hirfaith. Gwelsai ambell angel hefyd ar hyd y daith. Ond hyd yn oed wedyn, y blas sgidiau yw'r peth rhyfeddaf. Fel petai'r tafod wedi'i wneud o hen ledr tsiep.

Yn y dyddiau coll, y blynyddoedd coll hynny, gallech ddweud fod Tom Tom yn feddwyn proffesiynol, ar goll mewn miasma o alcohol. Ac wrth fyw ar y Strip – fel byddai ei gyd-gops, gyda'u diléit mewn eironi, yn galw'r darn hwnnw o'r blaned sy'n ymestyn rhwng Llanelli a Gorllewin Abertawe i lwyfannau stadau diwydiannol Pen-y-bont – byddai digonedd o ddewis o glinics yfed yno i'w blesio, gan y byddai rhywle ar agor 24:7 dim ond i chi chwilio amdano.

Mae hyd yn oed tafarn ym Maesteg, y Skinners, sydd ar agor bob dydd o'r flwyddyn, hyd yn oed drwy'r dydd ar ddydd Nadolig, ond does dim gwerth mynd yno i edrych am addurniadau. Dyw Rough Chris, sy'n cadw'r lle, ddim yn gweld gwerth mewn addurno'r hofel a hwnnw fel ffau ymladd fel arfer.

Pan oedd Tom Tom ar ei waethaf, aeth i fyw yn y Skinners am bythefnos. Nid uwchben y Skinners, neu yfed yn y Skinners ac wedyn mynd i rywle arall i gysgu, ond byw yn y Skinners, gan ddefnyddio'r bar fel clustog a golchi ei socs yn y toiled. Ond roedd y cyfnod hwnnw fel byw mewn niwl a'r unig gysur oedd nad fe oedd y person gwaetha ar y sgids oherwydd roedd 'na sôn bod un hen stejyr oedd yn ffyddlon iawn i'r ddiod gadarn, Davey Spigotts, wedi torri blaenau bysedd ei draed i ffwrdd er mwyn gallu sefyll yn agosach at y bar!

Cyfnod cythreulig o wael oedd hwnnw. Trodd Tom Tom i fod yn ddyn hollol ddiwerth a phathetig, yn yfed wy mewn lagyr i frecwast fel mae Paul Newman yn ei wneud yn *Cool Hand Luke* ac yn cael maeth mewn creision a Pork Scratchings. Byddai'r bar hwyraf ym Mrynmenyn, y West Passage – enw rhamantus ar le drws nesa i'r dymp anferthol sydd yng ngofal Biffa Waste – yn cau wrth iddi wawrio, a byddai'r golau gwanllyd i'w groesawu wrth iddo gamu drwy'r drws ffrynt yn ddigon i'w ddallu, ac i lorio'r creaduriaid cyntefig a lusgai oddi yno gyda chochni yn eu llygaid fel golau gwaedlyd yr haul. Byddai eraill yn igam-ogamu'n betrus tuag yno, fel moch gini a fu mewn arbrofion dychrynllyd. Ond nid Tom Tom. Hyd yn oed ar ôl bendar a thri chwarter, buasai'n dal i fedru cerdded adre gan sefyll bron yn syth, ei ben yn stiff fel bwrdd.

Yn y West Passage un noson gwelodd Tom Tom ei hun yn y drych a chael ofn. Roedd ei wallt yn bupur a halen ac roedd golwg fel petai rhywun wedi bod yn cynnal parti yn ei wyneb, y croen yn sagio, y gwythiennau bach wedi dod i'r wyneb ac yn edrych fel map o'r Amason wedi'i farcio mewn coch.

Roedd Tom Tom wedi cwrdd â phobol a brofai fod bywyd yn ymdebygu i longddrylliad, ac â dynion a gredai nad oes dim byd yn bod ar biso wrth eistedd wrth y bar yn yfed Guinness, eu trowsusau'n diferu wrth fwmblan rhyw nonsens. Roedd e hefyd wedi cwrdd â dynion lle nad oedd dim byd byw yn eu llygaid, a bod y profiad o edrych i mewn i'r rheini fel ceisio gweld rhywbeth du yn cuddio mewn ogof ddofn.

Byddai'n yfed gyda'r byw a'r meirw, gan dreulio oriau bwygilydd gyda'r ddau yn hollol gytûn. Gallai fod yn siarad â Jackie Evans, oedd yn arfer gyrru trycs mawr mor bell â Gwlad Pwyl a'r hen Tsiecoslofacia nes iddo golli ei drwydded. Gwelodd hefyd grwt yn cerdded i mewn â hanner croen ei wyneb ar goll, a chofiai'r noson y darganfuwyd ei gorff mewn Ford Escort melyn, mewn *lay-by* ar bwys Llansamlet yn ddiweddarach. Ei dad oedd wedi'i yrru yno, wedi hanner ei ladd e mewn ffit o dymer gwallgo, cyn cerdded i mewn i'r goedwig gyda dryll ac anfon ei ymennydd yn un gawod goch ar draws y coed deri.

Ond nid hwnnw oedd y crwt roedd ar Tom Tom ei ofn.

Roedd ganddo ei fachgen bach ei hun. Missing Person. Yr achos hwnnw pan fethodd holl bwerau Tom Tom ddod o hyd i'r crwt un ar ddeg mlwydd oed. Cofiai sut y gwnaeth Jackie, y gyrrwr lori, ofyn iddo unwaith, 'Be sy'n bod? Ti fel 'set ti 'di gweld ysbryd!' Ac roedd e'n iawn, oherwydd roedd y bachgen bach yn ei ôl, yn sefyll ar bwys y bwrdd ac yn crynu fel deilen. Ond nid y crynu'n unig oedd yn denu'r llygad ond yr olwg yn ei lygaid, wel yn ei lygad, roedd y llall wedi troi'n mylsh. Golwg ymbilgar oedd yn y llygad hwnnw, ond erbyn i'r cyn-gop gymeryd llwnc arall o'i Colt 45 byddai'r crwt wedi diflannu. Dau ysbryd. Dau fachgen bach. Dryswch o fechgyn.

Am o leiaf ddwy flynedd ar ôl iddo golli ei job gyda'r heddlu roedd bywyd yn un carnifal o yfed ac o gynnal perthynas gyda menywod a gawsai eu niweidio, neu wedi'u torri gan fywyd. Beth arall ar wyneb daear y gallai wneud, holai ei hunan, gyda'i lu o broblemau? Y problemau a fyddai'n ddigon i hala'r rhan fwyaf o bobol yn dwlali bost.

Byddai Tom Tom yn dihuno'n amlach nag unwaith bob wythnos yn ei fflat anghysurus o oer gyda menyw ddienw wrth ei ymyl, eu breichiau'n batrwm anniben. Gofynnai wrtho'i hun beth oedd gwerth hyn, y cysur pedair awr neu lai, y difaru a ddeuai wastad i ran y ddau, wrth iddi hi gasglu ei phethau ac yntau i chwilio am sigarét mewn paced lle byddai wastad dim ond un ar ôl – arferiad roedd e wedi'i ddatblygu dros y blynyddoedd, fel jyglo, neu farchogaeth beic un olwyn.

Teimlai mai'r crwt, Zeke Terry, oedd y rheswm am hyn i gyd. Hwnnw wnaeth orfodi'r ffors i'w anfon oddi yno, cyn bod y dre'n ffrwydro a'i thrigolion yn heidio ar hyd y strydoedd fin nos gyda'r bwriad o losgi HQ i'r llawr. Roedd pobol wedi blino aros am newyddion am y corff: roedden nhw hefyd wedi blino byw dan gwmwl.

Gallai Tom Tom ail-fyw diwrnod olaf Zeke ar y ddaear yn ei ben, bron fel petai'r pwr dab yn gwisgo camera fideo bach cudd yn ei het wrth iddo gerdded o'r dwthwn hwn. Y diwrnod y diflannodd am byth, gan gwrdd â llofrudd, er nad oes neb yn gwybod ble. Ond roedd Tom Tom yn gwybod, yn ddwfn yn ei galon, taw dyna oedd wedi digwydd. Roedd ei reddf, fel plismon, yn gyfan gwbl ddibynadwy ac yn gwybod felly mai chwilio am gorff ac nid am fachgen byw roedd e.

Cododd Terry ychydig yn gynharach na'r arfer y bore hwnnw ac yn y cyfweliadau yn dilyn diflaniad Zeke, dywedodd ei rieni iddo ymddangos yn llawn cyffro am rywbeth, er na wyddent am beth yn union. Roedd pawb a gwrddodd â'r rhieni yn gytûn nad oedd ganddyn nhw unrhyw beth i'w wneud â'r diflaniad, gan fod eu poen yn un y gallech ei deimlo i'r byw.

Gadawodd y bachgen y tŷ am chwarter wedi wyth ar ei ffordd i'r ysgol fel arfer, a gwelodd y postman, Harold Blythe, ef wrth iddo groesi'r hewl o flaen capel Hebron. Yna, wrth iddo ymlwybro'n hamddenol am yr hanner milltir nesaf fe'i gwelwyd gan bedwar person ac fe gyfarchodd bob un ohonynt. Cytunai pawb fod Zeke yn edrych yn hapus, fel petai'n dathlu ei ben-blwydd neu ar fin mynd i weld y Swans yn chwarae. Byddai'n gwisgo'r lliwiau du a gwyn bron ar bob achlysur.

Holwyd y postman, Blythe, yn galed am ddeuddydd. Roedd ganddo record, am iddo ddangos ei bidlen i hen fenyw pan oedd yn ei arddegau. Ond gallai'r cops synhwyro ei fod yn ddieuog ac fe benderfynon nhw ei adael yn rhydd, rhag ofn y byddai'n dewis crogi ei hun yn hytrach na dosbarthu llythyron yn y bore. Oedd, roedd Blythe yn cachu ei hunan yn y ddalfa.

Milltir a chwarter oedd yr ysgol o gartref Zeke ac ar ei ffordd yno byddai'n cerdded heibio terasau o dai, yn ogystal â thai trwsiadus mewn gerddi mawr oddi ar y ffordd fawr ym mhen draw'r pentref. Yna, mae un stretsen hir o balmant cyn cyrraedd y troad i'r hen gastell a choedwig hynafol yn ei amgylchynu.

Byddai'n ddigon arferol clywed y pentrefwyr yn dweud bod y goedwig dywyll yn codi cryd arnynt, oherwydd yn y pumdegau cafodd nyrs ifanc ei threisio a'i llofruddio yno. Yn y cyfnod hwnnw roedd y math yna o ddigwyddiad mor brin nes i fraw ymgartrefu fel braster yn eu calonnau, neu ei gladdu'n ddwfn mewn mannau tywyll ym meddyliau pobol, cyn mentro mas gyda'r hwyr, gyda'r diafoliaid, ar ffurf hunllef, neu seicosis. Y dyddiau 'ma, byddai pob un wan jac wedi derbyn sesiynau cwnsela gan arbenigwyr ar Post Traumatic Stress Disorder ond yn y cyfnod hwnnw doedd y fath beth ddim yn bodoli, a châi'r ofn setlo'n ddwfn yn yr isymwybod.

Byddai'n rhaid i Zeke gerdded heibio'r troad i'r castell cyn cyrraedd mynedfa'r ysgol ond ni lwyddodd i gyrraedd mor bell â diogelwch yr iard ysgol y bore hwnnw.

I ddechrau, câi'r cops hi'n anodd dilyn trywydd y crwt oherwydd ei bod hi wedi bwrw glaw yn drwm yn ystod y diwrnodau wedi iddo fynd ar goll. Roedd hi bron yn amhosib i'r tîm fforensig ddod o hyd i unrhyw olion traed, er iddynt dreulio cannoedd o oriau yn cribo'n fanwl ar hyd y trac oedd yn arwain at y castell a'r llwybrau niferus oedd yn nadreddu drwy'r llwyni.

Cawsant sioc o obaith ar ôl darganfod marciau sgidiau yn y mwd ar y ffordd i hen adits y gwaith glo – y twneli dyfnion du oedd yn rhidyllu'r bryniau o gwmpas y pentre, tystiolaeth i weithgarwch a phwysigrwydd y diwydiant glo yn y parthau hyn yn y gorffennol. Ond wedi ystyried yn ofalus, daeth y fforensics i'r casgliad taw hen olion oedd y rhain. Ond eto, olion traed Zeke yn sicr.

Erbyn i Tom Tom ymuno â'r ymchwiliad roedd y plods wedi damsgyn ym mhob man yn eu bŵts mawr, wedi gofyn y cwestiynau anghywir i'r bobol anghywir ac wedi creu drwgdeimlad mor sylweddol nes i Tom Tom, wrth ddechrau holi a stilio, wneud hynny mewn awyrgylch o atgasedd, fel petai'n claddu'i ben mewn nyth cacwn, ar ôl i rywun siglo'r nyth o ochr i ochr gan wylltio'r cacwn y tu hwnt i wylltineb.

Cerddodd Tom Tom y llwybr hwnnw o'r troad i'r castell i ganol y goedwig bedair gwaith ar ei ben ei hun er mwyn ceisio dychmygu beth allasai fod wedi digwydd. Dyw pobol ddim yn deall rôl ganolog y dychymyg yn y broses o blismona. Roedd angen dychymyg i dreiddio i mewn i grombil meddwl y troseddwr, a gofyn cwestiynau am y bod dynol. Dywedodd yr athronydd Nietzche fod gan ddyn y gallu i wneud y drwg mwyaf neu'r daioni mwyaf ac fel roedd Tom Tom yn ei gweld hi, bydd bywydau'r rhan fwyaf o bobol yn pendilio rhywle yn y canol, yn y tir neb llwyd rhwng y tiroedd du a'r gwyn. Wrth iddo gerdded yn fyfyrgar ceisiodd ddeall beth fyddai'n debygol o ddenu'r bachgen oddi ar y palmant, oddi ar y llwybr saff, arferol, oddi wrth ddiogelwch y diwrnod ysgol confensiynol a'r gwersi dybl Maths, Cymraeg a Chemeg.

Pan fydd plentyn yn diflannu, rhaid amau'r rhieni oherwydd mae ystadegau'n dangos mai nhw sydd mwyaf tebygol o fod wedi gwneud y weithred anfaddeuol. Cofiai Tom Tom am y cwpwl hwnnw oedd yn byw ar stad y Sandfields yn claddu babi o dan y llawr pren ond roedden nhw ill dau'n gwadu popeth, er gwaetha'r ffaith fod drewdod corff pydredig yn drech nag y gallai unrhyw gigfran ei wrthsefyll.

Dro arall, bu gŵr oedd wedi bod yn briod am yn agos at ddeugain mlynedd, yn ymbil arno i ddod o hyd i'w wraig, gan ymddangos ar bob bwletin teledu am ddeuddydd yn ei ddagrau, yn crefu am wybodaeth. Ond sylwodd fod rhywbeth yn edrychiad y llygaid, rhyw oerni neu galedi dychrynllyd, fel darnau o wydr. Gwyddai Tom Tom, heb amheuaeth, ble y dylai rawio am y gelain, bron o'r eiliad y gwnaeth e gwrdd â'r dyn. Daw dyn nid yn unig i weld euogrwydd ond i'w deimlo, hyd yn oed y tu ôl i fasg yr actor desbret ac yntau'n ceisio'i orau glas i gamarwain yr ymchwiliad.

'Na, sdim angen edrych o dan y sied ieir,' dywedodd, oherwydd fyddai neb yn ei iawn bwyll yn claddu menyw un stôn ar bymtheg mor agos at y tŷ a reit o dan y ffowls.

Ond dyna'r union le yr aeth i chwilio, heb angen mwy na thorri'r rhaw o dan wyneb y pridd i ddod o hyd i'r dystiolaeth. A'r ieir yn clwcian eu cymeradwyaeth.

Doedd rhieni Zeke ddim yn gwybod am y diflaniad cyn i'w cymdoges, Mrs Parry, alw heibio i ddweud beth oedd y si yn yr ysgol. Gan ei bod hi'n fenyw hynod fusneslyd, gwyddai cyn i'r cops lleol alw yn eu car wedi ras wyllt o Gastell Nedd. Erbyn hynny roedd y fam yn un rhaeadr wyllt o ddagrau a'r tad wedi dechrau smocio cadwyn diddiwedd o sigaréts.

Felly, erbyn i Tom Tom ymddangos roedd y rhieni wedi clywed pob cwestiwn, a'r ddau'n hynod wrthryfelgar, bron yn casáu'r polîs a oedd, 'fel 'sen nhw ddim yn gallu neud dim byd ond chwilio a chwilio a chwilio a neb yn sôn am ddod o hyd i unrhyw gliw, na thystiolaeth na chynnig unrhyw obaith.'

Felly, dyma'r tad yn adeiladu crematoriwm bach iddo ef ei hunan ble llosgai bedwar paced o Marlboros bob dydd, a'i lygaid yn goch fel gwaed. Wrth i'r tad droi'n feistr ar besychu trodd y fam at dawelyddion pwerus: Mogadon, Ativan, Librium a Prozac. Litani o dabledi mor bwerus nes na wnaeth effaith y galaru ddechrau ei tharo mewn gwirionedd tan ychydig flynyddoedd wedi'r diflaniad.

Felly, ar y diwrnod cyntaf hwnnw pan aeth Tom Tom draw i weld y rhieni roedd y ddau, bron cyn iddo gychwyn ar ei restr o gwestiynau, yn twt-twtian ac yn ochneidio.

'Oes rhaid i ni ateb mwy o gwestiyne?' holodd y tad gan danio'i ffag nesa oddi ar wreichionyn yr un flaenorol.

Erbyn hyn roedd ei lais yn swnio fel petai'n rhwbio dau bad Brillo wrth ei gilydd – crawc fetalig wedi'i osod uwch haen o synau eraill, synau dyfnion o lynnoedd brown yn ei ysgyfaint yn llawn nicotin a thar. Cofiai Tom Tom am yr un math o sŵn yn y dyddiau pan geisiodd gynilo digon o gwpons sigarét i brynu peiriant torri gwair. Efallai mai fe oedd yr unig un a lwyddodd i brynu'r fath beiriant, ac i bawb arall farw yn yr ymdrech.

Gallai Tom Tom weld fod pob cwestiwn yn artaith i'r cwpwl galarus, felly gohiriodd y sesiwn lawn o holi am ychydig ddyddiau. Ni ddiolchodd yr un ohonyn nhw iddo am wneud hyn: roedden nhw'n bell iawn o fyd cwrteisi normal, cynnig croeso, bwyta'n iawn a chael cwsg.

Cofiai Tom Tom yr iâ'n lledu dros y dre, yr ofn yn oeri calonnau'r trigolion. Roedd y crwt wedi bod ar goll ers dros fis, pawb ar bigau'r drain oherwydd y blinder yn gymaint â phryder, gan fod pawb dros y pymtheg oed wedi bod yn chwilio a chribo, cerdded ar hyd pob gwrych, croesi pob cae gwair, edrych ym mhob adeilad gwag ac wedi edrych yno drachefn a thrachefn. Buon nhw'n rhwydo'r afon mor aml fel bod y pysgotwyr yn edliw nad oedd unrhyw bysgod ar ôl yn y dyfroedd. Teithiodd heddlu o bedwar llu i'w helpu, gan gerdded mewn llinellau, yn syllu ar y ddaear, yn chwilio a chwilio am unrhyw gliw. Ond ddaeth dim byd i'r golwg. Dim llygad dyst, na sgrapyn o ddilledyn, na dim i esbonio sut roedd crwtyn bach wedi mynd allan drwy ddrws ei gartref ar ddiwrnod cynnes ddiwedd Mai a diflannu am byth.

Teimlai'r rhieni fod pob diwrnod, pob eiliad heb Zeke fel petai cwmwl du'n lledaenu dros bob dim, yn ddigon i ddallu'r haul a rhewi'r galon. Wrth i'r diwrnodau droi'n wythnosau, roedd sŵn y cloc fel mesur sesiwn o artaith yng ngharchar Abu Ghraib.

Bellach, Tom Tom oedd y prif gyswllt â'r rhieni, ar wahân i bobol yr uned cyswllt teulu, gan roi cymorth i'r rhieni ddeall y system, deall pam fod pethau'n cymryd amser, a bod rhai cwestiynau'n cael eu holi dro ar ôl tro er mwyn sbarduno cof a dod o hyd i'r manylyn bach lleiaf a allai esbonio'r pictiwr cyflawn. Bu'r fam yn udo a llefain am wythnosau bwygilydd yn ddi-stop ac wedi stopio llefain am ychydig eiliadau'n unig er mwyn gofyn,

'Odych chi... odych chi wedi'i ffindo fe?'

Byddai hi'n ymbil ar Dduw ar ei phengliniau, cyn iddi golli ei phwyll. Byddai ambell ddiwrnod pan na fyddai Tom Tom yn siŵr a oedd hi, y tad, a fe ei hunan wedi mynd yn nyts. Anodd cadw pwyll gyda'r un roeddech yn ei garu'n fwy nag anadl yn eich mygu drwy ei absenoldeb.

Synhwyrai bron pawb yn ddwfn yn eu calonnau fod y bachgen wedi marw, y fam yn teimlo gwacter yn y groth, wrth i honno droi'n ogof wag a phob diwrnod yn llithro heibio heb air, na chliw, na chysur. Ond roedd gobaith yn reddf stwbwrn ac er gwaetha'r düwch, llwyddai'r rhieni i gynnal fflam fechan, rhyw lygedyn o obaith. Ond allai Tom Tom ddim caniatáu'r gobaith hwnnw oherwydd roedd rhaid bod yn glinigol, pwyso a mesur y ffeithiau, a chyrraedd y gwirionedd drwy sicrhau fod pob ffaith yn ffaith, a thystiolaeth yn bur, gan adael lle bach arbennig i'w ddychymyg a'i reddf. Ond roedd unrhyw achos yn ymwneud â phlentyn fel bocs tân gwyllt o emosiynau, a byddai'r cyhoedd yn talu sylw barcud, a'r cyfryngau'n dyblu'u sylw.

Cofiai un achos bum mlynedd ynghynt, pâr dosbarth canol yn byw ym Merthyr Mawr wedi ffonio'r heddlu i ddweud bod eu babi ar goll. Babi! Babi Luke ar goll! Geiriau i hawlio tudalen flaen y papurau am ddyddiau. Efallai fod diddordeb y cyfryngau hyd yn oed yn amlycach oherwydd parchusrwydd y rhieni – yntau'n gyfreithiwr a hithau'n ddirprwy brifathrawes oedd wedi ymddeol yn gynnar oherwydd salwch. Allech chi ddim cael amgylchiadau gwell i ennyn cydymdeimlad darllenydd papur dyddiol, na deall bod y fam yn delio â dyfodiad MS pan ddarganfu hefyd ei bod hi'n feichiog. A hwn oedd y babi bach gwyrthiol ac ystyfnig oedd wedi diflannu, fel petai bwgan wedi'i gipio i'r arall fyd. Gwyddai Tom Tom a'i bartner ar y pryd, Steph Evans, fod stori'r rhieni yn gelwydd noeth a'r ddau wedi ynganu'r gair 'Bullshit!' ar yr un pryd pan oedden nhw'n saff allan o glyw. Byddai dwy blismones yn murmur geiriau cysurlawn, er bod y ddwy'n ddigon aeddfed a phrofiadol i osgoi dweud a fyddai'r babi'n fyw neu'n farw.

Bu'n rhaid i Tom Tom a Steph Evans ddilyn sawl trywydd ffals – y trempyn o ddyn 'welwyd' ddim yn bell o'r tŷ ar y bore y diflannodd, er nad oedd y fam na'r tad yn gallu cytuno i ba gyfeiriad yr aeth e. *Cul de sac* oedd pob ymchwiliad, nes iddyn nhw gael gwarant i archwilio'r tŷ a dod o hyd i'r corff bach mewn bag Tesco yn yr atig. Seriwyd y ddelwedd honno yng nghof Tom Tom gan gadw cwmni i'r holl ellyllon a phob llofrudd oedd yn trigo yn ei ben.

Atgofion felly yw'r rhai y byddwch chi'n eu cario gyda chi fel cop – gartref, neu mewn bar, neu stafell newid yn y *gym*. Teimladau annisgwyl a'r wybodaeth fod pobl yn gachgwn, bod trais a llofruddio yn dod yn hawdd i rai, yn symudiadau difeddwl, heb na moesau i rwymo'u breichiau, na chydwybod i wneud iddyn nhw fecso am yr hyn a wnaent. Wrth agor eu cegau byddai'r celwyddau'n llithro allan a phan fyddai pobol yn diflannu heb reswm byddai'n hollol sicr y deuai o hyd iddynt yn gelain.

Y peth gwaethaf oedd yr effaith ar y teuluoedd, oherwydd

roedd y meirwon wedi dianc rhag unrhyw boen a blinder, ond i'r rheini oedd wedi goroesi rhaid oedd aros yn y byd o boen rydym yn trigo ynddo. Nhw fyddai'r meirwon bellach, yn rhyw faglu'n hanner call, mewn gŵyl o alar, eu calonnau wedi'u rhwygo a dim bywyd y tu mewn i blisgyn sych eu cyrff, eu teimladau wedi ffoi a nhwythau ddim yn gallu teimlo'r poen yn nhir neb rhwng byw a marw. Doedd dim poen, dim ond gwacter o dirlun yn ymestyn tuag at orwel llwyd. Os oedd un gwirionedd dyma hi – mae pethau gwael yn gallu digwydd yn ddisymwth, gan sgubo'r un roeddech yn ei garu oddi ar wyneb y ddaear gan adael llwydni diddiwedd. Doedd dim rhyfedd fod Tom Tom yn yfed er mwyn lleddfu'r poenau.

Un diwrnod, dyma tad Zeke, Bruce, oedd wastad wedi bod yn addfwyn ac yn dawel fel mynach, yn ffrwydro, gan gyhuddo Tom Tom o bob esgeulustod dan haul. Wrth iddo gythruddo fwyfwy, ei wyneb yn troi'n goch, a'i ddwylo'n crynu'n ddireolaeth, âi ei gyhuddiadau yn waeth ac yn waeth.

'Gwastraff ar groen y'ch chi! Pwy werth galw'ch hunan yn dditectif os nad y'ch chi'n gallu hyd yn oed esbonio sut ro'dd crwtyn bach o fewn cyrraedd gatie'r ysgol wedi llwyddo i ddiflannu fel tase fe'n rhan o dric consuriwr? *Shitbag*, 'na beth y'ch chi. *Shitbag* o ddyn mewn siwt ddi-ra'n.'

Doedd Tom Tom ddim yn disgwyl y cyfeiriad at ei siwt, yn enwedig gan iddo fod yn Moss Bros bythefnos yn gynt, ac wedi prynu'r siwt, gyda gwasgod a phopeth, am gant a hanner o bunnoedd. Efallai mai'r cyfeiriad dan din hynny effeithiodd arno, pwy a ŵyr. Y tad mewn tymer wyllt, ddim yn ystyried teimladau'r plisman o gwbl ac yn gwawdio'i siwt newydd. Teimlai Tom Tom lewys y siwt yn tynhau gan wneud iddo edrych fel mwnci. Safai yno, a'r siwt yn mynd yn dynnach ac yn dynnach wrth iddo deimlo fel petai am fyrstio. Câi Tom Tom broblem rheoli'i dymer ac roedd pryfocio yn y fath ddull fel rhoi cynffon y tarw ar dân.

'Pathetig, 'na beth y'ch chi! Chi a'r bimbo sy'n sefyll wrth 'ych hymyl chi, fel delw bren.'

Doedd y blismones, a oedd yn pontio rhwng y ffors a'r teulu, heb gael lot o brofiad tawelu dyfroedd tymhestlog, yn enwedig mewn awyrgylch mor ddrwg. Heb fewnbwn sensitif oddi wrth WPC Evans doedd neb i achub y sefyllfa rhag troi'n flêr wrth i Bruce Terry fynd am Tom Tom â'i ddyrnau, a'i wraig yn gweiddi, 'Belta fe, belta fe!' yn groch ac yn hyll.

Gafaelodd tad Zeke yng nghorn gwddw Tom Tom a gwelodd yntau'r lliw coch yn disgyn yn flanced dros ei lygaid. Teimlai Tom Tom ei ddwylo'n codi'n araf. Bron na allai weld o'i flaen yn glir ond teimlai ei fysedd yn creu peli dur dyrnau yn cloi. Wrth iddo ddechrau cael y gorau ar y tad gallai glywed llais y fam yn gweiddi rhywbeth ynglŷn â galw'r heddlu ac roedd llais bach yn ateb y tu mewn i Tom Tom taw fe oedd y ffycin heddlu felly beth oedd y ffycin pwynt? Ond symudodd y fam tuag ato â rhywbeth trwm yn ei llaw a'i fwrw yn ddiymadferth.

Dihunodd Tom Tom mewn gwely yn yr ysbyty gyda Tomkins, y Prif Arolygydd, yn eistedd wrth ei ymyl, yn aros i ddweud wrtho fod ei gyfnod yn yr heddlu ar ben.

'O't ti bron â thagu'r boi, a'i ladd e, ti'n gwbod.'

Fyddai'r rhieni ddim yn dwyn achos yn ei erbyn, ond iddo adael y ffors ac yn eu geiriau nhw eu hunain, 'Gadael i rywun sy'n becso am eu bachgen annwyl ddod o hyd iddo, hyd yn oed os taw dim ond corff gwyn fydd yn weddill'.

Achosodd y geiriau chwerw fwy o boen i Tom Tom nag unrhyw beth arall ynglŷn â'r achos. Ddeuddydd yn ddiweddarach, ac yntau wedi gadael yr ysbyty gyda rhwymyn o gwmpas ei ben, aeth Tom Tom i'r gwaith am y tro olaf. Yn ôl yn y stesion roedd pawb wedi clywed am yr hyn a ddigwyddodd oherwydd prin fod neb yn gallu edrych i fyw ei lygaid.

Brasgamodd Tomkins o'i swyddfa a'i gymryd i Ystafell Cynadledda Un, fel y câi'r sgwrs ei recordio. Edrychodd Tom Tom o gwmpas i weld pwy fyddai'n ymuno ag e, oherwydd mewn materion disgyblu roedd yn rhaid i ddau gop fod yn bresennol ac felly byddai rhywun o Internal Affairs yn dod draw. Tybiodd Tom Tom taw Roderick fyddai hwnnw oherwydd ei fod yn dyheu am gael dyrchafiad – dyn heb asgwrn cefn, yn mwynhau dim byd gwell na threulio ei ddiwrnodau'n ymbalfalu ym mywydau plismyn oedd wedi troseddu.

Cyn iddo gerdded i mewn drwy'r drws, gafaelodd y Prif Arolygydd Tomkins ym mraich Tom Tom gyda rhywbeth yn debyg i, wel, anwyldeb. Teimlai wefr wrth sylweddoli y byddai'n cadw cwmni iddo, fel na fyddai'n rhaid iddo lofnodi'r dogfennau yng nghwmni dieithryn, cyn clirio'i ddesg o flaen pawb ac ymadael.

Heb yngan gair cynigiodd Tomkins baned i Tom Tom o'r peiriant yn y coridor ac ar ôl iddo ddod ag un yn ôl eisteddodd y ddau yno'n dawel, yn pendroni am fywyd a'i droeon trwstan, sut y gallai un peth arwain at rywbeth arall, heb fod neb yn gwybod pam, na sut, na ble.

'Ti'n ocê?' gofynnodd, gyda goslef annisgwyl o gonsýrn.

'Wel, ydw, ar wahân i weld 'yn job a 'mhensiwn i'n hedfan mas drwy'r ffenest.'

'Ti isie i rywun arall fod yn bresennol yn ystod y cyfweliad? Ar wahân i fi ac IA.'

'Roderick?'

'Roderick.'

'Sdim isie unrhyw un arall. Oni bai bod Nicole Kidman ar ga'l i ddod draw am gwtsh.'

Ni chwarddodd Tomkins, a chyn iddo gael cyfle i ddweud

unrhyw beth cerddodd Roderick i mewn a dechrau'r broses swyddogol o'i ddiswyddo. Byddai Tom Tom yn clywed dyfarniad y panel disgyblu o fewn tridiau.

Pencadlys galar

WEDI HANNER NOS. Dyna pryd y byddai'r hunllefau'n dechrau, y rhai a allai racsio'r nos, yn aros fel magl i'w ddal: yn ystod yr oriau hir wrth drefnu'r poteli yn un rhes ddiddiwedd ar y bar ac yn gwahodd yr alcoholig neu'r insomniac i gymeryd sip.

Heb gorff, heb alar. Dyna oedd yn bwyta Bruce Terry, tad Zeke, yn fyw. Y diffyg corff, y pendantrwydd fyddai'n esgor wrth ddod o hyd iddo. Byddai'n sefyll yn y gawod ddwywaith, deirgwaith, bedair gwaith y dydd, yn ceisio sgwrio'r ffaith oedd fel marc y pla ar ei groen. Ei fod yntau'n fyw tra bod ei fab efallai'n farw.

Y tro hwn, gyda'r dŵr yn ddigon oer i rewi'r gwaed, safodd yno'n ceisio llefain, wrth i'r tristwch gronni oddi mewn iddo drwy gydol y dydd ac yntau wedi meddwl nad oedd yr un deigryn ganddo'n weddill. Chwyddai'r emosiwn ynddo, nes ei fod yn ei chael hi'n anodd anadlu, ei groen yn crafu gan effaith ecsema, ei goesau'n siglo, er na wyddai ai tymheredd y dŵr oedd yn achosi hynny neu bod y gaeaf wedi setlo yn ei galon.

Byddai'n mynd i'r gawod i osgoi rhannu'r poen a'r wylofain gyda'i wraig wrth geisio bod yn gryf iddi, gan guddio'r ffordd roedd y poen yma'n bygwth pilio'i gorff o'r tu fewn. Byddai'n eistedd yno yn y gegin yn gwneud ei orau rhag ffrwydro'n rhaeadr o ddagrau. Oedd, roedd rhaid bod yn ddewr er ei mwyn hi, oherwydd hi oedd y fam a doedd gan y tad ddim

25

syniad o'r agosatrwydd a ddeuai wrth gario plentyn, o esgor ar faban, o'i fwydo o'r fron.

Poenai Bruce petai yntau'n dechrau llefain, y byddai'n llefain fel y gwnâi yn ystod ei blentyndod pan guddiai yn ei ystafell wely, yn beio'i hun am y cwympo mas diddiwedd rhwng ei rieni. Dyna oedd y peth pwysicaf ynglŷn â magwraeth Zeke: bod yn benderfynol na châi stori ei blentyndod ef ei hun ei hailadrodd. Cadw'r cyfnod aur yn bur. Felly byddai'r crwt yn gweld mam a thad cariadus, rhieni a fyddai'n gwrando arno, yn meithrin ei farn, a byw er mwyn clywed ei frawddegau cynnil wrth iddo ddisgrifio'i ddiwrnod yn yr ysgol, a newyddion am ei ffrindiau a phwy oedd ei hoff athro neu athrawes. Ond, dim ond tawelwch oedd bellach i'w glywed, a'r aelwyd glyd fel mawsolëwm oer. Llifai'r dŵr oer gan greu sioc dros ei holl gorff.

Yn y gawod, deuai'r tristwch drosto'n donnau ac wrth iddo'n raddol agor y tap dŵr poeth cyn iddo gwympo'n dioddef o hypothermia, dechreuodd sylweddoli i'r tristwch yma fod yn rhan o'i fywyd ers y cychwyn, rhywbeth hynafol, rhyw ymwybyddiaeth bod trasiedi ar orwel y dyfodol, un a fyddai'n taflu'r cysgod rhyfedda drostynt, fel petai llen o felfed trwchus wedi'i daenu dros yr haul. Oherwydd Zeke oedd y crwtyn bach a fyddai'n peri i'r blodau dyfu.

Unben

N I CHAFODD Y Dirprwy Brif Gwnstabl John Thomas ei lysenw oherwydd ei garedigrwydd tuag at ei gyd-ddyn. Roedd 'Stalin' fel y byddai pawb yn ei alw y tu ôl i'w gefn, wedi bod wrth y llyw yn Heddlu De Cymru am ddegawd a mwy, fel y bu Iosif Vissarionovich Dzhugashvili – i ddefnyddio enw llawn Stalin – yn unben yn yr Undeb Sofietaidd. Er mwyn creu'r math o awdurdod oedd gan y Dirprwy, rhaid cofio i ddynion fynd gerbron y Stalin go iawn wedi iddyn nhw gael eu dedfrydu ganddo i farwolaeth a gweiddi 'Long Live Stalin!' ar eu ffordd i'r gwlag yn Siberia a gwaeth gan ddymuno'n dda i'r diafol.

Cymhleth, felly, oedd y berthynas rhwng y plismyn a'r Dirprwy awdurdodol. Ond llwyddai i wneud i bethau ddigwydd ac un o'r pethau pwysig yn ddiweddar oedd llwyddo i amddiffyn cyllideb y ffors rhag bygythiadau toriadau enbyd. Gwyddai sut i wneud ffrindiau a sut i ddylanwadu arnynt. Un peth arall amdano oedd na ddymunai fod yn Brif Gwnstabl. Roedd bod yn Ddirprwy yn ddigon iddo.

Nid oedd yn uwch-swyddog annheg fel y cyfryw er ei fod yn anghynnes ei ffordd. Roedd mor ffurfiol fel y gallai ymddangos yn oeraidd, gan gyfarch pobol mewn dull y gellid ei ddehongli fel petai'n eu dibrisio neu'n eu dilorni. Ond dyna'i ffordd. Y bore hwn, wrth iddo wisgo'i lifrai swyddogol gorau, tsiecio'i sgwyddau am ddandryff a snipio'r blew bach yn ei ffroenau â siswrn arian er mwyn cadeirio'r sesiwn a fyddai'n penderfynu ffawd Tom Tom, roedd pob paratoad bach fel gosod y coler gwyngalchog o gwmpas ei wddf tarw a chlymu'r botymau sgleiniog ar hyd ei siaced orau, yn rhoi mwy o urddas ac awdurdod iddo.

Yn y drych gwelai rywun oedd yn gwneud ei orau i osgoi dyfarnu achos Tom Tom ymlaen llaw, er ei fod wedi clywed am yr hyn ddigwyddodd pan gollodd DI Thomas ei dymer gyda'r teulu, gan fwydo'r heddlu cyfan i fflamau tân y *Western Mail* a *Wales Today*. Cafwyd penawdau a bwletinau er mwyn parhau'r stori mor hir â phosib, ac ehangwyd ar bob manylyn. Felly roedd pawb yn disgwyl canlyniad pendant, diymdroi, a gorau po gynta, oherwydd ei fod yn tynnu sylw oddi ar yr ymdrechion dyfal i ddod o hyd i'r crwtyn un ar ddeg oed.

Erbyn hyn cawsai dros chwarter miliwn o bunnoedd ei wario ar oriau ychwanegol i'r heddweision nes iddynt ddod o hyd i'r bachgen, neu bod y chwilio'n dod i ben yn swyddogol, er nad oedd neb eisiau yngan y geiriau gwenwynig hynny. Dod i ben. Drosodd. Byddai hynny'n gallu lladd y gronynnau olaf o obaith yn gyfan gwbl ac yn ddisymwth. Fel mygu fflam y gannwyll â chledr llaw.

*

Bu paratoadau Tom Tom cyn y panel disgyblu'n llai defodol, gan fod ei ddau nai yn paratoi ar gyfer eu harholiadau, a thensiwn wedi cynyddu yn nhŷ ei chwaer – lle bu'n byw yn ddigon hir nes mynd ar nerfau pawb. Allai Tom Tom ddim ddod o hyd i'w siaced waith, yr un ffurfiol.

'Oes rhywun wedi gweld fy —'

Ond torri ar ei draws wnaeth ei nai.

'Oes rhywun yn gallu gweud unrhyw beth obutu'r Tudors? Wncwl know-it-all. Beth o'n nhw'n neud? Ma 'da fi dair effin awr mewn stafell yn llawn disgyblion sy'n drewi o BO i gael cyfle i sgrifennu bygyr ol am y Tudors. Felly ti yw'r unig obaith sy 'da fi. Beth amdani, Jeremy Paxman? Rho rywbeth i fi sgrifennu, ffor ffycs sêc.'

Roedd Tom Tom wedi hen arfer dadlau gyda Crusty, mab hynaf Susan, ac o bryd i'w gilydd byddai'n mwynhau cael gornest eiriol gydag e, ond ddim heddiw. Heddiw roedd pethau eraill ar ei feddwl. Byddai Tom Tom yn wynebu colli'i job yn union ar yr un pryd ag y byddai Crusty'n torri'i enw uwchben un o'r papurau hanes gwaethaf yn hanes y Cyd-Bwyllgor Addysg.

Gwaeddodd brawd Crusty ar draws y stafell frecwast,

'Gwed 'thon nhw obutu be ddigwyddodd i wallt Anne Boleyn ar ôl iddi farw.'

'Gwallt Anne Boleyn?' ebychodd Crusty. 'Shwt dwi fod i basio arholiad yn sôn obutu gwallt Anne Boleyn? Eniwe, pwy o'dd Anne Boleyn?'

Wrth glywed y fath anwybodaeth bu Tom Tom bron â thagu. Yn ffodus daeth y brawd iau i'r adwy ac achub y sefyllfa.

'Gwraig Harri'r wythfed. Harri Tudur. O'dd 'da fe 'wech gwraig ac ro'dd e'n eu popo nhw off un ar ôl y llall. Dyna oedd patrwm trasig ei fywyd carwriaethol. Cwmpo mewn cariad â menyw newydd, a chrogi'r hen un. Ac ro'dd Anne Boleyn yn un o'r rhai welodd bod ei gariad tuag ati'n mynd i ymestyn hyd at ddiwedd y rhaff. Neu strôc bwyell. Dwi ddim yn saff be ddigwyddodd yn union...'

Ni allai Tom Tom ymdopi â diffygion addysgiadol ei ddau nai eiliad yn rhagor. Tu allan roedd cymylau duon yn ymgasglu. Cymylau yn ei ben. Lleisiau'r anaddysgiedig yn cwmpo mas rhwng ei glustiau. Roedd yr hurtrwydd a'r panig diwedd tymor a'r gweiddi ar yr aelwyd yn bygwth mynd yn drech nag e. Ac roedd yn dechrau swnio fel taranau oddi mewn iddo, yn atseinio drwy ei benglog fel morloi'n udo mewn ogof drwy hollt yn y creigiau.

Anadlodd Tom Tom yn ddwfn wrth geisio clirio'r sŵn cyn troi at Susan, ei breichiau'n ddwfn ym mybls y llestri yn y sinc. Fel arfer ei jobyn e fyddai hynny, ond roedd yn fore gwahanol, a phob math o bethau'n troi wyneb i waered. Synnai e ddim petai'n agor drws y ffrynt a gweld bod y llwybr wedi diflannu ac yn ei le bod yno glogwyn serth, yn debyg i'r un ger goleudy Nash, lle aiff pobol i ladd eu hunain. Y lle, fel pont grog Clifton ym Mryste, neu Beachy Head yn Sussex, yn denu hunanladdwyr fel bydd rhai llefydd pert eraill yn denu twristiaid.

Gyda fflach o atgof cofiodd Tom Tom am ei wyliau gyda'i chwaer a'i phlant yn America rai blynyddoedd yn ôl, cyn bod y neiaint yn dechrau gwrthryfela yn y ffordd mwya dyfeisgar a dieflig. Bryd hynny treuliai amser da yn eu cwmni, yn deulu hapus, solet.

Roedden nhw wedi penderfynu cerdded yr holl ffordd ar hyd arfordir San Francisco, o'r Bay Bridge i'r Golden Gate, ac wrth ddilyn y map bach lliwgar a chyrraedd Crissy Field dyma nhw, ill pedwar, yn oedi am ennyd i dynnu lluniau a hunluniau o'r bont ysblennydd. Wrth wneud, dyma nhw'n gweld rhywbeth fel siâp bwndel yn cwympo i lawr i'r dŵr a'r ddau oedolyn yn amau'n syth iddyn nhw weld rhywun yn cyrraedd pen ei daith yn nyfroedd glas y bae.

Cymerodd hanner awr iddyn nhw gyrraedd y fan ond wrth wneud – a Tom Tom wedi nodi'r union ran o'r bont oedd uwchben y fan ble taflodd yr un anffodus ei hun o'r awyr – roedd criw bach o bobol, Coreaid a Siapaneaid gan fwyaf, wedi ymgasglu o gwmpas pentwr bach o bethau... pâr o sgidiau, sbectol haul ffasiynol, a waled. Y rhain oedd holl eiddo'r pwr dab, ond byddai hyn yn ddigon i'r heddlu i'w adnabod.

Wrth i Tom Tom adael dyma Susan yn plannu cusan mawr gwlyb ar ei foch ac yn dweud y byddai pethau'n iawn, er prin bod Tom Tom yn gallu credu hynny ac yntau'n amau ei fod yn troi'n wallgo ar ddiwrnod arholiadau'r plant. Gallai ddelio â phwysau ond roedd hwn yn bwysau dychrynllyd.

Yn y car ceisiodd foddi'r sŵn byddarol yn ei benglog â miwsig hyd yn oed mwy byddarol. 'System of a Down' i ddechrau, yna 'Broken Social Scene', ond roedd tympanau ei gur pen yn drech na halibalŵ y gitars trydanol. Ni lwyddai miwsig metal trwm Motorhead hyd yn oed ddisodli'r pandemoniwm o leisiau yn ei ben, felly trodd y miwsig i ffwrdd a gyrru ar awto peilot i weld beth fyddai ffawd yn ei daflu ato o ganlyniad i'w gamweddau. Bu bron iddo fwrw fan Tesco wrth droi'r gornel. Yn y pellter roedd tyrau'r gwaith dur yn tasgu tân a mwg i'r awyr, y ffwrneisi'n gweithio'n ddi-baid i gadw'r gweithfeydd ceir i fynd yng nghanolbarth Lloegr. Mae lliwiau'r mwg yn rhyfedd iawn ar brydiau, yn lliw leim oherwydd natur y cemegau. Efallai bod y mwg yn uffern yn lliw leim, meddyliodd, wrth droi wrth y brif fynedfa.

Prin bod unrhyw un wedi'i gyfarch wrth iddo gerdded i mewn i HQ. Gwyddai pawb mai math o flaidd yn prowlan ar ei ben ei hunan ydoedd ac ers iddo wynebu colli'i swydd doedd dim rheswm yn y byd i berson geisio closio ato. Nid blaidd yn unig ond ci pariah, un oedd wedi'i ddileu o'i gymdeithas.

Cafodd ei wahodd i ymuno â'r cyfarfod yn ddi-oed a doedd dim amheuaeth y byddai hwn yn ddiwrnod tyngedfennol. Dim gwên ar wefus y Dirprwy wrth iddo dacluso'i bapurau yn nerfus. Gwnaeth cyfreithiwr y ffors gyflwyno'i hunan yn stiff, drwy nodi'i enw yn unig, heb gyfarch y dyn oedd yn cymeryd nodiadau, gan bwyntio at ei enw ar y ddesg, efallai oherwydd ei fod yn swil, neu'r nerfus.

'Fe gychwynnwn ni,' meddai Stalin, 'os ydy pawb yn barod...'

Nodiodd y tri ac aeth y Dirprwy Bennaeth ati i restru'r cwynion yn erbyn Tom Tom, nid yn unig y rhai gan deulu'r bachgen ond hefyd rhai mwy cyffredinol, megis dwyn anfri ar yr heddlu'n gyffredinol.

Wedi darllen yr adroddiad cwta a chlir dyma Stalin yn gwahodd y cyfreithiwr i esbonio oblygiadau'r gŵyn o ran cyflogaeth petaen nhw'n ei gael yn euog. Gwnaeth hynny gyda holl emosiwn rhywun yn darllen rhestr siopa, gan roi copi o'r llith fach frawychus i Tom Tom fel swfenîr.

'Popeth yn glir, Tom Tom?' gofynnodd y Dirprwy Brif Gwnstabl, gyda goslef yn ei lais yn debyg i wrach yn gofyn i blentyn ar goll yn y goedwig gerdded i mewn i'r ffwrn i gadw'n gynnes.

'Ydy, wir. Popeth yn glir... syr.'

'Oes gennych chi rywbeth i weud drosoch chi eich hun felly, Mr Thomas, gan gofio bod y rhain yn faterion difrifol iawn ac mai dyma fydd eich cyfle olaf, fel petai?'

Twriodd Tom Tom yn ddwfn oddi mewn i'w hunan ac er bod ei reddf yn dweud wrtho am beidio â dweud gair ymresymai y dylai ddweud rhywbeth, er mwyn ei deulu os nad ef ei hunan.

'Diolch am y cyfle. Nawr, dwi ddim am geisio amddiffyn fy hun. Roedd yr hyn wnes i, o ystyried bod y teulu yn boddi mewn pydew o anobaith a galar, yn anfaddeuol, felly dwi ddim yn gofyn am faddeuant, na cheisio esbonio'r hyn wnes i. Roedd y disgrifiad o'r digwyddiad yn gywir a gallwch ddweud hynny yn eich adroddiad. Colles fy nhymer ac er bod 'na reswm am hyn – yr ymosodiadau geiriol, ymosod arna i'n gorfforol, heb sôn am Mrs Terry yn taflu ei hun ata i'n ogystal â'm bwrw â ffrympan – does dim cyfiawnhad dros yr hyn wnes i. Wedi'r cwbl, roedd e'n rhan o'r job: ry'n ni wedi'n hyfforddi i gadw'n cŵl dan bwysau. Ond dwi am ddweud hyn. Mae'n wir ddrwg calon gen i nad ydw i wedi dod o hyd i'r crwtyn bach, mae'n boen calon i fi. Dwi bron â thorri 'nghalon yn teimlo 'mod i wedi'i ad'el e lawr, a'i deulu hefyd a phawb yn y ffors. Ond mae'n rhaid i fi ddweud hyn, a hwn yw'r peth i'w gofnodi...'

Edrychodd y stenograffydd i fyny o'i bapurau, fel cwningen yn cael ei dal yng ngolau'r tryc sy'n cyflymu tuag ato.

'Mae'n ddrwg calon gen i am yr hyn ddigwyddodd, a dwi ddim yn haeddu maddeuant.'

Gwyddai ei fod yn taflu ugain mlynedd o blismona, mewn brawddeg. Nid llys barn oedd hwn, na phanel crogi, ac fe esboniwyd i Tom Tom y byddai'n derbyn dyfarniad yn syth ar ôl cinio, gyda'r awgrym pendant y dylai sicrhau bod cynrychiolydd o'i undeb yn bresennol. Gwyddai Tom Tom fod hyn yn hollol gyffredin ond roedd yn gwybod hefyd fod y dyfarniad yn anochel ac na fyddai ei ddyfodol yn addo gyrfa ddisglair iddo, na'r cyfle i aros â'i draed o dan y ddesg yn y cop siop nes bod ei ben-ôl yn dechrau lledaenu.

Awr, awr a hanner o ddisgwyl.

Yn y cyntedd gwelodd berson annisgwyl yn sefyll yno. Ei chwaer. Dros y misoedd diwethaf roedd hi wedi bod yn gefn iddo, gan wrando arno'r mwmblan yn ffwndrus am yr hyn y byddai'n ei wneud ar ôl gadael y ffors. Byddai ei chwaer wedi poeni mwy am stad ei brawd, y ffordd roedd e'n boddi mewn nentydd o lagyr bob nos, cyn symud ymlaen i'r stwff caled oni bai am y ffaith ei bod yn gwybod bod ganddo asgwrn cefn o ddur pur. Byddai'n plygu ambell waith, ond byth yn torri. Ei wendid oedd y *booze* ond gallai ddelio â hynny, hyd yn oed.

'Ti'n ocê?'

'O, dwi 'di ca'l dyddie gwell, rhaid dweud. Ti'n gwbod, o'n i wastad isie bod yn blisman, o'r dyddie pan o'n i'n grwtyn bach yn edrych ar *Dixon of Dock Green* ac wedyn y ffilms yn y Palace gyda ditectifs tyff yn America, a phob un ohonyn nhw'n yfed yn galed ac yn smoco fel simne.'

Chwarddodd y ddau wrth iddyn nhw edrych ar Tom Tom yn tanio un Marlboro o weddillion un arall.

'Marwodd y Marlboro Man, y cowboi 'na yn yr hysbysebion, o gancr yr ysgyfaint, ti'n gwbod.'

''Na beth yw eironi ac yntau mas yn yr holl awyr iach 'na, lan sha Montana neu rywle.'

'Shwd ti'n teimlo, cowboi?' sibrydodd Susan wrtho gan roi ei breichiau o gwmpas ei ysgwyddau.

'Wedi blino. Dwi 'di bod yn gweithio fflat owt am flynyddoedd ac ro'dd y drwg sydd mewn pobol eraill yn siŵr o wenwyno gwaed rhywun, po fwyaf ti wedi bod yn eu cwmni nhw, neu'n dilyn eu hôl nhw drwy'r llaid a'r cach. God, Susan dylet ti weld rhai ohonyn nhw. Yn nhermau biolegol ma fel se 'na is-deulu o *homo sapiens* sy'n dal yn gyntefig, heb esblygu. Ar ben hynny ma'r holl heroin maen nhw'n ei gymeryd, a'r holl gyffurie erill, heb sôn am yr alcohol, yn cyflymu'r broses honno, nes eu bod nhw'n greaduried sy'n llusgo ar hyd y lle, heb foese, heb jobs, heb obaith, heb gartrefi, nifer fawr ohonyn nhw, heb bron unrhyw beth y gelli di feddwl amdano.'

'Be ti'n credu fydd yn digwydd i ti heddi?'

'O, ma nhw'n mynd i neud esiampl ohona i, fy nhwlu i'r llewod, i ffau'r wasg ac yna 'ngorfodi i eistedd o flaen y bocs am wythnos neu fwy yn edrych ar y fam a'r tad yn morio yn eu gorfoledd bod y ditectif di-glem wedi cael ei dwlu mas, ei hyrddio mas o'r ffors. Bydd y bosys i gyd yn sefyll yno o flaen HQ yn edrych fel petaen nhw wedi ffindo enw iawn Jack the Ripper, yn hytrach na cha'l gwared ar rywun sy'n gwbod sut i ddod o hyd i'r dirgelion. A dweud y gwir, dwi ddim yn eu beio nhw. Mae'r rhieni wedi colli eu mab ac ma pawb, ar wahân i fi, wedi bod yn eu cynghori nhw i ddechre'r daith dawel tuag at alar a symud tuag at ddiweddglo, y math o *closure* sydd o leia'n caniatáu iddyn nhw geisio rhoi eu bywyde 'nôl ar y trac.

'Fi sy'n cymharu hanes y crwtyn bach 'ma i stori Madeleine McCann, y syniad ei bod hi mas 'na yn rhywle. Y ffaith 'mod i heb gau'r achos yn swyddogol. Ond ma pawb arall wedi claddu'r boi yn barod ac yn aros am y dydd pan fyddan nhw'n gallu cloi'r ffeil yn y folt yn rhywle. Bryd hynny, bydd y rhieni'n rhydd hefyd. A ble fydda i wedyn, *sis*? Yn iste ar stôl mewn rhyw *boozer* diarffordd, yn sinco *depth charges* ac yn toddi leinin 'yn stumog â'r math o seidr sy'n dda ar gyfer glanhau'r dreins...'

'Ti'n fwy o ddyn na 'ny. Ti'r math o ddyn all siglo llaw 'da'r rhieni a dweud dy fod ti'n rong.'

'Dwi wedi ymddiheuro'n swyddogol.'

'Beth am rywbeth mwy personol? Siglo llaw er mwyn rhoi chydig o dawelwch meddwl iddyn nhw. Gelli di neud 'na, allet ti?'

'*Tall order, sis*. Dy frawd sy 'ma, dim Martin McGuinness na Ian Paisley.'

'Ond ti ddim yn elyn i Mr a Mrs Terry.'

'Man a man i fi fod. Ma gelyn yn lladd, a dyna dwi wedi'i neud i'w gobaith nhw. Eu drysu nhw. Cadw'r achos ar agor er nad ydw i wedi dod o hyd i Zeke.'

'Ond nid dyma beth sy'n digwydd heddi. Dy'n nhw ddim yn edrych ar bethe fel 'na. Dim ond edrych ar dy ymddygiad, nid canlyniad yr ymchwiliad.'

'*Shit*. Wnes i ddal y boi yn erbyn y wal â'n llaw rownd ei wddwg nes bod ei wyneb yn troi'n biws a'i wefuse'n troi'n las ac o'dd ei dafod e'n stico mas o'i geg fel madfall. Ei wraig wnaeth achub ei fywyd e. Dwi'n lwcus mai achos disgyblu dwi'n ei wynebu yn hytrach nag achos llys. Achos ni'n gwbod beth sy'n digwydd i cops sy mewn jâl a dyw e ddim yn neis. Sneb isie bod yn gariad i wing gyfan o droseddwyr blin sy'n gweld isie rhyw deirgwaith yr wythnos, gan drin dyn fel bar o sebon yn y gawod.'

Lledaenodd y tawelwch rhyngddynt. Arafodd amser, a phob munud wedi slofu.

'Fi 'ma i ti.'

Chafodd Tom Tom ddim amser i ateb ei chwaer oherwydd daeth y Sarjant i ofyn iddo ailymuno â'r panel, cyn ymddiheuro nad oedd e wedi sylweddoli pwy oedd yn siarad â Tom Tom, a dweud ei bod hi'n neis gweld Susan, er ddim o dan y fath amgylchiadau.

Taflodd Susan gusan drwy'r awyr at ei brawd a gwnaeth e ffws wrth fethu ei dal hi, nes iddo bron â bwrw'r llawr. Cododd fys bawd, ond heb fawr o arddeliad wrth i'r Sarjant ei arwain ar hyd y coridor i Ystafell 213.

Yn yr ystafell roedd tensiwn yn yr awyr y gallech chi ei dorri â llif. Ni chododd y Prif Arolygydd Tomkins ei ben ac roedd Stalin yn edrych fel petai wedi'i gerfio o iâ.

'Diolch am eich amser, Mr Thomas.'

Mr Thomas. Roedd hynny'n arwyddocaol ynddo ei hun.

'R'yn ni wedi dod i benderfyniad…'

Safodd Tom Tom o'u blaenau wrth iddynt restru oblygiadau'r penderfyniad o ran pensiwn ac unrhyw hawliau ymylol y câi eu cadw. Diolchwyd iddo am ei ymroddiad amhrisiadwy dros y blynyddoedd, er roedd yn amlwg o'r wg ar eu hwynebau nad oedd hynny yn werth dim yn wyneb ei ymddygiad anfaddeuol. Un weithred yn dileu'r lleill i gyd. Rhoddwyd chwarter awr i Tom Tom wagio ei ddesg a rhoi ei gerdyn gwarant a phob eiddo yn ôl i'r Sarjant.

Diolch a ffarwél ar yr un anadl.

Cerddodd Tom Tom heibio'r ffreutur bach a'r stafell rhoi tystiolaeth, ei ben yn uchel, ond wrth fynd drwy ddrws y pencadlys am y tro olaf trodd ei orwelion tua'r llawr, a theimlai bwysau'i benglog yn ormod i'w ysgwyddau.

Llifai heulwen ddiwedd dydd dros y stryd, gan ei throi'n bictiwr ond ni welai Tom Tom unrhyw harddwch na thynerwch yn y goleuni.

Cerddodd, ond roedd ansicrwydd yn ei gerddediad. Ochneidiodd, er gwaetha'i hun, a throi am ganol y dre. Collodd blisgyn amddiffynnol wrth wneud, fel camu allan o'i siwt a chael ei hun yn gwbl noethlymun. Roedd min ar y gwynt a'r bar cyntaf yn nesáu. Ymlaen ag ef. I'r dyfodol. Yn Civvy Street.

Wrth gerdded, cofiodd Tom Tom yr ateb i'r cwestiwn am Anne Boleyn. Ar ôl iddi gael ei dienyddio. defnyddiwyd ei gwallt i stwffio peli tennis – gêm boblogaidd yn llys ei gŵr. O leia dyna un stori amdani. Rhyfedd o fyd.

Cynnig a hanner

DAETH Y NEGES destun wrth i Tom Tom ddechrau cwympo i gysgu, tua hanner awr wedi dau y bore, gan ofyn iddo ddod i HQ erbyn wyth y bore wedyn. Daeth y neges oddi wrth y Prif Arolygydd Tomkins ei hun, gan awgrymu ei fod yntau, ei hen fôs yn dal ar ddi-hun, yn gwylio'r cloc neu yn smocio sigarét, gan ei fod yn un o'r ychydig bobol a ddaliai i smygu'n browd. Nid oedd llawer o smygwyr ar ôl ymhlith yr heddlu, ac ymhlith y rhain, Tomkins oedd y brenin. Fel y dywedai wrth unrhyw un a fyddai'n awgrymu ei fod yn annoeth wrth smocio cymaint, 'Os nad oedd Duw am i ni smoco ffags bydde fe heb roi ysgyfaint i ni.'

Doedd gan Tom Tom ddim dillad hollol daclus, felly taclusodd y rhai gorau oedd ganddo wrth law a'i baglu hi am y bws am saith, yn laddyr o chwys erbyn cyrraedd. Ar y ffordd ceisiai ddyfalu pam ar y ddaear roedd Tomkins am ei weld ers iddo gael ei ddiswyddo? Pum mlynedd hir gallech brofi drwy galedi ei afu arwrol. Edrychodd Tom Tom ar y ffôn yn ei law. Perthynai i'r genhedlaeth anghywir o ran delio â thechnoleg a chofiai sut roedd pob adroddiad a ffurflen i'w llenwi ar y cyfrifiadur yn y gwaith yn artaith iddo, yn enwedig y tablau rhestru tystiolaeth a gwybodaeth. Dyn y stryd oedd e, y math o dditectif sy'n cerdded dros balmentydd sgleiniog yn y glaw tan ddiwedd y stori. Ond roedd hynny yn y gorffennol. Yfwr fuodd e wedyn, nid ditectif.

Roedd gwallt Tomkins wedi britho braidd erbyn hyn.

'Stedda, stedda. Sdim angen seremoni.'

Wrth iddo gynnig cadair dyma fe'n diffodd y sgrin o'i flaen ond ddim cyn bod Tom Tom yn cael cipolwg a gweld ei fod wedi bod yn chwarae Solitaire. Oedd hyn yn meddwl ei fod wedi bod yn chwarae Solitaire am bum mlynedd o leiaf? Ar ddiwrnod olaf Tom Tom yn y ffors, pan fu'n rhaid i Tomkins ffarwelio â'i gyd-weithiwr mwyaf problematig ond talentog, roedd e wedi bod yn chwarae'r un gêm.

Dyn unig oedd Tomkins, ei wraig wedi marw'n lot rhy gynnar o afiechyd rheibus a wasgarodd yn wyllt drwy gelloedd ei chorff, a'i fab wedi cweryla ag e beth amser yn ôl. Yn ogystal â hynny, doedd e ddim y math o berson i rannu ei broblemau. Solitaire. Ynys yw pob dyn, fel awgrymodd rhywun rhywle. Yn achos Tomkins roedd hynny'n wir. Ynys greigiog, ystyfnig ymhlith y tonnau oedd e, dyn heb na ffrind na *confidante* ac yn rhyfedd ddigon, y dyn a ddaeth agosa ato o ran perthynas bersonol oedd Tom Tom. Anaml iawn y cewch chi un ynys heb fod 'na ynys arall rhywle gerllaw.

Ni fyddai Tomkins yn mynd i unrhyw barti na dathliad, hyd yn oed pan gafodd ddyrchafiad i fod yn Brif Arolygydd. Parti a hanner oedd hwnnw hefyd. Cofiai Tom Tom y prynhawn yn glir, tinc o wanwyn yn y goleuni, pawb yn teimlo'n brafiach wedi oerfel hir y gaeaf, a'r gaeaf hwnnw wedi bod yn anodd gyda thri achos na chawsant unrhyw ganlyniad iddynt, a thoriadau ariannol yn arwain at leihad yn yr oriau, a hyd yn oed dim ceir bob amser i'w cario o le i le.

Wrth i bawb sefyll o gwmpas casgen o gwrw, a honno wedi disodli'r *water cooler* dros dro, a'r criw yn barod i godi llwnc destun i'r Chief newydd, sleifiodd Tomkins yn dawel allan o'r swyddfa, estyn am ei got, gafael yn ei fag a cherdded am y drws. Edrychodd yn ôl, a golwg yn ei lygaid fel petai'n gweld panorama o unigeddau'r iâ yn yr Arctig cyn dweud, 'Dim heddi, bois. Joiwch chi.' A dyma fe'n cerdded at Tom Tom gan wasgu dau bapur hanner can punt yn ei law cyn troi ar ei sawdl a mynd gatre i'w fflat, y gell fynachaidd ddiaddurn honno, uwchben siop Ladbrokes ar Neath Road.

Tom Tom oedd yr unig un a fuodd yn y lle, a hynny ar ôl angladd Jean, gwraig Tomkins. Gwelodd ddyn gwahanol y diwrnod hwnnw, dyn oedd wedi'i frifo gan angau, wrth iddo symud mor ddisymwth, yn llechu fel llewpard yn y cysgodion cyn dienyddio'i brae. Prin na allech alw salwch Jean yn wyrthiol, mewn ffordd eironig.

Un diwrnod roedd yn brysur yn gwneud jam pan deimlodd boen yn rasio drwy ei gwythiennau. Y diwrnod wedyn roedd ei harennau wedi methu, a chyn eu bod nhw wedi llwyddo i'w chael hi i'r Uned Gofal Dwys roedd holl system ei chorff wedi chwalu. Ac yn waeth, os gall unrhyw beth fod yn waeth, ni allai unrhyw un esbonio beth aeth o'i le. Rhywbeth tebyg iawn i gancr, ond nid rhywbeth oedd yn amlwg yn y llawlyfrau meddygol. Roedd Jean yn cwympo i gategori Dirgelion Meddygol ac fe wnaeth hyn y galaru'n anoddach ac yn hirach i'w gŵr. Dim enw i'w hafiechyd: dim gwaelod i bydew ei anobaith.

Cofiai Tom Tom yr ystyfnigrwydd ar wyneb Tomkins wrth iddyn nhw eistedd yno'n yfed caniau o lagyr twym o'r siop rownd y gornel.

'Dwi ddim yn mynd i lefen o dy flaen di, Thomas. Nid 'na beth ma dynion yn neud. Mae angen i fi gadw'n urddas, ar ôl i fywyd ein hatgoffa nad ni sy'n neud y rheole ac nid ni sy mewn gwirionedd yn penderfynu pethe...'

'Chi'n credu mewn ffawd felly, syr? O'n i'n meddwl taw ni oedd bois y rhesymeg, a bod rhaid cadw at ffaith a gwirionedd, profi pethe doed a ddelo.'

'A dwyt ti byth yn dibynnu ar reddf, wyt ti, y sicrwydd 'na oddi mewn i ti, fod y boi yn y ddalfa'n euog, y diawl ag e?'

'*Point taken.*'

Y noson honno cafodd Tomkins y profiad cynta o aros lan drwy'r nos gyda hen stejyr nad oedd yn meddwl dim am yfed tan i'r wawr dorri, a llifodd lot o wirioneddau a chyfrinachau bach mas, a barn Tomkins am bron pob un o'u cyd-weithwyr. Am hanner awr wedi chwech, pan oedd cwsg yn mynnu bod yn drech na nhw, cyffesodd Tom Tom. Cyfaddefodd iddo blannu tystiolaeth yn achos McAllister, y dyn mwyaf peryglus yn ne Cymru ar y pryd, a doedd dim posib ei rwydo mewn unrhyw ffordd arall. Gweddïai Tom Tom na fyddai ei fòs yn cofio dim am yr hyn a ddywedwyd, oherwydd roedd yr holl noson wedi llithro'n barod i mewn i bydew angof, er bod y ddau wedi mwynhau cwmnïaeth brin, a rhyw undod anesboniadwy. Ynys wrth ymyl ynys. Archipelago mewn môr o alcohol, yn ynysoedd yn closio, ddrinc wrth ddrinc. Ac wedi hynny, nid oeddent wedi treulio munud gron yn gymdeithasol yng nghwmni'i gilydd. Eto gwyddent, pe bai angen, y gallent ail-fyw'r profiad, bod 'na angor yn y storm, a chwrw oer i arllwys yn un llif lliw ambr dros friw bywyd.

Diawcs, roedd hi wedi bod yn gyfnod hir. Os rhywbeth, roedd yr unigrwydd wedi tyfu. Doedd Tomkins ddim yn edrych fel petai'n cofio sut i gyfathrebu â'r un dyn byw, y tu allan i ffurfioldeb ac anghenraid y sefyllfa waith, ac roedd cryndod yn ei lais wrth iddo siarad. Fiw i Tom Tom geisio deall sut roedd e'n dal i wneud ei job, ond roedd e wastad yn ddyn cydwybodol, a chanddo ffordd o drefnu gwybodaeth ac o hyrwyddo'r broses o blismona, o ddilyn patrymau yn hytrach na greddf. Fflachiodd atgof sydyn am rywbeth yn ymwneud â ffawd o'r sgwrs yr holl flynyddoedd yn ôl. Nid bod lle yn swyddogol i reddf, na dim lle i Tom Tom yn y gyfundrefn chwaith.

'Ma hi 'di bod yn gyfnod hir, Thomas. Dwi 'di clywed amdanat ti o bryd i'w gilydd. Shwd...?'

'Gwych iawn. Fel y gwelwch chi, dwi'n tip top. Bwyta'n iachus, cysgu'n ddwfwn, dyna moto 'mywyd i'r dyddie 'ma.'

'O, fel arall glywes i. Clywed dy fod ti'n yfed fel slej. "Yn ddidrugaredd," wedodd un o'r bois wrtha i, ar ôl dy weld ti lawr yn Masons. "Ar y sleid," wedodd rhywun arall. Ond, wedyn, pwy y'n ni i farnu dyn sydd wedi colli'i waith, a'i urddas... ond erioed ei allu.'

'Gallu?'

'Byddet ti'n gallu neud y gwaith nawr, yn 'y marn i. Ti'n dal yn dditectif talentog, on'd wyt ti?'

'Dwi ddim yn deall beth ry'ch chi'n ceisio gweud...'

'Syr?'

'Dwi ddim yn blisman rhagor, felly dy'ch chi ddim yn fòs arna i a do's dim rheswm yn y byd i fi'ch galw chi'n syr. Oni bai'ch bod chi wedi cael eich urddo gan Queen Liz ers y tro diwetha i fi'ch gweld chi, ac alla i ddim gweld hynny'n digwydd a chithe'n gymaint o *closet* Welsh Nash.'

'Ocê, digon teg, ond fe elli di fod yn blisman 'to, Thomas. Mi ddylet ti fod yn blisman 'to. Rwyt ti'n dod o Valhalla'r ditectifs, un o'r duwiau, yn ôl y ditectifs ifanc, sydd ddim yn gallu deall sut rwyt ti wedi llwyddo mewn cymaint o achosion. Yn dy ddydd, roedden nhw'n ciwo lan i weithio wrth dy ochor di, alla i weud 'ny wrthot ti.'

'Wrth 'yn ochr i? Pa fath o ddwli yw 'na? Chi'n gwybod cystal â finne 'mod i wedi 'ngwahardd o 'ngwaith, wedi cael pobol yn edrych arna i'n orfoleddus pan o'n i'n gwagio fy nreirie a bues i bron â cholli 'mhensiwn 'fyd. Diolch i chi am achub hwnnw. Ers gadael y lle 'ma dwi wedi bod yn yfed ac wedyn yn yfed mwy i lenwi'r gwacter yn 'y mywyd i. Ma bod yn gop yn rhan o'r gorffennol, a credwch chi fi, roedd yn awyr iach bod mas fan'na yn y tafarne ynghanol pobol gyffredin, ar ôl yr holl flynyddoedd o fod ynghanol drygioni pobol.'

Yna plygodd Tomkins ymlaen ac edrych i fyw llygaid Tom Tom.

'Ry'n ni isie ti'n ôl. Yn swyddogol.'

Doedd dim digon o aer yn y stafell i Tom Tom y foment honno. Er ei fod wedi dychmygu'r posibilrwydd o ddychwelyd i'r gwaith wedi cyfnod oedd yn gyfystyr â cherydd sylweddol, roedd wedi bod yn gyfnod rhy hir ers colli ei waith, bellach. Felly, roedd y sioc o glywed hyn yn ddigon iddo golli'i anadl, fel bydd tân mawr mewn adeilad yn llyncu'r ocsigen i gyd.

'Ga i fod mor hy â gofyn pam? Y prifathro?'

'Ie. Ni angen dy help di. Ma pethe wedi mynd yn rhemp – yn rhannol oherwydd y pethe annisgwyl sy'n codi bob hyn a hyn – fel y brotest yma cyn bo hir. Sdim digon o staff 'da ni – ac wrth gwrs ma pwysau mawr arnon ni i ffindo'r prifathro, a do's neb gwell na ti pan mae'n dod i neud gwaith ditectif caib a rhew. Ry'n ni'n chwilio am y boi 'ma...'

'Y prifathro, Mr Davies, sy yn yr holl bapure. Ry'ch chi'n credu ei fod e wedi hen farw?'

'Wel na, a bod yn onest. Roedd proffil seicolegol yr herwgipiwr yn awgrymu ei fod e'n hoffi chwarae ag e, fel cath a llygoden, bod poenydio'n rhan o'r ddêl. Sdim isie bod yn Einstein i weld faint o bwysau sydd arnon ni i ddod â'r ces i fwcwl yn gyflym iawn. Am ryw reswm ma pawb â diddordeb yn yr achos.'

'Dyn parchus, gwyn, priod. Wastad yn cael mwy o sylw na'r bobol ar yr ymylon. Petai'n brifathro du ei groen, fydde fe ddim yn hawlio'r un sylw. Pobol wyn sy'n sgrifennu yn y papure, yn darllen y papure ac yn rhedeg y newyddion ar y teledu.'

'Ro'dd y wasg wedi bod yn defnyddio'r gair *vigilante* ac ro'dd hwnna'n siŵr o werthu papure. Y peth diwetha ry'n ni eisie yw gweld pobol yn penderfynu taw nhw yw'r gyfraith, a taw nhw sy'n cosbi pobol. Ma angen cyfraith a threfn, heddiw yn fwy nag erioed. Ry'n ni ar fin cael protestiade gwleidyddol yn yr ardal, yr adain dde yn wynebu'r anarchwyr ar y stryd ac ma pob cais yn glanio'n blwmp ar 'y nesg i.'

'Pwy chi'n meddwl sy'n gyfrifol am y llofruddiaethe 'ma?' gofynnodd Tom Tom, gan estyn am feiro allan o'i boced, yr arwydd cyntaf ei fod yn ystyried cynnig Tomkins o ddifri.

'Dim cliw.'

'Ga i fod mor ewn ag awgrymu rhywle i edrych?' mentrodd Tom Tom, oedd wedi dechrau gwenu o sylweddoli y gallai fwynhau mynd ar ôl y dynion drwg unwaith eto.

'Iawn,' atebodd y bòs.

'Odych chi wedi holi'r boi 'na oedd 'di bygwth lladd Mr Davies, yr un o'dd yn ei gyhuddo fe o ymyrryd â'i fab ar ôl ymarfer rygbi. A beth am Lip? O's unrhyw un wedi siarad â Lip? Fe yw'r *one stop shop* am wybodaeth ar y stryd.'

Lip oedd y snitsh mwya ar y Strip ac roedd e'n perthyn i is-fyd o bedoffiliaid a gadwai'n gudd, ond oedd hefyd yn cadw mewn cysylltiad â'i gilydd.

'Lip. O jiw, y peth amlwg. Shit, na. Ry'n ni wedi bod yn canolbwyntio ar y rhieni yn yr ysgol. A'r disgyblion, achos ma rhai ohonyn nhw yn mental. Shit, Thomas, wnaeth yr un ohonon ni gofio am Lip. Peth blydi gwael yw dallineb torfol galla i weud 'thot ti. Falch cael ti 'nôl, Thomas.'

'Dwi heb weud 'mod i'n dod 'nôl 'to, syr.'

Wrth iddo'i gyfarch â 'syr' roedd yn amlwg yn derbyn y cynnig.

'Rwyt ti wedi ennill dy gyflog am y mis yma'n barod,' dywedodd Tomkins, gan estyn ei law.

Gwenodd Tom Tom gan ddefnyddio cyhyrau o gwmpas ei geg nad oedd wedi'u defnyddio ers hydoedd.

'Ond rhaid dweud, pan dwi'n dweud fod pethau wedi mynd yn rhemp rownd ffordd hyn, mae mor wir. Ry'n ni'n delio 'da fflyd o bethe annisgwyl ar y foment a bydd angen dy help ym mhob cyfeiriad. Ma 'da ni gangs newydd sydd wedi symud i'r ardal, rhai yn perthyn i deuluoedd seicopathig o Ddulyn ac wedyn y Maffia o Albania. Fel o'n i'n dweud, ma'r adain dde wedi trefnu cwrdd ar ein patsyn ni ar gyfer y rali ac ro'dd llwyth o bobol yn mynd i wrthdystio yn eu herbyn nhw ac ar ben hynny ma 'da ni achos o wrachyddiaeth...'

'Beth?'

'*Witchcraft*, Thomas. Ti'n gwbod, hedfan ar ysgub, cath ar y bac.'

'Chi'n jocan!'

'Na. Hoffwn i 'sen i'n jocan ond mae'n fwy nyts na hynny hyd yn oed...'

'Blydi hel, syr. Dwi'n mynd yn AWOL am ychydig flynyddoedd a ma bywyd rownd ffordd hyn yn troi'n mwfi. Gwrachod. Gangs o Ddulyn. Y Maffia o Algeria.'

'Albania, Thomas. Maen nhw'n dod o Albania. Ar bwys Groeg.'

'Ocê, Albania. Fi'n gwbod ble ma fe, sdim rhaid i chi edrych arna i fel 'na. Lle roedd yr unben Enver Hodja yn teyrnasu. Reit te, nhw, y Maffia o'r mynyddoedd a Nazis yn dod i fartsio. Heb sôn am lofrudd sy'n casglu dannedd fel ma rhai pobol yn casglu stamps, yn ôl y papurau. Dwi'n cymeryd nad oes neb yn cael gwylie ar y foment.'

'Ti'n hollol iawn. Ma pawb yn gweitho ffwl owt a do's dim mymryn o oleuni ym mhen draw'r twnnel. Ond... beth sy'n bwysig yw cydweithio, gyda phobl o sawl adran wahanol, a chyrff tu allan i'r heddlu 'fyd. Dim nawr yw'r amser am unrhyw *lone wolf*. Ti'n deall fi. Dim stynts. Ufudd-dod hollol a gweithio mewn partneriaeth. Ti'n deall fi, Thomas. Neu byddi di mas ar dy ben unwaith 'to mor ddisymwth ag y dest ti 'nôl i mewn. Ydy hynny'n glir, Thomas?'

'Yn glir fel grisial. Diolch... syr.'

'Cadw at y rheole. *Strictly by the book* o nawr mlaen. Cydweithio. Bydd yn rhaid i minnau eich cyfarch yn fwy ffurfiol, hefyd.'

Disgrifiwyd ffordd o weithio oedd yn gwbl wrthun i'r un roedd Tom Tom yn dueddol o'i dilyn. Cydweithio? Rhywbeth estron iawn iddo.

Wrth i Tom Tom gerdded allan i lifoleuadau sylw pawb yn y swyddfa, cyn ei fod e hanner ffordd drwy'r drws clywodd ei enw drachefn:

'Thomas, un peth arall...'

Trodd a gweld Tomkins yn codi ei law i wahodd rhywun i ymuno â nhw. Erbyn bod Tom Tom o flaen ei fòs roedd rhywun arall yn sefyll y tu ôl i'w ysgwydd. Synnai weld menyw yn sefyll yno oherwydd roedd arithmetic Tom Tom yn ddigon da i weld bod dau a dau yn adio yn fan hyn. I ddau.

'Ga i gyflwyno eich partner newydd i chi, DI Emma Freeman. Mae hi wedi cael y *low-down* arnoch chi, DI Thomas, felly sdim rhaid i chi esgus eich bod chi'n un am gadw rheolau na rheolaeth. Ond gob'itho gewch chi fwynhad yng nghwmni eich gilydd.'

Clywsai Tom Tom am enw da'r blismones a safai wrth ei ymyl ac am ei thrylwyredd wrth ei gwaith. Allai e ddim gwadu'r ffaith ei bod hi'n ifanc ac yn ddeniadol ac mewn gwrthgyferbyniad llwyr ag e – ei wyneb pwfflyd, y stumog braidd yn drwchus o fraster cebáb uwchben ei wregys, a'r mapiau bach o wythiennau wedi chwythu'n goch ar ei fochau.

'Mr Thomas,' dywedodd ei bartner, gan gynnig llaw oer a ffurfioldeb a allai wywo. Doedd dim pleser yn ei llais.

'Gallwch chi alw fi'n Tom Tom, sdim isie gormod o ffurfioldeb.'

'Gwna i adael i chi'ch dau fondio,' dywedodd Tomkins.

'Gallwch chi sôn am Lip i ddechre. Ond peidiwch â chymeryd gormod o amser. Mae llofrudd dieflig mas 'na'n rhywle, yn cynllunio a dyfeisio'i gamau nesa. Bydd rhywun yn siŵr o farw os na wnewch ei ddala fe mewn pryd. Nawr, ma'n rhaid i fi gynllunio sut i ddelio 'da gorymdaith y Third Reich drwy Lanelli.'

'Does dim rhaid i'r llofrudd fod yn ddyn?' awgrymodd Freeman, yn y math o lais hynod o boléit bydd rhywun yn ei ddefnyddio wrth roi sialens i'r bòs.

Tywysodd hi Tom Tom i'w desg ar y trydydd llawr.

'Dyma i chi gopi o'r adroddiad sy'n dangos sut mae pethau'n sefyll hyd yn hyn. Dim byd yn debyg i *breakthrough*, gwaetha'r modd. Wedi ei ddarllen, rhowch e'n ôl ar y silff 'ma.'

Estynnodd bentwr o ddogfennau oedd yn edrych yn hen ffasiwn oherwydd eu bod nhw ar bapur, gan awgrymu bod yr achos yma, neu agweddau ohono'n mynd 'nôl ymhell. Neu eu bod nhw'n gorfod cloddio yn y gorffennol am nad oedd dim byd defnyddiol yn y presennol. Arwydd fod pethau'n desbret, efallai.

Daeth pen Tomkins rownd y drws. Heb i Tom Tom ei weld ers blynyddoedd, nawr roedd fel cysgod iddo.

'A chofiwch, ffoniwch fi gydag unrhyw newyddion, boed mawr neu fach, oherwydd mae 'na ysfa mas 'na am bob sgrapyn o wybodaeth. Mae'r cyfryngau yn newynog am bob ffaith neu ddamcaniaeth ac ry'n ni'n gorfod eu bwydo nhw fel bwydo pengwins â sgampi.'

Edrychodd y ddau ar ei gilydd oherwydd y trosiad annisgwyl.

'Efalle ei bod hi jyst yn gyfnod tawel am newyddion ond gallwn i fod ar y bocs drwy'r dydd a'r nos,' dywedodd Tomkins cyn mynd yn ôl at ei gynllunio.

Cerddodd y ddau allan o'r swyddfa i'r *open plan* a chlywed

rhywun yn chwibanu 'Here Comes the Bride'. Roedd yn amhosib adnabod y dihiryn oherwydd bod 'na lanast mawr yn y swyddfa. Roedd uned newydd yn gorfod symud i mewn dros dro tra bod eu swyddfa hwythau yn cael cebls cyfrifiadurol newydd, a chriw arall o heddlu wedi dod i helpu gyda'r paratoadau ar gyfer y rali.

Cynigiodd Freeman eu bod yn mynd ar daith i ymweld â'r llefydd pwysig yn yr achos, er ei bod hi'n cydnabod bod Tom Tom eisoes yn nabod y patsyn yn dda.

Yng nghaffi Costa ger cylchdro'r heol i Ogwr darllenodd Tom Tom rai o'r dogfennau a'u trafod gyda'i bartner newydd. Dewisodd hi cappuccino, a thri espresso a llwyth o siwgr iddo fe.

'Beth ry'ch chi'n ei wybod am McAllister? Mae ei enw'n ymddangos drwy'r amser.'

Yfodd Tom Tom ddracht mawr o goffi ychydig yn nerfus cyn cychwyn ar ei lith.

'O's, ma 'na rai pobol â'r düwch 'di setlo mor ddwfwn i mewn i fêr eu hesgyrn fel nad o's 'na'r un gobeth y gall unrhyw beth ei ddisodli na'i ddadwreiddio. Person fel'ny yw McAllister, os gallwch chi ei alw fe'n berson, o ystyried ei hanes bwystfilaidd.'

Dechreuodd esbonio pethau iddi am y ffigwr canolog hwn ar dirlun troseddol De Cymru.

'Des i ar ei draws e yn 1996 pan o'dd criw ohonon ni wedi'n drafftio i helpu gydag ymchwiliad yn Bourne Towers, cartref i blant o'dd 'di bod yn ffocws i lu o gyhuddiade am ymosodiade rhywiol systematig dros gyfnod o ugen mlynedd a mwy – achosion o'dd yn debyg iawn i Fryn Estyn yng Ngogledd Cymru neu Haut de la Garenne ar ynys Jersey. Ro'dd ymchwiliad Bourne yn debyg i'r rheini, blynyddo'dd o gasglu tystioleth, a hala miliyne ar yr achos. Ynghanol y fflyd hwnnw o boen ac atgofion dieflig bydde enw McAllister yn ymddangos yn gyson, a dim rhyfedd, gan taw fe o'dd Dirprwy Bennaeth y lle. Chi isie coffi arall?'

'Dim diolch. Ma hwn yn ddigon.'

'Sgotyn yw e, wrth gwrs, a chanddo flys cochlyd yr yfwr wisgi a chroen o'dd wastad ychydig bach yn chwyslyd. Buodd e'n filwr unwaith ac ro'dd pŵer a chariad at drais fel petai'n rhan ohono, ei gyhyre'n amlwg, a siâp blynyddoedd o witho'n galed yn y *gym* ar ei gorff ac ynte'n defnyddio steroids, yn yfed Powershakes ac yn byta 'mhell dros 5,000 o galorïe'r dydd. Ond y llyged yw'r peth mwya cofiadwy a rhyfedd amdano fe, cymysgedd o las Natsïedd yn gymysg â theimlad 'ych bod chi'n edrych lawr i waelodion ffynnon ddiddiwedd o falais a düwch, sy, fel yr awgrymodd John Donne, "yn ffenestr i'r enaid".'

'Barddoniaeth, Insbector? Chi'n llawn syrpreisys.'

'*Stick around, kid* ac fe glywch chi fwy... ond gwrandwch, sdim rhaid i chi alw fi'n Insbector. Ma'n ffrindie'n galw fi'n Tom Tom.'

'Does dim llawer o'r rheini, o'r hyn dwi'n ei glywed.'

'Gwir bob gair. Beth am weud 'mod i'n berson preifet, lico bod ar ben ei hunan?'

Gadawodd y geiriau'n hongian yn yr awyr, pob llythyren yn gyhuddiad rywsut. Yn ei feddwl mae'n gweld ei hun liw nos yn gosod lluniau pornograffig, ynghyd â phecyn nid ansylweddol o gocên mewn bag lledr yn garej McAllister: yr unig dro iddo wneud unrhyw beth y tu hwnt i'r gyfraith er mwyn cael *crim* i fynd o flaen ei well. Ambell waith roedd angen brws newydd er mwyn glanhau'r stryd. Isafbwynt ei yrfa. Isafbwynt ei fywyd, ac roedd hynny'n dweud lot wedi'r holl yfed.

'Ta prun, buodd McAllister am ddeng mlynedd yn y carchar ond yn sicr do'dd e ddim yn un o'r *nonces* 'ny gafodd ei drin fel bar o Lifebuoy yn y gawod a'i dreisio saith nosweth yr wthnos, fel sy'n digwydd i'r rhai gwan. Dyn gwirioneddol bwerus yw McAllister a bydde hi 'di cymeryd disen o ddynion i'w binio fe lawr ar y teils, fel y bydde'n digwydd i bron pob *nonce* arall. Dyna pam ma carchar fel Brynbuga'n llawn – carchar i droseddwyr rhyw yn unig yw e, fel chi'n gwbod yn iawn. Ond nid i fan'na a'th McAllister, ond i'r llefydd caled – Wakefield, Albany, Parkhurst – carchardai categori A lle ro'dd e wedi gorfod plygu i'r drefen.

'Ond all neb gael gwared ar y malais y tu mewn iddo fe ac ma hwnnw fel egni, gall besgi'n braf ar y malais, gan freuddwydio'n awchus am y diwrnod pan all gerdded mas drwy'r gatie'n ddyn rhydd i hela am ei brae – y bobol anfonodd e i'r carchar yn y lle cynta. Ac ma hi'n debyg 'mod i'n uchel ar y rhestr honno, os nad y dylwythen deg ar ben y goeden. Ar ddiwrnod gwael dwi'n dychmygu McAllister yn tynnu 'mreichie i'n ôl fel doli glwt ac yn cyhoeddi ei fod e am dowlu 'mhenglog i mewn i'r bin. Ond dim ond dechre ar y broses o boenydio fydde hynny. Gan ei fod e 'di colli deng mlynedd o'i fywyd yn y carchar, bydde'n rhaid i rywun dalu. Na, gwell na 'ny, bydde'n rhaid i bawb dalu. Pawb. Pob copa ohonon ni. Pob un o'dd 'di'i bechu fe mewn unrhyw ffordd.'

'Ond be sy 'da hyn i'w wneud â'r prifathro?'

'Dim byd, ond ma 'da McAllister rywbeth i neud â Zeke Terry, y crwtyn 'na a'th ar goll. Ry'n ni 'di cael *tip-off*.'

'Un dibynadwy?'

'Mor ddibynadwy ag unrhyw dip-off arall.'

'Ond pam sôn am hynny nawr? Ry'n ni'n gweithio ar ddiflaniad Davies, dyna'n hachos ni.'

'Dwi'n deall shwt ry'ch chi'n teimlo. Ond ma achos y bachgen yn gysgod dros bob dim. Ac ma 'da ni'r *tip-off*.'

'Ond y prifathro. Mae angen dod o hyd iddo'n gyflym. Nawr...'

'Bydd yn rhaid i ni fynd i weld McAllister, ond ma fe bownd

o fod ar fin ca'l ei ryddhau erbyn hyn. Fe wna i tsiecio'r records i weld.'

Cawsai McAllister ei ryddhau ddeuddydd ynghynt. Daeth tacsi i'w gludo adref. Nid peth hawdd fu mynd i weld McAllister, yn enwedig gan fod ei swyddog prawf yn gyndyn iawn o roi ei gyfeiriad. Ond dywedodd Tom Tom gelwydd noeth ei fod yn gweithio fel ditectif preifat ar ran rhieni'r plentyn aeth ar goll, a'i fod yn gobeithio dod o hyd i'r crwtyn bach er mwyn talu'r morgais fis nesaf. Hwnna oedd yr achubiaeth, oherwydd heb yn wybod i Tom Tom câi Dafydd Shields, y swyddog prawf, hi'n anodd talu ei forgais ei hun, oherwydd iddo wahanu oddi wrth ei wraig a hithau'n hawlio crocbris i ofalu am y plant.

Lle annisgwyl oedd cartref McAllister, tŷ crand mewn stryd fach ddeiliog ym mhentre Llanbedr-y-fro a'r peth cyntaf ddaeth i feddwl Tom Tom wrth edrych ar y drws mawr pren, a'r coed lelog y naill ochr iddo oedd bod torri'r gyfraith yn talu'n well na phlismona. Safodd Freeman yr ochr arall i'r drws, yn barod am unrhyw beth, fel y cawsai ei hyfforddi i wneud. Cnociodd Tom Tom ar y drws heb wybod bod ei fyd ar fin troi ar ei ben. Unwaith yn rhagor.

'Dewch mewn, dewch mewn. Brandi bach i dawelu'r dydd? Nawr 'te, peidiwch â dweud 'tho i – chi yma oherwydd Zeke. Eisie gwbod pwy na'th ei ddwyn e, efalle ei ladd e. Lan ar ben y mynydd. Os ydw i'n digwydd gwbod pwy na'th, beth ga i am ddweud? Ma 'na fargen i'w tharo ac mae arna i ofon bydd yn rhaid i chi ei tharo gyda'r diafol ei hunan…'

Synnai Tom Tom wrth glywed y fath eiriau'n dod o eiriau'r sarff wenwynig ac allai ddim deall yr holl haelioni na chwaith sut roedd McAllister yn gwybod ei fod e yno oherwydd *tip-off* am Zeke.

'Rwyt ti wedi bod yn becso dy enaid am y boi bach – ble mae ei gorff e, pwy sy'n gwbod ble mae'r corff wedi ei gladdu…'

Roedd y bastad yn gwybod sut i chwarae'r gêm feddyliol, roedd hynny'n glir. Prin ei fod wedi cael ei wynt ato cyn iddo neidio'n syth i fewn.

'A dwi'n gwbod yr ateb, fel dwi'n gwbod cymaint o bethau amdanat ti, Thomas Thomas. Yn gaeth i'r botel o hyd, neu wyt ti wedi stopid erbyn hyn? Ac fel sy'n wir yn y sefyllfaoedd yma, mae gen i rywbeth ry'ch chi eisiau, ac mae gennych chi rywbeth dwi eisiau. Felly, yn syml – pwy sy'n mynd yn gyntaf wrth gyfnewid y wybodaeth? Y dyn drwg? Y copar? Dewiswch chi.'

Doedd gan Tom Tom ddim clem am beth roedd McAllister yn sôn, ac roedd e'n gwneud ei orau i beidio ag edmygu lliw'r whisgi yn y gwydr yn llaw'r sarff. Ond roedd e am chwarae'r gêm er gwaetha'i reddf i osgoi hynny, oherwydd roedd yr enw yno, Zeke, ac roedd yn rhaid iddo wneud popeth i ddod â'r achos hwnnw i ben.

'Pwy felly?' gofynnodd Tom Tom yn gwta.

'Mae e'n rhywun chi'n nabod yn iawn.'

Ysgrifennodd yr enw ar ddarn o bapur a'i luchio ar draws y bwrdd. Edrychodd Tom ar yr enw a llifodd golau drwy gwmwl trwchus y dirgelwch.

'Iawn?' gofynnodd McAllister. Nodiodd Tom Tom. 'Fi nesa.'

Oedodd McAllister yn ddramatig.

'Ges i fy fframio: dyna'r rheswm es i'r jail. Oes 'da chi unrhyw syniad pwy blannodd y lluniau brwnt 'na a'r 470 gram o gocên yn y garej? Yn fy ffycin garej fy hunan. Oes 'da chi unrhyw syniad yn y byd pa gachgi llwfr wnaeth y fath beth? Dwi wedi clywed pethau, Thomas, pethau ar y *grapevine* sy'n dod â'r un enw lan dro ar ôl tro... Oes 'da chi syniad beth yw'r enw?'

Gwyddai Tom Tom bod angen edrych i fyw llygaid McAllister drwy gydol hyn oll, gêm o Poker yn erbyn dyn milain gyda whisgi drud yn ei law a llofruddiaeth yn ei feddwl.

'Ga i weud hyn felly, Mr Thomas. Os gwir y sôn taw chi oedd y dyn, bydda i'n gwneud yn siŵr eich bod yn dioddef i'r eithaf. A bod pawb ry'ch chi'n eu caru yn dioddef hefyd.'

'Peidiwch â 'mygwth i...'

'O cym on. Welais i fe yn eich llygaid, cyffesiad clir. Odych chi'n meddwl na alla i ddarllen gwyneb dyn ar ôl yr holl flynyddoedd 'ma. Ma gwendid yno, ac euogrwydd 'fyd.'

Yn ddi-ffws mae McAllister yn estyn i ddror dan y ford ac yn tynnu gwn allan.

'Os taw chi wnaeth fy hala i gell am flynyddoedd, mi fydd dial. Heb os. Heb ffycin os yn y byd. Nawr 'te, ry'ch chi wedi cael beth y'ch chi eisiau a mwy. So ffyc off, y dyn pathetig!'

Mae'r plisman yn oedi cyn troi ei gefn ar y dyn. Yn dilyn clec y drws mae McAllister yn codi'r ffôn.

'Skanks? McAllister. I need to know where the cop lives. It's with his sister I believe. Get me an address.'

*

Cerddodd Tom Tom yn ôl i'r car fel petai'n cerdded dros wastadeddau o iâ yn yr Arctig. Yn teimlo'n unig iawn. Ac yn sylweddoli bod McAllister yn gwybod yn iawn am ei gamwedd. Sut yn y byd? Sut ddiawl? Ym mêr ei esgyrn gwyddai na fyddai hyn yn gorffen yn dda. O na. Dim yn dda o gwbl.

Byd o boen

Dihunodd Ronnie Davies, y prifathro, mewn byd o ddüwch. Clywodd sŵn crawcian, fel cigfran yn dathlu darganfod cwningen wedi marw ar ochr yr hewl, neu frân oedd yn trigo mewn bocs metal, y grawc yn fetelig a chras. Wrth iddo gynefino â'r tywyllwch dechreuodd gynefino â'r poenau yn ei gorff, a sŵn rhywbeth fel pwmp yn anadlu'n dawel wrth ei ochr. Gallai gofio... beth? Cysgod yn cwympo amdano wrth iddo lwytho'r car. Pryd oedd hynny? Pa mor hir roedd e wedi bod yn y lle 'ma, yn y düwch yma?

Wrth i'w gorff gynefino â'r boen, a'i lygaid â'r düwch, dyma fe'n clywed sŵn yn y pellter, sŵn taro cyson, yna oedi, yna taro drachefn, fel rhywun yn adeiladu rhywbeth. Ceisiodd droi ei ben i gyfeiriad y sŵn ond roedd rhywbeth yn dal ei ben yn dynn fel petai mewn feis ac yn ei orfodi i edrych yn syth ymlaen.

Roedd yn rhaid iddo biso. Roedd wedi gwneud hynny'n barod oherwydd roedd ei drowsus yn wlyb a hwnnw wedi dechrau oeri. Llifai'r boen mewn tonnau bach ar hyd ei asgwrn cefn, gan gyrraedd ei fochau a'i geg, lle teimlai fod mwy nag un dant ar goll. Pwy wnaeth hynny? Pwy ddaeth ag e yma ac i beth? Am y tro cynta ers iddo ddihuno, daeth cwestiwn i'w feddwl dryslyd a allai rewi ei waed. Ai dyma ble y byddai'n marw? Yn hongian yma, heb syniad yn y byd beth oedd y rheswm am ei farwolaeth.

Yn y pellter, stopiodd y taro ac yna clywodd sŵn llusgo

rhywbeth trwm. Teimlai fod gan hyn rywbeth i'w wneud ag e, bod byd o falais yn y stafell drws nesa, a bod yr holl sŵn taro a'r llusgo metelig yn ymwneud â'i farwolaeth.

Daeth y sŵn llusgo'n nes ac yn nes ac ymddangosodd siafft o olau ar draws y stafell wrth i ddrysau mawr agor a ffigwr wedi'i wisgo'n wyn o'i gorun i'w sawdl groesi'r stafell gan lusgo sach neu fag plastig sylweddol y tu ôl iddo. Yna, daeth sŵn rhyw fath o wichian o gyfeiriad y dyn, a'r hyn roedd yn ei lusgo. Edrychai fel gwenynwr mewn siwt bwrpasol ar ei ffordd i'w gwch gwenyn. Gwisgai'r dyn fasg clown dwyreiniol dros ei wyneb, ond roedd ei gorff yn annaturiol o fawr, fel rhyw arth yn tynnu sach rwber. Y sach a wnâi'r sŵn gwichian. Ai rhywbeth byw y tu mewn i'r sach oedd yn gwichian mewn ofn?

Ceisiodd Davies weld unrhyw beth a allai fod o help iddo geisio dianc... ond wrth i'w lygaid addasu i'r golau gwanllyd, sylweddolodd ei fod wedi'i rwymo nid â chadwyni ond â phibellau bychain a'r rheini'n tynnu gwaed o'i gorff, y math o beiriant mewn adran dialysis sy'n symud gwaed o gwmpas. Ac o'r hyn y gallai ei weld, sylwodd fod 'na ffrâm o'i gwmpas, a dau fag gwaed yn disgleirio yn y golau egwan.

Daeth yr arth-ddyn yn nes ato ac roedd arogl BO pwerus yn arllwys ohono, fel petai wedi bod yn ei ffau heb weld unrhyw ddŵr i ymolchi. Gadawodd y sach ar y llawr a symud yn nes at Davies a sylwai fod y masg gwyn a'r aeliau uchel yn edrych fel petai'n un o dduwiau bach yn un o grefyddau'r dwyrain. Golwg od, egsotig, pell.

'Olreit, Davies?' holodd llais y gigfran, yn gas ac angharedig. Prin bod unrhyw berson byw wedi clywed ei enw ef ei hunan yn cael ei yngan fel bygythiad yn y fath fodd erioed o'r blaen.

'Cyfforddus? Na, falle ddim. Ond paid â phoeni. Fyddi di

ddim 'ma'n hir. Wel, nid yn hir iawn, ta p'un i. Hwra, gad i fi roi minten fach iti ar flaen dy dafod i gymeryd y blas cas bant. Paid ffycin stryglo, dim ond minten yw hi. Tic Tac. Ti'n lico Tic Tacs? Pwy sy ddim?'

Roedd teimlo bysedd y dyn yn agor ei geg yn ddisymwth yn un o'r pethau gwaetha mewn rhes o bethau gwael a phoenus roedd Ronnie wedi'i ddioddef ers iddo ddihuno o'i hunllef, lle gwelsai greaduriaid dall, rhyw fadfallod yn cwrso ar ei ôl, cyn darganfod ei fod mewn hunllef tipyn gwaeth mewn rhyw fath o sied ar stad ddiwydiannol. Ceisiodd nodi rhyw gliw a fyddai'n awgrymu union leoliad y sied ond roedd yn anodd gweld mwy na'r mwgwd rhyfedd wrth iddo geisio gwrthod y mint yn ei geg.

'Reit 'te, cariad. Rhaid mynd i'r gwaith neu bydd pobol yn dechrau becso amdana i. Nawr dy fod ti wedi cael brecwast llawn, galla i dy adel di tan amser swper. Oes 'na unrhyw beth arall ti isie? Unrhyw beth o gwbl? Nag oes? 'Na ni 'te, twdl pip. Wela i di heno.'

Cerddodd y Bwystfil diemosiwn i ffwrdd yn gyflym ac allan drwy'r drws cyn bod Ronnie yn gallu llusgo'i gwestiwn i'w geg. Caewyd y drws yn glep ac roedd mewn düwch dudew unwaith eto.

Ni wyddai Ronnie a oedd e wedi cysgu neu beidio gan fod ei fyd yn hollol ddryslyd bellach a phob cyhyr yn gwingo wrth iddo hongian yno, fel twrci yn barod at y Dolig. Drip. Drip. Drip. Erbyn hyn teimlai boen, a'i gnawd a'i gyhyrau ar dân. Gweddïai fod y diwedd yn agos ac na fyddai'n rhaid iddo ddioddef lot yn hirach. Ambell waith clywai, neu efallai dychmygu roedd e, sŵn rhywbeth yn cael ei naddu, neu rywun yn rhoi min ar gyllell fawr ond ni wyddai a oedd hyn yn digwydd mewn gwirionedd neu mai rhyw ffansi gwyllt ydoedd. Teimlai fel petai ei freichiau ar fin cael eu plycio o'u socedi a phetai'r Bwystfil ddiawl yn cerdded drwy'r drws y funud honno a gofyn iddo a gâi eu tynnu'n rhydd byddai wedi ymbil yn daer arno i wneud.

Ond ddaeth y dyn ddim, a thyfodd y boen nes i Ronnie groesi trothwy'r poen eithaf, fel na allai deimlo dim byd mwy, a'r corff fel petai wedi colli pob ymwybyddiaeth. Am ffordd i orffen bywyd. Yn garcas. Yn hongian. Yn dripian o waed. Yn disgwyl am y diwedd mewn gofod gwag yn llawn ofn a dioddefaint.

Wyddai e ddim fod y cops yn gweithio'n ddiwyd i ddod o hyd iddo. Byddai hynny wedi bod yn rhyw fath o obaith, er nad yn gysur.

*

Doedd hi ddim yn hawdd i Tom Tom weithio mewn ffordd gonfensiynol, oherwydd roedd gwybodaeth yn gyfystyr ag anadl yn ei waith e. Ac yntau wedi darllen y ffeil a roddodd Tomkins iddo, byddai'n rhaid iddo chwilio am fwy o wybodaeth yn yr hen ffordd, mas ar y stryd – dull hen ffasiwn iawn yn oes y *cyber security* a'r hacio am wybodaeth. Ond roedd hyd yn oed holi pobol yn anodd y dyddiau hyn, heb fod ganddo arian ar gyfer *tip-offs*, ac oherwydd bod pethau ar y stryd wedi newid cymaint ers y dyddiau hynny pan weithiai yn rheolaidd ar y Strip ac yntau'n nabod bron pawb. Penderfynodd ddechrau gweithio o fewn y gyfundrefn, efallai am y tro cyntaf yn ei fywyd. Doedd e ddim am lithro'n ôl i'r hen ffordd, oherwydd byddai hynny'n golygu treulio amser hir mewn bariau a thafarndai ac nid oedd yn teimlo'n ddigon cryf i allu osgoi alcohol. Bu'r newidiadau yn ei fywyd yn rhai mawr iawn ac ni allai ddelio â phopeth yr un pryd. Byddai'n rhaid canolbwyntio. Ffoniodd Freeman ac awgrymu cwrdd am naw o'r gloch i yrru draw i'r man lle diflannodd y prifathro.

Gyrron nhw i'r maes parcio yng nghar y gwaith gan barcio nid nepell o ble'r aeth y prifathro i mewn i'r bŵt. Hongiai rhubanau o dâp rhybudd yn yr awel, ond roedd y tîm fforensig wedi hen adael. Gwyddai Tom Tom y ffeithiau prin wedi iddo ddarllen y ffeil ond doedd dim camerâu yn arsyllu dros y darn yma o'r maes parcio.

Drwy lwc, gwelsai fenyw, a oedd newydd ddod allan o'r siop, ddyn yn cael ei fwndeli i mewn i gar glas gan ddyn mawr arall, ond erbyn iddi ruthro'n ôl i'r siop i ddweud wrth y seciwriti roedd y car glas wedi diflannu ar ras, gan deithio am filltir a chwarter cyn i'r gyrrwr newid car. Gadawodd yr un glas ar ochr y ffordd. Roedd hyn yn cadarnhau y gwyddai'r dyn mawr yn union beth roedd e'n ei wneud, yn ymwybodol y byddai'r heddlu yn edrych ar bob camera yn yr ardal ac ar bob prif hewl yn arwain o Morrisons. Roedd ôl cynllunio manwl, proffesiynol bron ar y cipio.

Gwyddai Tom Tom fod rhai o'r bois fforensig gorau wedi cribo dros y lle'n fanwl yn barod, ond byddai'n werth cael pictiwr o'r fan a'r lle. Cerddodd gyda Freeman tuag at fae'r troliau, lle roedd Ronnie Davies, prifathro 42 mlwydd oed, wedi parcio'i gar ar y 9fed o Dachwedd cyn mynd i brynu gwerth £129.18 o nwyddau.

Wrth iddo gribo drwy'r pridd a'r gwair wrth ymyl tarmac y maes parcio, gallai Tom Tom deimlo cwestiwn yn ffurfio ar wefusau Freeman. Atebodd cyn iddi holi.

'Ma hi wastad yn werth un cip bach arall, i neud yn saff.'

Felly aeth y ddau ar eu pengliniau, a dechrau chwilio'r ardal gyda blaen bys a dod o hyd i un peth bach roedd y fforensics wedi'i fethu. Darn bach o diwb plastig, ychydig filimetrau o hyd.

'Bingo!' meddai Tom Tom.

Doedd e ddim yn deall beth yn union oedd arwyddocâd y tiwb yn ei law, ond roedd staen y tu mewn iddo. Ac roedd unrhyw staen o diddordeb i'r ditectif, gan fod hanes y tu ôl i bob staen. Gallai ôl sigarét adrodd cyfrolau, wrth i beiriannau ddadansoddi'r DNA ym mhoer y person wnaeth ei smocio. Ac roedd blewyn o wallt yn ddigon i garcharu rhywun.

*

Cyrhaeddodd Tom Tom adre a gweld plant Susan yn effro ac yn swnllyd. Wrth iddo agor y drws ffrynt addawai iddo'i hunan na fyddai'n aros yma wythnos yn fwy ac yntau wedi sicrhau ei hen swydd yn ei ôl, byddai'r modd ganddo i rentu fflat. Dim byd mwy nag un ystafell i ddechrau, ond byddai'n cychwyn ar gyfnod newydd yn ei fywyd, wedi ffarwelio ag un o'r cyfnodau mwyaf sur, wnaeth bron â'i ddryllio'n gyrbibion. O leiaf bu'r cyfnod ynghanol rhythmau swnllyd domestig tŷ ei chwaer yn fuddiol iddo, gan iddo osgoi troi at y botel yn llwyr ac arllwys ei hunan i'r gwely bob nos.

Bu Susan yn hynod garedig wrtho ac yn ystod y cyfnod y bu yn westai yn eu plith derbyniodd groeso hael a gonest yr holl deulu, er bod y bechgyn ynghanol dawns hormonau yn gwneud i bopeth droi o gwmpas rhyw. Ac yn absenoldeb rhyw yn troi at gyffuriau a photeli o seidr cryf o Spar rownd y gornel. Eto ni theimlai Tom Tom ei fod yn perthyn yno, nac yn perthyn iddyn nhw. Roedd yn ormod o unigolyn, yn ormod o *loner*.

Sleifiodd i mewn i'r gegin lle roedd Susan wrthi'n golchi'r llestri, gafaelodd yn ei hysgwyddau a chusanu corun ei phen.

'*Sis.*'

'*Bro.*'

Chwarddodd y ddau yn braf oherwydd glendid y talfyriadau.

'Shwt ddwrnod gest di?' gofynnodd Tom Tom, gan

ddefnyddio'r union geiriau ag a wnâi bob tro wrth ddod i mewn.

'O, y plant fel menajeri a phob un yn mynnu cael hyn a'r llall ac arall o'r siop a phopeth yn costio.'

Gan amlaf byddai Tom Tom yn teimlo'n euog iawn pan fyddai hi'n gwyntyllu'r math yma o gŵyn, ond heno roedd pethau'n wahanol oherwydd roedd e wedi bod i'r twll yn y wal. Ar ei ffordd 'nôl i'r tŷ gwelodd ddau ddyn amheus yr olwg yn syllu arno gan geisio osgoi gwneud hynny'n amlwg ar yr un pryd. Roedd dau ddyn mewn fan wen wedi ei ddilyn o'r pencadlys. Teimlai fod gan hyn rywbeth i'w wneud â McAllister, y bastard. Byddai'n rhaid iddo ddelio gydag e rywbryd eto ond am y tro aeth ar hyd ffordd gymhleth iawn i dŷ ei chwaer, gan golli'r mwncwns yn y fan wen. Adre'n saff, gwasgodd bapurau deg punt i law wlyb ei chwaer.

'Beth yw hwn?'

'Peiriant golchi llestri os ti isie un. Neu jyst peth o'r rhent sy arna i i ti.'

'Pwy wedodd unrhyw beth am rent? Pa fath o chwaer fydde'n codi rhent ar ei brawd ac ynte heb waith?'

'Ond ma pethe'n newid pan ma'r brawd hwnnw 'di ca'l gwaith.'

'Pwy? Ti? Wedi ca'l gwaith! Paid gweud bod ti 'di mynd am un o'r jobs seciwriti 'na lawr ar y seit. Ma dyn yn gallu colli'i bwyll yn byw yn un o'r portacabins 'na, deunaw awr ar y tro am arian llai na'r hyn maen nhw'n ga'l am dwlu byrgyrs yn McDonalds.'

'Dwi wedi ca'l yr hen job 'nôl.'

'*Never*! O'n i'n meddwl bod y drws 'na wedi'i gau'n glep am byth.'

'Wel, mae e 'di agor 'to, ta beth. Dwi 'di dechre heddi fel mae'n digwydd. Desg newydd. Partner newydd. Cerdyn adnabod ar y ffordd erbyn fory.'

'Paid gweud! Ma 'da hyn rywbeth i neud â'r prifathro 'na sy 'di diflannu, on'd o's e? A llofrudd y crwt 'na?'

'Dylet ti fod yn dditectif.'

'Ma ca'l un ohonyn nhw yn y teulu 'ma yn un yn ormod yn barod. *Dishwasher* ti'n weud. Fydd dim rhaid i'r dwylo 'ma fod mor goch â *ketchup* byth 'to!'

Cripiodd gwên lydan ar draws wyneb Tom Tom.

'Nos da, *sis*. Amser clwydo.'

'Amser be?'

'Bedi-beis. Wela i di yn y bore.'

Yn ei ystafell paratôdd Tom Tom am noson hir arall o ddisgwyl amdano. Ambell waith byddai'r 'bachgen' yn dod, ac yn curo'r drws yn hynod, hynod boleit cyn gofyn a gâi e ddod i mewn. Efallai byddai'n dewis sefyll rhwng y gwely a'r wal, yn fud fel mynach ond y llygaid cwrens duon yn drilio'n ddwfwn i mewn i isymwybod Tom Tom, yn yr un ffordd ag roedd ffaelu datrys achos ei ddiflaniad wedi dryllio'i gydwybod.

Meddyliodd am ei bartner. Dyma gyfrifoldeb newydd. Nid ei fod e'n gorfod edrych ar ei hôl hi, roedd pob arwydd ei bod hi'n abl iawn ac yn llawn hunanhyder. Dyn swil oedd e y tu ôl i'r masg o boeni dim. Ond roedd ganddo gyfrifoldeb, sef osgoi gwneud unrhyw beth dwl a allai ei rhoi hi mewn peryg. Roedd ganddo hanes hir o wneud hynny, drwy fod yn fyrbwyll, neu'n ddi-hid o'r rheolau. Diolch byth nad oedden nhw'n cael defnyddio gynnau pan oedd ei yrfa yn ei anterth. Erbyn hyn roedd pawb yn derbyn hyfforddiant, a thua hanner ei gyd-weithwyr yn gallu cael gafael mewn arf.

Fory byddai'r diwrnod llawn cyntaf pan fyddai hi'n cael cyfle i'w asesu. Doedd hi ddim yn gwybod dim am ei hanes, felly roedd hynny'n fantais. Pwy yn ei iawn bwyll fyddai'n dewis treulio deg awr gyda rebel dwl fel yntau, dyn o blaid cyfraith a threfn ond eto'n mynd yn erbyn y drefn mor aml?

Cododd Tom Tom o'r gwely a chymeryd tri cham tuag at y cwpwrdd lle storiai'r poteli. Ar y foment roedd ganddo tequila da, Tres Agaves, a Blackmore's Gin o Iwerddon ynghyd â thonic o'r Ynys Werdd a hefyd whisgi rhad o'r Midnight Stores, un y gellid stripo paent ag e. Cododd bob potel yn ei thro gan ei gosod 'nôl yn ofalus wedyn gyda'r labelu'n wynebu cefn y cwpwrdd bach. Cysurai ei hun oherwydd eu presenoldeb ond roedd yn benderfynol hefyd na fyddai'n cymeryd cymaint ag un sip o'r gwenwyn deniadol. Yn ôl pob amcangyfrif roedd ganddynt ddiwrnod neu ddau i ddod o hyd i'r prifathro, neu ddod o hyd i'w gorff. Byddai angen digon o gwsg i fedru deffro'n siarp.

*

Cyrhaeddodd Emma Freeman ei chartref tua deg, gan redeg bàth yn syth ac arllwys glasied mawr o Pouilly Fumé i'w sipian cyn diosg ei dillad. Roedd y fflat yn wag iawn ers i Mark adael, gan gymeryd ei lyfrau a'i gryno-ddisgiau a rhan o'i chalon gydag e. Pedair blynedd o berthynas wedi diflannu, a'r peth gwaethaf oedd eu bod nhw wedi dechrau trafod cael plant a hithau wedi bodloni rhyddhau ei hun o'i gyrfa er mwyn bod yn fam. Cytunodd yntau leihau'r oriau hir a weithiai yn creu meddalwedd.

Yna, heb rybudd o gwbl, dyma fe'n dweud ei fod e wedi cwrdd â rhywun arall ac yn waeth na hynny – gan rwbio halen yn y briw – dyma fe'n awgrymu na allai fyw gyda rhywun oedd yn 'fascist cop'. Dyna'r union label a roddodd iddi ac fe wingai o gofio'r surni yn ei lais a hithau wedi'i garu'n llwyr tan y noson honno. Mewn llai nag awr roedd tacsi wrth y drws ac roedd e, ei lyfrau a'i daclau i gyd, ynghyd â'u dyfodol fel pâr, ar fin gyrru i ffwrdd drwy niwl y nos. Gwynt teg ar ei ôl, meddyliodd, gan ofyn i'r gwin ddechrau meddalu amlinell ei wyneb yn ei chof.

Taflodd yr unig ffotograff ohoni hi a Mark – ar eu gwyliau yn San Sebastian – i'r bin, gorffen y gwin mewn un llwnc a symud i'r bàth.

Ond wrth gwrs, o ystyried, dim ond rhyw fath o ateb iddi hi o ganlyniad i golli'i gŵr cyntaf oedd Mark. Dyn dewr oedd hwnnw, y plisman a gafodd ei ladd, y cysgod yn ei bywyd, a fe hefyd oedd yn esbonio ei dycnwch fel plismones. Bu'n rhaid iddo orfod claddu'i gefndir personol er mwyn canolbwyntio ar y ces.

Bàth. Dyna lle y byddai hi'n meddwl orau, yn gallu dadansoddi pethau go iawn. Wrth i'r swigod lafant frigo, a phop-popian yn dawel, darllenodd y proffil a sgrifennodd y seicolegydd Barry Stewart am y Bwystfil, a'r awgrym y gallent ddwyn perswâd ar yr herwgipiwr i ymddangos gan apelio at yr hyn a wnâi iddo weld ei hun fel rhywun pwerus, yn wir, yn ddim byd llai na duw. Er bod Stewart wedi tanlinellu nad oedd sail clinigol i'r term, nac felly unrhyw ddiagnosis, roedd y disgrifiad o rywun yn dioddef o God Complex yn teimlo'n briodol iawn yn yr achos hwn.

A person with a God Complex may refuse to admit the possibility of their error, or failure, even in the face of irrefutable evidence, intractable problems or difficult or impossible tasks. The person is also highly dogmatic in their views, meaning the person speaks of their personal opinions as though they are unquestionably correct. Someone with a God Complex may exhibit no regard for the conventions and demands of society, and may request special consideration or privileges.

Ddyddiau'n ôl danfonodd y Bwystfil lythyr i'r *Gazette* gan honni y byddai dinasoedd yn y dyfodol yn boddi o dan eu hofnau. Geiriau digon tebyg i rai byddai rhyw fath o dduw yn eu defnyddio. Dychmygai Emma'r herwgipiwr, Y Bwystfil, fel rhyw fath o Montezuma, yn rhwygo calon o gawell brest, a sefyll yn browd wrth garreg y lladd mewn teml uchel. Dyn yn gweld ei hun fel duw oedd y boi yma, yn sicr.

Ac yna daeth Tom Tom i'w meddwl, gan ddisodli Montezuma, duw-ddyn yr Aztecs yn ddisymwth, a chyfnewid gwisg ddefodol am shambls o siwt.

Tom Tom. Sut roedd hi'n mynd i ddelio gyda Tom Tom? Cafodd y teimlad yn barod ei fod yn ddilornus o fenywod, rhywbeth oedd yn gyson â'i oed a'i genhedlaeth. Byddai'n rhaid iddi gynrychioli menywod eraill, yn ei doethineb a'i gallu, a gwneud i'r dyn 'ma weld y golau. Roedd yn dditectif da, yn enwog mewn mwy nag un achos, fel y darllenodd pan wnaeth y Prif Arolygydd Tomkins ganiatáu iddi weld ei ffeil. Amharod oedd hi i edrych arni i ddechrau, gan awgrymu nad oedd hi am ysbïo ar neb, ond esboniodd Tomkins ei fod yn cymeryd gambl fawr drwy wahodd Tom Tom yn ôl. Ac yntau mor ymfflamychol, gallai fod yn fwy o drwbl nag o werth. Ond, dywedodd yn fyfyriol, gan godi ei fysedd o'i flaen i greu to, gallasai'r cyfuniad o reddf Thomas a deallusrwydd Freeman fod yn dîm effeithiol iawn.

'Ond bydd yn rhaid gwarchod Thomas rhag ef ei hunan. Does ganddo mo'r hunanddisgyblaeth i wybod pa mor bell y gall fynd.'

Atseiniai barn Stewart am seicopath yn ei phen a gwyddai Freeman yn iawn nad oedd yn rhaid i rywun ladd, niweidio, na hyd yn oed cael meddyliau drwg am ladd, i fod yn seico. Ond gwyddai y byddai'r Bwystfil yn lladd eto, os nad oedd e wedi gwneud yn barod. Ni fyddai rhywun fel hwn yn ymateb i ofn pobol eraill. Er bod gan hyd yn oed Duw ei wendidau, roedd awgrymu gwendid yn gallu ei gythruddo. Penderfynodd yn y bore y byddai'n mynd â Tom Tom i swyddfa'r *Gazette*, wrth iddi wneud yn siŵr bod dannedd y trap yn siarp ar y naw ac wedi'u gwneud o ddur.

*

Arhosodd y Bwystfil ar ei draed yn hwyr iawn er mwyn mynd drwy ei gasgliad, gan wneud hyn am y trydydd tro efallai'r wythnos honno, neu efallai'r pedwerydd. Gallech ddweud ei fod yn obsesiynol. Nid oedd yn cyfri'r dannedd, oherwydd y peth pwysig oedd edmygu ei gasgliad. Ond efallai heno byddai'n eu cyfri nhw i gyd. Roedd ganddo reddf y casglwr, a greddf y trefnwr hefyd ac roedd greddf yn bwysig iawn ym mhopeth a wnâi.

Roedd ganddo jariau ar gyfer pob math o ddant, a dau fath o jar. Roedd y jariau Kilner ar gyfer y cilddannedd, y rhag-gilddannedd, y blaenddannedd a'r dannedd llygad. Y prif bethau yn ei gasgliad oedd y setiau llawn – 32 dant mewn jar unigol wedi'u labelu'n daclus, gyda dyddiad y casglu, y lleoliad a manylion am yr unigolyn – ond roedd pob label mewn cod, rhag ofn yr âi rhywbeth o'i le rhywbryd. Roedd mor ofalus fel na allai ddychmygu sut y gallai gael ei ddal.

Roedd dannedd y prifathro'n barod i'w labelu a gallai glywed ei sgrechiadau yn ei ben wrth iddo sgrifennu'r rhif mewn inc arbennig ar bob dant. Doedd y prifathro ddim fel y lleill. Gan amlaf byddai'n trapio pobol ar ymylon cymdeithas, neu rai oedd wedi cwympo drwy'r rhwyd yn gyfan gwbl, y gwehilion: tramps, alcoholiaid yn byw mewn perthi neu ar dir diffaith heb olau lamp ar gwr y ddinas. Dyna'r math o bobol, dyna'r targedau y chwiliai amdanyn nhw ar hewlydd diarffordd, gan wneud yn siŵr na fyddai neb yn eu gweld yn camu i mewn i'w gar, cynfasau plastig newydd ar bob sedd, ac yntau'n siarad yn hapus â nhw'r holl ffordd gartref.

Byddai'n clywed hanesion eu bywydau ac yn gorfod agor y ffenest yn amlach na pheidio i osgoi drewdod y BO. Byddai'n hapus ddigon i sôn am ei fywyd yntau fel deintydd llwyddiannus ac yntau'n gwybod bod y gleren yn sownd wrth y papur glud, a'u bod nhw ond rhyw bum milltir o'i gartref. Pedair milltir. Tair milltir cyn cyrraedd y lladd-dy. Dwy. Un. Dyma ni. Dewch i mewn, dewch i mewn. Gymrwch chi baned? Roedd ganddo gacennau ffres a falle Eccles Cakes. O dwi'n ffond iawn o Eccles Cakes. Ga i gymeryd eich cot? A'ch bagiau? Gwnewch eich hunan yn gyfforddus. Gwnaeth fy ngwestai diwetha setlo miwn yma am gyfnod hir. Yn hoff iawn o Eccles Cakes, mae'n rhaid.

Byddai'r cawr o ddyn yn paratoi swper priodol i rywun nad oedd wedi arfer bwyta'n dda, neu'n iachus, gyda thun o sŵp efallai, a bara hawdd i'w gnoi ac efallai eirin gwlanog allan o dun, gyda hufen arno i bwdin. I'r rhai a fyddai'n yfed alcohol byddai'n cynnig cwrw neu sieri, ac i'r dirwestwyr, neu i'r rhai oedd wedi rhoi'r gorau i yfed (er anaml byddai rhywun yn y categori hwnnw) gwnâi baned o de, Glengettie gan amlaf, a byddai'n ychwanegu'r powdwr gwyn i'r te i'w hala nhw i gysgu, neu yn y cwrw neu'r sieri gan siarad â'r pwr dab nes ei bod hi neu fe'n cysgu'n braf.

Yna byddai'r cawr yn eu llusgo i mewn i'r stafell waith ac yn aml yn gorfod stryglo i godi'r corff diymadferth lan o'r llawr ac ar y gadair. Y gadair oedd yn ganolbwynt i'w fywyd. Y gadair lle byddai wedi gweithio am flynyddoedd, yn whilmentan ac yn archwilio cegau – un o'r profiadau mwyaf personol y gall unrhyw un ei gael. Gosod ei fysedd, mewn menig latecs glân, i mewn ar hyd y croen sensitif sydd gan rywun o dan y boch a hwythau yn ei drystio gant y cant. Y cynrhon dynol bach, pathetig.

Ei sglyfaeth diweddaraf yw Harmon, Dafydd Harmon. Mae casglwr yn gorfod casglu felly mae ganddo un yn y locyp ac un yn y selar – prifathro yn hongian fel twrci ac yn llifo gwaed fesul drip, a boi digartref wedi cael cartref o'r diwedd, am sleisen dda o gymdeithas.

Roedd y Bwystfil yn un da am dynnu pob math o wybodaeth yn gyflym a disymwth. Yn eironig, mae Dafydd druan yn fab i ddeintydd, a deuai ei fam o deulu cyfoethog, amaethyddol, yn berchen ar bedwar can erw o dir bras ar ochrau afon Tywi wrth i'r afon nadreddu'n falwen arian lan sha Nantgaredig. Ond wedi i'w briodas fethu o fewn wythnosau'n unig, a chael cyfnod yn syrffio soffas yn nhai ei ffrindiau, roedd Dafydd wedi dechrau cysgu mewn parc, gan lusgo'i sach gysgu i'r Sally Army, lle byddai bwyd am saith o'r gloch ar ei ben, a chynnig i aros mewn hostel gyda gwehilion oedd yn gaeth i alcohol neu gyffuriau, ond câi'r sylweddau eu gwahardd yno.

Mor hawdd oedd pysgota trueiniaid fel Dafydd o bydew anobaith, creaduriaid oedd yn bodoli mewn truenusrwydd, cyn diflannu.

I'w gymdogion roedd y deintydd yn foi dymunol, ond yn foi tew iawn, yn edrych fel petai'n gallu gael harten unrhyw funud. Ond y tu ôl i ddrysau caeedig gallai symud yn gyflym. Oherwydd bod pawb yn talu eu holl sylw i'w ffonau ac i'r set deledu, y gliniadur a'i ddrws i holl frawdoliaeth y we, nid oedd neb yn talu sylw byth i'r bobol fyddai'n cyrraedd ei dŷ ond byth yn gadael. Un ar ddeg ohonynt yn ystod y ddwy flynedd ddiwethaf. Y diflanedig rai.

Gwyddai fod pawb yn chwilio amdano, ond teimlai'n saff, er gwaetha'r ffaith fod ei enw 'Y Bwystfil' yn ymddangos yn feunyddiol mewn papurau dyddiol, bwletinau newyddion, hunllefau plant bach a chyfarfodydd Comisiynydd yr Heddlu. Roedd y pwysau i'w ddal wedi tyfu a thyfu ond gwyddai sut i sleifio drwy'r ddinas, sut i osgoi camerâu, sut i fihafio'n hollol normal wrth gerdded heibio'r cops a hwythau wedi dechrau stopio ceir yn ddirybudd, heb sôn am y *vigilantes* oedd wedi lluosi ers i *Wales News* gynnig gwobr o filiwn o bunnoedd am wybodaeth amdano.

Ond ddaeth neb yn agos at ei ddal ac yma, yng nghanol y we, roedd y pry cop yn saff, fel Norman Bates yn y Bates Motel, gyda chanolbwynt arbennig i'r lle hwn. Y gadair. Y lle i dynnu. Y lle i gasglu. Lle mae'r Bwystfil yn mwynhau ei waith, yn tynnu, gydag arddeliad. Ac wedi'r tynnu bydd y torri. Mae proses ddieflig ar waith.

Dafydd Harmon. Ronnie Davies. Ac amryw un arall. Ychwanegiadau i'r casgliad. Un newydd farw a'r llall yn gweddïo am gael marw. Edrycha ar y poteli gwaed yn y rhewgell, bob un wedi ei labeli'n dwt, a'r dannedd i gyd, bob un wedi ei drefnu'n deidi, yn nhrefn y geg.

Mae'n codi un dant ac yna'n tynnu un o lygaid Dafydd druan allan o jar *formaldehyde* cyn slipio'r ddau i amlen, i'w hanfon at yr heddlu, ynghyd â neges wawdlyd. Bydd yn gwneud hynny ar y ffordd i'r siop tsips. Ond cyn hynny bydd yn nodi bod dau beth yn llai yn ei gasgliad swfenirs. Un dant. Un llygad. Bydd angen iddo gasglu mwy. Yfory efallai.

Cliwiau

TEIMLAI TOM TOM yn rhyfeddol o letchwith wrth edrych ar y ddogfennaeth yn ymwneud â'r prifathro oherwydd tyfai'r teimlad ynddo fod y boi wedi marw yn barod. Roedd yr arbenigwyr yn amcangyfrif bod amser yn brin iawn bellach. Hyd yn oed os oedd y boi yn rhyw fath o degan ar gyfer y seico, anaml iawn y byddai'n ei gadw'n fyw am gyfnod rhy hir. Chwarae, chwarae ychydig bach eto ac yna difa – dyna fyddai'r patrwm arferol. Byddai hyd yn oed pobol wallgof yn wyliadwrus rhag dod i nabod y person fel person, yn hytrach nag fel darn o gig.

Ronnie Evian Davies, yn enedigol o'r Amwythig. Addysg gweddol, patrwm confensiynol o ddechrau dysgu, newid ysgolion, yna sicrhau swydd dirprwy, cyn dod yn brifathro ar ysgol uwchradd y tu allan i Telford. Ond nid y dysgu oedd y peth pwysicaf amdano, ond y cyhuddiadau yn ei erbyn – cyffwrdd â phlentyn yn anweddus, dro arall ei fod â llwyth o bornograffi anaddas yn ei feddiant. Ond bob tro y byddai rhywun wedi ymchwilio i'r rhain, deuent i'r casgliad nad oedd Davies yn euog o unrhyw drosedd, gan awgrymu y dylid cadw'r deunydd ar ffeil rhag ofn y byddai rhywbeth arall yn cael ei amlygu a phatrwm i'w ganfod. Y ddamcaniaeth oedd bod ei wraig yn ceisio casglu rhesymau i'w ysgaru a taw hi oedd yn dechrau pob ensyniad.

Cafodd Davies ei holi fwy nag unwaith a phob tro heb fod cyfreithiwr yn bresennol, oherwydd mynnai ei fod yn ddieuog ac nad oedd ganddo unrhyw beth i'w guddio. Ond byddai'r ensyniadau yn ddigon i'w orfodi i symud, y tro cynta i Margate yn swydd Caint, wedyn yn dilyn cwyn arall, bu'n rhaid iddo symud drachefn i Rotherham. Yn ddiddorol, nododd Tom Tom mai'r dybiaeth oedd taw rhywun yn ardal Telford anfonodd y llythyr dienw a wnaeth agor ymchwiliad newydd, fel petai rhywun yn anhapus â diffyg casgliadau yr ymchwiliad cynta.

Wedi darllen holl gynnwys y ffeil ni theimlai Tom Tom fod ynddo unrhyw beth a allai ei helpu, gan wybod hefyd nad oedd yn gallu gwneud yr hyn fyddai'n dymuno ei wneud, sef holi pobol yn yr ysgol, a holi cymdogion Davies yn y stryd ddeiliog lle roedd yn byw. Roedd yr heddlu wedi gwneud y gwaith caib a rhaw yn barod, a byddai pobol yn gyndyn i ateb yr holl gwestiynau unwaith eto.

Penderfynodd Tom Tom chwilio am ei dracwisg. Roedd wedi'i chuddio'n ofalus dan fynydd bach o ddillad brwnt er mwyn rhedeg i lawr i'r caffi, a chlirio'i ben, ei wythiennau a'i ysgyfaint. Bu'n rhaid iddo stopio ar ôl can metr wrth iddo gredu fod ei galon yn mynd i fyrstio, a theimlai'i goesau'n ansicr o dan ei bwysau. Erbyn iddo gerdded i mewn i'r caffi roedd yn chwysu cymaint nes i un o'r hen wags ofyn oedd hi'n bwrw glaw. Teimlai mor siomedig wrth sylweddoli ei fod wedi colli'i hen ffitrwydd nes iddo benderfynu hepgor y brecwast llawn, y Mega y byddai'n ei archebu fel arfer, a dewis cael y teacake, a myg o de, heb siwgr.

Ond, dros frecwast ceisiai brosesu'r holl wybodaeth, gan chwilio am batrwm, am oleuni.

Rhywle, anadlai nemesis iddo. Yn cynllunio'r cam nesa. Herwgipiad arall efallai. A'r unig beth roedd Tom Tom yn gorfod ei wneud oedd dyfalu pwy a ble a sut. Syml. Roedd y sut yn amlwg, neu o leia'r defnydd o glorofform. Roedd olion o'r cemegyn yn y maes parcio, yn disgleirio'n glir ar sbectometr labordy'r heddlu. Yn hyn o beth roedd Freeman ac ef wedi gwneud eu gwaith caib a rhaw yn hynod o dda.

Awr yn ddiweddarch cyrhaeddodd y gwaith, ac ar y ffordd i fewn dyma Gladys, y tu ôl i'r ddesg yn y cyntedd, yn galw arno ac yn estyn amlen iddo.

'Daeth hon i chi, crwtyn bach yn ei ddelifro.'

Edrychodd Tom Tom ar y ffordd roedd rhywun wedi labelu'r amlen. 'For You Eyes Only'. 'For Your Eyes Only' dylai hyn fod, meddyliodd, gan agor y parsel gyda'i fysedd mewn menyg latecs.

'Iesu gwyn!' meddai, gan guddio'r cynnwys rhag ofn i Gladys lewygu wrth weld y ddau beth bach.

Ymladd cŵn

TRODD BRATWURST, y pit bull unllygeidiog, un llygad yn heriol at ei wrthwynebydd, sef Killer, ci milain, cyhyrog a danheddog, cymysgedd o Ridgeback a rhyw frid o wlad anghysbell, rhywogaeth heb ei gofrestru gan Crufts. Ceisiai ei berchennog, Lennie Dryhurst, dynnu'r mwgwd lledr dros ben Bratwurst yn dynn, ond roedd y ci bron yn drech nag e, yn tynnu a thynnu gyda phob tendon a chyhyr ac yn glafoerio'n wyllt, nes ei fod yn edrych fel un o'r peiriannau swigod 'na bydd plant yn ei ddefnyddio. O gwmpas y cŵn byddai arian mawr yn newid dwylo.

Cododd y reffarî bedwar bys i ddweud faint o amser oedd cyn yr ornest ac roedd lefel y sŵn yn yr hen barlwr godro'n codi nes ei fod yn un sŵn aflafar, fel haid o wenyn metal mewn cwch metel yn mynd yn wyllt gacwn.

Pum munud cyn i'r ffeit ddechrau roedd Matt, perchennog Killer, yn siarad â Lennie ac yn gorfod gweiddi yn ei glust. Ond wrth i'w eiriau dorri drwy'r sŵn rhedai ias fel fflach o fellt glas i lawr ei asgwrn cefn. Roedd Matt wedi betio'n sylweddol yn ei erbyn ac arwyddocâd hynny oedd bod Albaniad wedi rhoi gorchymyn iddo golli. Felly, roedd yn rhaid i Lennie aberthu ei gi, er ei fod yn bencampwr ac wedi ennill tri deg gornest cyn hynny.

Bu'n rhaid iddo guddio raser yn ei ddwrn wrth dendio'r ci, rhoi nic sydyn yng ngwddf y creadur a byddai'r ci arall, Killer, yn symud yn ddigon cyflym i orffen y job mewn tasgfa o waed. Doedd dim cyfle i Lennie ddadlau. Gwyddai'n iawn fod cais gan yr Albaniad yn gyfystyr â gorchymyn ac na fyddai neb yn ei iawn bwyll yn gwrthod gorchymyn y dyn dieflig. Felly, wrth agor thermos o ddŵr a'i arllwys i mewn i bowlen y ci ar gyfer ei funudau olaf ar y ddaear, slipiodd y raser allan o'i boced, a symud y min i ganol y tywel y byddai'n ei ddefnyddio i dendio'r cŵn rhwng rowndiau – er bod pawb yn gwybod pa mor anodd fyddai tynnu'r cŵn bant oddi wrth ei gilydd, hyd yn oed wrth ddefnyddio rhaff a pholyn o bren i'w gwahanu.

Erbyn hyn roedd y dorf yn berwi mewn casineb, adrenalin a'r ysfa i ennill arian mawr ac roedd miwsig y gân 'Firestarter' gan The Prodigy yn arllwys o'r uchelseinyddion, yno i'w gwylltio, gan bwmpio sŵn y bas yn uchel fel petai'r lle'n barod am *rave*.

Roedden nhw wedi gwylltio dros y tair gornest agoriadol, a'r rheini'n morio mewn gwaed, gan fod y rowndiau cynnar yn debyg i daflu'r Cristnogion o flaen y llewod, rhoi anifeiliaid anwes, rhywogaethau bach fflyffi wedi'u dwyn yn gynharach yn y prynhawn, yn erbyn cŵn ymladd profiadol. Yn aml fyddai gornest felly ddim yn para mwy nag eiliadau. O fewn dwy neu dair gornest byddai'r bin mawr plastig wrth y drws yn llenwi â chyrff anifeiliaid wedi'u rhacsio.

Ond nawr roedd Bratwurst a Killer yn wynebu ei gilydd ac roedd calon Lennie yn pwmpio'n gyflymach na thrac bas 'Firestarter' wrth iddo geisio amseru'r hyn roedd am ei wneud fel bod sylw'r bobol ar rywbeth arall wrth iddo dorri'r wythïen. Gwyddai byddai'n rhaid iddo hyrddio'i gi tuag at y ci arall fel na fyddai neb yn gweld bod y gwaed wedi dechrau llifo cyn i'r bowt ddechrau. Gwnaethai hyn o'r blaen, unwaith, felly gwyddai nad oedd eisiau agor gormod ar yr wythïen, dim ond gwneud un nic bach a byddai'r ci arall yn gallu gorffen y job, gyda llawfeddygaeth amatur, ffyrnig.

Cododd y reff un bys ac roedd rhywun wedi codi lefel sain y miwsig ac er bod dau spicyr yn pwmpo mas 80 watt yr un, roedd sŵn y bloeddio a'r clapio afreolus yn llenwi'r siambr-lladd. Dau anifail yn wynebu ei gilydd, yn herio'i gilydd mewn un ddawns wyllt wrth geisio cael gafael tyn, cyn tynnu a rhwygo ei gilydd, eu tango ddieflig wyllt a gwaedlyd cyn i un goncro a'r llall drigo. Yna byddai'r perchnogion yn gorfod tynnu'r naill oddi ar y llall a dechrau trin anafiadau'r ci sy'n dal yn fyw, a chael gwared ar gorff y llall. Heb urddas na ffws, câi'r cyrff eu bwydo i haid o foch ar fferm Treboeth.

Heno byddai'r Albaniad wedi gwneud dros gan mil a hanner o bunnoedd. Byddai'r sachau duon yn llawn, y cyrff llipa'n diflannu dan gysgod nos i fwd y buarth a'r rholiau rhydlyd o weiren bigog, lle byddai'r ffarmwr yn cael pris da am dderbyn y gelain. Bwydo ei foch megis gwledd, ond cael gwared ar dystiolaeth hefyd.

'Pwy ffwc sy'n dwyn yr holl gŵn 'ma?'

GALLAI CWESTIWN Y Prif Arolygydd Tomkins gael ei adleisio ym meddyliau bron pawb a weithiai yn HQ, gan gynnwys y glanhawyr. Am ddeng niwrnod bron roedd y lle wedi bod dan warchae wrth i berchnogion cŵn mawr gyrraedd i lenwi'r ddogfennaeth angenrheidiol ynglŷn â diflaniad y Staffis a'r Rottis a'r American Bulls a gawsai eu dwyn, yn ogystal â fflyd o achosion dros y deuddydd diwethaf lle roedd cŵn cyffredin, pygs a phwdls, a teriar o'r enw Twmi oedd yn berchen i un o'r menywod yn adran geir yr heddlu. Deuai sawl person i gwyno bod eu cŵn danjerys wedi diflannu er ei bod hi'n anghyfreithlon i gadw'r mathau yna o gŵn ffyrnig, y Pit Bull terriers, y Tosa Siapaneaidd, y Dogos Argentinos a'r Filas Brasileiro. Synnai'r cops fod cymaint o gŵn peryglus ar hyd y lle, rhai'n byw mewn fflatiau a thai gyda'u perchnogion.

Roedd y bwrdd gwyn yn Incident Room 1 yn dechrau edrych fel stafell y beirniaid yn Crufts, gyda lluniau o nodweddion rhai o'r cŵn llai cyfarwydd a mapiau manwl yn dangos ble roedd y cŵn yn byw cyn i rywun eu dwyn yng nghefn fan. Ro'n nhw'n gwybod cymaint â hynny, oherwydd byddai lluniau o'r fan, neu gyfres o faniau, wedi ymddangos yn y llefydd hynny jyst cyn i'r anifeiliaid ddiflannu.

'A mwy na hynny, sut ffwc ma rhywun yn llwyddo i gael rhai o'r cŵn yma i mewn i fan, heb fod y perchnogion yn gwbod a heb fod y lladron yn cael eu lladd yn y broses?'

Byddai hyn yn tynnu dynion oddi ar achos y prifathro colledig, oherwydd bod pob un yn dwlu ar gŵn, a byddai'r ffws ryfedda oni bai bod yr heddlu yn cael ei gweld i fod yn gwneud popeth posib i ddod o hyd i Spots, Digger, Trixie a Lucky. Lucky!

Cododd Tomkins ei lais er mwyn hawlio sylw pawb.

'Er mwyn y nefoedd, ma rhai o'r bygyrs 'ma'n pwyso tunnell ac ro'dd un o'r Dogos bechingalw wedi lladd piwma 'nôl yn Ne America. Felly, ma rhywun yn llwyddo i ga'l gafael yn un o'r rhain ac yn gallu ei arwain yn addfwyn i mewn i gefn fan, er nad yw wedi cwrdd â'r ci o'r blaen. I don't think so! A beth yw pwrpas lladrata cymaint o gŵn mawr gwyllt? Wel, dyw'r Coreaid ddim wedi'u cymryd nhw achos rydyn ni wedi tsiecio gyda Korean Intel. Do's neb yn mynd i drio gwerthu'r un o'r rhain ar y farchnad rydd achos dyw'r un ohonyn nhw'n 'adult friendly' heb sôn am 'child friendly'. Felly be sy'n digwydd, gwedwch 'tho i?

'Eu defnyddio i ymladd maen nhw?' oedd yr unig gynnig, gan osod masg sarhaus ar wyneb y Super.

'Cant a deugain o gŵn. I gyd yn ymladd. Ble, for Pete's sake? Ac os oes rhywun yn mynd i'w defnyddio i ymladd, nag y'ch chi'n meddwl rhyngon ni a'r holl berchnogion, y gallen ni ddod i wbod pwy sy'n cynnal y fath ddigwyddiade hurt? Ma 'da ni gŵn yn diflannu wrth yr awr a dim ffycin clem pwy sy'n eu cymeryd nhw. Dihunwch lan, bois. Mae'n *canine* Armageddon mas 'na.'

Fflachiodd y ffigyrau ar y bwrdd gwyn, ynghyd â'r mapiau. Doedd unman yn Ne Cymru wedi bod yn saff rhag casglwyr y cŵn mawr ac er eu bod nhw wedi stopio dwsinau o yrwyr faniau gwyn y bore hwnnw'n unig, doedd dim arwydd o gi, na choler, na hyd yn oed olion pawennau ci yn yr un ohonyn nhw.

Yna, ymhen ychydig, yn Ystafell Gynhadledd Rhif Tri, Pencadlys Heddlu De Cymru roedd Tomkins yn annerch dau gant o'i gyd-weithwyr ac roedd golwg flin iawn ar ei wyneb, fel petai heb gysgu ers pythefnos, oedd yn lled agos at y gwir. Sipiai ddŵr oherwydd bod ei geg yn sych rhwng y stres a'r pwysau ar ei ysgwyddau. Oherwydd hoffter pobol at anifeiliaid anwes roedd y diflaniadau diweddar wedi codi gwrychyn a denu llwyth o gyhoeddusrwydd.

'Mae'r rhan yma o Gymru yn mynd lawr y pan, na, mae'n waeth na hynny, mae'n troi i fod yn un...' meddai Tomkins, yn ffug alaru am orffennol nad oedd yn bod mewn gwirionedd. Ond rhamantydd cudd ydoedd ar gae rygbi megis mewn bywyd. Yn y dyddiau gynt roedd plisman cyffredin yn byw ar y bît, a gorsaf yr heddlu mewn tre a phentre yn beth hollol gyfarwydd, ond roedd y dyddiau hynny wedi hen ddiflannu, a'r gorsafoedd yn dai preifet, a'r cop go iawn wedi hen ddiflannu o'r tir, fel y gylfinir.

Arhosodd y criw yn y stafell gynadledda am y geiriau nesa, gyda phawb yn eu gwybod a rhai yn eu hynganu dan eu hanadl. 'Dwi'n cofio...'

'Dwi'n cofio'r cyfnod pan fyddai pawb yn gwbod am y ffiniau. Roedd gan bob dyn drwg ei batsh o'r dociau a'r clybiau nos a'r llefydd gamblo, Y Murphys lawr sha St Peters, yr Yemenis yn eu darn nhw, y Somaliaid 'run peth, a fawr ddim Tsieinïaid. Ar wahân i'r plismyn oedd ar y têc, byddai'r gweddill yn derbyn eu harian yn wythnosol, ond byth yn croesi'r lein a gweithio i'r crwcs, dim ond cau eu llygaid ar fân bethau ambell waith. Roedd yr ymladd yn wahanol, dim gynnau, a bron dim cyllyll. Byddai pobol yn clatsio â'u dyrnau, o, bydden, ond prin y byddai rhywun yn estyn am arf o unrhyw fath. Ar y strydoedd yma, yn yr hen ddyddiau, roeddech yn gwbod ble roeddech chi'n sefyll. Ond nawr ma 'da ni'r Cenhedloedd Unedig o droseddwyr a does 'na'r un person yn y stafell 'ma'n gwbod unrhyw beth am y rhai sydd newydd gyrraedd. Ieithoedd eraill, ffyrdd o fyw sy'n wahanol. Beth sydd 'da ni nawr...? Yardies. O'dd 'na ddeugain ohonyn nhw ar y rhestr tro diwetha edryches i. Rhy hoff o'u drylliau a'u drygiau ac ma hynna'n gymysgedd ar y diawl. Y *triads*, dim lot o'r rheini, a gweud y gwir, ma'r rhan fwya mewn llefydd fel Manceinion, ond ma nhw yn dod draw ambell waith, i tsiecio ar eu buddiannau. Smyglwyr pobol, rhai o Fangladesh. Gwneud eu ffortiwn allan o racso gobaith.

'A hefyd y Maffia o Albania. Newydd gyrraedd, i bob pwrpas. Doedden nhw ddim ar y radar tan ychydig fisoedd yn ôl a nawr ma nhw'n dechrau galw'r siots lle roedd yr Yardies yn arfer hawlio'r tir. Felly, mae'n ofynnol ein bod ni'n dod i wbod mwy amdanyn nhw. Fel dywedodd y Cadeirydd Mao, "The first condition of guerrilla warfare is the full understanding of the enemy".'

Cododd aeliau a gwenodd ambell un yn y stafell.

'Hec, gyfeillion, alla i ddim hyd yn oed ynganu enwau rhai ohonyn nhw.'

Ceisiodd Tomkins eu henwi ond roedd e'n gwneud sŵn fel petai'n tagu ar gerigos poeth.

'Felly ga i gyflwyno **DI** Freeman, gynt o Ddyfed-Powys, ond sydd wedi bod yn gweithio gyda Special Branch am flwyddyn, yn datblygu arbenigedd. Freeman, the floor's yours as they say.'

Camodd hithau o flaen y bwrdd gwyn. Sylwodd y criw eu bod ym mhresenoldeb menyw olygus â'i gwallt golau wedi'i dorri'n fyr iawn. Hyder yn ei llais ac yn ei cherddediad. Gwyddai ambell un ei bod hi'n gweithio gyda Tom Tom ac i rai swniai hynny fel gwastraff llwyr. Gafaelodd yn y teclyn bach i daflu lluniau ar y sgrin.

'Cyn i chi ofyn sut i'w ynganu… 'Shqiptare' neu 'Maffia Shqiptare' sef yr enw cywir am y Maffia Albanaidd, sydd bellach yn system o fudiadau torcyfraith mewn sawl rhan o'r byd.

'Dyma fap o'r byd, gyda darnau helaeth iawn wedi'u lliwio'n goch, yn Ewrop, Gogledd America, De America, a phocedi sylweddol yn y Dwyrain Canol ac Asia.'

Daeth diagram ar y sgrin oedd yn fwy cymhleth o ran gwead nag unrhyw we pry cop.

'Fel y gwelwch, mae'r rhwydwaith yn sylweddol iawn ac mae ganddyn nhw enw am fod yn tu hwnt o dreisgar, sy'n help i esbonio'u dylanwad wrth symud a gwerthu cyffuriau, arfau, pobol ac organau dynol. Mae'r amrywiaeth yma'n rhan o'r gyfrinach ac os ewch chi i mewn at ganol y gwe pry cop 'ma, fe welwch fod y rhwydwaith cyfan yn dechrau gyda rhyw bymtheg teulu. Ond mewn gwledydd lle mae ganddyn nhw bresenoldeb, fel Israel ac yn America Ladin, fe gewch chi'n aml iawn gysylltiadau cryf rhyngddynt â gwleidyddion, sydd naill ai ym mhoced y Shqiptare, neu'n ofnus iawn ohonyn nhw.'

Rhifau. Llwyth a llwyth o rifau.

'Dim ond i ni edrych ar yr ystadegau, sdim dwywaith bod mwy o droseddu, a bod mwy o arian yn cael ei gynhyrchu gan y troseddau hynny nac unrhyw griw arall o droseddwyr. Ond mae'n anodd iawn cael gwybodaeth glir ynglŷn â'u trefniadaeth, gan fod disgyblaeth fewnol yn llym iawn, iawn, a phopeth wedi'i drefnu o gwmpas system claniau. Gan mai'r teulu yw hanfod y clan mae'n anodd inffiltreiddio'r system, neu yn hytrach, a dweud y gwir, mae'n amhosib. Does 'na'r un heddlu yn y byd wedi llwyddo hyd yn hyn i wneud hynny ac mae'r aelodau sydd wedi'u dal a'u carcharu yn gwrthod datgelu gair. Nawr, dwi'n deall eich bod wedi cael nifer o achosion o ymladd cŵn yn ddiweddar. Mae hyn yn nodweddiadol o'r Ulics, teulu sy'n "hoff o anifeiliaid" fel maen nhw'n dweud, a bod yn eironig iawn wrth gwrs, oherwydd fel ry'ch chi'n gwbod yn barod maen nhw'n debyg i fersiwn ddieflig o'r RSPCA, yn ysgogi creulondeb yn hytrach na'i wahardd. Ond mae ymladd cŵn yn symbol o'r ffordd maen nhw wedi ymdreiddio i mewn i'r gymdeithas. Ma'r Ulics wedi bod yn ymladd fel cathod gwyllt er mwyn cymeryd drosodd dosbarthu heroin a phuteindra, wrth iddyn nhw symud ar draws Ewrop o Albania a Gweriniaeth Macedonia, a hwythau wedi'u cyflyru i symud oherwydd y rhyfel yn Kosovo.

'Dyma'r darn sydd fel gwers hanes i chi. Erbyn 1999 roedden nhw wedi sefydlu sawl banc Albanaidd ffug a fyddai'n trosglwyddo arian o'r Almaen i gefnogi guerrillas y Kosovan Liberation Army yn Albania. Chi'n gwbod, doedd heddlu'r Almaen ddim yn gallu cael unrhyw un i dystio yn eu herbyn mewn achos llys oherwydd y trais a ddefnyddiai'r Albaniaid yn erbyn pobol. Roedd sawl cop yn poeni am ei ddiogelwch ei hunan. Yn yr Almaen!

'Nawr, er mwyn deall tamed bach ar y strwythur mae'n hanfodol dechrau gydag uned y *clan*. Mae hierarchaeth bendant a phopeth wedi'i drefnu o gwmpas y *fare* tra bod gan bob teulu bwyllgor gwaith, sy'n dewis uwch swyddog ar gyfer pob uned weithredol. Enw'r bòs ymhob uned yw'r *krye* sy'n dewis is-fosys ond mae'n bwysig hefyd nodi bod pob bòs yn dewis *mik* neu ffrind sy'n gyfrifol am gyfathrebu â phawb ar ei ran. Mae'r negesydd yn bwerus oherwydd ni chaiff neb ladd y negesydd, sy'n bwysig iawn mewn system ble caiff unrhyw un a wnaiff unrhyw beth o'i le ei daflu o dan fws, neu waeth. Mae astudio'r Albaniaid fel dysgu rheolau cystadleuaeth dyfeisio ffyrdd o ladd, niweidio a phoenydio gwaeth nag unrhyw beth roedd Amnest Rhyngwladol wedi'i weld yn ystod ei holl hanes.'

'Cwestiynau?' cynigiodd Freeman wedyn, gan ddisgwyl y tawelwch arferol cyn bod y cwestiwn cyntaf yn torri'r tawelwch. Ond daeth Tomkins i mewn yn syth.

'Pam fyddai pobol sy'n gallu gwneud cymaint o arian allan o bethau fel cyffuriau yn trafferthu ymladd cŵn? Siŵr Dduw taw dim ond arian pitw sydd i'w wneud o hynny, arian poced yn unig?'

Cymerodd Freeman sip o goffi cyn ateb, ei llais yn gryg.

'Cwestiwn da. Ga i esbonio beth sy'n digwydd fel arfer? Bydd un neu ddau dwrnament yn digwydd gyda gwerthwyr cyffuriau lleol yn dod â'u cŵn ffyrnig i ymladd, a bydd symiau cymharol fychan yn newid dwylo, cannoedd yn hytrach na miloedd. Ac yna bydd ymwelwyr o bant yn dod ac arian mwy sylweddol yn cyfnewid dwylo, arian o Sawdi Arabia ac weithiau bydd hyd yn oed ambell *sheik* yn bresennol, neu filiwnydd o wlad bell.'

'Be sy'n eu cymell nhw i ddod? Nag oes ofn 'da nhw gael eu dal yn torri'r gyfraith?'

'Mae'r Shqiptare yn addo na fydd neb yn cael ei ddal oherwydd fydd 'na'r un heddlu yn meiddio dod yn agos at y lle ac maen nhw'n cadw lleoliadau'r gornestau yn tu hwnt o gyfrinachol. A sdim rhyfedd. Os y'ch chi'n edrych ar adwaith gangiau eraill at yr Albaniaid fe welwch fod ar bawb eu hofn oherwydd allwch chi byth broffwydo beth wnân nhw nesa. Maen nhw'n barod iawn i ddefnyddio trais anhygoel i brofi eu cryfder a'u gallu i ddial. Dyw'r Maffia ddim yn dod yn agos atyn nhw o ran erchyllterau.

'Dwi'n siŵr bod nifer ohonoch wedi gweld *The Godfather*, wel, stori i blant ydyw o'i gymharu â'r hyn roedd y Shqiptare yn ei wneud. Darganfod pen hoff geffyl neu ben prifathro ysgol y plant yn y gwely, fel y digwyddodd i rywun a groesodd ddyn o'r enw Erkman Rock, yn Efrog Newydd. Mae fel petaen nhw'n gallu bod yn ddyfeisgar a glynu wrth reddf gyntefig ar yr un pryd.'

'Felly gallwn ni ddisgwyl i fwy o gŵn ddiflannu?' cododd llais o'r cefn.

'Bydd popeth maen nhw'n neud yn lluosi. Nid yn unig bydd mwy o heroin yn cyrraedd ond bydd cyflenwadau o *acetic anhydride* yn cyrraedd hefyd, er mwyn iddyn nhw brosesu'r stwff eu hunain. Yr unig beth 'dyn nhw ddim yn neud yw tyfu blodau'r pabi yn Affganistan ond mae popeth sy'n digwydd wedyn yn digwydd yn uniongyrchol dan eu gofal nhw. A gwae unrhyw un a feiddia sefyll yn eu ffordd.'

'Felly,' gofynnodd Tomkins, yn hollol naturiol, 'beth ry'n ni'n gallu neud yn wyneb y fath anawsterau. D'yn ni ddim am godi arwyddion yn dweud 'Welcome to South Wales', yn Albaneg. Beth gallwn ni neud?'

Cododd Freeman ei hysgwyddau.

'Ein gorau. Bydd rhywun yn siŵr o benderfynu beth i neud amdanyn nhw, rhyw ddiwrnod. Ond am nawr gwell paratoi at ryfel.'

Doedd neb am ddadlau yn erbyn yr asesiad. Roedd drymiau rhyfel yn seinio ar y bryniau.

Ysbrydion

DAETH Y BACHGEN, Zeke, i chwilio am Tom Tom drachefn, mewn breuddwyd. Gallai weld y crwtyn yn cerdded ar lan afon, yn cerdded yn gyflym ar hyd un ochr wrth i Tom Tom geisio cadw gyferbyn ag ef o'r lan arall. Roedd yr afon yn lledaenu tua'i cheg, wrth iddi droi'n aber yn llawn cychod hwylio, yn batrwm o drionglau cynfas gwyn. Cododd haid enfawr o wyddau a hwyaid gwyllt, cymaint yn wir fel nad oedd Tom Tom yn gallu gweld y bachgen drwy'r cyrten o adenydd a phlu. Yna, cliriodd yr olygfa ac roedd y crwtyn bach yn sefyll yn stond rhwng dwy hen long, a'r rheini wedi'u dryllio gan amser, y llanw, a'r gwynt.

Safai yno'n stond, fel petai'n gwahodd Tom Tom i ddod draw ato ac atebodd Tom Tom yr alwad, drwy redeg tuag ato nes iddo gyrraedd sianel ddofn o ddŵr, a gorfod troi'n ôl ac yna rhedeg nerth ei draed i'r cyfeiriad arall cyn cwrdd â sianel ddofn arall. Erbyn hyn roedd y llanw'n dechrau dod i mewn a dim arwydd bod y bachgen bach yn mynd i ddianc rhagddo. Wrth i'r dŵr godi'n uwch ac uwch, dyma Tom Tom yn dihuno'n fôr o chwys.

'Be sy'n bod?' gofynnodd Susan, ei chwaer a welodd Tom Tom yn sleifio heibio ei hystafell wely. 'Methu setlo?'

Câi ei chwaer hi'n anodd cysgu fel ei brawd, a'r ddau wedi arfer cadw amserlen debyg i un y tylluanod, y ddau yn cadw 'oriau'r gwdihŵ', yn ôl eu jôc fach bersonol.

'Daeth y crwtyn bach 'nôl i ofyn i fi ei helpu ond allwn

i ddim. O'n i'n neud 'y ngore i'w gyrraedd ond ro'dd dŵr ymhob man.'

'Ma'n rhaid iti drio anghofio amdano. Allwn ni ddim byw yn y gorffennol.'

Cododd Tom Tom heb ei hateb hi'n iawn a dechrau gwisgo.

'Ble ti'n mynd?'

'Ma'n rhaid i fi fynd i weld rhywun…yn y ddinas fawr.'

'Am hanner awr wedi tri y bore?'

'Dyna'r amser gore i fynd i weld rhai pobol. Pan d'yn nhw ddim yn disgwyl ymwelwyr.'

'Bydda'n ofalus.'

'Gofalus yw'r gair,' dywedodd Tom Tom, gan godi pecyn trwm o'r drôr.

Mae rhai pobol fileinig yn bwydo ar ofnau a gwendidau eraill, ond mae rhai pobol wan yn gorfod chwilio am bobol wannach na nhw eu hunain. Ac roedd Hughie Lip yn un o'r rheini, staen brwnt ar gymdeithas, yn bwydo ar yr amddifad ac ar bobol ifanc oedd ar goll.

Gwyddai Tom Tom y byddai'n gorfod cadw'n cŵl a rheoli'i dymer gan y byddai pobol fel hyn, y pethau seimllyd sy'n byw ar waelod y domen, yn achosi i'w bwysau gwaed godi.

Trigai Lip mewn fflat ddienaid yng Nghaerdydd, ardal Glanyrafon y ddinas, fflat reit uwchben yr ardd lle darganfuwyd corff merch 15 mlwydd oed o'r enw Anna Little – Little Miss Nobody fel y'i bedyddiwyd hi gan y papurau – a hithau wedi'i rholio mewn carped. Cofiai Tom Tom yr achos yn dda, oherwydd roedd yn un o'r dynion aeth i arestio Billy Marr, y bastad gafwyd yn euog o'i llofruddio hi. Ar yr un pryd cafodd boi arall, Morris Blythe, ei ddedfrydu am ei gynorthwyo. Merch yn byw mewn cartref i blant oedd Anna, cyn iddi gael ei gorfodi i fywyd o buteindra, yr union fath o berson a welai Lip fel prae. Iddo fe, roedd pob plentyn, yn enwedig plentyn amddifad, yn ddim byd mwy na sglyfaeth i fanteisio arno. Byddai Lip wedi symud yma o'i gartref ar y Strip yn Sandfields er mwyn cuddio'n haws. Ar stad fel Sandfields roedd *vigilantes* yn tyfu'n wyliadwrus a niferus, a hela *paedos* yn hobi gan rai.

Penderfynodd Tom Tom fynd drwy'r cefn, gan gerdded lawr yr ale yn llawn sbwriel, a lle byddai llwyth o syrinjis wedi cael eu taflu. Gallech weld rhai yn chwistrellu o dan y bont wrth ymyl y castell, wrth y fan lle bydd twristiaid yn dal y Waterbus i lawr i'r Bae ac allan i farina Penarth. Gwenai Tom Tom wrth feddwl am araith y tywysydd ar fwrdd y llong wrth iddo esbonio: 'On your right you have Cardiff castle, designed by the architect William Burges and paid for by the third Marquess of Bute, and on your left you have one of the local junkies injecting heroin into his groin as the other veins in his body have already popped or grown septic.' Gwenodd wrth feddwl am yr olwg ddryslyd fyddai ar wynebau'r Americaniaid a hwythau wedi dod i Gymru ar wyliau er mwyn osgoi drygs ar y stryd gartref.

Hawdd oedd agor y drws cefn â'i declyn bach cryf er mwyn mynd i mewn i gegin frwnt. Gallai ffoto o'r gegin hon gael ei defnyddio fel poster i godi arian i ryw elusen neu'i gilydd. Roedd olion sigaréts ymhob man a chaniau lagyr wedi'u gwasgu i'r llawr i greu carped metel. Roedd y sinc yn llawn llestri, cardfwrdd, pecynnau pitsa a chaniau wedi'u pentyrru. Symudai rhywbeth yn y cysgodion, llygoden fawr wedi pesgi'n braf ar weddillion cebáb.

Cerddodd Tom Tom yn ofalus ar draws y llawr, ei draed yn gorfod cymeryd camau balerina i osgoi gwneud sŵn cyn cyrraedd drws ystafell Lip a wnaed o ddur, fel drws un o'r delwyr cyffuriau na fyddai'n estyn croeso i neb. Ond fel ym mhob drws, roedd 'na glo, er na chymerodd fwy na chwinciad iddo sleifio'i declyn i mewn i'r twll cyn ei agor â chlec bendant. Nododd y gwrthgyferbyniad llwyr rhwng yr ystafell wely a'r gegin – popeth yn dwt ac yn ddestlus ac mewn un gornel cysgai Lip, gyda'i liniadur o'i flaen. Cymerodd Tom Tom ddau gam ymlaen a sylwi ar y cyfrifiadur ar ei fol cyn sibrwd yn ei glust.

Cododd Lip fel bollt, cyn chwilio am ei sbectol ar y ford wrth ymyl y gwely. Cynigiodd Tom Tom y pâr o sbectol trwchus i'r dyn heb yngan gair. Roedd rhew yn yr awyr a Lip yn edrych fel cerflun dyn noeth wedi'i ddal yn y golau.

'Lle neis 'da ti fan hyn. Drws da 'fyd. Solet.'

'Be ti moyn, Mr Tom Tom? Sut ddest ti miwn?'

'Paid dweud bod ti 'di rhoi'r drws 'ma i neud yn siŵr na fyddai neb yn gallu dod miwn. Pam? Beth sydd yn yr ystafell ddi-nod 'ma sydd mor bwysig fel bod yn rhaid dodi drws mawr i gadw'r byd mas? Efalle taw hwn yw'r ateb?'

A dyma Tom Tom yn codi'r gliniadur oddi ar y gwely a fflipio'r clawr ar agor.

'Sdim hawl...'

'Beth wyt ti eisiau 'te? Warant? Crowd o arbenigwyr yn twrio drwy gof y peiriant 'ma i weld ba fath o fudreddi sy'n cuddio y tu mewn?'

'Dwi wedi newid. Sdim hawl 'da...'

'Beth? Ti yw'r llewpard cynta i newid ei smotie?'

'Gwnes i ddeng mlynedd hir yn y carchar, diolch i ti. Pam troi lan nawr? Dwi wedi diodde digon.'

'Ma angen chydig bach o wybodeth arna i.'

'Dwi'n gwbod dim. Dwi'n nabod neb.'

'Wyt ti erioed wedi clywed am ddyn o'r enw Davies? Prifathro? Ma hen gyhuddiade, efalle'n ddi-sail amdano'n ffidlan 'da plant, un fel ti, Lip. 'Na beth ti'n lico neud, ontife? Ffidlan. A ffilmo. Ife 'na beth o't ti'n watsho cyn mynd i gysgu heno?

Cododd y gliniadur uwchben Lip, bron fel petai'n

swingo bwyell, gan wybod ei fod yr un mor beryglus mewn ffordd.

'Dwi erioed wedi clywed am y dyn 'ma.'

'Celwydd, Lip. Celwydd noeth. Ma'ch sort chi'n dod o hyd i'ch gilydd yn y tywyllwch. Bydde'r dyn 'ma'n fagnet. Ma fe'n brifathro, wedi'r cwbl. Yn gweitho gyda dros fil o blant. Bonansa, rêl bonansa.'

'Fuck you,' meddai Lip, yn ddirmygus o ddi-hid.

Gyda'r geiriau, dyma ysbryd Zeke yn ymddangos drachefn, fel petai'r *genie* yn cael ei ryddhau o'r lamp ac oherwydd sydynrwydd ei ymddangosiad, teimlai Tom Tom reidrwydd i wneud rhywbeth, wrth i ddicter frigo oddi mewn iddo. Estynnodd y plisman am wddf Lip a'i wasgu'n dynn, a Zeke megis yn cymeradwyo'r gwasgu, ond roedd darn bach o gydwybod Tom Tom yn dal yn effro, a sylweddolodd bod yn rhaid iddo stopio, gan adael i Lip regi a thynnu anadl am yn ail.

'Ocê, Lip. Os nad wyt ti eisie siarad â fi, bydd rhaid i fi ofyn i rywun arall ofyn y cwestiyne. A'r tro nesa, byddi di'n siarad fel pwll y môr, galla i dy sicrhau di o hynny, o galla.'

Trodd Tom Tom ar ei sawdl a phenderfynu gadael y car a cherdded er mwyn dal bws gatre, er mwyn clirio'i ben. Munud arall a byddai wedi lladd Lip. Doedd y gair hunanreolaeth yn dal ddim yn rhan o'i eirfa mae'n amlwg.

*

Y bore canlynol roedd yr haul wedi torri drwy'r cyrtens ar ddyn oedd wedi blino'n llwyr, ond cofiodd Tom Tom fod y briffing boreol am naw ac y byddai'n rhaid ei baglu hi er mwyn cyrraedd mewn pryd. Bu'n rhaid iddo ofyn am fenthyg car ei chwaer, gan wybod y byddai pobol yn chwerthin ac yn chwibanu wrth iddo gyrraedd y gwaith mewn Mini Clubman pinc, â'i ffenestri wedi'u tintio'n ddu, a deis ffwr yn hongian uwchben y sedd gefn.

'Bore da, gyfeillion. Mae'n amser i ni gynaeafu'r holl wybodaeth sydd gyda ni am ddiflaniad Davies er mwyn cwrso ar ôl yr herwgipiwr, efallai'r llofrudd. Ond fel ni'n gwbod mae hela hwn fel hela bwci bo, a phrin 'mod i'n cofio'r un achos lle roedd cyn lleied o dystiolaeth. Dyma berson sy'n gwbod yn union sut mae cuddio pob sgrapyn o dystiolaeth – ei wallt mewn rhwyd, ei sgidiau mewn slipers plastig...'

'Oes angen i ni drefnu parêd o'r bois fforensig, syr?' gofynnodd ditectif, gan wneud i bawb chwerthin, ar wahân i Tomkins oedd newydd weld Stalin yn sefyll yn y cefn.

'Ry'ch chi i gyd wedi darllen yr adroddiad ar y dant, sy'n tanlinellu bod rhywun wedi tynnu dant neud ddannedd Mr Davies yn y ffordd fwyaf poenus posib. Dyma rywun cynddrwg â Doctor Mengele ar waith.'

Gallai weld o'r rhes o lygaid cwyr, diddeall o'i flaen nad oedd y cyfeiriad yn meddwl dim i'r rhan fwya o'r uned, felly esboniodd:

'Doctor oedd yn gweitho i'r Natsïaid yng ngwersylloedd fel Auschwitz ac yn arbrofi ar efeilliaid, sipsiwn, pobol â nam meddyliol, a'r ymchwil yn diraddio ac yn troi person i mewn i ddim byd mwy na mochyn gini ar gyfer ei labordy erchyll.'

'Oes gan un ohonoch chi syniad pwy sy'n gwneud rhywbeth fel hyn?' Llais Stalin, nad oedd am glywed gwers hanes am yr Ail Ryfel Byd, gan fod pawb a phopeth yn gwasgu arno fe a'r staff ar y trydydd llawr.

'Freeman?' dywedodd Tomkins, gan glirio'r llawr ar ei chyfer.

Camodd ymlaen yn hyderus.

'Y peth mwya amlwg ynglŷn â'r bwci bo 'ma yw e fod e'n fwci bo sy'n ymddiddori'n fawr mewn dannedd, fel tase fe'n ddeintydd, neu'n fyfyriwr deintydda ac wedi troi ei gefn ar y proffesiwn, neu sydd wedi cael siom o ryw fath... Efallai bod rhywbeth wedi digwydd iddo yn yr ysgol, a'i fod yn casáu athrawon neu brifathrawon.'

'Yn hytrach na bod yn amatur sydd wedi dysgu am ddannedd allan o lyfr *Dentistry for Dummies* neu rywbeth felly? Da iawn, Freeman, rhywbeth i gnoi cil yn fan'na. Ry'n ni newydd gael adroddiad y deintydd fforensig:

This is undoubtedly the work of someone with sufficient knowledge of dentistry for us to conclude that he or she must have had more than one year of formal tuition. Most tellingly some of the work suggests an inversion of all of the taught rules and precepts of UK schools of dentistry. Simply put, he seems to look for the nerves rather than avoiding them, and some of the extraction process seems designed to be painfully ineffective, with teeth being corkscrewed out of the gum rather than being pulled in the most expeditious way. Additionally there are signs of rust from the instruments, and ample evidence of cuts and abrasions on the sample of gum that are gratuitous. One has to conclude that this is dentistry used as torture.

'Fel y gwelwch chi, mae e'n adroddiad manwl iawn gan ystyried ein bod yn sôn am ddannedd yn unig. Mae'r boi'n sic, yn eu tynnu nhw fel mae rhai pobol yn chwythu trwyn. Ac wedyn yn anfon y dystiolaeth i'n gwawdio ni. Blydi hel!'

'Felly, ydyn ni'n chwilio am ddeintydd?'

'Rhywun sydd wedi astudio deintydda o leia. Y newyddion da yw taw dim ond saith Ysgol Ddeintydda sydd yn y Deyrnas Unedig ac ry'n ni wedi gofyn i rai o'n cyfeillion mewn heddluoedd eraill i'n cynorthwyo drwy ymweld â'r rhai yn Leeds a Glasgow, a gwneud hynny ar fyrder. Sy'n gadael Caerdydd a Bangor.'

'Ma nhw'n gwbod beth ma nhw'n neud lan 'na yng Ngogledd Cymru, ac mae Cordell a'i griw yn siarp iawn, felly dwi'n awgrymu ein bod yn cysylltu â nhw yn syth bin a'n bod ni'n canolbwyntio ar Gaerdydd,' dywedodd Tomkins, gan edrych i gyfeiriad Stalin, wnaeth nodio'n syber.

'Iawn, fe wna i alwad ffôn nawr,' cynigiodd Stalin o'r cefn. 'Byddwch chi, Freeman, yn ymweld â Chaerdydd. Rhowch wybod i fi'r foment y dowch o hyd i unrhyw beth.'

Camodd Stalin allan fel petai'n cerdded ar draws caeau yn llawn eira, y gwastadeddau mawrion yn bygwth ei lyncu.

Gallech deimlo'r rhyddhad yn yr ystafell. Roedd presenoldeb Stalin yn achosi tyndra.

'Unrhyw beth i'w ychwanegu?' gofynnodd Tomkins ond bu tawelwch.

Allai ddim cofio am achos arall pan oedd ganddyn nhw cyn lleied i weithio arno. Yn wir roedd y bwrdd gwyn yn edrych yn wag iawn, yn cynnwys lluniau o'r meirwon ynghyd â dyddiadau ac amseroedd, a baneri bach plastig ar y map i nodi ble yn union y canfuwyd y cyrff. Ond yn fwy na hynny, roedd y bwrdd yn llawn marciau cwestiwn, a doedd hyd yn oed y rheini ddim y dilyn unrhyw batrwm.

'Chi'n dod?' gofynnodd Freeman i Tom Tom wrth iddi sgubo'i bag oddi ar ei chadair. 'Gellwch chi eu ffonio nhw tra byddwn ni ar y ffordd. Bydd angen cwrdd â rhywun yn HR, y Gofrestrfa a hefyd pennaeth yr ysgol.'

'Chi'n gwbod lot am y brifysgol a sut ma nhw'n gweithio, mae'n amlwg.'

'Ma gen i ddwy radd ac ro'n i'n fyfyriwr da.'

'Yng Nghaerdydd?'

'Caeredin. Es i mor bell bant ag rown i'n gallu oddi wrth fy rhieni.'

'Ddim yn rhieni da?'

'Gallech chi weud hynny.'

'Astudio beth?'

'Seicoleg a Chriminoleg... a ieithoedd cynnar.'

'*Good mix!*'

Yna, tawelwch llethol. Y math o dawelwch sy'n ensynio nad yw un person ddim yn deall dim beth mae'r llall yn ei ddweud.

'Eingl-Sacsoneg, y math hynny o beth.'

'Wela i.'

Ond doedd ganddo ddim syniad beth oedd Eingl na Sacsoneg.

Cyrhaeddon nhw'r car ac aeth Freeman yn syth i sedd y gyrrwr. Edrychai Tom Tom fel petai wedi anghofio rhywbeth pwysig, ond mewn gwirionedd roedd yn meddwl am y fenyw wrth ei ochr, a'r ffaith ei bod hi'n wahanol iawn i bob cyd-weithiwr arall roedd e wedi cwrdd cyn hynny.

'Ffonia i nawr.'

Roedd ysgrifennydd pennaeth yr ysgol yn disgwyl amdanynt ac wedi cadw lle parcio yn ogystal.

'Mae'r Athro yn eich disgwyl chi. Gobeithio na fydd eich ymweliad yn dwyn anfri ar ein hadran, oherwydd ry'n ni newydd gael pum seren yn yr asesiad ymchwil.'

'Llongyfarchiadau gwresog,' cynigiodd Freeman heb fawr o wres yn ei geiriau.

Byddai wedi bod yn anodd creu dyn mwy rhyfedd na'r Athro Jerry Turner, ei ben fel eirinen, ei lais yn uchel fel llais menyw ac yn bihafio'n ddigon lletchwith yn gyhoeddus, oedd yn rhyfedd o ystyried ei fod yn bennaeth adran.

'Steddwch, steddwch,' meddai'r Athro, yn fflwstwr i gyd. 'Gobeithio nad oes unrhyw beth o'i le oherwydd...'

'Ry'ch chi wedi cael pum seren yn yr asesiad ymchwil diweddara. Dywedodd eich ysgrifenyddes wrthon ni. Chi bownd o fod yn browd iawn.'

'Ydyn, ydyn. Ma pawb wedi gweithio'n galed iawn i

gyrraedd y fath uchelfannau. Nawr 'te, dy'ch chi ddim wedi dod yma i'n llongyfarch ar ein safonau academaidd, dwi'n siŵr.'

'Ydych chi wedi cael unrhyw ddisgybl yn dioddef problemau seicolegol, neu sydd wedi gadael y coleg dan gwmwl, neu efallai un sydd wedi bihafio fel deintydd gwael, un sydd am achosi poen yn hytrach na'i leddfu wrth dynnu dannedd?'

'Does neb yn dod i'r meddwl yn syth. Wna i siarad â fy nghyd-weithwyr a chysylltu cyn gynted â phosib.'

Edrychai'r Athro'n falch iawn bod y mater yn un mor syml, fel petai rhywbeth ar ei gydwybod a'i fod yn falch iawn nad oedd yr heddlu am fynd ar ôl hwnnw.

*

Zeke yn ddirgelwch dibendraw. Y prifathro yn dioddef. Protestiadau gwleidyddol yn llyncu adnoddau'r cops. Seico oedd yn ddigon seico i hala amlen gyda dant a llygad ynddo i HQ. Angen drinc, bob munud angen drinc. Pan fyddai pethau ar fin mynd yn drech na Tom Tom dim ond un person allai ei helpu, ond roedd yr help hwnnw fel rhedeg drwy ffatri o dân gwyllt, mewn siwt wedi'i wneud o betrol gyda matsien yn ei law. Marty oedd y dyn mwyaf peryglus ar y Strip, os nad yn y wlad i gyd. Dyn caled, wedi bod drwy dri rhyfel ac mewn rhai o'r swyddi mwyaf anodd ar wyneb y ddaear. Bu'n gweithio mewn twneli – yn yr Alpau, yn cloddio ar gyfer yr Eurotunnel, a chwysu mewn rhai yn Affrica a Siapan, gan gloddio'n aml drwy'r garreg ystyfnicaf. Hynny, yn anad dim, oedd yn gyfrifol am faint ei ddwylo, rhofiau o gig a gwaed oedd wedi tyfu wrth iddo weithio gyda dril a mandrel, morthwyl a maen.

Un tro fe'i claddwyd gyda deg gweithiwr arall pan lithrodd

to'r twnnel yn dilyn camsyniad gan un oedd wedi gosod dynameit ymhellach i lawr y lein, gan ddisodli hanner mynydd o ithfaen. Bu'r criw yn byw mewn ogof fach o ocsigen wrth aros i beirianwaith trwm dorri trwodd i'w hachub. Yna, pan fyddai pobol eraill yn ystyried ymddeol yn gynnar, aeth e ati i wneud gwaith seciwriti yn Irac wedi'r rhyfel, a gweithio i gwmni byddin Blackhawk o America.

Mewn llefydd fel Fallujah gwelsai Marty bethau dirdynnol a wnaeth setlo fel cysgodion yn ei freuddwydion. Cafodd dri chyfaill iddo eu crogi gan griw gwyllt, yn dilyn digwyddiad pan gafodd bachgen ifanc ei saethu ar ddamwain. Dilynodd blynyddoedd duon o yfed a chyffuriau, wedyn sesiynau cyffes gyda'r AA a sawl therapi amgen cyn iddo ddod allan yr ochr arall fel petai wedi'i drochi yn yr afon.

Tom Tom wnaeth sefyll wrth ei ochr, a chadw cwmni iddo pan geisiai Marty gael gwared ar bob math o docsin o'i gorff, gan siglo a chrynu'n afreolus. Bob tro byddai ofn yn dechrau ei lethu, byddai Tom Tom yno i'w gysuro, yn gwybod beth i'w ddweud wrtho a beth i osgoi dweud. Nid oedd ar Marty ofn yr un dyn byw ond roedd arno ofn ei hunan. Cafodd ei greu gan ddüwch a charreg, gwenwyn a drylliau, ac aeth drwy broses o lanhau ac amau ei hun, ond oherwydd hyn, daeth yn fwy o ddyn.

Treuliasai Marty wyth mlynedd yn y fyddin, yn gweld y byd – yn ôl yr addewidion yn yr hysbysebion sinema – ond gwelodd fyd arall hefyd, uffern o fyd go iawn, gan gynnwys gweld ei ffrind Lawrence yn colli'i ben wrth i fom ar ochr yr hewl ffrwydro yn Affganistan. Cofiai sut y teimlai bryd hynny, ei synhwyrau'n dweud ei bod hi'n bwrw glaw, cyn sylweddoli ei fod yn wlyb sopen gan waed ei ffrind, nad oedd bellach yn ddim byd mwy na thorso mewn lifrai sgleiniog yn twitsio'n wyllt. Ei eiliadau olaf yn y dwthwn hwn. Derbyniodd fedal a phensiwn llawn ar ôl y digwyddiad hwnnw, a phenderfynodd ei bod hi'n well iddo adael y fyddin tra bod ei ben yn dal ar ei ysgwyddau llydan.

Aeth Marty o'r naill jobyn peryglus i'r llall. Bu'n ymladd y *triads* gyda heddlu Hong Kong nes iddo gael un alwad ffôn yn gofyn iddo ddelio ag argyfwng oedd yn drech nag ef. Ymosododd gang o'r *triads* ar glwb nos o'r enw Magnum Excelsior, clwb yn eiddo i gang arall. Ond nid yr ymosodiad oedd y broblem ond yn hytrach natur yr ymosodiad, sef mynd heibio'r bownsars drwy fygwth y rheini â gynnau ac yna arllwys pedair sachaid o nadroedd gwenwynig ar ganol y llawr dawnsio a gwneud i bawb ffrwydro oddi yno fel petai ar dân. Kraits. Cobras. Taipans. Bu hynny'n fwy nag y gallai ei handlo. Y diwrnod wedyn aeth i swyddfa'r bòs ac ymddiswyddo ac erbyn y prynhawn roedd ar awyren Cathay Pacific ar ei ffordd 'nôl i Lundain.

Mewn fflat uwchben Polski Skep ym Mhontlotyn roedd Marty yn byw, ac yn ennill ei arian, dychrynllyd o fach, yn addasu ceir i ddyn amheus iawn o dras Iran. Aeth Tom Tom gydag e unwaith, i ddwyn Range Rover o ardal Toxteth oddi wrth ddyn oedd wedi methu gwneud ei daliadau. Cyndyn oedd y dyn i weld ei gar newydd yn diflannu ac roedd ei fêts yr un mor benderfynol o ddiogelu ei drafnidiaeth.

Cyn bod Tom Tom yn gallu troi injan y Range Rover ymlaen amgylchynwyd y car gan saith dyn a phob un yn cario bat besbol. Gwelodd ei yrfa a'i bensiwn yn diflannu – heb sôn am weld ei benglog yn mynd sblat – a doedd dim sôn am Marty yn unrhyw le. Gweddïai nad oedd Marty wedi mynd am un neu ddau neu folied mewn pyb i dawelu'r nerfau. Edrychodd Tom Tom ar ei wats ac ar y dyn mawr blin yn dod tuag at ddrws y cerbyd, gyda golwg ar ei wyneb oedd yn adrodd yn huawdl nad oedd yn dod i ddymuno'n dda iddo.

Yna, mewn fflwch o olau llachar dyma fan yr heddlu'n tasgu rownd y gornel a rhai o'r dynion yn diflannu fel niwl y bore. Ond doedd dim blydi arwydd o Marty yn unman.

Erbyn hyn roedd dau aelod o'r tîm besbol, yr aelodau mwyaf llwfr wedi cyrraedd eu ceir a'r rheini'n mynd ar ras wyllt ar draws y maes parcio. Gan adael pump thyg styfnig ar ôl.

Llyncodd Tom Tom yr holl boer oedd ganddo yn ei gorff a mwy, ei geg yn sych fel casgen blawd llif. Ond yna camodd Marty allan o fan heddlu, ei ysgwyddau mor llydan â lled y drws, a'i ben yn gorfod plygu wrth ddod mas.

'Y cafalri,' meddai.

Ni synnai Tom Tom o gwbl fod Marty wedi dwyn fan yr heddlu. Dyma beth oedd yn gwneud Marty mor bwerus. Doedd neb yn gwybod beth fyddai'n ei wneud nesaf.

Rhyfeddodd Tom Tom wrth estyn am y morthwyl trwm o dan y sêt, a gafael ynddo gyda rhyw nerth annisgwyl o'i grombil a cherdded allan i wynebu'r thygs oedd yn weddill, hwythau wedi ffurfio cylch ac yn disgwyl amdanynt fel petaen nhw'n disgwyl eu ffawd.

Gwenodd Marty ar Tom Tom wrth iddo dynnu dau ddryll *pump action* allan o'r sêt flaen a'u cario fel Vin Diesel mewn ffilm lle caiff pawb a phopeth eu chwythu'n rhacs. Gwisgai grys oedd un maint yn rhy fach iddo er mwyn arddangos ei gyhyrau, gan wneud iddo edrych fel petai'n gorddefnyddio steroids a llyncu galwyni o PowerMax.

Erbyn hyn roedd gynnau'n sgleinio ymhobman, ond neb eisiau dechrau'r sioe tân gwyllt gan fod gynnau Marty yn pwyntio'n syth at ddau o'i wrthwynebwyr ac roedd yr olwg yn ei lygaid yn awgrymu taw annoeth fyddai saethu gan y byddai rhywun arall hefyd yn cwympo'n gelain.

'You shits looking for more shit to decorate your lives?'

Petai'r bygythiad wedi bod yn un mwy confensiynol byddai'n annhebygol o fod wedi gweithio mor dda, ond plannodd y geiriau rhigymol hoelen o hunanamheuaeth ym mhenglogau'r dihirod. Beth? Edrychodd y naill ar y llall mewn penbleth llwyr, neb yn siŵr ai'r peth doeth fyddai'i heglu hi, sgrialu fel cathod gwyllt yn dianc o enau sach. Profiad annifyr yw edrych i lawr un baril gwn heb sôn am bedwar, a bod y dyn sy'n dal y barilau hynny'n sefyll yn syth a di-sigl, y math o ddyn nad oedd yn becso'r ffwc am enaid unrhyw un, nac am ei enaid ei hun.

Rheol ynglŷn â'r *stand-off* Mecsicanaidd glasurol: pan mae un dyn yn anelu ei ddryll at un arall tra bod hwnnw'n anelu'n ôl fel petai'n adlewyrchiad ohono, ni ddylid saethu oni bai bod sicrwydd o gael byw. Beth yw'r ods fod un siot yn mynd i fethu'r targed a bod y bwled yn mynd i chwythu twll yn y cawr o ddyn? Yr Ysbaddaden Bencawr sy'n sefyll o'u blaenau, yn malio dim am eu gynnau bach pathetig. Mae e'n gwybod taw chwarae ar fod yn ddynion caled maen nhw i gyd. Oes yr un ohonyn nhw'n gallu yfed Scotch oddi ar lwy, a'i dynnu i mewn i'r ffroenau yn lle ei arllwys lawr eich llwnc? Dyna ddysgodd Marty yng Ngogledd Iwerddon, mewn clinig yfed ddim ymhell o'r Shankhill Road, mewn sefyllfa ryfedd lle roedd dyn yn y gegin fach yn paratoi bom, a'i fam yr ochr arall yn paratoi ffagots. Od, y math o beth sy'n dod i'ch meddwl mewn *stand-off*. Ffagots. Hen fenyw. Un. Dau. Tri. Bant â chi. A bant aethon nhw, y thygs yn sgrialu.

Doedd y noson honno ar gyrion Lerpwl ond yn un enghraifft o Marty yn achub Tom Tom a chyda phob achlysur tebyg closiodd y ddau nes eu bod fel brodyr gwaed. Yna, un noson, dyma Marty yn estyn ei law i gyfeiriad Tom Tom a heb yngan gair dyma fe'n codi cyllell o'i boced ac yn torri cwys ddofn yn y darn tew o'i law, gan edrych ar y gwaed yn llifo. Doedd dim angen esboniad ar Tom Tom a llifiodd fin y gyllell ar draws ei law yntau, y gwaed yn tasgu'n sioc cyn bod y ddau yn gadael i'w dwylo nadreddu'n dynn.

'Brodyr,' meddai Marty, ei wên yn llydan ac yn onest.

'Brodyr,' atebodd Tom Tom, yn syml, heb boeni iot am y gwaed oedd yn staenio'r napcyn a glymodd am ei law.

Pan gyfarfu Marty yn ei hoff dafarn, y Pelican-in-her-Piety, wythnos cyn bod y lle'n cau am byth, esboniodd Tom Tom ei fod wedi cael ei job yn ôl. Y peth cyntaf wnaeth y ddau oedd edrych ar y creithiau ar eu dwylo – marciau'r frawdoliaeth.

'Ma 'na stori od iawn amdanat ti ar y stryd, gyfaill...' awgrymodd Marty, gyda direidi yn ei lygaid. 'Otleys?'

Trodd i archebu dau beint o chwerw oddi wrth y barman swrth. Cariodd y gwydrau draw i'r ffenest flaen lle gallai gadw llygad ar ei foto-beic. Roedd criw o fois ifainc wedi bod yn llygadu'r Kawasaki pwerus yn eiddigeddus wrth iddo barcio'n gynharach ac roedden nhw'n dal i lechwra ym mhen pella'r maes parcio.

'Blydi hel, Mart, sut ddiawl wyt ti 'di clywed am hyn? Ambell waith dwi'n amau pwy yw'r ditectif a phwy yw'r sgaliwag?'

Gwenodd Marty fel cath uwchben bowlen o hufen.

'Ma'r lle 'ma'n fach, a dwi 'di byw 'ma drwy 'mywyd. Hei, ffycyrs!'

Curodd Marty ar y ffenest a gweiddi mor uchel nes i bawb yn y stafell neidio o'u seddi.

'Ffycyrs bach,' meddai Marty mewn llais isel wrth ymddiheuro i bawb â'i ddwylo. 'So, ma Thomas 'nôl 'da'r cops. Am newid byd. O'n i'n meddwl dy fod ti'n mynd i setlo lawr yn nhŷ dy chwaer a dechre gweu slipers i ti dy hunan.'

'Do'dd pethe ddim mor wael â 'ny. Ambell waith byddwn i'n gadel y tŷ i fynd i Pembroke Stores i brynu lagyr.'

'Ymarfer corff?'

'Ma'n rhaid cadw mewn gwd nic, Marty, ti'n gwbod 'ny.'

Patiodd Tom Tom ei fola cwrw wrth esbonio hyn. Atebodd Marty drwy arddangos cyhyrau ei fraich, y *biceps* yn cystadlu â'r *triceps* mewn ffordd a wnâi i Arnold Schwarzenegger genfigennu.

'Ffycin el, Marty, faint ti'n pwmpo bod dydd? Ma fe'n dodi straen ar dy galon di ac ar dy gefen di.'

'Mae gen i dreinyr sy'n gofalu nad wy'n gor-neud pethe. Ti'n gwbod taw dyna yw'n anian i. Dyna yw 'ngreddf i. Pwsio i'r eitha ac wedyn mynd tamed bach ymhellach. Ond paid newid y pwnc. Wyt ti'n ôl yn y ffors?'

'Pensiwn llawn. Syth i mewn i'r harnes.'

'Shwt ma Tomkins? Ody'r teimlad o fod 'nôl gyda fe'n debyg i rywun sy'n priodi, wedyn ysgaru, cyn mynd 'nôl at ei wraig wedyn?'

'Ma 'da fe ddigon ar ei blat – y prifathro ar goll, protestiadau, *global crime syndicates* yn symud i Gastell-nedd a Resolfen a Phonthrydyfen, bob blydi man, ac achos o wrachyddiaeth 'fyd.'

'Beth?'

'Witchcraft, my friend.'

'Ma hon yn ardal ryfedd, sdim dowt. Ond gwrachod? Ffyc, ma hynny'n ganoloesol! Oes arbenigedd 'da Tomkins, rhywbeth do'n i ddim yn gwbod obutu? Crochan yn ei sied?'

'Ma Tomps yn gallu delio 'da unrhyw beth, 'da'r hen ben 'na sy ar ei ysgwydde fe.'

'Ar be ti'n gweithio? Paid dweud, gad i fi gesio. Y prifathro. Beta i fod hanner y cops ar y Strip yn edrych amdano fe. 'Na beth sy'n digwydd pan fydd rhywun parchus yn diflannu oddi ar wyneb y ddaear. Fyddech chi'n neud dim petai jynci'n mynd ar goll. Blaenoriaeth cymdeithas, ondife.'

'Shit, Mart, paid pardduo fi fel pawb arall. Ti'n gwbod yn iawn y byddwn i'n...'

Symudodd cysgod ar draws eu sgwrs. Y bachgen bach.

'Sori, roedd hynny'n ansensitif. Ond dwi'n iawn... y boi 'ma. 'Na pam rwyt ti'n ôl. Angen dy help i ddatrys yr achos?'

'Wrth gwrs. Ac mae pwyse mawr ar bawb i sorto hyn mas yn glou. Ond i weud y gwir 'thot ti, do's 'da fi ddim hyder. Ma pethe wedi newid, hyd yn oed yn yr amser cymharol fyr dwi 'di bod bant. Ma lot o stiwdents 'di dewis bod yn gops achos do's 'na ddim lot o swyddi ar ga'l. Ma nhw'n glynu at y rheole ac yn defnyddio iaith sy'n swnio fel Dutch i fi. Dyna beth dwi 'di dysgu hyd yn hyn.'

'Ond pwy wedodd bod y rheole wastad yn help? Ma nhw 'na i'w torri, neu o leia i'w plygu. Pwy yw'r brenin pan ddaw hi i ddatrys ces, i dorri ces yn yfflon? Thomas Thomas, y ditectif y tu hwnt i'r rheole. Byddi di'n iawn, frawd. Byddi di'n iawn.'

Wrth iddo yngan y geiriau sgleiniodd y creithiau ar eu dwylo, gan ddal y golau a ddeuai o gyfeiriad y bwrdd pŵl.

Daeth dyn meddw atyn nhw, un o'r cops di-iwnifform.

'Hei, Thomas? Clywed bo nhw 'di dy lusgo di'n ôl. Ond paid meddwl bod pawb yn hapus i dy weld di, y ffycin staen fel rwyt ti.'

Edrychodd mo Marty ar Harry Enron ond, yn hytrach, gofynnodd i'r barman am chwe phecyn o Pork Scratchings.

'A dy ffycin *lover boy* di fan hyn. Paid ti â'n ffycin anwybyddu i achos dwi'n gwbod amdanot ti, Mr Muscle. Sdim croeso i ti yn y wlad 'ma heb sôn am rownd ffordd hyn. Meddwl dy fod ti'n well na phawb achos bod ti ar y steroids, Incredible Hulk sy'n gyrru Mondeo. I mean for fuck's sake. Mondeo. Nag o's c'wilydd arnot ti? Staen arall. Staen ar bants ffycin cymdeithas, 'na beth 'yt ti.'

Arllwysodd Marty gynnwys paced o Scratchings mewn i'w geg ac yna torrodd y plastig ar un arall cyn tollti cynnwys hwnnw i mewn i'r ogof hefyd. Sylwodd y meddwyn ar hyn ond daliodd ati, fel y bydd meddwyn yn gorfod gwneud.

Rhaffodd un peth cas ar ôl y llall amdano, gyda Marty yn craffu ar ei wefusau gyda golwg dyn oedd yn wir ceisio deall pam bod creadur fel hwn mor ddi-hid ynglŷn â'i ddiogelwch personol. Nag oedd e'n gwybod bod cythruddo Marty fel gwisgo mewn coch a dawnsio'n rhydd o flaen tarw gwyllt sydd newydd rwygo ei geilliau ar ddarn o weiren bigog? Bod pawb ar y Strip yn llawn o barchedig ofn tuag ato? Rhaid ei fod e wedi yfed llond cratsh i fagu'r fath ddewrder, neu dwpdra. Edrychodd Marty arno'n union fel y bydd cobra'n asesu symudiadau mongws.

Roedd y ddefod ryfeddol – bwyta un pecyn ar ôl y llall yn robotaidd, ynghyd â'r olwg oeraidd yn ei lygaid – yn troi'i wyneb yn fwgwd didostur, gan hawlio sylw Enron a Thomas, y ddau'n gweld y bochau wedi chwyddo fel rhai trympedwr.

Yna yfodd Marty chwarter peint o gwrw gan gadw hwnnw hefyd yn ei geg. Yna dyma fe'n symud yn gyflym, gan afael yn ysgwyddau'r meddwyn a'i gusanu'n galed, gan chwydu'r bwyd i gyd i mewn i geg yr anffodusyn. Roedd yr holl beth mor annisgwyl fel y cafodd hyd yn oed Tom Tom sioc ac yntau wedi gweld ei ffrind yn gwneud dwsinau o bethau rhyfeddol.

Tra bod y plisman yn tagu a pheswch, archebodd Marty dau becyn arall. Chwerthin wnaeth Tom Tom wrth weld golwg mor hurt ar y dyn, y Scratchings a'r cwrw'n stribedi dros ei ddillad, a gwallgofrwydd yn ei lygaid wrth iddo boeri gweddill y mylsh o'i geg er mwyn anadlu. Dechreuodd Tom Tom chwerthin yn uwch ac yn uwch, ac ymunodd pawb arall ag e mewn rhyddhad. Llusgodd Enron ei hun tua'r drws gan oedi i feddwl a ddylai fygwth Marty, ond roedd y cawr mawr wedi'i anwybyddu'n barod.

'Paced arall o Scratchings?' cynigiodd Tom Tom, gan wneud i bawb chwerthin yn uwch gan droi'r lle'n wallgofdy, a Marty yn cynnig drinc am ddim i bawb oedd yno.

Noson mas gyda Marty. Dyn yn dilyn ei reolau ei hunan.

Albania *v.* Iwerddon

'**Y** BROBLEM GYDA'R papurau yw...' meddai Elvis Kelmetai.

Gorffennodd ei gefnder Myfit y frawddeg: '... Eu bod nhw'n llawn geirie do's neb yn eu deall.'

'Na, dwyt ti ddim yn deall geirie achos dwyt ti erio'd wedi bod i'r ysgol. Ac os glywa i air arall 'da ti wythnos 'ma fe ofynna i Lul dorri dy dafod di bant a'i roi e i'w fodryb Fatlind i'w ferwi fe mewn pot mawr o *mish me lakra*. Ti'n deall?'

Roedd Myfit yn deall yn iawn ond fiw iddo yngan un sill oherwydd cofiai sut roedd ei gefnder wedi torri tafod Gjavit Berisha i ffwrdd, ei gyllell yn fflachio fel mecryllen yn y môr wrth iddo dorri unffordd, wedyn y ffordd arall, a'r gwaed yn tasgu fel glaw. Ymhlith yr holl seicos yn y teulu, Elvis oedd y prif seico. Byddai'n ennill cystadleuaeth Ewroseico 2020. Ond roedd angen cadw'r teulu yn uned gref a chosbi pob camwedd yn galed ac yn glou ond hyd yn oed o'i chymharu â'r Thaqis neu'r Likas, gyda'u hanes hir o reoli â'r fwyell, roedd clan y Kelmetai yn rhagori o ran gwylltineb a diffyg maddeuant.

Rhedai hanes y teulu fel afon yn ferw o waed, yn ôl drwy'r cenedlaethau i'r adeg pan oedd y teulu cyfan yn bugeilio geifr ar y creigiau geirwon. Hyd yn oed bryd hynny byddai unrhyw fugail arall, o deulu arall, yn gwneud camsyniad marwol petai ei anifeiliaid yn troedio'r gwair oedd yn perthyn i'r Kelmetai.

Byddai ei sgerbwd yn gwynnu yn yr haul a'i dafod a'i berfedd yn ffrwtian mewn pot, yn ôl chwedloniaeth.

Syllodd Myfit yn fud, ei lygaid yn edrych yn syth o'i flaen rhag ofn iddo ddigio'i gefnder. Yn ffodus, ddaeth Kev – Xhevet oedd ei enw llawn, sef cefnder arall i'r ddau – i mewn, â sach fawr ar ei ysgwydd. Arllwysodd gynnwys y sach ar ddesg Elvis, ci marw yn arllwys gwaed tywyll fel grefi dros ei bapurau.

'Ffwcia dy fam, Xhevet. Be ti'n neud?'

Am fod arno gymwynas iddo, Kev oedd un o'r ychydig bobol nad oedd arno ofn y dyn â'r llygaid gwyllt a'r rheini'n bygwth byrstio allan o'i benglog. Ymhlith yr Albaniaid roedd ffafr o unrhyw fath yn ffafr mewn gwaed, fel yr egwyddor Feiblaidd, llygad am lygad, ond gyda mwy o bwyslais ar dynnu llygaid a dallu, gan ddewis y ffordd fwyaf poenus o adael dyn â dwy ogof ddu uwchben ei drwyn.

'Drycha beth na'th ci'r ffycin hemoroid 'na, Dublin Joe, i Zef.' Roedd Zef bellach heb wddf, a rhyw sgarff liw marŵn o waed wedi trwchu lle gynt bu ei goler.

'Ond nid bai'r Gwyddel yw bod Zef yn gachgi. Ma'n bryd i ti fridio cŵn mwy dibynadwy. Man a man i ti dwlu pygs i mewn i'r ring.'

Roedd fflach y mecryll yn llygaid Elvis yn disgwyl i Kev lusgo'r ci oddi ar ei ddesg. Roedd yn anifail cyhyrog pan oedd yn fyw, â siâp da i'w esgyrn, ond diweddodd ei oes gyda'r moch yn y mwd ar fferm Treboeth, fel y cŵn cystadleuol eraill. Ond os oedd Kev yn meddwl bod aberthu'r lwmpyn o gig marw'n ddigon o reswm i ddechrau brwydr dros tyrff y Micks, rhaid iddo feddwl eto.

Roedd ar bawb ofn yr Albis, hyd yn oed y Maffia. Cofiai Elvis y stori am y Keilaba Posse yn Philadelphia, mob gwyllt o Bwyliaid oedd wedi dweud wrth ei ewyrth y bydden nhw'n fodlon gwneud busnes gydag unrhyw un – yr Eidalwyr, y Dominiciaid, gangiau'r stryd o Asia, y Rwsiaid, y bois du a reolai'r hwds – ond ddim gyda'r Albis. Byddai'n well ganddyn nhw gerdded i'r afon â chadwyni haearn o gwmpas eu hysgwyddau a neidio i mewn i'r Delaware gyda'i gilydd yn hytrach na dod i gytundeb gyda'r Albis. Diwedd y stori? Lladdwyd nhw, bob un ohonyn nhw, yn systematig.

'Eniwe,' meddai Elvis, gan gracio'i figyrnau yn uchel, 'mae'r holl beth ynglŷn â'r Mics yn academig.'

'Sy'n meddwl?'

'Eu bod nhw'n dod draw. Yn y deng munud nesa.'

'Y Mics? Fan hyn? Pam? Blydi hel, bydd angen dweud wrth y bois ar y giât rhag ofon iddyn nhw eu lladd nhw. Mae Princ yn eu casáu nhw ar ôl beth ddigwyddodd i'w frawd.'

Ffoniodd Myfit, Princ a'i gyfeillion Drago a Mirat oedd yn gwarchod y brif fynedfa, y ddau yn cwato eu Kalashnikovs dan eu cotiau lledr hir.

'Falle taw damwain oedd hynny. Ni ddim yn gwbod...'

Nid oedd Myfit am herio'r gosodiad ond roedd brawd Princ wedi'i ddarganfod mewn siwt o sment ar seit adeiladu... ei lygaid wedi diflannu rhwng pigau'r brain cyn cael ei gladdu. Ond nawr roedd y sment yn rhy galed i'w dorri – y math o goncrit sy'n dal traffordd a dim posib cael y corff yn rhydd. Felly gorfu iddyn nhw ei gladdu mewn arch enfawr, fel petaen nhw'n dodi eliffant mewn bedd. Collwyd yr urddas ar ôl i rywun farw, a oedd yng ngolwg yr Albaniaid yn waeth na cholli urddas ar dir y byw.

Tra bod Myfit yn synfyfyrio am yr hyn ddigwyddodd i frawd Princ clywsant sŵn rhuo ceir y tu fas i'w swyddfeydd ac yna daethant i'r golwg... cyfres o geir smart wedi'u haddurno – Beamers wedi'u pimpio yn lliwiau'r sipsiwn â gormodedd o aur a phatrymau du a gwyn fel sebra â lot o grôm. Rhuthrodd Myfit i ddweud wrth y gards bod dynion o'r enw Teige a Jack wrth y giât er mwyn gwneud yn siŵr na fyddai eu hymweliad yn troi'n gyflafan. Byddai'r ddau Albaniad wrth eu boddau yn tasgu bwledi ar hyd y lle gan fod un ohonynt wedi cael tegan newydd, hen Armalite brynodd ar-lein o ryw stordy yn y Balcan.

Gwyddelod. Rhai o'u gelynion penna, dynion gwyllt o'r gorllewin oedd am ddwyn eu tir. Bomwyr ac yfwyr hanner proffesiynol a sipsiwn hanner call a dwl oedd y Mics a doedd Myfit ddim yn gallu amgyffred sut na pham eu bod nhw yma. Erbyn iddo gyrraedd y swyddfa drachefn, a'i wynt yn ei ddwrn, roedd yr ymwelwyr yn eistedd mewn hanner cylch o gwmpas desg enfawr mahogani Elvis, wrth i gyfnither Elvis, Soffia, arllwys drincs iddyn nhw i gyd a gosod poteli gwirodydd drudfawr wrth ymyl pob penelin – dim llai na Knappogue Castle 1951, chwisgi Gwyddelig oedd yn costio mil ewro'r botel, heb sôn am y Teeling Whiskey o Ddulyn, poteli dwstlyd o Tyrconnell, Tullamore a chwpwl o boteli o Chivas Regal Platinum. Gwerth ugain mil o bunnoedd i chwech o bobol, a'r ymwelwyr yn glafoerio wrth edrych ar y gweinydd siapus a'r powlenni crisial o iâ. Gwyddai'r Albis sut i drefnu cyfarfod gwaith llwyddiannus.

Dechreuodd Elvis y cyfarfod drwy groesawu'r hen elynion i gyfnod newydd.

'Ry'n ni wedi bod yn brwydro'n ddygn ac mae dreiniau'r ddinas yn ddu â gwaed ein dynion ond does dim rhaid i hyn ddigwydd. Fel ry'ch chi'n gwbod, dyw'r Albaniaid ddim yn ofni dim na neb ond mae angen dos o ddoethineb wrth wneud y syms.'

'Syms?' gofynnodd Aidan Tóibin oedd yn ofni syms yn fwy na nadredd. 'Pa fath o syms?'

'Mae'ch ochr chi a'n hochr ni wedi colli 51 yr un.'

Doedd Elvis ddim yn dweud y gwir i gyd yn hynny o beth gan fod ei ddynion e wedi lladd hanner dwsin yn fwy, ond roedd rhyw fath o gyfartaledd yn helpu'r sefyllfa. Roedd y moch wrthi'n slyrpio ac yn arllwys y chwisgi, eu hwynebau'n cochi a rhai poteli'n edrych yn hanner gwag yn barod.

'Ac mae'n rhaid i ni reoli'n strydoedd, a chodi lefelau'n incwm, nid ildio. Allwn ni ddim gwneud hynny wrth daflu bwledi at ein gilydd. Mae'r cops yn fwy clyfar ac mae ganddyn nhw lot gwell intel dyddie 'ma.'

Edrychodd y Gwyddelod ar ei gilydd fel petaen nhw'n aros i rywun esbonio ymhellach, ond gan na ddaeth esboniad dyma guddio eu hanwybodaeth drwy arllwys mwy o alcohol.

Yna, yn ei lais cryf, fel cawr allan o'r hen chwedlau, dyma Aidan yn crisialu teimladau'r lleill.

'Pam? Pam y'n ni 'ma? Pam y'n ni'n gorfod poeni am faint o bobol ry'n ni wedi'u colli a pam y'n ni'n gorfod poeni *two shits* ynglŷn â beth sy'n digwydd i'ch arian chi?'

'Oherwydd ma 'mòs i yn Tirana wedi gofyn i fi ddod i ryw fath o gytundeb 'da chi ac os na lwydda i, bydda i mewn sefyllfa lle na fydda i'n gallu blasu lolipop...'

Roedd y trosiad yn drech na'i wrandawyr, cyn i Elvis ychwanegu,

'Heb dafod...'

Chwarddodd ambell un, yn enwedig rhai o'r seicos o'dd wedi bod lan yn y Troubles yng Ngogledd Iwerddon am gyfnod hir, gyda'r Provos a'r IRA. Roedd trais yn destun sbort iddyn nhw.

Ond nid hyn oedd y rheswm go iawn. Roedd angen cael y Gwyddelod i gyd yn yr un lle, er mwyn cau'r rhwyd amdanyn nhw a'u taflu i gyd i ddyfnderoedd y môr. Yn llythrennol. Roedd llong bysgota yn saff wrth y cei yn Aberdaugleddau yn barod i gymeryd cargo o Wyddelod stiff allan i'r Celtic Deeps. Fel bwydo siarcod â Guinness Pie.

'Ry'n ni am gymeryd cop yn wystl, er mwyn tynnu sylw oddi wrth y prif ddigwyddiad.'

Lledaenodd tensiwn drwy'r stafell... Tic. Tic. Tic. Sŵn

y cloc ar y pecyn Semtex yn '84, y sodlau'n clicio ar lawr. Anadlu fel metronom. Llygaid yn edrych i'r chwith, i'r dde, i'r chwith, i'r dde, yn niwrotig, yn disgwyl i'r bom ffrwydro, fel atgof o'r dyddiau gwaedlyd a'r cyrff yn ddistryw ar yr hewl. Y Gwyddelod yn anniddig, oherwydd nad bois i eistedd oedd y rhain, roedd eu cyndeidiau'n dod o stoc ffarmio a gweithwyr tarmac. Yn wir broliai Paul O'Donovan taw ei dad-cu a'i giang oedd wedi gosod pob sgwaryn o darmac ar yr M1, a'u bod nhw wedi yfed digon o stowt wrth wneud hynny i lenwi'r Tafwys o'i tharddle i'w cheg fwdlyd yn yr corsydd gwyddau rhwng Essex a Chaint.

Edrychai Elvis ar lygaid y dynion gwyllt yma yn chwilio am un symudiad lletchwith, unrhyw arwydd sydyn o dynnu cyllell neu ddryll. Os chwarae gêm, dylai'r risg fod yn uchel, fel gwahodd y nadroedd yma o Ddulyn i'w swyddfa yn y lle cynta. Pwy oedd fwya tebyg o ddechrau? Pwy oedd y mwya gwallgo ymhlith y gang tarmac ddiawl yma?

Edrychwch ar y ffycyrs bach, y Mics pathetig, yn chwil ac yn ofnus am nad oes ganddyn nhw glem beth sy'n digwydd yma mewn gwirionedd, ymhell o ffedogau eu mamau. A pwy ffwc sydd eisiau yfed Guinness? gofynnodd Elvis iddo'i hunan. Yfwch, yfwch, bois bach, oherwydd yfory byddwch chi'n farw, fel y dywed y ddihareb. Ond mae 'na ddihareb arall, ffefryn gan Elvis. 'Çdo njeri ndërton fatin e vet.' 'Gof yw pob dyn wrth lunio ei ddyfodol.' A llunio'r dyfodol hwnnw drwy fetal, gan afael yn y metal yn union fel y bydd gof yn ei wneud. Taro penglog fel torri wy. Anwesodd y metal yn ei wregys ag un llaw wrth alw Myfit draw gyda'r llall.

Wrth i'w gefnder nesáu at y bwrdd cododd Elvis i'w lawn uchder, yn arth o ddyn. Aeth i sefyll y tu ôl i Myfit a heb anadl o rybudd na gair o'i geg dyma fe'n cloi gwddf Myfit mewn clo â'i benelin, a'i dynnu'n dynn tuag ato. Tynnodd y gyllell o'i wregys a thorri gwyn y gwddf fel petai'n torri sleisen o gig.

Eisteddai'r Mics yn gegrwth yn edrych ar y nytar, y ffycin nytar bondiblydigrybwyll 'ma'n dal ei gefnder yn dynn tra bod ei waed yn llifo'n wyllt, heb boeni dim ei fod yn tasgu dros ei ddillad nac yn llifo dros y ddesg.

Syfrdan. Sbectacl i rewi gwaed y Sanhedrin o ddynion oedd wedi gweld a gwneud pethau digon dychrynllyd eu hunain. Eu sobri nhw mor gyflym â phetai rhywun wedi'u taflu i'r afon Liffey ganol gaea.

'Dyma be sy'n digwydd i unrhyw un sy'n croesi'n teulu ni. Bydd yr angel du yn ei gipio cyn eich bod yn ymwybodol o'r adenydd du yn cwympo fel cysgod. Sori, be ti'n weud, Myfit?'

Rhannodd Myfit ei anadl olaf gyda'r gynulleidfa o Wyddelod, gan garglo gair aeth ar goll. Aeth ei lofrudd mewn gwaed oer ymlaen...

'... O wel, dyna holl ddoethineb Myfit mewn rhyw air diflanedig... yfwch. Yfwch! Peidiwch â gadael i Myfit fan hyn sbwylio'r cyfarfod busnes. Rhaid bod yn gryf yn wyneb llwfrdra, y math o lwfrdra sydd yma o'ch blaenau. Dyma ddyn oedd yn fodlon bradychu ei deulu am swm o arian. Gweithio i'r cops am ei fod â mwy o'u hofon nhw nag ofon ei gefnder.'

'Mae'n rhaid i ni fynd,' ebychodd Gerald Murphy, ei lais yn gryg gan sioc, gan syllu ar gorff llipa'r dyn gwaedlyd yn graddol lithro o afael y seico.

'Na, na, dim o gwbl, Mr Murphy. 'Dyn ni heb ddechre'r cyfarfod go iawn.'

'Ond...'

'Does dim byd yn fwy pwysig na gwneud busnes mewn awyrgylch lle mae pawb yn deall beth yw beth, a beth allai ddigwydd petai pethe'n mynd o'i le. A dyma beth gallai ddigwydd, os na allwn ni ddod i ddealltwriaeth.'

Gadawodd i'r corff gwympo fel sach o dato i'r llawr.

Sychodd Elvis ei ddwylo mewn tywel.

'Dyma sut ry'n ni'n gweld y ffordd ymlaen. Byddwch chi'n dal i fewnforio a gwerthu'ch drygs ond byddwn ni'n neud pethe'n haws i chi, drwy godi ofon yng nghalonnau'r cops.'

'Sut fyddwch chi'n neud hynny?' gofynnodd Murphy, oedd yn teimlo fel amatur o'i gymharu â'r bwystfil hwn oedd yn cynnau sigâr ar ôl rhannu bocs o Havanas o gwmpas y stafell. Setlodd oerfel yn y stafell, oerfel moesol.

'Sdim angen i chi boeni am hynny. Ma 'da ni ein ffyrdd o gorddi'r dyfroedd, credwch chi fi. D'yn ni ddim yn rheoli hanner y ffycin blaned 'ma heb syniad clir o sut i weithredu yn y ffordd fwya brawychus posib. Gall ISIS wneud y bomio, ond mae 'da ni arfau gwaeth. Mae e yn ein DNA. Gadewch i fi esbonio. Ni'n rhoi cyfle i chi fewnforio holl heroin yr Hindu Kush os y'ch chi eisie, tra bydd y cops â'u meddylie mewn llefydd erill.'

'Beth fyddwch chi eisie am neud hyn?' gofynnodd Murphy, yn ddewr eto ar ôl llyncu llwnc dda o'r whisgi drud.

'Dim ond rhan fach o'ch teyrnas.'

'Pa ran?'

'Hanner Dulyn. O dan eich cadeirie ma map o union siâp ein patshyn ni.'

'Na, byth,' meddai Murphy.

'Peidiwch â dweud byth, Mr Murphy. Meddyliwch am eich gwraig, Stephanie...'

'Cadwch 'y nheulu i mas o hyn!'

'Alla i ddim. Mae'n rhy hwyr.'

Deialodd rhywun ar ei ffôn, a siarad yn gyflym – yr iaith estron yn swnio fel cyfarth ci.

'Mae hi'n cerdded i'w char tu allan i Lidl. Mae un o'n bois ni'n cerdded tuag ati nawr ac os y'ch chi isie moment i feddwl am ein cynnig ma 'da chi yn union hynny. Eiliade. Ie neu Na. Hanner y ddinas neu Stephanie. Ac ma 'da fi restr o enwau eraill i roi ger eich bron. Tracy. Aibreann. Kelsey. Ann. Mary. Mary arall. Shonagh. Canu cloch? Dyle'r ystafell 'ma fod yn fôr o glyche erbyn hyn. Reit, hanner y ddinas?'

'Ond bydd rhaid i ni siarad 'da'r teulu 'nôl yn Nulyn.'

'Sdim amser.'

Clustfeiniodd Elvis, wrth wrando ar lais y dyn ochr arall y ffôn.

'Mae Stephanie'n dodi'i bagie lawr. Tri bag ac mae ganddi sawl torth hir o fara. Poteli gwin hefyd. Noson mewn ar y gweill, falle...'

'Os neith unrhyw un gyffwrdd...'

Ni chafodd gyfle i orffen y frawddeg oherwydd camodd chwe dyn drwy'r cyrten du o gwmpas y stafell a symud yn chwim i sefyll un y tu ôl i bob Gwyddel, gan dynnu cyllell a'i gosod yn ddi-ffws wrth wddf pob un. Yr holl beth wedi'i syncroneiddio'n berffaith, a'r coreograffi slic yn ategu'r teimlad nad oedd gan y Gwyddelod ddim i'w wneud ond cytuno ag Elvis a gweddïo'n dawel y caent weld eu teuluoedd, a gweld y wawr yn torri drannoeth.

'Hanner dinas yn gyfnewid am eich teuluoedd. Mae hynny'n swnio fel dêl y dydd i fi, rhaid dweud... Wwps, mae Stephanie wedi gweld ein bois ni, gobitho na fydd hi'n panicio. Peidiwch â'i niweidio hi!'

Esboniodd mewn llais isel, theatrig wrth y criw yn yr ystafell ei fod yn siarad â'r 'Cigydd.' Rhedodd ias fel iâ drwy'r gwaed.

'Ocê!' gwaeddodd Gerald Murphy. 'Hanner y ddinas. Rhowch eich ffycin map i fi. Peidiwch â synnu os bydda i wedi mynd am dip i ddyfroedd y Liffey.'

Cyrch

ROEDD ARWRES Y foment, Gladys Evans, wrth y brif ddesg yn peintio ei hewinedd mewn lliw Coral Explosion pan ddaeth yr alwad.

'Ife 'na'r *police station*?'

Dadansoddodd Gladys y llais yn ei ffordd arferol, gan geisio darogan beth fyddai hi eisiau cyn iddi yngan gair. Bu Gladys yn ateb galwadau am ugain mlynedd a gallai ddweud y gwahaniaeth rhwng llofrudd yn cyffesu, a rhywun wedi derbyn tocyn parcio ar gam. Felly, llais menyw, hen fenyw, gydag acen leol, a siaradai'n sigledig iawn. Naill ai roedd hi'n hen fel pys ac yn fusgrell iawn, neu roedd hi dan deimlad, yn ofnus.

'Ie, Madam, dyma bencadlys yr heddlu. Alla i'ch helpu chi?'

'Mae'n bwysig iawn.'

'Os y'ch chi'n ffonio am argyfwng galla i ddodi chi drwyddo'n syth. Beth yw'r mater?'

'Na, sdim isie 999.'

Oedodd y llais, fel petai'r perchennog yn sefyll uwch ben dibyn.

'Y dyn 'na, y prifathro sydd wedi mynd ar goll.'

Gwyddai Gladys beth roedd angen ei wneud – ei chadw hi i siarad, a chael ditectif i siarad â hi, neu recordio'r alwad gyfan, a chael pob sgrapyn o wybodaeth bosib.

'Wna i ddodi chi drwodd i un o'r ditectifs sy'n gweithio ar yr achos, Madam. Ga i gymeryd eich enw?'

'Na. A dwi ddim eisiau siarad â neb. Ewch i stad Blackrock. Cewch chi fe fan'na…'

'A ble mae Blackrock? Oes cod post, neu enw stryd?'

Ond roedd y lein yn farw.

Deialodd Gladys y rhif ar ei chof ac o fewn munudau roedd Tomkins yn gweiddi ar draws y brif ystafell ymchwiliadau.

'Ni'n gwbod ble ma fe. *Tip-off*. Stad ddiwydiannol Blackrock, ar yr hewl mas o Frynmenyn, y lle 'na sydd heibio'r tŷ 'na wedi'i neud o hen welyau, yn hysbysebu, wel, gwelyau. Bydd rhai ohonoch chi'n nabod y lle. Bydd y cod ar eich cyfrifiaduron yn barod. Dwi wedi siarad â phenaethiaid y gwahanol unedau. Ma car yr un a fan a dyn a phob peth arall yn barod i chi. Hel, wna i hala'r hofrennydd 'fyd i gadw llygad ar yr hewlydd miwn a mas. Man a man. Ewch, ewch. Dim seirens. O gwbl.'

Tasgodd Tom Tom a Freeman o'u desgiau, strapio'u gynnau a hanner ffordd allan drwy'r drws pan waeddodd Tomkins arnynt i gymeryd siacedi Kevlar.

'Allwch chi byth bod yn rhy ofalus. O ie, Freeman, chi sy'n rheoli'r cyrch. Dwi wedi anfon gair at bawb. Ma gen i bob ffydd ynddoch chi.'

Rhedodd y ddau. Gallai Tom Tom ddeall pam bod Tomkins yn ymddiried gymaint ynddi. Roedd rhywbeth cŵl iawn amdani, yn ymylu ar fod yn oeraidd, rhywbeth robotaidd, y math o gopar oedd yn dilyn pob rheol i'r llythyren. Yn y car gallai Thomas glywed tinc sigledig yn ei llais, a'r gwaed yn pwmpio yn ei gwddf fel petai peiriant ei chalon wedi newid gêr.

'Dwi newydd gwpla'r cwrs ar sut i reoli cyrch.'

'Felly, 'ma'r amser i droi'r theori yn realiti.'

'Ond beth os wna i anghofio'r theori?'

'Daw rhywbeth i dy ben di. Ma plisman da wastad yn ddyfeisgar.'

Wrth ddilyn yr hewl o Frynmenyn – heibio'r Smiths Arms a'r troad am y gwesty posh – ceisiodd Tom Tom dawelu nerfau Freeman ymhellach drwy redeg drwy'r posibiliadau. Awgrymodd taw'r posibilrwydd cyntaf oedd bod y prifathro yno ac yn fyw. Neu'r ail, bod e yno ond yn farw. Neu bod y prifathro yno yn ogystal â'r herwgipiwr. Bod yr herwgipiwr yno, ond yn farw, a dim sôn am gorff y prifathro. Bod yr herwgipiwr wedi gadael bwbi trap ac y byddai'r ddau ohonyn nhw ar y newyddion heno tra bod rhannau o'u cyrff yn gonffeti gwaed ar doeau'r unedau diwydiannol. Byd o bosibiliadau...

Yn y pencadlys roedd rhywun yn ceisio amcangyfrif pryd y byddai pawb yn cyrraedd, er mwyn gwneud yn siŵr nad oedd rhagrybudd. Yn sicr doedd dim angen i'r hofrennydd gyrraedd nes bod y ditectifs a phawb arall i mewn yn yr adeilad. Cofiai pawb am yr hyn ddigwyddodd pan aeth pethau'n bananas yn ystod y *raid* yn gynnar un bore ar dri labordy crystal meth, oherwydd bod yr hofrennydd wedi cyrraedd yn rhy gynnar mewn safle yn y Pîl. Erbyn i'r bois yn y fans gyrraedd roedd y tri lab ar dân a bu bron i floc cyfan o fflatiau losgi'n ulw.

Daeth neges i Freeman o HQ i ddweud bod y lleill wedi cyrraedd y man cyfarfod, nid nepell o'r stad, efallai hanner cant ohonyn nhw i gyd. Gwyddai Freeman fod angen iddi gyflymu gan fod ganddyn nhw bum munud arall cyn cyrraedd. Sbardunodd y car gan roi ei throed i lawr yn drwm.

'Gan bwyll!' ymbiliodd Tom Tom wrth i Freeman droi cornel siarp ar ddwy deiar.

'Byddwn ni yno mewn dau funud.'

Wrth i Freeman ddweud hynny dyma'r lleill i gyd yn cysylltu. Boxer One a Two. Foxtrot Un, Dau a Thri. Alpha Seven. Snow Patrol. Yankee Hotel.

'Allen i ladd am sigarét,' meddai Freeman wrth iddi weld y ceir a'r faniau yn y pellter.

'Do'n i ddim yn gwbod bod ti'n smoco,' dywedodd Thomas, yn falch o weld y car yn dechrau arafu gan fod ei stumog yn organ fregus ar y gorau, rhywbeth i neud â seidr a tequila'r dyddiau gynt. Roedd rhyw deimlad o agosatrwydd yn datblygu rhwng y ddau, yn enwedig o olwg eu cyd-weithwyr ac yn teimlo'n llai ffurfiol am eu perthynas.

'Dwi ddim,' atebodd Freeman, 'ond efallai bod hyn yn amser da i ddechrau.'

Aeth ati i drafod beth ddylai pob uned ei wneud, gan siarad yn glir ac yn bendant. Rhyfeddodd Tom Tom ar ei gallu i reoli'r sefyllfa wrth yrru'n gyflym. Gresynai na allai yntau ganolbwyntio yn yr un modd. Roedd y ffors nawr yn mynd yn ifancach ac yn ifancach, yn llenwi â graddedigion oedd wedi darllen eu ffordd i mewn. Dim profiad bywyd. Dim synnwyr cyffredin. Dim ond darn o bapur yn dweud eu bod nhw wedi aros i mewn ambell noson yng nghwmni eu llyfrau pan oedden nhw yn y coleg.

Roedd yr unedau ar y stad ddiwydiannol yn barod. Dim seirens. Dim goleuadau'n fflachio. Ond pawb wedi rhuthro yno drwy oleuadau coch ar gyflymdra.

Er i Freeman yrru saith deg milltir yr awr ar hyd strydoedd y dre, doedd dim arlliw o nerfau i'w gweld ar ei hwyneb. Disgleiriai ei hunanfeddiant. Parciodd a chamu allan o'r car bron mewn un symudiad.

Cymerodd ddracht o awyr iach yn ddwfn i'w hysgyfaint wrth i'r GPS ddangos yr union fan o fewn yr ystâd lle roedd rhywun wedi ffonio ynglŷn â'r corff. Yr ordors oedd bod yn rhaid i bawb aros nes i Freeman gyrraedd. Doedd Tom

Tom ddim yn hoff o sefyllfaoedd fel hyn. Gwell ganddo fod y corff wedi dechrau oeri na bod mewn sefyllfa lle roedd corff y person yn rhan o'r broses fargeinio. Teimlai'n weddol llywaeth wrth ymyl y fenyw ifanc gref yma, oedd wedi casglu arweinyddion pob uned ati mewn cylch er mwyn dweud yr hyn a ddylai ddigwydd. Popeth yn glir fel bod pawb yn deall yn union beth oedd ei angen, dim ailadrodd, gosod watsus pawb i wneud yn sicr o'r cyd-amseru.

Roedd Selway a Jacket yno'n barod, a dau dîm saethu yn symud i lefydd synhwyrol ar orchymyn Freeman, pob ffordd i mewn ac allan o'r stad wedi'u cau a saethwyr mewn llefydd strategol. Yn eu lifrai du roedden nhw'n edrych fel ymladdwyr ISIS.

Cerddodd Freeman i safle da ger pâr o ddrysau mawr metal ac anfonodd heddweision i ddau safle arall er mwyn rhannu gwybodaeth a disgwyl am gychwyn y cyrch.

'Pum munud arall i roi amser i bawb fod yn eu lle. Iawn,' meddai Freeman, ei llais yn anghyfarwydd o awdurdodol i nifer o'r gynulleidfa.

Meddyliodd Emma am ei gŵr hynod ddewr – beth fyddai e wedi'i wneud yn y fath sefyllfa. Edrychodd ar ei wats, fel y byddai ef wedi gwneud, gan sylweddoli fod amseru ar y cyd yn hollbwysig.

'Pum munud. Felly ry'n ni'n mynd i mewn ar yr awr. Ar y dot.'

Cytunodd pawb heb yngan gair bron, pob un yn ysu am weithredu'r cyrch, ond yn nerfus, a'r adrenalin yn llifo.

Pedair munud i fynd ac roedd y bois â'r offer trwm yn barod i ddryllio'r drysau a'r criw o dri gyda'r cytars metal yn barod i dorri drwy'r ffens yng nghefn yr uned, mewn ffordd mor slic a sydyn ag fel petaen nhw'n neud dim byd mwy nag agor tun o diwna.

Edrychodd Tom Tom ar Freeman a rhoi winc fach agored

iddi. Rhyfeddai braidd iddo wneud y fath beth hurt, ond rhoddodd hi winc yn ôl iddo, ei haeliau'n crynu dipyn bach, gan ddangos i Tom Tom yn y nano-eiliad honno bod ofn yn cronni yn ei hymysgaroedd hithau hefyd ac nid llyn tawel diwaelod oedd oddi mewn iddi ond tymestl yn tyfu fesul eiliad.

Daeth geiriau sydyn i'w wefusau.

'Mae gen i bob ffydd yn y byd dy fod ti'n gallu handlo hyn.'

Clywodd Freeman lais ei gŵr y tu ôl i'r geiriau. Rhyfedd o beth.

Deallodd Freeman fod dweud hynny yn cefnogi'r winc a gawsai ganddo. Ni ddeuai geiriau fel hyn yn hawdd i Thomas, felly roedd ei gefnogaeth yn meddwl lot mwy o'r herwydd. Nodiodd Freeman, braidd yn swil, cyn codi'r megaffon i'w gwefusau. Rhaid iddi feistroli'r sefyllfa. Anadl ddofn. Anadl ddofn arall.

Paratôdd y geiriau sy'n adnabyddus i bawb sy'n hoffi ffilmiau a dramâu trosedd. Bydd yr actor yn sefyll yno'n awdurdodol tra bod pawb arall yn yr olygfa yn llawn nerfusrwydd – y sneipars ar y to'n gweithio'n galed i gael rheolaeth ar y bys fyddai'n tynnu'r trigar.

'This is the police. We have you completely surrounded. Come out with your hands in the air.'

Dim ymateb. Felly, tynnodd Freeman y megaffon oddi ar ei gwefusau a rhoi signal i'w chyfeillion fynd i mewn drwy'r drws ffrynt. Byddai hi a Tom Tom yn mynd gyntaf, ar ôl i'r bois dorri'r clo.

'Sdim eisiau rhoi mwy o rybudd nag ry'n ni wedi'i roi'n barod.'

'Falle nad yw wedi clywed ...' mentrodd Tom Tom, oedd yn methu'n deg â darllen y sefyllfa'n effeithiol. 'Efallai ei fod yn fyddar.'

'Byddai'n rhaid iddo fod, i fethu clywed y bois yn dringo dros y toeau alwminiwm.'

Twriodd Tom Tom yn ddwfn i chwilio am gryfder, i setlo'r haid o bilipalod oedd yn bygwth torri'n rhydd. Hec, roedd e'n gorfod dibynnu ar Freeman am gryfder ac yntau'n gymaint o hen fisogynist yn y pethau 'ma. Ond roedd e'n ei hedmygu hi'n fawr.

Daeth un o'r bois at y drws ffrynt ac yn ei gwrcwd agorodd y clo â theclyn cryf, y math o dwlsyn allai dorri mewn i Fort Knox.

'Awn ni mewn?' gofynnodd Freeman, ei llaw chwith yn patio'r gwn a dyma dro cyntaf i Tom Tom sylweddoli ei bod hi'n defnyddio ei llaw chwith. Peth od i nodi wrth i'r ddau agor y drws a chamu i'r fagddu.

Coridor byr, yna drws trwm arall. Cyffyrddodd Freeman yn y bwlyn yn dyner, fel petai'n cymeryd llaw ei chariad, ei gŵr fu farw. Cyfrodd un, a chyda gwên trodd y drws cyn yngan 'Dau.' Trodd y bwlyn a'r drws yn agor heb drafferth. Gyda hynny camodd Tom Tom a Freeman i'r tywyllwch. Sgrialai creaduriaid drwy'r tywyllwch. Llygod mawr. Carnifal ohonyn nhw.

Cerddodd y ddau'n hynod ofalus ar hyd coridor cul arall, gan oedi ychydig er mwyn rhoi amser i'r llygaid ymgynefino, a gweld swyddfa fechan ar un ochr a chyfres o silffoedd mewn stordy gyferbyn â honno. Gwyliai Freeman gefn Tom Tom wrth iddynt fentro'n ymhellach, gan chwilio'n arbennig am unrhyw ofod allai fod yn guddfan posib. Dim siw na miw ar wahân i'w hanadlu, a'r ddau'n gwneud eu gorau glas i'w gadw o dan reolaeth.

Defnyddient system o signalau i nodi bod rhan o'r adeilad yn glir, cyn symud ymlaen. Symudiad un bys yn ddigon i ddweud bod stafell yn wag, symudiad arall i esbonio bod un i gadw i'r dde, a'r llall i lynu at ochr chwith y coridor. Erbyn hyn gallai Tom weld llaw Freeman yn glir, gan weld nid yn unig y signal ond nodi hefyd nad oedd ei bysedd yn crynu o gwbl bellach. Ymlaen â nhw, drwy'r cysgodion a nadreddai fel cwlwm o wiberod duon.

Teimlai'r awyr yn oer, fel petai'r tymheredd wedi disgyn, wedi plymio o dan y rhewbwynt. Cofiai fod mewn lle fel hwn unwaith o'r blaen, wyth mlynedd yn ôl, ar ôl i berson arall ddiflannu. Warws enfawr Meatsafe oedd honno, a cherdded drwy resi hirion o wartheg wedi'u clymu, yr oerfel fel yr Antartig. Pan ddaeth Tom Tom wyneb yn wyneb â'r dyn roedden nhw wedi bod yn chwilio amdano, roedd ei lygaid yn farblis gwynion y tu mewn i haen o blastig. Dychrynai wrth gofio'r ddelwedd honno. Yn ei ben cariai Tom Tom lyfr sgrap o ddelweddau cyffelyb, y meirwon mewn *identity parade*, yn syllu arno o ochr arall i'r bedd, a chyfrinachau eu heiliadau olaf ar y ddaear wedi'u rhewi yno, fel cleren wedi'i dal mewn aspig.

Teimlai'r lle yma'n fwy o faint, wrth iddynt ddod tuag at y gofod olaf, y nerfau'n weiars tyn erbyn hyn, a'r anadlu'n cyflymu er gwaethaf eu hymdrechion i gadw pob dim dan reolaeth. Cododd Freeman fys blaen ac yna ffurfio'r signal i ddweud wrth Tom Tom am symud naill ochr gan adael y drws mawr metal iddi hi. Paratôdd ei dryll, a thynnu ocsigen yn ddwfn i'w hysgyfaint cyn cyfrif i bump.

Aeth drwy'r drws a gweld y peth gwaethaf a welsai yn ei gyrfa o blismona. Yn waeth na'r car llawn aeth dros y bont uwchben y draffordd gyda gwythiennau'r tad yn orlawn o alcohol, yntau'n byw yn ddigon hir i wybod yn union beth roedd e wedi'i wneud i'w deulu bach, a chofio'r udo a fu o fore gwyn tan nos yn ward yr ysbyty wedyn. Yn waeth na'r ffermwr a saethodd ei ben i ffwrdd yn y parlwr godro, ei het wedi'u gludo ar y nenfwd gan ymennydd.

Wedi iddi agor y drws metal led y pen, gan adael fflyd

o oleuni neon allan i'w dallu, rhegodd Freeman, 'O ffyc! O ffycin ffyc.'

Cerddodd Tom Tom i weld y gyflafan hefyd.

Hongiai dyn yno, yn llanast o gig a gwaed ac wrth iddi ddechrau teimlo'r cyfog yn codi dyma hi'n ceisio dweud wrth y lleill am aros ble roedden nhw. Ond roedd hi'n rhy hwyr. Syllai'r lleill yn gegrwth ar y gwaith bwtsiwr o'u blaenau. Nid corff arferol oedd hwn, nid llofruddiaeth fel llofruddiaethau eraill. Roedd gormod o bethau ar goll, y corff fel jig-so heb ei orffen. Nid oedd golwg o'r organau o gwbl, cawell y frest wedi'i sgubo'n lân ac roedd tyllau erchyll ar ôl plycio'r llygaid. Ond roedd y geg yn llawn... Yn llawn beth...? Roedd hi'n anodd gweld. Yna daeth un ohonyn nhw â fflyd o oleuadau pwerus a daniodd y ddelwedd nes iddo serio yn y cof. Bysedd y dyn yn llenwi'r geg, fel rhyw fath o bry cop a'r tafod rhwng y bysedd.

Cysylltodd Freeman â'r bois tu allan gan roi'r *stand down* i'r sneipars. Yna gair chwim, siarp â phob uned ar y cyd, cyn ffonio Tomkins a rhoi crynodeb sydyn o'r sefyllfa – rhannu'r newyddion drwg nad oedd unrhyw un yn yr adeilad, ar wahân i gorff y prifathro. Rhybuddiodd fod yr olygfa yn un echrydus gan awgrymu na fyddai angen i neb arall ddod i mewn nes bod y tîm fforensig yn cyrraedd. Freeman fyddai'n gyfrifol am yr hyn ddigwyddai wedyn, nes bod y broses o sgwrio a sgubo a chwilio am dystiolaeth yn dechrau. Cafodd ei hatgoffa o un o beintiadau Francis Bacon, y cnawd yn cael ei arddangos, fel mewn ffenest siop bwtsiwr, gan awgrymu nad yw dyn yn ddim byd mwy na chig a gwaed, fel anifail i'w aberthu.

Roedd Tomkins wedi cyrraedd ac wedi gwagio ei stumog yn barod oherwydd ei fod yn gwybod nad oedd ganddo stumog gref a doedd e ddim am ddwyn anfri ar Freeman na Thomas na'i gyd-weithwyr eraill.

'Ok, we have a winner. Dyma'r peth mwya erchyll dwi

wedi'i weld yn fy mywyd,' meddai, gan droi ychydig bach yn fwy gwyrdd eto.

Cytunodd Freeman â'i asesiad wrth agor ei dwylo er mwyn fframio cwestiwn. Beth ar y ddaear mae'r llofrudd yma'n ceisio'i ddweud, wrth lygru'r corff fel hyn? Ac yna gwelodd y ddau y nodyn wedi'i hoelio ar y wal. Neges syml oedd ar y papur er nad y neges oedd yn bwysig, ond yn hytrach y ffaith ei fod wedi defnyddio'r llygaid yn lle llythrennau i sillafu dwy 'O'.

'O-o...'

Teimlai Tomkins y cyfog yn codi drachefn, er gwaetha'r ffaith fod ei stumog yn wag. Darllenodd y pedwar y neges gwawdiol gan geisio cadw eu meddyliau oddi ar y llygaid yn hongian yno'n llipa, ar eu cortynnau eu hunain.

'O Dduw graslon, rho inni gymorth,' meddai Tomkins yn hollol, hollol annisgwyl.

Safai'r pedwarawd o dystion yn stond ac yn dawel. Roedd hyn y tu hwnt i'w dealltwriaeth. Yn enwedig wrth ddyfalu bod y llygaid yn y benglog yn perthyn i rywun arall ac nid i'r prifathro. Roedd llygaid y prifathro yn hongian yn bâr ar ei law chwith, wedi eu gludo yno. Pa fath o ddyn allai neud hyn? Os dyn o gwbl.

Cyrhaeddodd y pathTRAMologydd o fewn yr awr ac wrth iddo weithio gyda'r fforensics i sicrhau bod y ffotograffydd yn tynnu'r lluniau angenrheidiol ac yn cymeryd y mesuriadau, dechreuodd Freeman sgetsio yn ei lyfr nodiadau, gan nodi ble roedd y drysau, cyfeiriad y corff, a ble roedd y gwaed wedi creu patrymau ar y concrit, fel nadroedd duon yn troi a throelli o gwmpas y carcas.

Ac wrth i hyn i gyd ddigwydd, roedd y Bwystfil yn cuddio'n dawel yn y rafftrs, yn ei guddfan hynod effeithiol, gan iddo ddysgu'r tric hynod anodd o gloi ei hunan i mewn gyda'r padloc ar y tu allan. Cododd y plisman ei hun i lofft yr adeilad

ond wedi gweld y clo yng ngolau'r Maglite ni thrafferthodd
wneud rhagor o chwilio.

*

'Damo!'

Gwgodd Tomkins wrth sylweddoli llawn fethiant y cyrch,
a thaflu ei gwpan coffi llawn i'r llawr. Cerddodd i'r balconi y
tu allan i'r ystafell gynadledda er mwyn cael sigarét ac wrth
i'r neidr o fwg gwenwynig ddianc o'i ysgyfaint edrychodd ar
yr olygfa o'i flaen. Rhywle yn yr erwau diddiwedd o stadau
diwydiannol a threfi di-nod ar y Strip roedd 'na seicopath yn
cwato, yn aros am y foment nesa i grwydro allan a lladd. Ni
esboniai'r proffil ohono gymhelliad y dyn, neu'r ddynes, ond
yn amlach na pheidio nid oes gan sociopath gymhelliad.

Teimlai'n ddiwerth. Gallai rannu'r teimlad hwn gyda phob
aelod arall o'r tîm. Roedd ganddyn nhw gorff, a phâr o lygaid
o gorff arall, a dim cliw pwy oedd yn gyfrifol.

Roedd ganddyn nhw gorff heb berfeddion, casgliad o
ddannedd oedd yn berchen i fwy nag un corff, pedwar llygad,
a neb yn y ddalfa. Yn waeth na hynny doedd ganddyn nhw
ddim un enw posib ar gyfer y troseddwr. Y seico-ddeintydd
yma oedd yn chwerthin ar eu pennau y foment hon. O, oedd.
O-o.

*

Arhosodd y Bwystfil yn ei guddfan am dridiau, yn sipian o'r
poteli dŵr roedd wedi'u cuddio yno'n ofalus, gan ddefnyddio'r
rhai gwag fel toiled. Gallai glywed y morgrug dynol oddi tano
yn prysuro o gwmpas, mewn fflap oherwydd bod ganddyn
nhw ddigon o dystiolaeth i brofi iddo fod yno'n poenydio'r
prifathro yn ei ffordd ddihafal ei hun, ond doedd ganddyn
nhw ddim cliw i ble'r aeth e.

Doedd gan y morgrug bach di-glem ddim clem,

meddyliodd. Doedden nhw ddim yn gwybod sut i chwilio, nac am bwy roedden nhw'n chwilio ac roedd e, y Bwystfil, wrth ei fodd yn chwarae gemau â nhw. Fyddai e byth yn mynd gerbron ei well, nac yn pydru mewn cell ddigysur, gan ei fod e'n gawr a nhwythau'n forgrug a dyna ddiwedd ar y peth. Diflannu'n gyfan gwbl. Dan eu trwynau. Doedd dim rhyfedd eu bod nhw'n fflapio cymaint ac yn anfon y bois mewn siwtiau gwyn i gribo'n fân yn y mannau roedden nhw wedi'u cribo'n lân yn barod.

I ladd amser, roedd wedi bod yn dyfeisio ffyrdd o ddal pryfed. Hyd yn hyn roedd wedi llwyddo i ddal tair cleren a phedwar pry cop ac yn ystod y nos bu'n cynhaeafu gwyfynod, gan adael iddynt setlo ar ei gorff noeth cyn chwipio'i law i'w dal. Câi faeth o'r rhain – y pry cop yn blasu fel pren ac roedd sugno'r hylif o'r clêr fel gadael i berlau bach o waed ddisgyn ar ei dafod. Gallai hyn fod yn hobi newydd iddo, meddyliodd. A pha beth gwell na chorff marw i ddenu pryfed, y pethau bach yn hedfan gan blannu eu hwyau er mwyn rhyddhau'r lleng o gynrhon?

Cofiodd sut y gwnaeth yr hen fenyw oedd yn byw yn ei gartref newid ei siâp a'i lliw a denu pryfed wrth y fil dros yr wythnosau wrth iddi orwedd yn y seler. Astudiodd y broses, drwy ddefnyddio'i lyfrau adnabod pryfed a'i chwyddwydr.

Roedd yn hoff iawn o'r oriau cyntaf, pan fyddai'r ffwng a'r bacteria yn dechrau whilmentan, gan wledda ar y croen. Bryd hynny byddai'n defnyddio un o'r tri chwyddwydr oedd ganddo, gan edrych ar y lleng yn lledu mewn ffyrdd hynod liwgar. Pwy fyddai'n breuddwydio bod 'na'r fath brydferthwch yn perthyn i farwolaeth, meddyliodd, wrth iddo weld y tirluniau'n ffurfio, tyfiant oren a phorffor a gwyrdd, yr olaf yn un o'r lliwiau amlycaf, ynghyd â brown – brown hydrefol ffwng a madarch.

Yna deuai'r arthropods. Byddent yn ymddangos o nunlle,

hyd yn oed ym mherfedd gaeaf, un i ddechrau gan ddenu eraill i'w ddilyn. Deuai'r clêr caws a chlêr y meirwon i wledda, ond wrth i'r cnawd sychu byddai'n troi'n ddiffeithwch. Ond yn y pen draw cyrhaeddai'r chwilod. Gallai'r chwilod croen, y chwilod ham a'r chwilod carcas gnoi gyda'r gorau ac yna deuai larfae'r gwyfynod a'r meits bach i fwyta'r gwallt gan adael yr esgyrn yn unig ar ôl.

Yn ei lyfr byddai'r Bwystfil yn nodi'r pum cam o bydru. Yn y ffordd fwyaf obsesiynol posib. Yn dilyn y broses o weld cig ffres yn pydru, yn crino ac yna'n troi'n sgerbwd. Byddai'n cymeryd amser, wrth gwrs, ond roedd ganddo ddigon o amser. Roedd hynny'n caniatáu iddo fwynhau ei hobis, y casglu dannedd a'r casglu pryfed, y ddau ddiléit yn gallu cydblethu'n hawdd.

Dyddiau. Wythnosau. Blynyddoedd hyd yn oed, yn gwylio corff llawn gwaed yn troi'n esgyrn sychion.

Roedd y tri chorff yn y siambr danddaearol oedd ganddo wedi hen sychu, a phrin oedd y bywyd gwyllt fyddai'n byw o'u cwmpas bellach. Byddai wedi hoffi symud y prifathro cyn bod y cops yn cyrraedd, damia nhw, ond roedd hwnnw'n rhy drwm i'w lusgo a doedd y Bwystfil ddim mor gryf ag y bu.

Pan oedd yn ifanc byddai'r merched yn ei weld fel rhywun rhyfedd ac yn cadw draw, yn enwedig gan fod tyfiant hyll ar ei foch ac ar ei drwyn. Ceisiodd eu torri nhw i ffwrdd unwaith ac ar ôl iddynt stopio gwaedu dyma nhw'n lluosi, fel petaen nhw wedi cael modd i fyw, neu wedi cael maeth o'r gwaed.

Byddai'n gadael ei guddfan cyn hir. Monster on the Loose fyddai hi wedyn. Byddai'n mynd i fyw ym myd yr hunllefau, neb yn medru cysgu oherwydd ei fod ar hyd y lle. Hannibal Lecter? Amatur. Fred West? Megis wedi dechrau.

Insomnia

'MA BOWND o fod rhyw batrwm amlwg i hyn ond alla i mo'i weld e.'

Dangosodd bysedd y cloc fod pobol normal wedi hen fynd i gysgu ond roedd Tom Tom a Freeman yn gweithio drwy'r oriau mân. Yng nghrombil ei fod gwyddai Tom Tom fod y Bwystfil ar fin taro unwaith eto ac yn gwybod hefyd taw fe a Freeman efallai fyddai'r unig rai allai ei stopio rhag gwneud.

Astudion nhw'r map a lleoliadau'r chwech llofruddiaeth posib, y bobol oedd wedi diflannu heb esboniad na chliw ynglŷn â pham.

'Ma mwy na chwech,' meddyliodd Tom Tom yn uchel. 'Yn ôl beth roedd Phillips yn ei ddweud yn ei broffil seicolegol ma'r dyn 'ma'n drachwantus, yn newynog am ladd.'

'Dyn?' heriodd Freeman.

'Neu ddynes annaturiol o gryf. Na, mae'r un ôl troed sy 'da ni'n awgrymu taw dyn yw e... a cawr o ddyn hefyd.'

'Neu fenyw mewn sgidie mawr...'

'Ti'n iawn i herio a chwestiynu popeth ond dwi'n credu 'yn bod ni'n saff i ddweud taw dyn sy 'da ni fan hyn, dyn sy'n gweld ei hunan y tu hwnt i foesoldeb confensiynol a norm cymdeithasol. Hanner dyn, hanner anifail weda i. Neu dduw. Bydd e'n gweld ei hun fel rhywbeth mwy nag e ei hunan, ma hynny'n rhan bwysig o'r asesiad, greda i.'

'Ond nag yw hynny'n ei gwneud hi'n anoddach? Os nad

yw e'n dilyn rheolau bydd hi'n anodd iawn gweld unrhyw batrwm.'

'O, mae'r Bwystfil yn dilyn patrwm, cred ti fi. Mae e'n rhywun sy'n gofalu am ei ewinedd, yn dodi popeth 'nôl yn ei briod le, yn labeli ac yn cadw popeth yn dwt. Ti'n cofio'r sgrapyn o blastig wedi llosgi ffindodd bois y fforensig ar y llawr a phawb yn meddwl ei fod e'n ddiwerth? Pan ddaw'r canlyniade 'nôl o'r lab ynglŷn â hwnnw, betia i taw dyna'r unig beth roedd yn weddill o'r siwt blastig, yn debyg iawn i'r un ma bois y fforensig eu hunen yn eu gwisgo, a'i fod e, mab y diafol, wedi'i losgi er mwyn gwneud yn siŵr nad oes unrhyw dystioleth yn gorwedd ar hyd y lle. Ond ma gwyddonieth yn drech nag unrhyw reddf, a ta pwy mor ofalus ma'r seico'n gallu bod, bydd e'n siŵr o slipo rhywle. Mae'n anorfod. Yn enwedig wrth iddo ddechre lladd ar lefel ddiwydiannol.'

'Mor wael â hynny. Ti'n meddwl ei fod e'n mynd i ladd mor gyson â hynny?'

'Dwi'n credu ei fod e wedi dechre'n barod. Dyna pam dwi 'di gofyn am bob *cold case* dros yr ugain mlynedd ddiwetha a dou ddyn i'n helpu ni balu drwy'r cwbwl lot.'

Gyda hynny dyma gnoc ar y drws a daeth Selway a Jacket i mewn. Roedd Tom yn falch iawn o weld y cynta oherwydd bod Selway yn un o'r *geeks* naturiol 'na sy'n meddwl bod dim byd yn well na straffaglu drwy fynydd o dystiolaeth neu dreulio dyddiau bwygilydd yn ymlafnio i ddeall ystyr rhyw gliw bach di-nod a allai fod yn allwedd i ddatgelu cyfrinach ddyfnach rhyw achos o drosedd.

'Diolch i'r ddau ohonoch chi am wirfoddoli.'

Cywirodd Jacket e'n syth.

'Wnes i ddim gwirfoddoli. Dwi yma oherwydd 'mod i'n cael fy nghosbi am wneud rhywbeth ac felly dwi wedi dod 'ma i dreulio wyth awr yn union bob dydd yn gwneud gwaith papur.'

'Reit, wel, mae'n wir ddrwg gen i nad ydych yn cael gyrru rownd yng nghar bach yr heddlu am ychydig wythnosau, ond ga i wneud un peth yn hollol glir? Os gwnewch chi eich gwaith yn gywir ac yn drwyadl, mae'n bosib y byddwch yn achub bywyd rhywun, efalle fwy nag un bywyd...'

'O'n i'n clywed 'yn bod ni'n mynd ar ôl y Bwystfil. Mae'n glyfar, on'd yw e? Neb wedi gweld na chlywed bw na ba mas ohono fe...'

'Fe. Chi'n meddwl taw dyn yw e, nid menyw, Jacket.'

Wrth yngan y geiriau edrychodd yn slei ar Thomas, oedd yn mwynhau gweld yr olygfa'n cael ei ailchwarae, gan gynnig teimlad *déjà vu* i'r ddau.

'Cryfder yn fwyaf oll.'

'A beth arall?'

Tawelwch hollol.

'Ydy cryfder yn ddigon o sail i'ch casgliad felly, Jacket?'

'Falle ddim. Ond mae'n debyg taw dyn yw e, ontife?'

'Roedd y proffil seicolegol yn awgrymu hynny, ond does 'na ddim sgrapyn o dystiolaeth hyd yn hyn, oherwydd gallai'r ôl troed fod yn un rhywun arall... efallai. Felly, gwell cadw meddwl agored ynglŷn â phopeth. Ry'n ni yn y busnes o ddyfalu a darogan ond yn y pen draw mae'n rhaid rhoi sylwedd i ddamcaniaeth, a'r ffordd o wneud hynny yw cribo'n ofalus am dystiolaeth. Sef yr union beth ry'n ni'n mynd i'w wneud.'

'A dim cliw hyd yma?'

'Yn anffodus, roedd y negeseuon llais a gawson ni ganddo ddoe wedi'u creu drwy roi geiriau oddi ar raglenni teledu wrth ei gilydd. Pob gair felly mewn llais gwahanol.'

Gadawyd neges llais ar linell gymorth yr heddlu, geiriau mewn lleisiau gwahanol yn datgan 'This only start. More to come. Fill the bath with blood. Thank you for listening.'

'Pa raglenni?' gofynnodd Selway.

Cynigiodd Freeman restr lawn iddo o'r ffeil o'i blaen:

'*Downton Abbey. Match of the Day. News at Ten. Sky News. The Wire. Fawlty Towers. India Today. The Next Step.*'

'Beth yw *The Next Step*?'

'Drama i blant yn eu harddegau. Wedi'i ffilmio yng Nghanada. Lot o ddawnsio mae'n debyg.'

'Ma hynny'n awgrymu bod y person yma'n gyfrwys iawn ac yn weddol soffistigedig o ran defnyddio technoleg. Rhywun ifanc yn hytrach na hen... falle. Yn sicr mae'n lico chwarae gêms.'

'On'd oes chydig bach o ragdybiaeth yn perthyn i'r gosodiad... nad ydi rhai pobol hen yn hyderus wrth ddefnyddio technoleg?'

'Wel...'

'Fel ro'n i'n dweud, mae angen i ni ddamcaniaethu ond o fewn gofynion y llys a'r broses cyfiawnder. Felly, y lle i ddechre yw gyda'r camerâu. Dwi'n ei chael hi'n anodd credu nad oes 'na'r un ddelwedd ar yr holl gamerâu yn yr ardaloedd lle bu'r cipio a'r llofruddiaethau, yn dweud unrhyw beth o werth wrthon ni.'

Daeth yr alwad ddeng munud yn unig wedi iddyn nhw ddechrau twrio drwy'r dogfennau. Perchennog garej yn agos at yr uned ddiwydiannol lle darganfuwyd corff y prifathro wedi cysylltu â'r switsfwrdd yn dweud ei fod wedi gweld rhywbeth allai fod o ddiddordeb. Gallai Tom weld ar wyneb Freeman fod neges werthfawr wedi dod drwodd.

'Iawn, iawn,' meddai. 'Byddwn ni yno cyn gynted â phosib.'

Gofynnodd i Tom ddod gyda hi wrth iddi godi ei chot ac estyn am set o allweddi cyn brysio tua'r drws. Cofiodd fod angen dweud rhywbeth wrth y lleill...

'Gwelodd perchennog y garej ger stad Blackrock ddyn yn cerdded lawr yr hewl yn edrych yn ddrwgdybus. Y newyddion drwg yw bod hyn wedi digwydd ddoe a'r unig reswm roedd yn cysylltu nawr yw oherwydd yr apêl ar y teledu. Ond y newyddion da yw ei fod e'n credu bod lluniau 'da fe ar gamera.'

Gyda hynny, dyma Freeman yn patio'i phoced i wneud yn siŵr bod ganddi ei ffôn.

'Reit, Tom, cawn ni weld a allwn ni rhoi wyneb i'r Bwystfil.'

Taflodd yr allweddi at Tom ac awgrymu na allai gyrraedd y lle mewn llai na deuddeg munud, gan achosi i wên ledaenu'n llydan iawn ar draws ei wyneb.

'Ro'n i wedi ystyried gyrfa yn rasio ceir Fformiwla Un, cyn ymuno â'r ffors. Dwyt ti ddim yn mynd yn dost wrth i gar yrru ar gyflymdra, wyt ti?. Ma 'da fi olau glas i'w osod ar y to, fel Starsky and Hutch.'

Trodd y car yn lled ofalus wrth droi allan o'r maes parcio yna sbardunodd gan weld y cyflymdra yn codi'n gyflym – tri deg, deugain, pum deg – a dyna oedd ei sbîd pan welodd Tom y lori gyntaf yn llusgo o'u blaenau, gydag wyneb enfawr o deigr Bengal yn ysgyrnygu dannedd fel cleddyfau pengam i'w cyfeiriad, o dan y geiriau Ringlings Circus.

'Shit, 'na gyd ni isie nawr yw prosesiwn o lorïe syrcas. 'Na i drial ffordd arall...' gan gyfeirio'r car ar hyd yr hewl heibio'r stadiwm, ond roedd gweithwyr wrthi'n gosod tarmac newydd ar ei hyd ac arwyddion yn ei gyfeirio 'nôl i'r cyfeiriad roedden nhw newydd ddod.

'Ma'r siwrne 'ma'n *jinxed*,' meddai Freeman gyda gwên oeraidd, glinigol ar ei hwyneb, wrth iddi weld a allai'r map ar ei ffôn eu helpu. Gallai weld ffordd osgoi gymhleth ond effeithiol heibio Bridgend Vets a throi wrth Lidl. Gallai weld fod Tom yn cochi wrth ei hymyl, ei feddwl ar ras.

'Ar ôl Lidl cymera'r troad bach 'na sy'n arwain heibio'r ysgol ac ar ben yr hewl, tro lawr tua'r clwb rygbi...'

'Ti'n meddwl 'yn bod ni'n mynd i'w ddala fe?' gofynnodd Tom.

'Ma gen i'r teimlad ein bod ni ar y ffordd i ddarganfod pwy yw e. Cer yn araf iawn. Mae'r darn 'ma'n beryglus.'

'Gobitho y byddwn ni mewn pryd. Mae e fel tase fe'n lladd un bob mis ac mae'r mis 'ma'n hedfan.'

'Os gallwn ni gael unrhyw wybodaeth, gallwn ni ryddhau rhywbeth i'r wasg fydd yn gwneud iddo adael ei gartref guddiedig efalle. Dim ond bod gynnon ni rhyw sgrapyn defnyddiol o wybodaeth.'

Wrth weld y garej Texaco o'u blaenau, dyma lorïau'r syrcas yn troi i'r un cyfeiriad rhyw hanner milltir i ffwrdd. Gallai Tom dyngu fod y clown ar ochr y tryc yn chwerthin ar ei ben.

Roedd perchennog y garej yn barod amdanyn nhw ac wedi rhewi'r ddelwedd ar y camera seciwriti yn barod. Yno, roedd dyn gyda phen gwyn mawr fel erfinen, y math o ben y byddai'n hawdd ei adnabod mewn torf.

'Bingo,' meddai Thomas yn dawel wrth Freeman.

'Dim cweit,' atebodd Freeman.

Roedd hi wrthi'n tynnu llun o'r dyn anhygoel o hyll ond wnaeth hi ddim ei anfon yn syth i HQ fel byddai Thomas yn ei ddisgwyl. Symudodd bysedd Freeman dros sgrin ei ffôn yn gyflym, gan chwyddo darn o'r ddelwedd.

'Drycha!'

I ddechrau doedd Thomas ddim yn gallu gweld dim byd, dim ond rhyfeddu mor hyll oedd yr wyneb. Siŵr Dduw y byddai rhywun yn adnabod yr wyneb bwystfilaidd hwn?

'Ti isie cliw?'

Syllodd Thomas drachefn ond er gwaetha'i ymdrech i edrych yn graff ni allai weld unrhyw beth arwyddocaol.

Siglodd ei ben, gan ddechrau credu taw hwn oedd diwrnod gwaetha ei yrfa hyd yn hyn. O edrych ar y ffordd roedd Freeman yn gweithio, gan dynnu dau ben y mwdwl ynghyd, a meddwl am ffordd ymlaen mor glir a phositif teimlai Thomas fel petai'n hambon o gefen gwlad oedd newydd droedio i'r ddinas mewn sgidiau anghyfforddus.

'Ti'n gweld y llinell denau ddu?'

'Mwgwd?' gofynnodd.

'Mwgwd wedi'i osod yn ei le'n ofalus, gyda glud o ryw fath, fel petai wedi'i osod gan berson proffesiynol, rhywun sy'n gweithio mewn mêc-yp, falle ym myd teledu neu ffilm, neu mewn siop ddrud... Wna i hala'r disgrifiad ohono o ran maint a hefyd gofyn i'r bois yn y swyddfa wneud chydig bach o ymchwil. Mae gynnon ni gawr, mae hynny'n sicr, ond dwi ddim yn siŵr ydi'r llofrudd gynnon ni eto.'

'Ond ma'r cyrff gyda ni, a dyma'r boi mwya tebygol o fod wedi troi bode byw yn gyrff marmor du.'

Anfonodd Freeman ddisgrifiad o'r dyn i HQ gan ofyn i bawb edrych ar y llun yn ofalus. Pawb. Gan gynnwys y staff glanhau a'r gweithwyr shifft. Byddai angen help y papurau a'r cyfryngau hefyd, er mwyn gweld a oedd unrhyw beth ynglŷn â'r boi 'ma y gallent ei ddefnyddio i'w ddal: ei grys-t coch a chyhyrau mawr ei freichiau, efallai.

Diolchodd y ddau i Mr Singh, ac fe wnaeth hwnnw gynnig samosa yr un iddynt. Cyn eu bod nhw'n gadael prynodd Tom Marshall's Steak and Ale pie gan esbonio nad oedd e wedi bwyta ers brecwast, nad oedd yn hollol wir, gan ei fod wedi bwyta paced o Pork Scratchings, can o Vimto a phecyn o Fruit Pastilles, gan berswadio ei hun bod y melysion yn rhan o'i 5 a Day.

Yn y car gofynnodd i Freeman oedd hi'n mynd i fwyta ei samosa hi ac os nad oedd hi, byddai'n hapus iawn i'w helpu. Estynnodd y samosa iddo, gan esbonio,

'Dwi'n figan.'

'Figan. Be? Dim byd sydd wedi'i hagru gan anifail math o shit?'

'Y math yna o shit, yn union.'

'Sori. Ches i rioed wobr am fod yn ddiplomatig.'

'Oes 'da ti broblem gyda rhywun yn bwyta'n egwyddorol?'

'O's 'da ti broblem 'da rhywun yn byta *steak and ale pie* wrth dy ochr a tithe'n dreifio?'

'Dim ond bo' ti ddim yn llyfu dy wefusau... neu'n gwneud sŵn fel anifail marw mewn grefi.'

'Ti ar gefn dy geffyl nawr.'

'Y? Mae'n flin 'da fi, be?

'Odw i'n mynd i ga'l pregeth am ddiffyg moesoldeb achos 'mod i 'di prynu pei yn y Texaco achos dwi ddim 'di byta ers wyth o'r gloch bore 'ma.'

'Gest ti Scratchings am un ar ddeg. A losin ar ôl 'ny.'

'Be, ti'n cadw cofnod o'r hyn dwi'n byta nawr! Yn edrych ar fy mwydlen yn llawn sothach, y stwff sy'n cadw fi fynd drwy'r orie hir o *surveillance*. Siwgir. Braster. A halen. Y maeth i gyd. Neu ife dyma'r plisman robotig, yr un sy'n cofio popeth ac yn prosesu'r cyfan nes ei fod yn dod mas yr ochr arall fel achos wedi'i ddatrys?'

'Robot? Pwy sy'n gweud 'mod i'n robot?'

'Neb. Fi sy'n neud y gymhariaeth. Ti'n neud gwaith da, gwaith gwych, ond heb fawr ddim emosiwn.'

Oerodd y tymheredd yn y car. Syrthiodd Freeman i bydew dwfn o dawelwch am bedair, pump, chwe munud, cyn iddi droi oddi ar yr hewl fawr a pharcio.

Eisteddodd yno'n dawel cyn siarad drachefn.

'Ocê, gan ein bod ni'n mynd i fod yn bartneriaid, yn *gorfod* bod yn bartneriaid, nes bod ni'n datrys yr achos yma o leiaf a gweld y llofrudd 'ma'n mynd o flaen ei well.'

'Ac ynte'n siŵr o wrthod gweud bygyr ol.'

'Sori Tom, mae hyn yn bwysig. Gad i fi siarad.'

Datododd Freeman ei gwregys diogelwch fel y gallai droi ato ac edrych i fyw ei lygaid.

'Buodd fy ngŵr farw. Roedd e'n blisman ac fe gafodd ei ladd un noson ar stryd wlyb yn Halifax.'

'Beth? DI Terry Frazer oedd dy ŵr di?'

Roedd yr achos yn enwog ac wedi llenwi tudalennau blaen y papurau am ddiwrnodau. Dyn dewr oedd wedi esgus ei fod yn Fwslim er mwyn casglu gwybodaeth am griw o radicaliaid peryglus, pob un ohonyn nhw wedi bod i Syria ac wedi dod 'nôl ac yn berwi o gasineb gwyllt tuag at y Gorllewin, a phopeth roedd y Gorllewin boliog, hunanbwysig yn ei gynrychioli. Gallai Tom weld y ddelwedd ohono nawr, ei farf yn llaes, yn gwisgo gŵn wen hir ac yn gwenu wrth ddal ysgwydd y cyfaill wrth ei ymyl. Y cyfaill hwnnw dorrodd ei ben i ffwrdd â bwyell ar stryd brysur yn llawn siopwyr a gwneud hynny ar gamera ac yna anfon y lluniau rownd y byd. Ac i galon y weddw a eisteddai wrth ei ymyl.

'Roedd yn rhaid cadw fi allan o bethe, oherwydd natur ei waith. Hyd yn oed ar ôl ei farwolaeth roedd angen cadw'r gyfrinach am fisoedd hir gan fod 'na bobol erill yn gwneud yr un math o waith a bydden nhw mewn perygl petai'r ffaith ei fod yn ddyn priod yn dod i'r amlwg. Felly, dwi'n dal i fyw ei gelwydd. Mae'n help i roi ystyr i'w farwolaeth. Welest ti'r lluniau, do?'

Nodiodd Tom ei ben ac estynnodd ei fraich o gwmpas ysgwyddau Freeman cyn ei chusanu. Yn hollol annisgwyl ond ddim mor annisgwyl â'r ffaith iddi hithau ymateb yn nwydus cyn sobri a thynnu 'nôl.

'Sori, Tom.'

'Sori, Freeman.'

'Ti'n rhoi cusan a'i galw wrth ei chyfenw?'

'Sori... beth yw dy enw cynta?'

'Emma.'

'Sori, Emma, ro'dd hynny'n beth gwael i neud.'

'Do'dd e ddim yn beth gwael. Jyst bod e'n beth gwael

i neud gyda fi. Dy bartner gwaith di. Wnest ti gusanu McGinley?'

'Dim 'da'r anadl gwael 'na sy 'da fe.'

Llwyddodd y chwerthin i dorri unrhyw densiwn.

'Reit, 'te. Home James.'

Wrth iddynt yrru, crwydrodd meddwl Freeman at un peth ac un peth yn unig. Gwelai wyneb ei gŵr marw, a theimlo ei wefusau'n gwasgu ar ei rhai hithau, yn nwydus. Roedd ei absenoldeb yn brathu.

Wedi cyrraedd HQ aethant yn syth i'r swyddfa lle roedd hi'n amlwg, o ddilyn cyfeiriad yr wynebau a syllai ar y ddau ohonynt, fod yn rhaid i Tom a Freeman fynd draw at Selway, oedd yn eistedd o flaen delwedd o wyneb y dyn wedi'i chwyddo ganwaith neu fwy. Dangosai bwythau bychain o fewn brodwaith o ddeunydd lliw hufen tywyll.

'Ry'n ni'n credu bod Mr Serial Killer wedi creu'r mwgwd ei hunan, mas o wahanol fathe o groen.'

'Croen? Pa fath o groen?'

'Croen dynol, o leia tri unigolyn – dyn, merch a menyw – wedi'u stitsio at ei gilydd i greu un darn mawr, masg hyll, ond tu ôl i'r masg mae 'da ni liw ei lygaid, sy'n laslwyd, bron yn Almaenig, weden i.'

'Unrhyw beth arall?'

Awgrymai goslef ei llais nad oedd Freeman wedi cael cyfle i brosesu'r ffaith gyntaf.

'Wel oes, fel mae'n digwydd. Mae 'da ni rywbeth o dan y menig mae e'n eu gwisgo, y math o fenig byddai llawfeddyg yn eu defnyddio... Os edrychwch chi'n ofalus iawn mae 'na rywbeth tywyll iawn dan ei ewinedd.'

'Gwaed 'di sychu?' awgrymodd Thomas.

'Nage, dim byd mor sinistr â hynny. Na, mae'n edrych o ran y ffibrau fel compost garddio. Ac o weld faint ohono fe sydd i'w weld yn glir, hyd yn oed dan latecs y faneg, ma'r boi'n dipyn o arddwr. Hyd yn oed yn arddwr llawn amser.'

'Chi'n siŵr?' gofynnodd Freeman.

'Os gallwch chi ffindo garddwr gyda llygaid y lliw 'ma sy'n sefyll rhyw chwe throedfedd a phedair modfedd o daldra ac yn gwbod sut i wnïo, yna, mae 'da chi'r llofrudd.'

'Peidwich anghofio'r deintydda. Dyle fe fod yn hawdd, 'te. Parciau, canolfannau garddio, holi pob wan jac ym mhob un ohonyn nhw.'

'Sdim rhaid mynd yn bell,' awgrymodd Tom. 'Ma fe'n cadw at ei batsh ei hunan. Dyma foi sy'n cynaeafu ei filltir sgwâr.'

Ond er gwaethaf eu hymdrechion, a mynd i bob gardd a chanolfan arddio nid oedd neb yn medru dweud un peth i'w helpu. Roedd hyn fel ceisio adeiladu cerflun allan o niwl.

Patrymau

TE. ROEDD AM gael paned cyn mynd mas i hela. Glengettie, a'r te'n aros yn y pot wedi'i dwymo'n barod â dŵr twym am dri munud yn union cyn ei arllwys. Cyn yfed edrychodd ar ei fasg newydd, un clown, yn y patrwm confensiynol.

Un diwrnod, pan oedd e'n un ar ddeg oed, dechreuodd criw o fechgyn ei wawdio yn yr ysgol, a gwneud hynny'n feunyddiol yn greulon, a byddai'n gwaethygu o ddydd i ddydd. 'Clown' oedd eu henw arno a byddent yn gwisgo masgiau clown, gan neidio allan o'r cloddiau ar y ffordd gatre er mwyn codi llond bola o ofon arno. Bydden nhw'n chwerthin, fel bydd cynulleidfa'n chwerthin wrth weld clown yn mynd o gwmpas ei bethau. Er ei fod wedi cwyno, ni wnaeth yr ysgol ddim byd, a hynny, yn anad dim am fod mab Mr Roberts y prifathro, sef John Roberts, yn un o'r gang. Tyngodd lw bryd hynny y byddai'n dial yn erbyn y bechgyn eraill ac yn erbyn y prifathro, oherwydd ei jobyn e oedd cadw'r plant yn ddiogel, ond roedd wedi'i fwydo fe i'r llewod.

Peintiodd wefusau coch ar yr wyneb mawr crwn. Clymodd yr elastig yn dynn y tu ôl i'r hyn fyddai clustiau'r clown – er nad oes gan glown glustiau, am y gwnâi iddyn nhw ymddangos yn fyddar ac yn fwy sinistr, dan y sioc o wallt coch artiffisial. Yna, cymerodd farcer inc trwchus i greu dwy groes ddu ar gyfer y ddau lygad. Yfodd ei de cyn gwisgo'r masg, a syllu arno fe ei hunan, yn ysu am y blas a'r pleser o wneud i rywun arall ddioddef.

Gwyddai nad oedd hyn yn amser da i fynd i hela ond doedd dim dewis ganddo. Roedd y cyrff yn sych, a'i ysfa'n drech nag unrhyw ofal i gadw mas o drwbl fel y byddai person llai seicotig yn ei wneud. Roedd ganddo bastwn mawr trwm, sach a chlorofform, sy'n hen ffasiwn iawn ond yn hynod, hynod effeithiol. Yr unig beth roedd arno ei angen oedd targed.

Dygodd y llyfr ffôn lleol o'r llyfrgell, yr unig baratoad roedd ei angen. Gan ei fod yn rhyw fath o dduw, gallai fod yn hollol fympwyol ynglŷn â phwy i'w aberthu nesa wrth allor waedlyd ei ddwylo. Fe yw ffawd, a bydd ffawd yn cerdded allan gan wisgo'i fenig yn barod, jyst rhag ofn. Tynnodd y masg cyn gadael, gan y byddai ar un ystyr wastad yn ei wisgo. Y masg oedd ei hunaniaeth. Ei hunaniaeth oedd y masg.

Roedd angen golchi'r ddau gwpan tsieina'n ofalus, am y byddai eu torri yn ei dorri yntau'n deilchion. Hi, ei fam, fyddai'n yfed allan o'r gwpan â'r rhosod arni, ei gwefusau tyner yn anwesu'r rhimyn. Dyma'i ffordd o gysylltu â hi, drwy gynnal y ddefod sanctaidd o yfed te gyda hi ac allan o'i chwpan tra byddai lle i ddau wrth y bwrdd. Hon felly yw'r jwg sanctaidd ac roedd hi'n hen, wedi bod yn y teulu ers oes pys, wedi bod yn llechu'n dawel ar seld ei hen fam-gu ers dechrau'r tân wnaeth losgi ei thyddyn bach. Y jwg a'r ci oedd yr unig bethau lwyddwyd i'w hachub rhag y fflamau ac roedd rhywbeth ynglŷn â'r sglein ar ymyl y jwg yn gallu edrych fel fflamau'n cael ei adlewyrchu yn y rhimyn bach o olau, y ddau'n gweiddi'n groch cyn llosgi'n ulw. Doedd e braidd yn adnabod ei dad – bugail pen mynydd a gadwai draw rhag cymdeithasu ond roedd hi'n hen glegen annwyl ac roedd y jwg yn ei atgoffa o ddyddiau da yn cynaeafu cina bens, eu berwi nhw ac wedyn eu bwyta nhw'n morio mewn menyn cartref.

Felly, rhaid setlo'r jwg llaeth reit ar ganol y ford, fel ail gam y ddefod, gan gofio fod bwyd a thân yn gymysg oll gytûn.

Ar ôl paratoi'r te rhaid chwilio i weld a oedd 'na lygoden yn sgrialu'n wyllt yng nghrombil un o'r trapiau. Doedd dim gwerth cynnal y ddefod te heb aberthu rhywbeth byw a mwynhau'r perfedd ar ddarn o dost. Neu *teacake* pan fyddai wedi cofio eu prynu nhw yn y siop rownd y gornel. Wythnos diwetha roedd 'two for one deal' ar y rheini. Biti na phrynodd gwpwl o becynnau. Bydden nhw'n mynd yn dda gyda'r perfedd wedi'u gwasgu'n galed, sy'n edrych fel Marmite.

Llosgi'r wrach

GWRACHOD. GWRACHYDDIAETH. PRIN bod Prif Arolygydd Tomkins yn disgwyl y byddai hynny'n effeithio arno. Yn yr unfed ganrif ar hugain? Ar ei batshyn e? Roedd ei yrrwr, Lewis, yn dawel iawn, yn fynachaidd bron wrth iddo yrru. Adwaenai ei fòs yn ddigon da i gadw'n dawel gan wybod na fyddai'n dweud gair wrth neb, nac yn amharu ar ei feddyliau. Gwyddai fod Tomkins yn un o'r bobol hynny fyddai'n cymeryd pethau o ddifri, bron yn athronyddol mewn gwirionedd.

O gyrraedd y corstir y tu ôl i'r stad ddiwydiannol sylwodd Tomkins ar y tai wrth ochr y ffordd ac ar bensaernïaeth nodweddiadol yr Iseldiroedd gan eu bod wedi'u hadeiladu yn y cyfnod pan ddreiniwyd llawer o'r tir o gwmpas gan hydrolegwyr o'r wlad honno.

'Chi'n iawn, syr?' gofynnodd Lewis.

'Dwi ddim yn hoff o ddirgelion a dweud y gwir. Ma lot gormod o ddefnydd o'r gair 'goruwchnaturiol' wedi bod yn y gwaith.'

'Y wasg yn cwco pethe lan. Chi'n meddwl bod hwn yn un o'r rheini?'

'Cawn weld, Lewis, cawn weld.'

Nadreddodd y car ar hyd yr hewl igam ogam a arweiniai at safle hen bentre Pinged Argoed, a Tomkins yn gorfod chwilio yng nghefn ei feddwl i gofio beth oedd tarddiad yr enw – rywbeth i'w wneud â thir gwlyb, enw Normanaidd o gofio'r castell oedd yn dal i sefyll yn y pellter fel symbol o hen, hen ormes yn hawlio'r bryniau uwchben Castell-nedd. Rhyfeddodd Tomkins fod cynifer o gestyll yn Ne Cymru na fyddai neb yn ymweld â nhw.

'Ry'n ni bron 'na.'

Gwyddai Lewis hynny'n barod oherwydd ei fod wedi cael cipolwg ar heddwas mewn siaced *dayglo* werdd yn sefyll wrth ymyl mynediad i fferm yn y pellter. Cododd Lewis ei law a chamodd y plisman i'r naill ochr. Gwyddai Lewis y byddai Tomkins yn gofyn iddo stopio'r car er mwyn cael gair gyda'r dyn mewn iwnifform.

Byddai'r heddwas wedi bod yn sefyll yno am oriau ac yn croesawu cael cyfle i siarad ag unrhyw enaid byw arall. Ond roedd hyn yn fwy na chwrteisi ar ran y bòs. Byddai'r plisman wedi bod yn siarad â'i gyd-weithwyr, wedi dod i gasgliad ei hunan ynglŷn â beth oedd wedi digwydd ac roedd Tomkins yn awyddus i wrando, oherwydd ditectif gwael fyddai'r un dirmygus o sgiliau'r dynion mewn iwnifform glas.

Arhosodd Lewis rhyw ddeg llath y tu ôl i'r plisman a chamodd Tomkins draw ato, gan dynnu pecyn o sigaréts allan o'i boced er mwyn rhoi esgus iddo ddechrau sgwrs.

'Shifft hir o sefyll ar dy draed?'

Cytunodd y plisman. Gwrthododd y sigarét ond estynnodd ei law iddo.

'PC Parsons.'

'Sgen i ddim syniad beth i'w ddisgwyl yma. Mae 'nghyfeillion wedi dweud ei fod yn rhywbeth allan o'r cyffredin. Odych chi wedi gweld unrhyw beth ers i chi fod ar diwti?'

'Od bo' chi'n dweud 'ny achos ma 'na un peth. Stopiodd dyn mewn fan wen a gofyn am gyfeiriade i Moat Farm?'

Canolbwyntiodd Tomkins.

'Nawr, rown i'n siarad 'da un o 'nghyd-weithwyr echdoe a digwyddodd e weud ei fod e wedi cwrdd â dyn ag acen

Llundain mewn fan wen yn gofyn y ffordd i Moat Farm. Roedd y ddou ohonon ni'n meddwl ei fod e'n od iawn a dweud y gwir.'

'Beth y'ch chi'n feddwl?'

'Roedd e fel petai e'n dod i tsiecio pethe. Fel petai'n gwbod yn union beth oedd dan y tarpolin a thu hwnt i'r tâp melyn a du.'

'Sut ddyn oedd e, felly?' gofynnodd Tomkins, wrth estyn am ei lyfr nodiadau a'i feiro.

Gwyddai y byddai'n cael disgrifiad da. Roedd y PC yn amlwg am wneud gyrfa yn yr heddlu ac roedd ei ddisgrifiad yn llawn, ar wahân i un peth sylfaenol, hanfodol, wnaeth achosi cryn dipyn o embaras i'r dyn ifanc, sef ei fod wedi anghofio nodi rhif y fan, er cofiai rai o'r llythrennau.

Disgrifiodd ddyn mawr iawn tua phedwar deg pum mlwydd oed gyda phethau fel mwydod ar ei wyneb, defaid neu rywbeth felly, yn sicr nid jyst plorod, gwên wan, a gwefusau llawn iawn, bron yn binc – mor binc fel petai'n gwisgo rhywbeth fel lipgloss – ac roedd ganddo hefyd wallt pinc a choch a edrychai fel petai'r lliw wedi dod o botel, a llais tawel iawn, bron yn fachgennaidd, neu hyd yn oed yn ferchetaidd. Roedd ganddo acen ardal Newcastle, ie, mwy nag ychydig bach o acen y Geordie yn ei lais tawel yn sicr. Ac roedd arogl rhyfedd yn y fan, rhywbeth cemegol, rhywbeth meddygol, bron.

Clorofform, meddyliodd Tomkins. Yr un peth ag yr oedd y Bwystfil wedi ei ddefnyddio er mwyn cipio Davies? Roedd pawb yn defnyddio clorofform fel petai'n ffasiwn. Beth oedd yn digwydd yn y byd? Pob peth oddi ar ei echel.

'Unrhyw beth arall?

'Dim byd sai'n credu.'

'Cymer gerdyn, rhag ofn i ti gofio rhywbeth arall. Ond diolch am yr holl wybodaeth.'

'Sori 'mod i heb gofio rhif y fan, syr.'

'Dwi'n cofio mynd i arestio rhywun unwaith a cheisio arestio'r dioddefwr yn hytrach na'r troseddwr, achos 'mod i wedi anghofio tsiecio pwy oedd pwy. Wela i di nes ymlaen. Gwell i fi fynd gyda Lewis i weld beth sy'n digwydd...'

Saliwtiodd Parsons a sefyll yn gefnsyth am y tro cynta y diwrnod hwnnw, yn teimlo balchder personol yn codi megis o'r pridd dan ei draed ac yn mynd drwy ei wadnau, yn enwedig o weld sut roedd Tomkins wedi llenwi bron tair tudalen â manylion am y cawr o ddyn hyll yn y fan. Diawlodd ei hun am fethu cofio'r blydi rhifau 'na.

Doedd ganddyn nhw ddim ymhell i gerdded – pump neu chwe chan llath at y man lle safai'r crwner ynghanol cylch mawr du o weddillion y goelcerth. Reit ynghanol y cylch roedd cylch arall ac o fewn hwnnw roedd penglog dafad yn hongian ar raff ac wrth i Tomkins edrych yn fanwl gwelodd fod esgyrn wedi'u trefnu'n daclus o gwmpas ac ambell benglog arall, nid o ddafad bob tro ond ymhob achos doedd dim dannedd, er bod nifer o ddannedd ar fwclis yn hongian fel addurniadau parti oddi ar lwyni'r ddraenen wen a amgylchynai'r fan.

'Pam bod y dannedd 'ma yn fan hyn yn hytrach nag yn y labordy?'

'Mae nifer fawr wedi mynd i'r labordy er mwyn iddyn nhw ddechrau gweithio arnyn nhw, syr. Ond y foment y clywes eich bod chi'n dod penderfynes aros nes eich bod chi'n cyrraedd i gael gweld y stwff drosoch chi'ch hunan. Fel chi'n gweld, syr, buodd defod o ryw fath yma.'

'Dannedd dynol i gyd?'

'Ie'n wir.'

'A sawl person fyddai wedi dod yma, gan fod y cylch mor llydan?'

'Chwech, efallai. Ond roedd y rhain wedi'u trefnu'n ofalus

iawn. Pob un ohonyn nhw wedi gorchuddio eu bŵts a'u welingtons â plastig, a phlastig trwchus hefyd, felly doedd 'na braidd ddim olion, ar wahân i un oedd yn amlwg wedi anghofio gwneud. Seis ffftîns, cyn i chi ofyn, a boi trwm hefyd. Weden i ei fod e bron yn gawr o weld pa mor ddwfn roedd ei draed yn suddo i mewn i'r pridd.'

Gwelodd Lewis fod Tomkins am ganolbwyntio ac felly cerddodd ymhell o'r cylch, draw tuag at y ffatri ieir. Doedd dim posib i unrhyw un a wyddai am y ffyrdd erchyll o fagu ieir yn hen sieds yr RAF alw'r lle'n fferm. Edmygai Tomkins yn fawr, am y ffordd y gallai ganolbwyntio'n llwyr ar y job, gan fynd heb lawer o gwsg am wythnosau bron, a defnyddio'i ddychymyg yn ogystal â'r ffeithiau moel, gwyddonol i ddatrys achosion. Cofiai sut y daeth Tomkins o hyd i'r ferch fach oedd wedi'i herwgipio o iard yr ysgol, yng ngolau dydd, er nad oedd hi'n nabod y dyn wnaeth ei chipio, nac yntau'n ei nabod hithau, fel sy'n digwydd yn y rhan fwyaf o achosion o'r fath. Dyna un o'r rhesymau pam fod yr achos mor anodd, heb sôn am yr ofn ymhlith y rhieni a deimlai os oedd yr hen fygyr yn gallu cymeryd plentyn o iard yr ysgol yng ngolau ddydd, pa siawns oedd i'w hamddiffyn rhag drwg ar y strydoedd?

Camai Tomkins yn synfyfyriol o gwmpas y cylch, yn ceisio ail-greu'r ddefod yn ei ben. Teimlai fod cliw sylweddol ym maint radiws y cylch, fel bod modd gweithio mas sawl person oedd wedi creu'r cylch, neu o leiaf cael rhyw syniad sawl un ymgasglodd yma, drwy ddychmygu'r person – dyn neu fenyw – yn sefyll yn y canol, yn llywio'r ddefod. Roedd hynny'n glir, ta p'un... bod 'na elfen gref iawn o ddefod yn perthyn i'r hyn a ddigwyddodd yn y llecyn diarffordd hwn. Siâp y cylch yn un peth, a'r ffordd roedd rhywun wedi mynd i'r drafferth o losgi'r holl frigau cyn eu trefnu'n siâp ffagal. Ond yn fwy na hynny, roedd y bobol 'ma wedi trefnu cylch arall y tu mewn i'r un mwya, a hwnna'n gywir, yn geometrig ac wedi'i gynllunio'n ofalus iawn. Ar ben hynny roedd y gosodwaith o gerrig gwynion, wedi'u trefnu'n daclus, yn dilyn pwyntiau'r cwmpawd. Cerddodd Tomkins o gwmpas y cylchoedd deirgwaith, yn gwneud hynny'n eironig braidd, gan gofio pa mor hanfodol oedd y rhif tri mewn chwedl ac mewn hud a lledrith. Cerddodd gam wrth gam, gam wrth gam, yn boenus o araf, pan gafodd ei foment Ddamascaidd, y bylb golau ynghanol ei ymennydd yn tanio'n fflach. Gadawodd y cylch a cherdded draw at Lewis, oedd yn darllen newyddion y BBC ar ei ffôn.

'Ga i fenthyg dy ffôn di, Lewis? Ma'r hen declyn sy 'da fi'n crap! Prin 'mod i'n gallu ffonio am tecawê ar y blydi peth.'

Pwysodd Lewis ei fys ar y sgrin cyn estyn y Samsung ato. Nododd sut roedd llaw ei fòs yn crynu, ond roedd yn ei nabod yn ddigon da i wybod nad alcohol, neu ddiffyg alcohol oedd yn gyfrifol. Gwyddai ei fod wedi cynhyrfu a'i fod ar drywydd rhywbeth pwysig, ac mai hynny oedd y gyfrifol am y cryndod.

Teipiodd eiriau a'u gwglo nhw, ac ar ôl darllen yr hyn a ymddangosodd estynnodd y ffôn at Lewis, wnaeth nodi'r siâp yn gyntaf, y graffig clir o'r siâp hynod ac wedyn darllen y manylion am y pentagram:

Mae Pentagram (neu ambell waith pentalpha neu pentangle neu bentagon seren) mewn siâp seren gyda phum pwynt wedi'i greu o bum llinell syth. Defnyddiwyd pentagramau fel symbolau crefyddol pwysig gan y Babiloniaid a chan y Pythagoreaid yn yr hen Roeg. Defnyddir y symbol heddiw gan amryw neo-baganiaid, yn debyg i'r defnydd o'r groes gan Gristnogion neu Seren Dafydd gan yr Iddewon. Byddai rhai Cristnogion yn cysylltu'r pentagram â phum loes Iesu Grist ac mae ganddo gysylltiad â'r seiri rhyddion hefyd.

Mae Satanwyr yn defnyddio pentagram gyda dau bwynt

yn pwyntio i fyny, yn aml oddi mewn i'r cylch dwbl ac
yn aml gyda phen gafr yn ei ganol. Cyfeirir at hwn fel
Sigil of Baphomet. Maent yn ei ddefnyddio'n debyg i'r
Pythagoreaid, oherwydd roedd yn rhan o Tartaros sy'n
cyfieithu o'r Groegaidd fel 'twll' neu 'void' gyda'r un ystyr â'r
man hwnnw y sonnir amdano yn y Beibl lle mae'r angylion
sydd wedi cwympo o'r nefoedd yn cael eu caethiwo. O
drawsnewid y llythrennau o iaith Roeg i'r Hebraeg mae'n
troi i mewn i'r gair 'Lefiathan.' Mae Satanwyr llai esoterig
megis LeVeyan yn ei ddefnyddio fel symbol o wrthryfela,
gyda'r trobwynt yn wynebu tuag i lawr fel petai'n gwrthod
y Drindod Sanctaidd.

Edrychodd Lewis ar Tomkins oedd yn gwenu'n afreolus, rhywbeth na fyddai'r dyn yn ei wneud yn aml.

'Sataniaeth, chi'n meddwl?'

'Dau gylch, pum pigyn i'r siâp seren, dau yn wynebu i fyny, tri tua'r llawr. Pwy fyddai'n meddwl, Lewis? Mas man hyn yn unigeddau glaswelltog Castell-nedd. Ti wedi clywed am unrhyw beth fel hyn o'r blaen yn y cyffiniau?'

'O, ma'r papure'n cario straeon bob hyn a hyn sy'n sôn am wrachod, yn enwedig yng nghoedwig Cynffig ac ry'n ni wedi edrych i mewn i bethau ambell dro. Ond gan amlaf pobol ifainc sy jyst yn ware'r diawl, neu ryddhau'r egni rhywiol na sy 'da nhw. Adeiladu ffagal, siarad rhyw mymbo jymbo, yfed lot o ganiau o lager a seidr ac yna'n paru lan. Y math hynny o wrachyddiaeth. Stwff amatur, sy'n meddwl dim yn y pen draw.'

'Ond ma hyn yn wahanol, Lewis.'

'O, yn wahanol iawn?'

'Dannedd dynol, Lewis. Llwyth ohonyn nhw. A betia i bydd rhai'n perthyn i'r diweddar brifathro.'

'Chi'n meddwl, syr?'

'Dwi'n blydi gwbod, Lewis. Doedd dim dant yn ei geg pan ffindon nhw fe.'

*

Yn ei gegin mae'r Bwystfil yn yfed Dandelion and Burdock ac yn darllen llyfr am wrachyddiaeth yn yr hen sir Forgannwg gan chwilio am bethau newydd i'w defnyddio yn y gêm. Gallai fod wedi cael gwared o gorff Dafydd Harmon mewn ffordd haws o lawer, ond roedd y dynion oedd yn hoffi gwisgo lan fel gwrachod yn dwlu ar chwarae gyda chyrff go iawn, i roi urddas i'w defodau bach pathetig. Gwyddai'r Bwystfil fod bod yn rhan o'r fath gymdeithas yn beryglus ac y gallai un person ddifetha popeth drwy ddweud neu wneud rhywbeth twp neu annoeth. Ond pan oedd ef wrth y llyw, yn arwain y ddefod, yn tynnu'r dannedd, teimlai bŵer yn llifo'n wyllt drwy ei wythiennau. Ac ar ben hynny roedd o leia ddau ohonyn nhw yn perthyn i'r cops. Handi. Handi iawn.

Ffasgwyr

DEMOCRATIAETH OEDD AR fai am yr holl brysurdeb yn y dre, sioe aruthrol o heddlu wedi'u casglu o wyth llu gwahanol, heb sôn am filwyr. Caewyd y prif hewlydd i mewn i Lanelli i draffig arferol oherwydd bod y ddwy garfan yn mynd i fartsio – a gwneud hynny'n gwbl gyfreithiol – am bump o'r gloch. Job yr heddlu oedd eu cadw nhw'n ddigon pell wrth ei gilydd.

Pam Llanelli? I ddeall pam, byddai'n rhaid i chi fynd i ffermdy ar gyrion pentre gerllaw a dilyn yr hewl oedd yn ddim byd mwy na llwybr cols i ffermdy Brynmeillion, cartre clyd am bron i flwyddyn bellach i Harry Smith, trefnydd Prydain o'r National Division, corff adain dde eithafol oedd â'i fryd ar newid y byd drwy ei wthio oddi ar ei echel. Gyda'i dau Aelod Seneddol, a channoedd o gynghorwyr, gan gynnwys nifer fawr ar gynghorau plwyf, doedd neb wedi sylwi pa mor ddiwyd roeddent yn canfasio ar y stratwm yma o'r system wleidyddol. Roedd y Division wedi bod yn tyfu mewn dylanwad a grym, a'r llif diweddaraf o fewnfudwyr wedi bod yn fêl pur ar eu bysedd budron.

Rhoddai Smith *workout* i'r Rottweiler tra byddai rhai o'r dynion yn yfed te, a rhai'n yfed lager, er mai amser brecwast oedd hi. Yna, cododd ei lais i ddenu sylw, a'r dynion cyhyrog, penfoel yn ymateb yn ufudd fel cŵn bach. Roedd gan Smith enw da, neu efallai enw drwg, am ddelio â phobol na fyddai'n gweld y byd yn yr un ffordd ag yntau. Ni ddeuai'r heddlu i gysylltiad ag e, meddyliai Harry, gan y byddai'n osgoi gadael unrhyw dystiolaeth. Dim sgrapyn. Byddai'n ofalus, er mwyn sicrhau ei ryddid.

*

Yn yr Ops Room roedd yr holl uwch-swyddogion wedi ymgynnull i wrando ar Tomkins, gyda nifer yn synnu ei fod yn delio â hyn yn ogystal â'r llofruddiaethau a chadw *running brief* ar waith Freeman gyda'r Albaniaid.

'Ma 'da ni waith i'w wneud. Ma bois pathetig yr adain dde yn hala miloedd lawr 'ma o bob man. Deg bws o Millwall yn unig, a llwyth o *skinheads* a hwligans ffwtbol. Roedd y BBC yn dweud bod disgwyl i 100,000 o bobol ddod, a'u hunig bwrpas yw neud yn siŵr bod pobol fel chi a fi a phobol gyffredin ddim yn cael lleisio'n barn. Be ddigwyddodd i'r wlad 'ma? Ble aeth pethe'n rong? Wel, galla i weud 'tho chi pwy o'dd yn rong, gyfeillion. Enoch Powell, ro'dd e'n rong, gyda'i araith am y Rivers of Blood. O'dd e'n siarad Cymraeg chi'n gwbod, siarad e'n dda, 'fyd.'

Tyfodd yr araith wrth i Tomkins dwymo i'w dasg.

'A weda i 'tho chi rhywun arall o'dd yn rong. Y ffasgwyr Martin Webster a John Tyndall o'r National Front... Webster yn arbennig. Gwastraff croen oedd hwnna, galla i weud 'tho chi. O'n nhw i gyd yn chwythu aer drwg drwy eu penolau a'u cegau yr un pryd. Y League of Empire Loyalists, y National Socialist Movement, The Great Reich, y Greater Britain Movement reit lan i'r Screwdriver Army. O'n nhw'n credu bod nhw gwbod beth oedd yn bod ar y wlad 'ma, o oedden. Gormod o bobol yn dod mewn, a gormod o bobol yn rhoi croeso iddyn nhw, heb sôn am nawdd ac arian a lletty a phob peth fel'na sy'n dreinio'n hadnodde prin ni. *Rubbish*. Y peth oedd yn bod ar y wlad go iawn oedd eu siort nhw. Bastads llwfr digywilydd.'

*

Eisteddai Tomkins dan gwmwl o ofid, ei fysedd fel drymiwr diamynedd yn chwarae'r ddesg oedd yn annodweddiadol o ddi-drefn. Gan amla byddai'r ddesg honno fel un Syr Alan Sugar, a dim ond un o'r gemau bach hurt 'na i'r egseciwtifs chwarae â nhw – yr un 'da'r peli ar ffurf pendiwlwm – dyddiadur mawr trwm mewn clawr lledr trwchus a llyfr nodiadau, â phob un o'r rheini wedi'u cadw mewn casgliad mewn cabinet gwydr y tu ôl i'r ddesg. Ond heddiw roedd y ddesg yn edrych fel petai corwynt wedi chwythu drwy'r Llyfrgell Genedlaethol. Doedd y dyn ddim wedi cribo'i wallt chwaith ac roedd y blerwch hynny ynddo'i hun yn adrodd cyfrolau.

Derbyniodd Tom Tom neges destun ugain munud yn gynharach, dim ond neges swta: 'Fy swyddfa. Ugain munud.' Doedd Tom Tom ddim yn agos at y swyddfa ar y pryd gan ei fod yn eistedd yn Caffè Nero yn darllen drwy ei lyfr nodiadau ac yn ceisio cael trefn ar ei feddyliau. Bu'n rhaid iddo redeg, gan obeithio na fyddai'n chwysu gormod nac yn cael thrombo.

Roedd y tywydd wedi newid eto, yr awyr yn glòs, ac wrth iddo redeg ceisiai Tom Tom benderfynu faint o amser fyddai'n ei gymeryd iddo redeg ar hyd y saith stryd i gyrraedd y pencadlys, gan geisio gwneud yn siŵr na fyddai'n rhy hwyr nac ychwaith yn cyrraedd yn sops diferu o chwys. Erbyn iddo gyrraedd adeilad HQ roedd ei grys yn wlyb, a'i dalcen yn sgleinio 'da pherlau bach o chwys.

'Ody hi'n bwrw glaw, Thomas?' gofynnodd Tomkins, heb eironi na hiwmor.

'Des i mor glou â phosib,' atebodd, gan redeg ei fysedd dros ei dalcen a thrwy flaen ei wallt.

'Be sy'n digwydd 'da'r busnes defodau 'ma? Unrhyw lwc?'

'Ry'n ni'n disgwyl casgliade'r crwner erbyn y bore, ond roedd un corff wedi'i losgi'n ulw. Mae'n bosib taw'r boi digartref 'na, Harmon, yw e, ond sneb yn siŵr. Ma cymaint o bobol ar goll ar y foment, miloedd ar filoedd, a phob un yn medru bod yn sglyfaeth, mor hawdd. Edrych fel petai rhyw *black magic* 'di bod yn mynd mlân 'na.'

'Weles i hynny. Diawch, dim hyn yw'r amser gore i'r math 'ma o beth gyrraedd ffroenau'r wasg. Ma cyfryngau'r byd 'ma, Thomas. Yn Llanelli. Bore 'ma cafodd swyddfa'r wasg alwade ffôn gan *Le Monde a Das Zeit* a doedd y pwr dab atebodd y ffôn eriod wedi clywed am yr un ohonyn nhw. Sdim stafell wag mewn unrhyw westy o safon ar ga'l mor bell â Chasnewydd. Mae 'na faniau teledu yn pwyntio cymaint o soseri lloeren lan i'r awyr nes bod y lle'n edrych fel Jodrell Bank mas 'na. Felly, mae angen bod yn drylwyr ac yn gyflym, a sorto hyn i gyd mas cyn bod y byd yn ein gweld ni fel *hicks*. Ro'dd yn ddigon gwael bod ein patsyn ni wedi'i ddewis ar gyfer y math yma o *showdown*. Y chwith yn erbyn y dde. Y da yn erbyn y drwg. Ar ein patsyn ni o dir, Thomas, hen gadarnle sosialaeth. Ar ein patsyn ni... Oes 'na unrhyw beth arall?'

'Sdim dannedd 'da fe.'

'Dim dannedd?'

'Gwna'th Bwystfil Dental Care eu tynnu nhw i gyd mas. Tra'i fod e'n fyw.'

'Iesu gwyn, yn union fel Davies. Efalle fod angen offeiriad i weithio ar hwn yn ogystal â phlismyn oherwydd gallech dyngu ein bod ni'n delio 'da'r diafol. Ocê, dewisa hanner dwsin o ddynion i weithio ar y cylch 'ma, gan gymryd fod cysylltiad â'r Bwystfil. Sim ots am yr *overtime*. Ond dim gair wrth neb, a rho adroddiad ar 'yn nesg i bob dydd erbyn naw. Clir, Thomas?'

'Clir fel grisial.'

Ac yna cofiodd y geiriau hud. 'Diolch yn fawr, syr.'

Allan i swper

ROEDD Y GALW wedi bod yn tyfu yng nghrombil y Bwystfil
eto ac roedd yn rhaid iddo'i ddiwallu. Eto, roedd y reddf
hunanamddiffynnol yn stryglo i amlygu ei hun a gwyddai
fod yr helwyr eraill, y moch, yn ysu i'w garcharu am byth,
felly byddai'n rhaid iddo fod yn hynod, hynod ofalus. Bu
bron iddyn nhw ei ddal y tro diwetha yn y warws, a diolch
byth na ddefnyddion nhw'r cŵn. Bu'n lwcus hefyd ei fod e
wedi paratoi mor drylwyr, gan storio'r holl boteli o ddŵr
yn ddiogel ynghyd â'r caniau samwn, sef ei hoff fwyd yn y
bydysawd: petai'n cael ei atgyfodi ar ffurf anifail bydda'n
siŵr o ddychwelyd fel arth Zodiac, yn pawennu eog allan o
afonydd oer Montana.

Roedd ganddo gorff siâp arth hefyd, er gwyddai na fyddai'n
gallu dringo i mewn i unrhyw goridor yn y to bellach. Chwysai
wrth feddwl am ddringo ac erbyn hyn ni fyddai'n gallu
meddwl am ddringo mwy na gris neu ddau cyn bod mewn
peryg o ddiodde pwl o thrombosis. Gwisgai ei esgidiau mawr
trwm, a'r rheini'n teimlo fel plwm. Bu cyfnod pan allai fynd
ar hyd y lle fel gibon a dringo fel mwnci. Ond nawr roedd yn
dew: felly roedd yn rhaid iddo fod yn fwy cyfrwys ynglŷn â'i
brae – dim byd mawr, yn ddelfrydol person hanner ei faint
neu lai. Byddai'n help hefyd o ran y clorofform, oherwydd
roedd y boi diwetha wedi cymeryd achau cyn syrthio'n
anymwybodol ac wedi stryglo fel baedd gwyllt mewn trap.
Prifathro, 'na beth oedd y moch wedi dweud. Mor briodol,

ac yntau'n casáu prifathrawon cymaint. Wel, fydde fe ddim yn gorfod wynebu llond lle o blant byth mwy ac roedd wedi cwrdd â'i waredwr. O, roedd ei angen yn fawr, y chwant wedi tyfu nes ei fod fel poen corfforol. Roedd yn rhaid iddo fynd allan i hela, ond sut? Bu raid iddo adael ei gar ar ôl y tro diwetha, er ei fod yn ddigon pell bant o'r lladd-dy. Diolch byth iddo lwyddo i ddychwelyd a chyrraedd y cerbyd cyn y cops a thanio'r peth gyda choctel Molotov syml, a'r car yn chwythu lan mewn ychydig funudau'n unig.

Archebodd dacsi i fynd ag e draw i Weston Stores, i'w gymeryd i ganol y ddinas. Fyddai neb yn disgwyl i lofrudd ladd unrhyw un yno, ynghanol y ganolfan siopa, ond dyna oedd ei fwriad. Nid bod ganddo gynllun fel y cyfryw, yn annhebyg i bob tro arall ac yn beryglus o'r herwydd, ond roedd sawl man yn y maes parcio ymhell o olwg y camerâu. Gwyddai hynny oherwydd taw fe oedd wedi cysylltu'r system, 'nôl yn 2012.

Wedi i'r tacsi ei adael ar bwys y lle bwyta Eidalaidd, wrth y fynedfa i St David's 2, dyma fe'n penderfynu byddai'n well bwyta cyn hela ac felly aeth i'r Diner i archebu cwpwl o fyrgyrs mawr yn ogystal â *shake* fanila a basgedaid a hanner o ffreis. Llygadodd y bobol o'i gwmpas yn lled broffesiynol – y dyn yn bwyta sbageti: byddai'n edrych yn dda gyda sgarff o waed ffres o gwmpas ei wddf, i gyd-fynd â'r saws tomato a redai lawr ei ên. Roedd y fenyw a ddywedai'n greulon o swrth wrth ei phlant y lladdai hi nhw os na fydden nhw'n cadw'n dawel, ddim yn sylweddoli sut y gallai'r Bwystfil fod o gymorth iddi, er y byddai'n difaru wedyn am byth. A'r haid o fenywod wedi'u heintio gan y chwant o siopa a siopa: roedd y rheiny'n edrych fel petai angen gwenwyn arnyn nhw, er mwyn eu stopio nhw rhag siarad fel parots.

Gwelodd offeiriad penfoel gan feddwl byddai hynny'n ddoniol, yn enwedig os gallai hollti'r benglog sgleiniog hurt yn dwt yn ei hanner â bwyell, fel torri wy wedi'i ferwi. Fel roedd hi'n digwydd roedd bwyell fach ganddo ac wedi miniogi ei blaen hi'r bore hwnnw, oherwydd yn ogystal â bod yn ffan o ddefodau bach syml roedd hefyd yn ffan o declynnau siarp. Gallasai fod yn llawfeddyg. Ar un ystyr roedd e'n llawfeddyg yn barod ac yn defnyddio anestheteg, er nad yn y ffordd gonfensiynol, a fyddai neb yn gwella wedi'i driniaeth e.

Mae gan y Bwystfil gof fforensig am y llefydd tywyll, y rhai sydd ddim ar gamera, a sylwodd fod yr hen glegen yn llwytho'i char y tu hwnt i unrhyw gamera. Llwyddodd yr heliwr i gyrraedd y maes parcio heb gael ei weld gan yr un llygad artiffisial. Hyn roddai'r pŵer iddo, i fod yn anhysbys mewn oes lle caiff pob symudiad ei gofnodi.

Rhaid bod yn hynod ofalus, gan ei fod am wneud rhywbeth rhyfedd o gymhleth, mewn ychydig o amser, a'r unig ffordd y gallai wneud hynny oedd drwy ladd a dreifio'r fenyw bant yn ei char ei hunan. Roedd rheswm da dros ddod â bywyd hon i ben, gan ei bod yn berchen ar Range Rover, felly byddai digon o le ar y tu fewn, heb sôn am y ffaith fod gwydr y ffenestri wedi'u tintio'n ddu. Perffaith. Ffycin perffaith.

'Excuse me, madam, do you need a hand with those heavy items?'

Symudai'r Bwystfil yn od o gyflym am rywun mor dew ac roedd ei law dros ei cheg cyn iddi gael cyfle i ateb. Gweithiodd y clorofform yn syth, a'i gwneud yn ddiymadferth, ond roedd y Bwystfil yn ddigon cyfrwys wrth i'w choesau roi oddi tani i roi sgwt iddi i mewn i gefn y Range Rover, cyn codi ei gorff ei hunan ar ei hôl.

Gan ei fod mor fawr, roedd yn dynn yng nghefn y cerbyd a doedd hithau ddim yn slim Janette chwaith. Aeth yn syth ati, gan wneud y tyllau angenrheidiol yn ei gwddf a chysylltu'r llif gwaed i'r poteli plastig. Y bwriad oedd cynaeafu hanner y gwaed o'i chorff at bwrpas coginio – pwdin gwaed go iawn. Hoffai'r syniad y byddai'r cops yn gorfod ystyried taw rhyw fath o fampir oedd wedi bod wrthi pan welen nhw'r marciau twt arni.

Beth yw'r amcangyfrif? Saith neu wyth munud cyn y bydd hi wedi mynd yn rhy bell, pan na fydd ei horganau'n gweithio, y gwaed yn pylu, yr arennau'n dod i ffwl stop? Ffordd reit waraidd o farw a dweud y gwir, huno yn ei chwsg. Y peth gorau oedd y trac sain, wrth i'r anadlu fod yn gymaint o ymdrech, a bu'n rhaid rhoi mwy o gloro iddi i wneud yn siŵr na fyddai'n dihuno, rhag i'r ymdrech i fyw fod yn drech na'r anestheteg.

Tri munud arall. Dyna i gyd. Mrs Davina Bradley, 63 mlwydd oed o Audley Villas, Cynffig – ta-ta.

Lawr yn y morg

E R BOD Tom Tom wedi gweld digon o bethau rhyfedd dros y blynyddoedd roedd yr arwydd yng nghyntedd yr ysbyty wedi rhoi andros o sioc iddo. Nid bod unrhyw beth yn rhyfedd ynglŷn â'r hysbyseb ar gyfer Ffair Haf yn codi arian ar gyfer gwasanaeth y morg, ond bod y ffair yn digwydd yn y morg ei hunan.

Gwyddai Tom Tom fod gan y patholegydd, Alun Rawson, hiwmor tywyll, dychrynllyd o ddu, un o gymwysterau craidd y swydd. Prin ei fod yn adnabod yr un patholegydd nad oedd yn gallu, neu hyd yn oed yn gorfod chwerthin ar rai o'r pethau mwyaf rhyfedd... Pen rhywun ar ôl damwain car erchyll yn edrych yn union fel pêl-droed hen ffasiwn wedi'i neud o ledr. Cogydd marw yn gwisgo'i lifrai llawn – gan gynnwys yr het wen uchel – yn gorwedd ar y slab â chyllell fwya'r gegin wedi'i phlannu'n ddofn yn ei galon. Neu dri o weithwyr wedi ffrwydrad yn y ffatri nicel yn dod mewn bocsys mawr pren yn llawn darnau o'u cyrff a'r rheini wedi'u cymysgu nes bu'n rhaid eu claddu mewn un arch, un arch yn llawn coesau a thraed y tri anffodus, un arall yn llawn organau cymysg, gwallt ac ewinedd.

Ond roedd Rawson mewn categori arbennig, yn chwarae jôcs ar bobol yn ystod eu horiau gwaith, a rhai o'r rheini'n gwbl ddi-chwaeth, os nad yn anghyfreithlon. Felly doedd dim rhyfedd fod Rawson yn cynnal Ffair Haf yn y morg, yn enwedig o ganlyniad i'r toriadau yn y gwasanaethau cyhoeddus. Byddai Rawson yn gorfod gweithio heb unrhyw gymorth, gan na lenwyd swyddi ei ysgrifenyddes na'r dirprwy batholegydd pan symudodd hwnnw i Gaeredin i weithio.

Nododd Tom Tom ddyddiad y Ffair Haf, gan feddwl y byddai'n hwyl mynd yno. Syniad ysbrydoledig. Byddai pobol yn heidio yno er mwyn cael gweld y tu mewn i'r morg, heb sôn am y ffaith fod gan bobol ddiddordeb byw yn ochr dywyll bywyd, fel sy'n amlwg o weld llwyddiant y cyfresi *noir* o Sgandinafia a'r holl lyfrau sy'n ymwneud â throseddau, rhai go iawn neu ddychmygol.

Ar ei ffordd ar hyd y coridorau hir gwrandawodd ar ddetholiad o ganeuon Northern Soul ar ei iPod Shuffle, gydag un gân yn arbennig, sef 'If Only I Could Be So Sure' Nolan Porter, roedd wedi bod yn ei chwarae drosodd a throsodd ers deuddydd bellach. Ni flinai Tom Tom ar wrando arni, a sgipiai wrth gerdded y coridor a arweiniai at y morg, mewn ffordd na ddylai dyn ei oedran e wneud. Ond roedd rhywbeth mor heintus ynglŷn â'r gerddoriaeth fel nad oedd ganddo ddewis. 'I'd climb the highest mountain, I'd swim the deepest sea...' mwmiodd wrth gyrraedd y lifft a gwasgu'r botwm i'w gymeryd i berfeddion yr ysbyty, i Westy'r Meirw, fel y byddai Rawson yn hoff o alw'r lle.

Wedi gwasgu'r cod cywir a gadael ei hun i mewn i'r stafell aros, nododd Tom Tom y pentyrrau o gylchgronau a chomics lliwgar oedd wedi'u casglu a'u plannu ar gyfer y bobol fyddai'n aros yno'n disgwyl profiadau erchyll megis gorfod adnabod corff, neu glywed am amgylchiadau damwain, neu'n aml yn dod i ffarwelio. Safai Rawson mewn cornel yn paratoi teclyn metal sylweddol, ar goesau mawr metal.

Dechreuodd Tom Tom chwerthin yr eiliad y sylweddolodd beth oedd y contrapsiwn o'i flaen, wrth iddo ddarllen yr arwydd ar lawr yn barod i gael ei hongian. 'Doner kebab, £5.50. Cyw iâr/Chicken, £5.50. Cymysg/Mixed £5.50.'

Llyncodd ddracht mawr o aer cyn gofyn...

'Ti'n jocan, Al. Gwed 'tho fi bod ti'n jocan! Ti ddim yn mynd i baratoi cebábs lawr fan hyn yn y morg? Fydd neb, ar wahân i ti a fi, yn gweld hynny'n ddoniol, wir i ti. Hyd yn oed i ti, ma hyn yn sic!'

'Mae'n argyfwng arnon ni. Ma nhw wedi torri cyllideb yr ysbyty ugain y cant a dwi'n gorfod meddwl am ffyrdd i godi arian, a chodi arian i gystadlu yn erbyn dyfeisgarwch elusennau fel Nyrsys Macmillan ac adrannau eraill. Sneb yn meddwl bod eisie poeni am adnodde mewn mortiwari. Dim yw dim. Ta p'un, shwd wyt ti, gyfaill? O'n i'n clywed bod ti'n ôl ac yn dechre pyslo pryd byddwn i'n cael y pleser o dy gwmni di. Ma hi 'di bod yn gyfnod hir, Thomas.'

'Pum mlynedd,' atebodd Tom Tom, 'a blynyddoedd hir iawn o'n nhw 'fyd.'

'Ac ma nhw 'di gadael eu hôl arnat ti. Ond ti 'di ca'l dy job 'nôl. Dwi'n sylweddoli bydd hynny'n help i dy gadw di mas o'r bars... o leia'n treulio chydig llai o amser ynddyn nhw.'

'Dwi ddim fel ro'n i. Ma 'na fwy o reolaeth y dyddie hyn. A tithe? Shwt mae pethe 'di bod yng Ngwesty'r Meirw?'

'Buodd Margaret farw.'

Roedd hyn yn newyddion iddo. Margaret oedd ysgrifenyddes Rawson ac wedi bod yn cydweithio â'i gilydd ers Oes y Bleiddiaid a chanddynt berthynas glòs iawn.

'Mae'n flin 'da fi, o'n i heb glywed. Be ddigwyddodd?'

'Cancr. Na'th e'i gwaredu o'r byd mewn llai na deufis. Un diwrnod dangosodd hi fan geni bach ar ei braich i fi, a gan ei fod e 'di dechre newid siâp awgrymes y dyle hi fynd i weld Doctor Shindell achos sneb gwell yn y maes. Tri mis a chyfres o driniaethe digon anodd ac ro'dd hi wedi mynd. Ro'dd hynna'n tyff. Y tro cynta i fi weld rhywun oedd yn agos ata i'n marw achos o'dd fy rhieni wedi'u sgubo bant pan o'n i'n weddol ifanc, a do'dd 'da fi ddim cof am y broses alaru, dim ond yr angladde.

Ond gyda Margaret, wel, ges i gyfle i weld arwres yn concro poen, a sylweddoli 'mod i mewn cariad 'da hi, er 'mod i erioed wedi cwrdd â hi tu fas i orie gwaith. Fydden ni ddim yn ca'l parti Nadolig lawr fan hyn, er ein bod ni'n addurno'r lle'n bert.'

'Dwi'n cofio'r flwyddyn gesoch chi goeden Nadolig o'dd yn fwy na'r un yng nghyntedd yr ysbyty. Gyda'r angel du 'na ar ei phen hi. Ti ddim yn hanner call. Ond, sori i glywed am Margaret. Ro'dd hi'n fenyw sbesial.'

'A nawr do's 'da fi ddim ysgrifenyddes. Na neb i neud unrhyw waith papur o gwbl. Toriade. Ma'r gwasaneth iechyd yn chwalu, gyfaill. O'n i yn A & E cwpwl o wythnose yn ôl ac ro'dd e fel rhywbeth allan o un o beintiade Hieronymus Bosch. Merch yn gorwedd ar y llawr yn chwydu i mewn i bowlen cardbord. Dyn wedi torri darn o'i fys bawd i ffwrdd â llif yn gorfod aros yn amyneddgar a rheoli'r llif gwaed ei hunan ac yna, pan dda'th ei dro fe i fynd i mewn, cyrhaeddodd pobol o'dd wedi bod mewn damwain ddifrifol ac ro'dd yn rhaid iddo fe ddod 'nôl i'r stafell aros. Gyda'i fys bawd yn ei law. Ro'dd rhai pobol yno yn gwbod sut i weithio'r system, fel yr hen fenyw dda'th i mewn yn dweud bod ganddi bothell boenus ar ei gwefus ac yn gwbod yn iawn na ddylai hi fod yn gwastraffu amser pobol A & E. Gwedodd ei bod hi wedi diodde o clots yn y gorffennol, yn gwbod yn iawn fod dim dewis 'da nhw ond gadel iddi fynd yn syth i flaen y ciw.

'Ro'dd eistedd fan'na'n agoriad llygad hyd yn oed i fi, a dwi 'di bod yn gweithio yn y gwasanaeth iechyd am dri deg mlynedd. All hyn ddim para. Ond 'na ddigon o bregethu. Ti 'ma am rywbeth mwy na jyst disgled o de 'da hen synic sy ddim yn siŵr pa fath o saws i gynnig 'da'i gebábs, na faint o

gig oen i'w archebu. Ti'n meddwl daw pobol? Dwi'n gobeithio
down nhw jyst o ran chwilfrydedd.'

'A'r ymddiriedolaeth iechyd? Odyn nhw'n hapus â hyn?
Ffair Haf gyda'r stiffs?'

'Ma nhw'n gorfod ei dderbyn e achos nhw sy 'di torri
cymaint nes 'mod i wedi bygwth gadel, a fydden nhw byth
yn gallu denu rhywun arall i neud y job heb help gweinyddol,
na rhywun i ddal y llif ar y jobsys mawr.'

'O'dd Margaret yn helpu?'

'O'dd, o'dd. Ro'dd hi'n giamstar ar bob math o bethe. Ac
yn lot cryfach nag o'dd hi'n edrych. Galle hi dorri i mewn
drwy asgwrn brest rhywun mewn chwincad. Nawr 'te, rwyt
ti 'ma i ofyn am y prifathro neu am y corff 'na losgwyd a'i
adel yn y cylch...'

Daeth yr ateb ar ffurf cwestiwn.

'Gafodd e ei losgi yn rhywle arall?'

'Ro'dd olion metal ar ranne o'i gorff, neu o leia ar y rhanne
bach o weddillion y corff. Dwi'n credu y llosgwyd y cwsmer
'ma mewn casgen o olew, a hyd yn oed cyn cael y canlyniade
'nôl o'r lab ma'n fwy na phosib eu bod nhw wedi arllwys
llwyth o betrol ar ei ben e.'

'Nhw?'

'Dyw e ddim yn waith hawdd i un dyn godi corff a'i ddodi
mewn casgen. Bydde rhywun wedi'i losgi fe ar y llawr, cynnau
ffagal neu rywbeth petai'n gorfod neud y gwaith ei hunan.
Dyna beth dwi'n feddwl, ta p'un.'

'A'r dannedd?'

'Wel, ma hyn yn 'yn cymeryd ni i fyd arall a bydd angen
i chi gwrdd â 'nghyfaill draw yn y brifysgol. Dyma'i garden
e... boi ffeind.'

Edrychodd Tom Tom ar yr enw.

'Dwi wedi cwrdd ag e'n barod. Ti'n iawn. Boi hoffus.'

'Gan amla ma rhywun yn ffaelu neud lot 'da dannedd

mewn achos fel hyn, gan fod cyn lleied ar ôl, ond ma'r *culprit* wedi cadw'r dannedd a'u harddangos. Ond dyw'r dannedd i gyd ddim yn dod o'r un corff, er na allwn ni anwybyddu'r posibilrwydd mai dannedd pobol sy'n dal yn fyw y'n nhw, wrth gwrs.'

'Faint y'n ni'n wbod hyd yma? Ynglŷn â phwy yw e?'

'Dim llawer a dweud y gwir, ond os wyt ti moyn fe alla i ffonio ti o fewn cwpwl o ddyddie. Byddwn ni wedi gorffen yr holl brofion erbyn 'ny. Eniwe, pa fath o saws ti'n hoffi fwya, chilli neu garlleg?'

Edrychodd Tom Tom ar y peiriant cebáb yn y gornel gan wenu'n braf.

'Beth sy'n mynd mlaen yn y patshyn yma o'r blaned, Al? Mae fel gŵyl dathlu lladd 'ma ar y foment.'

'Falle bod natur yn grac 'da ni,' awgrymodd Rawson, gan estyn am lif siarp iawn yr olwg i ddechrau torri darnau o ffowlyn.

Roedd hi'n hen bryd gweld a oedd y barbeciw yn gweithio.

Marty a Lip

ROEDD MARTY YN y gwely gyda'i gariad newydd, Marshella McColl, pan ffoniodd Tom Tom, a thôn ei lais yn awgrymu y byddai'n rhaid i Marty ddod ar unwaith. Felly bu'n rhaid iddo adael gwefusau ceirios a botocs y fenyw oedd yn sipian Prosecco yn ei wely. Arllwysodd Marty ei goesau trwch derw i mewn i bâr o jîns, gwisgo'n gyflym, cyn sgathru allan drwy'r drws.

Gyrrodd yn gyflym i'r man cwrdd arferol, ale gul y tu ôl i ToolKit Unlimited, ar gornel stad ddiwydiannol Nantyffyllon ac yn un o'r ychydig lefydd yn yr ardal gyfan lle gallai rhywun yrru i mewn heb fod yng ngolwg yr un camera.

'Sori, Marty, ond do'n i ddim yn gallu cysgu…'

'Be? Ti'n codi fi o'r gwely er mwyn dod yma i glywed nad wyt ti'n gallu cysgu? Be ti isie? Ffycin hwiangerdd? Gyrru lawr i'r Spar 24 i brynu te camomeil i dy helpu di gael fforti wincs? Ffor ffycs sêc, Tom Tom.'

'Ocê, ocê. Dwi'n credu 'mod i'n gwbod pwy gymerodd y crwtyn, neu o leia rhywun sy'n gwbod pwy.'

'Sut?'

'Ffynhonnell ddibynadwy – ond do's 'da fi ddim amynedd i gymeryd y boi mewn i'r gell, a'i ga'l e'n tasgu celwydde fel gwiber. Dyw e ddim yn foi neis, a bydde fe ond yn ddibynadwy os byddai'n credu bod ei fywyd mewn perygl…'

*

Un o bobol fwya gwenwynig a pathetig y ddinas oedd Lip, oedd yn arbenigo mewn gwerthu cyffuriau i'r cwsmeriaid ifanca posib. Byddai'n credu, yn ddwfn yng ngwaelod ei galon – os oedd ganddo galon – nad oedd unrhyw beth yn bod ar gymeryd arian poced rhyw groten neu grwtyn am ddarn bach o hash ac efallai diwb neu ddau o Superglue rhad o Tsieina. Byddai hyd yn oed yn fodlon rhoi *wagers* bach sydyn ynglŷn â sut i anadlu'r glud, gan dynnu bag papur allan o'i boced a chymeryd llond trwyn o'r stwff o flaen y plentyn, gan feddwl dim am y peth. Aeth Marty i'w weld a'i hongian gerfydd ei goesau o bont grog ger Pontrhydyfen er mwyn dod o hyd i enw'r cyflenwr a sicrhau na fyddai byth yn gwerthu cyffuriau eto. Sut hynny? Sut lwyddon nhw i gael dyn heb foesau i dynnu llw na fyddai byth bythoedd yn mynd yn ôl ar y stryd? Syml. Drwy ei adael e'n hongian am yn agos at ddwy awr, nes bod y dyn yn siŵr ei fod yn mynd i farw, a bod ei benglog am dorri'n rhydd a phlymio fel pelen canon i'r afon.

Byddai ambell jobyn pan fyddai'n rhaid i Tom Tom gadw'n glir rhag iddo gael ei ddal yn dwyn anfri ar yr heddlu a cholli ei swydd a'i bensiwn. Ar achlysuron felly, byddai'n rhaid gofyn i Marty weithredu, ac roedd hyn yn rhywbeth y byddai Marty'n fodlon gwneud oherwydd roedd Tom Tom wedi achub ei fywyd unwaith, rhywbeth nad yw dyn yn ei anghofio'n sydyn.

Felly, cynigiodd Tom Tom amlinelliad o'r sefyllfa – pam ei fod yn teimlo mor sicr ym mêr ei esgyrn bod Lip, y llysnafedd dynol hwn, yn gwybod yr ateb i gyfrinach y bachgen coll. Heb sôn fod McAllister wedi sgrifennu ei enw ar ddarn o bapur.

'Bydd angen troi'r sgriws yn dynn 'da'r boi 'ma, a dal i'w troi nhw,' meddai Tom Tom.

Doedd e ddim yn foi caled ond roedd ganddo rywbeth

erchyll ar ei gydwybod… rhywbeth wedi'i blannu'n ddwfn iawn, ymhell iawn o'r golau. Efallai, erbyn hyn, ei fod e wedi perswadio'i hunan nad yw e'n gwybod dim, ei fod wedi claddu'r gwirionedd.

Atebodd Marty yn y ffordd y byddai Tom Tom yn ei ddisgwyl.

'Sdim ots 'da fi os ydi e 'di trio anghofio'r ffycin gwir nes ei fod e'n credu bod gwyn yn ddu a du yn wyn. Ceiff e siglad 'da fi fydd yn neud iddo fe deimlo bod ei esgyrn yn cwympo mas o'i ysgwydde. Fydd dim gwerth iddo fe bledio 'da fi, ymbil fel bapa bach, achos dwi'n gwbod beth ma'r cachgi 'ma 'di neud i blant, felly sda fi ddim byd i'n rhwystro i rhag tynnu ei aeliau bant â *pliers* os bydd rhaid.'

Gwyddai Tom Tom fod Marty yn gallu dyfeisio pethau gwaeth ar amrant a gwae i rywun gwrdd ag e ar ôl iddo fod yn siopa yn B&Q am ryw declyn garddio newydd. Byddai'n rhoi braw i'r KGB.

Wrth i'w ffrind gamu'n ôl i'w gar cafodd Tom Tom gipolwg ar y bag twls du, gorlawn, yn llechu ar y sedd gefn. Ystyriodd yn dawel. Gobeithio na fyddai angen iddo ddefnyddio gormod ohonyn nhw. Na defnyddio'r offer weldio fel y gwnaeth gyda'r dyn o Sheffield…

Ar y ffordd i'r fflat stopiodd Marty ddwywaith, unwaith i brynu batris ac wedyn i gasglu Marshella oherwydd ei fod wedi addo lifft iddi a hithau'n dechrau shifft gynnar yn y gwesty lle roedd hi'n gweini. Ar y ffordd roedd ei chwestiynau'n ddi-stop ac er ei fod wedi esbonio'n glir bod yn rhaid iddo fynd, roedd y diffyg esboniad o ble roedd e wedi bod yn chwarae ar ei meddwl ers iddo'i gadael hi gwta ddwy awr yn ôl. Siaradai mewn un llif o eiriau, heb gymeryd anadl.

'Ble est ti, Marty? Beth yw'r bag 'na? Mae'n edrych fel petaet ti'n gweitho fel plymyr. Wedest ti dy fod ti'n dditectif preifat, yn neud stwff ecseitin fel Colombo, ond heb y tro 'na yn ei lygad e, ond nawr ti'n edrych fel plymyr ac wedi dweud pethe nad o'dd ddim yn wir. Do's 'da fi ddim amynedd 'da pobol sy'n gweud celwydd. Wel, Marty, wel? Oes gen ti rywbeth i'w ddweud? Plymyr, Marty. Am siom.'

I'w thawelu, penderfynodd Marty y byddai'n mynd â Marshella am frecwast cynnar cyn iddi ddechrau ei shifft y bore wedyn. Edrychodd hithau'n ddrwgdybus arno nes iddo ddweud y caen nhw frecwast yn y Northdamm – y gwesty cynta yng Nghymru i gael chwe seren. Sut llwyddodd Marty i gael bwrdd? Roedd cael lle yn y gwesty fel ennill y loteri. Ac yntau'n blymyr!

Yna, wedi mynd â Marshella i'r gwaith, trodd ei sylw at Lip. Credai na fyddai'n hir cyn dod o hyd i'r gwirionedd, yn ôl yr hyn roedd e wedi'i glywed am y bastard diasgwrn cefn. Byddai'n brefu fel llo bach o fewn dim. Parciodd y car tu allan i'r bloc o fflatiau. Gwyddai Marty wedi'i sgwrs gyda Tom Tom taw'r ffordd hawsa i fynd i mewn i'r fflat oedd drwy'r drws cefn, er bod 'na glo a hanner ar y drws. Gyda'i focs o drics gallai Marty agor bron pob clo dan haul – er bod diffyg amynedd yn drech nag e ar brydiau – a byddai'n rhwygo'r mecanwaith yn ei dymer a throi gormod ar y teclynnau agor, neu adael hanner allwedd yn sownd yn y clo. Dam! Un o'r Yale Euro cylinders oedd e, gyda'r darn yn y blaen a allai dorri'n rhydd a gwneud y gwaith o agor y gweddill bron yn amhosib. Tynnodd anadl cyn gwasgu'r darnau bach o fetal i'w lle ac yna torri drachefn i weld a allai faeddu'r gwneuthurwyr, oedd yn cyflogi pobol fel Marty'n gyson i geisio gwneud yr offer mor anodd nes y byddai allan o gyrraedd unrhyw leidr cyffredin. Ond nid unrhyw leidr mo Marty. Gallai harneisio sgiliau digamsyniol ei ddwylo mewn cyfuniad ag egni'r dicter gwyllt yn cwrso drwy ei wythiennau ac er yn beryglus ac yn anwastad, gallent gydweithio'n berffaith – *brains and brawn* yn uno'n gytûn.

Wedi treulio pum munud yn ffidlan â'r clo yn y golau neon a lifai drwy'r strydoedd cefn roedd yn dechrau cochi a diawlio'i hunan, gan regi dan ei anadl ac yna dododd ddarn o tsiaen rhwng y clo a'r drws a gyda'i holl nerth gorilaidd tynnodd y tsiaen nes bod pren y drws yn hollti. Plannodd ei draed wrth waelod y drws a thynnu nes i ffibrau'r coed racsio'n rhubanau, sŵn tebyg i rywun yn torri coeden lawr mewn jyngl. Gyda chlec daeth yr holl beth yn rhydd a Marty yn sefyll yno fel petai'n gymeriad cartŵn oedd wedi sylweddoli bod ffyrdd haws o wneud pethau, sef tynnu'r deinameit o'r sach a'i danio. Ba-bwm! Dyna fyddai'r ffordd i ddatrys y broblem.

Cerddodd Marty i mewn i'r gegin a dyna lle roedd Lip wedi codi'n sydyn ar ôl bod yn eistedd wrth y ford yn bwyta'i dost. Roedd y sioc o weld y cawr yma'n camu mewn i'r stafell mor drydanol nes i'w wallt sefyll ar ei ben.

'Mr Lip? Neis cwrdd â ti.'

Ffug-estynnodd Marty ei law at Lip cyn ei thynnu'n ôl, a siglo ei ben.

'O na, do's dim angen glynu at unrhyw gwrteisi 'da rhywbeth fel ti, hen beth drewllyd sy'n byw ar waelod pentwr sbwriel dynol. Mae'n gas 'da fi bedoffiliaid, yn eu casáu nhw â chasineb pur a do's dim byd sy'n rhoi mwy o bleser i fi na cha'l cyfle i arbrofi, i weld pa mor bell ma poen yn gallu ymestyn yn y corff dynol. Fan hyn. Bore 'ma.'

Roedd y mongws yn mwynhau chwarae gyda'r cobra, yn dechrau mwynhau'r ddawns, y ffordd roedd ofn a dryswch yn llosgi fel canhwyllau bach yn llygaid y neidr. Ond ddim yn sydyn. O, na. Roedd angen i'r ddawns barhau, i roi mwynhad llawn i'r poenydiwr wrth ei dasg.

'Dwed wrtha i, Lip, beth fyddai rhywun yn dy alw di pe

na bai gwefus gyda ti ar ôl? Ex Lip. Dim Lip. O, bydde 'ny'n sbort. Newid agwedd o'r corff fel na fydde dy enw di'n gneud sens ddim mwy. Be sy'n bod? Pam y tawelwch? Sdim ofon arnot ti, o's e? Dim ofon rhywun fel fi sy'n cerdded lan i'r drâr yma yn y gegin i weld pa offer torri sy 'da ti? Dyma ti beiriant agor tun allai gael ei addasu'n hawdd at bwrpas newydd, sef siafio gwefuse rhywun i ffwrdd. Un sleisen neu ddwy?'

Bolltiodd Lip am y drws ond roedd Marty ar ei ben o fewn anadliad ac yn ei wthio i'r llawr ac yna'n troi ei gorff i wynebu tuag i fyny. Mewn un symudiad gosgeiddig – yn enwedig o ystyried maint Marty, ei freichiau'n ganghennau derw, ei frest fel casgen gwrw – dyma fe'n tynnu breichiau Lip y tu ôl i'w gefn a'u clymu gyda rhimynnau plastig duon a'u tynnu'n dynn nes rhoddodd Lip waedd fach o ebychiad.

'Wyt ti'n hoffi rhaglenni coginio, Lippy? *Bake Off*? Dwi'n hoff iawn o *Masterchef*, yr un proffesiynol, cyfle i weld sut ma'r goreuon yn neud pethe? Wel dyma ni... yn y gegin... ac rwyt ti ym mhresenoldeb meistr. Felly beth am ychydig o wersi coginio? Wyt ti'n gyfforddus? Na... wel damo, mae'n amhosib ca'l popeth ti isie yn y byd 'ma. Achos ma bywyd yn greulon. Yn greulon iawn os wyt ti'n digwydd bod yn gorwedd ar y llawr yn y gegin gyda fi wrth y llyw, fi wrth y ffwrn. Cynnau'r nwy, dyna'r cam cynta... Be sy 'da ti yn y drorie? Nawr 'te... mae'r rhain yn edrych yn ddefnyddiol iawn. *Chopsticks* metal. Perffaith. Ti'n lico bwyd Chinese? Singapore Chow Mein? Prawn crackers? Dwi'n dwlu ar rheina. Be? Be sy'n bod nawr? Ti'n symud fan'na fel 'set ti angen mynd i biso. Cer di. Sdim ots yn y byd. Achos dim ond ti a fi sy 'ma...'

Gwelodd Marty rywbeth yn llygaid Lip wnaeth ei atgoffa bod pobol eraill hefyd yn byw yn y bloc o fflatiau 'ma ac felly dyma fe'n cau yr hyn oedd yn weddill o'r drws, y rhubanau rhacs o bren, gydag eironi.

"Na ni, yn saff. Dim ond y ddau ohonon ni, yn y gegin fach yn barod i gynnal gŵyl o boen. Ma'r *chopsticks* 'ma'n twymo'n dda, yn newid lliw o arian i goch, a dwi'n credu byddan nhw'n graswyn cyn bo hir. Dyna'r math o dymheredd sy angen.'

Erbyn hyn roedd peli llygaid Lip ar fin dianc o'u hogofau yn ei ben, a gallai Marty deimlo nad oedd angen rhyw lawer o ymdrech i'w gael e i siarad. Ond roedd e eisiau gwneud yn hollol siŵr y byddai'n arllwys ei gyfrinachau mor hawdd ag arllwys te.

'Nawr 'te, Lip, beth am i ni waredu ti o'r gwefuse tene a hyll 'na? Bydd y peiriant agor tun 'ma'n berffaith...'

Plygiodd y peiriant i mewn i'r wal er mwyn i'r ddau ohonyn nhw weld y metal yn torri metal heb unrhyw drafferth. Tynnodd Marty'r weiar i wneud yn siŵr ei fod yn gallu cyrraedd wyneb Lip ac roedd y weithred honno yn ei hunan – mor mater o ffaith, mor egsact – yn ddigon i oeri gwaed tenau Lippy yng nghrombil ei fodolaeth wag, bathetig.

'Miwsig? I dawelu'r nerfau? Be ti'n hoffi, Lip? Sgen i ddim syniad yn y byd be ma dy fath di o lysnafedd yn ei fwynhau. Awn ni am rywbeth clasurol, ond gyda chydig o ddrama a thipyn o bŵer. Stravinsky. Ti 'di clywed am Stravinsky? Naddo, do'n i ddim yn credu fyddet ti... do's dim golwg bod ti 'di ca'l llawer o addysg...'

Cyffyrddodd y botwm ar ei ffôn a dechreuodd y miwsig. Daeth melodi dyner y cor anglais i lenwi'r stafell. Dyma'r fiolinau yn dechrau creu injan o sŵn, eu rhythm fel pistonau.

'Ma'n ddewis da, achos ma'n sôn am aberth. A ti yw'r aberth heno, gwd boi. The Chosen One. Ti 'di dewis hyn, Lip. Er gwaetha dy ymdrechion i guddio yn y cysgodion.'

A chyda hynny, dyma fe'n dod â'r peiriant agor tun at wefus gwaelod Lip a thorri'n gyflym, gyda sbyrt o waed a wnaeth saethu'n syth i fyny. Cafodd hyd yn oed Marty sioc o weld y fath dasgfa a chamodd yn ôl, ond doedd e'n ddim byd i'w gymharu â'r sioc ar wyneb Lip yn enwedig pan welodd sleisen denau o'i wefus yn hongian fel mwydyn ym mhawennau'r dyn oedd wedi dod yma i'w arteithio. Llenwodd ei geg â gwaed nes ei fod yn meddwl ei fod yn mynd i foddi yn ei waed ei hun.

Gwnaeth ymdrech i siarad yn glir, ond ni lwyddodd i wneud mwy na sŵn fel welingtons yn sugno'u ffordd drwy fwd, ond rhywle yn y sŵn erchyll dyfrllyd roedd y gair syml 'Ocê,' ond efallai fod hwnnw'n rhy aneglur, neu efallai fod y miwsig wedi cyrraedd darn pwerus iawn, neu efallai fod y mongws yn dal i fwynhau chwarae gyda'r neidr, ond nid ymatebodd Marty o gwbl, dim ond syllu ar y swigod coch yn creu ffroth ar draws gên Lip. O, roedd e'n casáu pobol fel hyn! Byddai'n mwynhau arllwys llond crochan o boen berwedig dros eu pennau nhw.

Cymerodd un o'r *chopsticks* a'i yrru'n gyflym drwy arddwrn Lip nes iddo bron â hoelio'r dyn i'r llawr.

Dechreuodd Lip weiddi'n annaearol o uchel ond ni chafodd gyfle i orffen y waedd cyn bod Marty'n cau ei wefusau gyda'i fodiau bys mawr. Gwyddai Marty na fyddai cyd-drigolion Lip yn ymgasglu y tu allan i'r drws nac yn dechrau gweiddi i weld beth oedd yn digwydd. Roedd hwn y math o le lle byddai pobol yn ceisio anghofio'r hyn sy'n digwydd o'u cwmpas, yn anwybyddu synau treisiol a gwydrau'n torri ac yn cymeryd llond slej o gyffuriau i foddi'r sŵn anwar. Eto, gwyddai Marty y byddai'n haws cario Lip diymadferth drwy ddrws y bac felly rhoddodd un wad iddo ar ei ên, ar y smotyn du 'na sy'n gadael pob paffiwr yn agored i gael ei lorio oherwydd dyma'r man cudd lle mae un wad yn sicrhau llawr y ring. Roedd Marty'n gwybod yn union ble i fwrw. Un wad gelfydd ac roedd yn llwyr anymwybodol.

Roedd Marty yn gymaint o giamstar ar y dull yma o hala rhywun i gysgu fel y gallai amseru pa mor hir y byddai'n cymeryd i rywun ddihuno, a chan ei fod e heb roi lot mwy na thap bach i Lip, ychydig funudau'n unig fyddai ganddo cyn byddai'r sach ddynol ar ei gefn yn troi'n ddyn mewn poen ac yn gweiddi fel banshi.

I mewn ag e i gefn y car ac wrth i Marty droi'r allwedd i danio'r injan clywodd ochenaid fach oedd yn arwydd bod Lip yn dod ato'i hun yn barod. Byddai Lip yn canu fel cloch. Byddai'n dweud yn union ble roedd bedd y crwtyn bach, Zeke. Neu o leiaf yn rhoi enw rhywun oedd yn gwybod. Peter Daniels.

Mynydd-dir unig

NI FU'N HAWDD i Marty gael gwybodaeth gan Lip, er gwaetha'r ffaith fod ei wefusau'n sypiau gwaed. Cafodd ei hongian uwchben y gamlas gerfydd ei arddyrnau, a Marty yn ei atgoffa bob hyn a hyn – ac yn y ffordd fwyaf maleisus a phryfoclyd – nad oedd Lip yn gallu nofio, a bod y dŵr yn ddwfn a du ac yn barod amdano, yn barod i lenwi ei ysgyfaint a'i lyncu'n fyw. Cofiai Tom Tom hefyd sut y daeth sŵn hollol annaearol o lwnc Lip, wrth i Marty ddatod cwlwm desbret ei fysedd, un sgrech hir.

'Naaaaaaaaaaaaaaa!'

A phan gododd Marty y dihiryn dros y parapet crynai'r dyn cymaint nes bod Tom Tom yn gwybod taw dyma oedd y foment i sicrhau y byddai'n siarad. Mae gan bawb ei ffobia ac roedd hydroffobia yn un a wnâi i Lip rygnu ei ddannedd mewn ofn.

'Ble mae'r bachgen?'

'Yn b... b... b... bell i ffwrdd. Taith car i ffwrdd, awr neu fwy.'

'Pwy laddodd y bachgen?'

'Dim fi. O'dd 'da fi ddim byd i neud â'r peth. Daniels. Gofynnwch i Peter Daniels.'

Roedd yr enw'n gyfarwydd i Tom Tom, *paedo* hyll arall oedd wedi bod i garchar droeon ond a oedd allan ar parôl, oedd yn gyfystyr â bod yn rhydd. Oherwydd toriadau a phreifateiddio doedd gan y gwasanaeth prawf ddim gobaith caneri o blismona'r rheini oedd allan o'r clinc, a'r hosteli ar eu cyfer yn llawn i'r ymylon. Gwyddai Tom Tom yn union ble roedd Daniels yn byw. Dyna werth bod yn cop oedd yn gwybod pwy yw pwy ar y stryd a beth oedd pwy yw pwy yn hoffi ei wneud, hyd yn oed yng nghanol nos.

'Ocê, coc oen. Awn ni i'w weld. Ond os wyt ti'n gweud celwydd, yna *midnight dip* fydd hi i ti.'

Aeth Tom Tom a Marty i weld Daniels yn ei dŷ diaddurn yn Sgeti. Cododd Marty gymaint o fraw ar Daniels gyda morthwyl a llond llaw o hoelion nes ei fod wedi gwirfoddoli'r wybodaeth cyn gorfod achosi unrhyw boen iddo

Ffoniodd Tom Tom Freeman yn syth a gofyn iddi gwrdd â nhw wrth ymyl Gwasanaethau Sarn, yna bomiodd ar hyd yr M4 yn ddi-hid, yn gyrru ugain, trigain milltir yr awr yn gyflymach nag y dylsai, a Daniels yn rhydd o'i gyffion yn sêt ôl y car.

Tynnodd i mewn i faes parcio'r Gwasanaethau, gyda char heb farciau'r heddlu yn ei ddilyn am yrru mor wyllt, ond pan welodd y cop pwy oedd yn gyrru cododd ei law. Ambell waith byddai bod yn hen aelod o'r ffors yn dod â rhai manteision i'w ran. Gwelodd Freeman yn sgathru tuag ato ac er ei bod hithau'n gwybod nad oedd angen brysio, gwyddai fod hyn yn bwysig i Tom Tom. Ni allai ddychmygu sut gallai bywyd gael ei ddifetha gan bresenoldeb ysbryd bachgen bach a fynnai ymddangos mor ddirybudd ar yr adegau mwya bregus. Roedd hi wedi awgrymu therapi fwy nag unwaith, ond ateb Tom Tom bob tro oedd taw'r therapi gorau fyddai datrys yr achos, hyd yn oed o dderbyn bod y siawns o ddod o hyd i'r crwtyn yn fyw yn wan iawn erbyn hyn. Dyma oedd ei Madeleine McCann yntau ac roedd y lluniau yn y papurau yn fyw iddo, a'r crwtyn heb newid dim ers iddo ddiflannu. Dyw ysbrydion ddim yn heneiddio.

'Ydy e'n fodlon siarad?'

'Ma fe'n fodlon mynd â ni at y corff.'

'Sut wnest ti...'

Cyn iddi hi orffen holi'r cwestiwn sylweddolodd Freeman taw annoeth fyddai gwybod yr ateb. Roedd hi am ofyn sut roedden nhw wedi cael gafael ar Daniels, a'i gael i gyffesu. Ond gwell cadw'n dawel.

'Reit. Bant â ni,' oedd geiriau Tom Tom.

*

A dyma nhw'n nesáu at y bedd. Bedd Zeke. Gallai Tom Tom deimlo rhywbeth ym mêr ei esgyrn. Roedd rhywbeth ynglŷn â cherddediad Daniels, y ffordd roedd yn arafu, gan wybod bod hyn yn beryglus.

'Fan'na,' meddai Daniels, gan bwyntio bys at fryncyn bach o bridd dan garreg sylweddol.

Wrth gwrs, doedd ganddyn nhw ddim offer cloddio o unrhyw fath ac er na fyddai Tom Tom yn dymuno dim byd yn well na gweld y dyn yn cloddio yn y fan a'r lle nes bod ei ewinedd yn goch gan waed, gwyddai fod angen gofyn i fois y siwtiau gwyn ddod yma ar fyrder. Felly ffoniodd, gan wybod byddai'n cymeryd rhyw hanner awr iddyn nhw gyrraedd.

'Eistedda fan'na,' gorchmynnodd Tom Tom i Daniels, a ofynnodd am sigarét.

'Heb gyffwrdd mewn un ers deng mlynedd.'

Trodd ei gefn ar y llysnafedd dynol yn bwrpasol a chychwyn sgwrs â Freeman. Gwyddai fod pobol fel y llofrudd yma – a doedd ganddo ddim owns o amheuaeth ei fod wedi llofruddio'r crwtyn, a mwy na thebyg, sawl person arall – eisiau sylw. Dim ond y wybodaeth yn ei ben ynglŷn â beth ddigwyddodd i'r bachgen a wnaeth iddo fod o ddiddordeb i Tom Tom.

'Beth na'th i ti ymuno â'r cops, Emma? Gan gofio beth ddigwyddodd i dy ŵr. Dwi'n cymeryd dy fod ti wedi ymuno ar ôl iddo fe farw.'

Cywiriodd hi ef. 'Freeman, galw fi'n Freeman yn y gwaith. Mae'n well cadw pethe'n broffesiynol, yn help i gadw rhywfaint o bellter angenrheidiol rhyngon ni.'

Cododd Freeman un o'i haeliau mewn symudiad theatrig i fynd gyda'r geiriau.

'Angenrheidiol? Pam?'

'Am dy fod ti'n fenyw a finne'n ddyn, yn un peth.'

'Ac oherwydd ein bod ni'n dau yn sengl.'

'O'n i ddim yn gwbod. Od fel gall eich partner gwaith fod yn ddirgelwch er gwaetha'r profiadau chi'n gorfod eu rhannu.'

'Be? Na'th neb weud 'thot ti 'mod i ar y shelff?'

'Anodd credu. Ti'n ddyn golygus...'

'Pellter angenrheidiol, cofia...' rhybuddiodd Tom Tom. 'Dim snogs.'

Setlodd tawelwch am ennyd. Gallai Tom Tom deimlo anesmwythyd Daniels er na allai ei weld. Daeth neges yn cynnig ETA gan y tîm fforensig o fewn yr awr, gan awgrymu eu bod yn dod mewn hofrennydd. Gallai Tom Tom eu dychmygu nhw'n pigo'r cesys alwminiwm a'u cario i'r heliport fel mewn ffilm ar y sgrin fawr. Doedd e heb fod mewn hofrennydd ond byddai'n mwynhau gwneud.

'Beth o'dd dy dad yn neud?'

'Sarjant. Gweithio ar y ddesg erbyn y diwedd. Ond roedd e'n meddwl y byd o fod yn blisman. Gwneud gwaith da a helpu pobol. Dyna oedd ei arwyddeiriau.'

'Ody e'n dal 'da ni?'

'Na. Ga'th e ei fwrw lawr gan foi ar foto-beic. Ar ddiwrnod ei ben-blwydd, ac ynte ar y ffordd i'r siop i brynu rhywbeth i Mam fel anrheg. Ro'dd hynny'n draddodiad gydag e – prynu anrhegion i bobol erill ar ei ben-blwydd ei hunan. Dyn ffein. Wedi marw'n ddiangen.'

'Od bo' ni heb siarad am y pethe 'ma o'r bla'n.'

'D'yn ni byth yn cwrdd tu fas i'r gwaith. Oeddet ti'n gweld dy bartner gwaith diwetha yn gymdeithasol?'

'Mewn bar a thafarne, o'n. Ro'n i'n hala lot gormod o amser yn slotian bryd 'ny, ond dyna shwt bydde bywyd yn y ffors. Yfed yn drwm. Dal y bobol ddrwg drwy fynd yn galed ar eu hole nhw. Yn gorfforol dwi'n feddwl. Dim cyfrifiaduron ac yn y bla'n. Ro'dd y *crims* yn yfed yn eu clybie nhw ac ro'n ni'n yfed yn 'yn clybie ni ac ambell waith bydden ni'n treulio amser yn cymdeithasu gyda'n gilydd, fel y cadoediad gafon nhw yn ystod y Rhyfel Byd er 'yn bod ni ar ddwy ochr wahanol i'r gyfraith. Ga i weud 'thot ti'r stori ryfedda yn ystod y cyfnod hwnnw?

'Wel, ro'dd na foi yn gweitho ar y teledu, yn cyfarwyddo dramâu yn Gymraeg yn y BBC, dwi'n credu taw George Owen o'dd ei enw fe. Ta p'un, am ryw reswm da'th e'n ffrindie 'da'r Kray Twins, y gangstars mwya penboeth ar strydoedd Llundain ac ro'dd un ohonyn nhw – eto, dwi ddim yn cofio'n union pa un – yn cymryd diddordeb mowr ym myd y teledu ac fe ofynnodd George iddo fe os lice fe fod yn ecstra yn y ddrama 'ma gan Saunders Lewis ro'dd e'n ei ffilmio ar y pryd. *Brad* oedd ei henw hi. Eniwe, roedd yn rhaid i Reggie, dwi'n credu taw Reggie Kray o'dd e, wisgo fel sowldiwr a sefyll tu fas i ddryse ffrynt y tŷ yng Ngerddi Dyffryn, ym Mro Morgannwg. A dyma'r rheolwr llawr yn dod lan at Reggie ac yn rhoi pryd o dafod iddo fe, o flaen pawb ar y set, achos do'dd e ddim yn gwbod sut i ddala'i ddryll yn iawn. Dweud hynny wrth un o'r Kray twins, cofia! Ro'dd e'n lwcus gadael y lle'n fyw.

'Byddan nhw 'ma cyn bo hir. O, dwi'n gobeitho bod Zeke dan y twmpath 'na, ond eto dwi'n rhyw obeitho 'fyd *nad* yw e 'na. Ma ofon a gobaith yn gymysg oll fan hyn.'

Edrychodd ar ei ffôn.

'Deg munud. Dylsen ni eu clywed nhw'n dod lan y dyffryn, os byddan nhw'n dilyn lein y goedwig uwchben yr afon.'

'Deg munud cyn ein bod ni'n cau'r siambr hunllef 'na yn dy ben di.'

'Ti'n iawn. Galla i ei weld e unrhyw bryd, ddydd a nos, er rhaid dweud ma fe 'di bod yn dawelach yn ddiweddar, fel tase pethe'n setlo lawr, ta ble ma fe.'

Ar drwyn o dir llwyd lle roedd llechi wedi brigo drwy'r crawcwellt eisteddai rhith y crwtyn bach, ei lygaid yn herio Tom Tom hyd yn oed o'r pellter hwnnw. 'Go on,' roedd ei lygaid yn dweud, 'gwna fe nawr tra bod cyfle. Cyn bod y cops erill yn cyrraedd. Lladda fe nawr. Fan hyn.'

Bu'n rhaid i Tom Tom ymladd yn erbyn realiti ymddangosiadol y crwt, y ddelwedd yn ymddangos yn ei ben pan fyddai'r emosiwn yn uchel.

Edrychodd Tom Tom ar ei ddwylo a doedd e ddim yn gallu cofio sut daeth y gyllell i'w ddwylo nac o ble daeth y darn o bren roedd e wedi dechrau ei naddu, a rhoi pigyn siarp ar ei flaen, creu gwaywffon fechan y gallai ei defnyddio i hela cwningod. Ond daeth delwedd gref a phendant i'w ben, o'i ddwylo'n gwthio'r pren i mewn i lygaid y llofrudd a'i ddallu mewn rhaeadr o waed ffres, sgarlad. Ac roedd y syniad yn bygwth troi'n weithred wrth iddo feddwl beth roedd y ffycwit bach pathetig Daniels wedi'i wneud. Byddai'r dallu, a'r stabio wedyn yn rhoi'r fath bleser cyntefig iddo. Cododd ar ei draed a symud tuag at Daniels, a oedd wedi darganfod tybaco yn rhywle ac wedi dechrau smocio'n ddi-hid ond yna teimlodd Tom Tom law yn cydio yn y pren.

'Sdim isie neud hyn, ddim erbyn hyn.'

'Shwt o't ti'n gwbod?'

'Dwi heb fod gyda ti dros yr wythnosau diwethaf heb ddeall rhai pethe. Y dicter 'na sy'n bygwth brigo ambell waith.'

Edrychodd Tom Tom ar y pren yn troi'n wialen consuriwr, neu efallai hi oedd y consuriwr, â'r gallu i ddarllen ei feddwl. Eisteddodd yn ei gwrcwd, gan adael i'r pren gwympo'n ddistaw i'r llawr.

Lledodd distawrwydd am funud nes bod Daniels, gyda'i radar personol am densiwn ac anesmwythyd, yn gofyn beth oedd yn bod.

Poerodd Tom ei ateb iddo.

'Ca dy ben! Ti ddim yn gwbod pa mor agos ddest ti i fynd i dy fedd dy hunan... Ond dyw dy fywyd bach di ddim yn werth y drafferth, ta beth. Mwydyn. Ffycin mwydyn.'

Daeth sŵn tebyg i fosgito o ochr arall y mynydd ac o fewn chwinciad roedd yr hofrennydd yn symud i mewn, yn colli uchder ac yn anelu am fan glanio ar ddarn o dir sych, fflat, bum can llath o ble roedd y tri ohonyn nhw'n eistedd. Yna agorodd drws ar ochr yr awyren a daeth pedwar dyn mas, yn gwisgo'u siwtiau gwynion. Gwisgon nhw esgidiau plastig dros eu hesgidiau a chreu cadwyn syml i godi'r cesys oddi ar fwrdd yr hofrennydd.

Gyda'r llwyth ar lawr cerddodd y Prif Arolygydd draw i gyfarch Tom Tom.

'Gwaith da iawn, gyfaill. Dyma'r dyn ife? Rhyfedd. Dy'n nhw bron byth yn edrych mor od neu afiach ag y bydd y papure yn eu portreadu.'

Yn wir roedd Daniels yn edrych yn llai yn barod, y pŵer wedi'i adael wedi iddo orfod datgelu lleoliad y bedd.

'Ocê, bydd y bois yn canolbwyntio ar gylch o gwmpas y bedd.'

Wrth iddo yngan y frawddeg cododd dau o'i gyd-weithwyr ffens syml gyda darnau o bren a rhaffu tâp yr heddlu rhwng y ddau. "Do Not Cross. Police Line. Peidiwch â Chroesi. Llinell yr Heddlu." Nid bod angen y fath beth mewn lle mor anghysbell, ond proses yw proses.

'Ry'n ni'n siŵr taw 'ma'r lle?'

'Sdim dwywaith am 'ny, ma'r crwtyn bach fan hyn. Ma Daniels wedi cyffesu'n barod. *Open and shut case*, o'r diwedd.'

'Ocê, bydd dal angen tystiolaeth ac angen i ni gribo'n fanwl drwy'r ardal o gwmpas y bedd. Odych chi'n gallu helpu? Ma menig a siwts sbâr 'da ni. O's angen cadw llygad arno fe?'

'Dyw e ddim yn mynd i redeg bant.'

'Na, ond rhag ofon iddo ladd ei hunan.'

'Do's 'da fe mo'r asgwrn cefen i neud 'ny. Dim ond actio bod yn ddyn cryf mae e pan fydd e'n gormesu plant.'

'Bydde pethe dipyn yn haws petaen ni'n cael yr hawl i ladd sgym fel hwn cyn bo' nhw'n mynd yn agos at lys barn.'

'Fi'n synnu'ch clywed chi'n dweud 'ny.'

'Dy'ch chi eriod wedi meddwl rhywbeth tebyg?'

Roedd yr ateb yn yr oedi cyn cynnig sylw. Meddyliodd am y syniad o ddathlu lladd y boi, funudau'n ôl. Byddai Marty yn ei dro wedi dathlu wrth adael dwylo Lip yn rhydd a'i weld e'n diflannu i'r gamlas. Byddai Tom Tom wedi ymuno yn y dathliad, roedd hynny'n siŵr.

Newidiodd y pwnc. 'Pryd ddigwyddodd y llofruddiaeth? Dwi wedi anghofio.'

'Saith mlynedd. Bron yn union.'

'Diwrnod da o waith. Mae pleser mawr dod â hen achos i ben.'

'Ro'dd yr achos 'ma bron â dod â fi i ben.'

Yna, dechreuodd y criw ffurfio mewn llinell er mwyn cribo drwy'r gwellt a'r cerrig gyda blaenau'u bysedd.

Cymerodd awr i wneud hynny, er bod pob un yn amau a fyddai unrhyw beth o werth yn dod i law wedi'r holl amser.

'Unrhyw beth?'

Siglodd pob aelod o'r tîm ei ben ond wrth wneud hynny

dyma un o'r fforensics yn codi rhywbeth allan o dwmpath o fwswg sych. Hen grib gwallt blastig.

Crib gyda sawl dant ar goll. Crib a fu'n gorwedd yno ers achau. Yn aros i drawsnewid o fod yn grib i fod yn ddarn hanfodol o dystiolaeth. Bagiodd y dyn hi gyda gwên lydan ar ei wyneb gan ei bod yn ystadegol annhebyg iawn y byddai'r grib yn perthyn i unrhyw un heblaw Daniels ond byddai ei hangen rhag ofn i'r slywen newid ei diwn a dechrau gwadu pethau. Roedd pob plisman bron wedi cael y profiad o weld dyn euog-fel-y-diawl yn slipio drwy ei fysedd.

'Bingo!' meddai'r Arolygydd. 'Ry'n ni wedi ennill y Bingo DNA.'

Gwelai Tom Tom nad oedd y bachgen marw, a eisteddai eto fel delw ar y bryncyn, yn edrych fel petai'n mwynhau'r Bingo, nac yn cymeryd affliw o ddiddordeb yn y byd. Dim ond un peth oedd ar ei feddwl. Edrychai ar Tom Tom fel petai e'n Jiwdas, ei lygaid yn pefrio ac yn ceisio drilio i mewn i berfedd ei enaid. Ni allai Tom Tom gofio cyfnod pan fu'r bachgen bach mor, wel, mor bresennol.

Roedd y foment dyngedfennol wedi cyrraedd wrth i ddau gop ddal eu gafael mewn bob o raw a dechrau cloddio i'r mawn. Roedden nhw'n gorfod cael y balans yn iawn rhwng defnyddio pŵer a sensitifrwydd gan eu bod yn troi'n archeolegwyr yn edrych am gyfrinachau hanesyddol. Gwydden nhw am yr hyn roedden nhw'n chwilio amdano, a'r tebygrwydd oedd na fyddai'r corff yn bell iawn o dan yr wyneb.

Pawb ar bigau'r drain. Amser yn llusgo. Chwys ar dalcen y ddau yn cloddio a'r lleill ddim yn gallu gwneud dim byd ond syllu ar eu hymdrechion, ar wahân i'r rhith o grwt, oedd bellach wedi codi ac yn cerdded yn urddasol o araf, fel petai'n rhan o osgordd y meirwon, tuag at erchwyn y bedd. Y bachgen, ar fryncyn gerllaw yn syllu ac yn syllu ac yn syllu. Roedd Tom Tom yn amau ei fod e'n colli'i bwyll, ar ei ffordd i fod yn hollol wallgo. Doedd dim un achos wedi effeithio arno fe fel hyn o'r blaen, wedi bron â chwalu ei fywyd, er na lwyddodd i'w drafod yn iawn gyda neb. Byddai'n gwerthfawrogi'r cyfle i siarad â Freeman, yn enwedig gan ei bod hi'n gallu ei ddarllen mor dda.

'Syr, syr, corff! Ry'n ni wedi bwrw haen o esgyrn, rhai bach, yn gyson weda i â chrwtyn o'r oedran ry'n ni'n chwilio amdano.'

Erbyn hyn roedd ysbryd y crwtyn bach yn sefyll wrth ymyl y dyn a waeddodd ac roedd Tom Tom yn pinsio'r croen ar gefn ei law yn galed, bron nes iddo dynnu gwaed, ond ni wnaeth hynny i'r rhith ddiflannu.

Wedi dod o hyd i'r esgyrn cyntaf, roedd y ddau heddwas yn ddigon profiadol i godi'r holl sgerbwd mewn llai na thri chwarter awr ac roedden nhw bron â bod yn cyfri'r nifer o esgyrn i wneud yn siŵr eu bod nhw'n dod o hyd i bob un.

Y bedd. Bedd Zeke ar ben y mynydd. Diwedd stori un crwtyn byw.

*

Pe bai Tom Tom wedi gallu dechrau yfed unwaith eto am wyth o'r gloch y bore'r diwrnod wedyn, byddai wedi gwneud hynny. Gallai ddychmygu gwddf hir potelaid oer o gwrw Corona gyda pherlau o ddŵr yn casglu ar y gwydr ac yna cadwyn ohonynt yn dilyn. Ond roedd e wedi sobri go iawn ers rhai wythnosau ac roedd ganddo ddyletswydd i rieni Zeke Terry. Gallasai fod wedi gofyn i rywun arall fynd i'w gweld ar ôl yr hyn ddigwyddodd y tro diwetha ac yn sicr ni fyddai'n cael ymweld â nhw ar ei ben ei hun.

Felly dyma Freeman ac yntau'n gyrru draw. Wedi pasio'r

garej BP codai'r tir yn gyflym, y coed yn teneuo, lot llai o bontydd dros yr afonydd, a'r defaid yn pori'r gwair prin.

'Ti'n siŵr bod ti isie gwneud hyn? Dwi'n deall pam, neu o leia dwi'n credu 'mod i'n deall pam, ond ti 'di gwneud y gwaith caled...'

'Marty. Marty a finne. Roedd Marty'n angenrheidiol.'

'Ond byddet ti mas o'r ffors ar dy ben tase rhywun yn gwbod bod Marty wedi bod yn rhan o'r ymchwiliad. Sut naethoch chi berswadio'r dyn i ddatgelu lleoliad y bedd?'

'O, bod yn amyneddgar, hongian o gwmpas am sbel. Neu o leia bod yno tra oedd Lip yn hongian o gwmpas. Cyn ei fod e'n rhoi enw Daniels i ni.'

'Dwi ddim yn deall.'

'Gwell i ti fyw mewn anwybodaeth. Rhyw ddydd weda i beth o'dd ein *modus operandi*, ond falle bydde'n well i fi weud ar ôl ymddeol.'

'Ocê, wna i ddim gofyn mwy. Beth yw'r protocol? Ffonio cyn cyrraedd, neu guro'r drws heb eu rhag-hysbysu? Dwi ddim yn gwbod p'un sy fwya creulon. Ma hwn yn mynd i fod yn un o ddiwrnode gwaetha'u bywyde.'

'Ond o leia byddan nhw'n gwbod. Ma hynny'n bwysig, yn lle ffaelu cysgu'r nos oherwydd bod cwestiyne'n troi a throi fel nadredd cynddeiriog yn y meddwl.'

'Beth os na fyddan nhw gatre?'

'Ma 'da fi'r teimlad bydd y fam yn gwbod ein bod ni'n dod, y bydd hi'n ein disgwyl ni. *Sixth sense*. Ma'r cysylltiad rhwng mam a'i phlentyn yn gryf, ond yn enwedig yn achos Mrs Terry. Collodd hi dair stôn o bwyse o fewn misoedd i ddiflaniad Zeke. Bydd hi eisiau hyn, bydd hi eisiau gwbod.'

'Blynyddoedd o alar. Ma hynny'n rhy hir i ddiodde. Ti'n iawn. Bydd gwbod yn rhyw fath o gysur iddyn nhw.'

'Dyma ni. Y tŷ lle colles fy nhymer a fy swydd y tro dwetha.'

'Dwi gyda ti'r tro yma. Bydd pethau'n iawn, paid poeni.'

Wrth i Tom Tom stopio'r car dyma Freeman yn gafael yn ei foch ac yn troi ei ben i'w hwynebu cyn ei gusanu'n egnïol o annisgwyl. Am yr eildro.

'Ffycin el, Freeman, dyw hynny ddim yn rhan o'r protocol.'

'Ti'n bwysig i fi, Thomas.'

'Hec, dwi'n ffaelu meddwl yn streit. Un munud Emma, funud nesaf Freeman. Cadw pellter, wedyn cusanu. Shit. Rhaid canolbwyntio ar y jobyn nawr. Ond... ond... diolch.'

Canodd Freeman y gloch cyn cymeryd dau gam yn ôl, i roi cyfle i ta pwy fyddai'n ateb y drws i weld taw plismyn oedd yno, er nad oedden nhw'n gwisgo iwnifform.

Mrs Terry atebodd y drws. Adnabu Tom Tom yn syth.

'Chi?'

Yna, ar amrant, gofynnodd, 'O's 'da chi newyddion? Odych chi wedi'i ffindo fe. *Oh my god*, Bruce! Ma Thomas 'ma. Y *police*. Dewch mewn. Dewch, dewch.'

Roedd Tom Tom wedi anghofio rhybuddio Freeman am yr ystafell ffrynt, yn rhannol oherwydd na allai gredu bod y ddau, dros yr holl flynyddoedd, wedi cadw'r lle fel allor i addoli'r atgofion am Zeke – y silffoedd dan eu sang o ffotograffau ohono, a'r canhwyllau ynghyn ym mhob man.

'Beth, Mr Thomas?'

'Mae gen i newyddion drwg i chi, yn anffodus. Darganfuwyd corff Zeke ac ry'n ni wedi cael cadarnhad DNA, matsh cant y cant mae arna i ofn.'

'Ble? Pwy?' gofynnodd y tad, mewn llais gwan a sigledig.

'Mae dyn yn y ddalfa ac ry'n ni'n ffyddiog bydd yr achos yn ei erbyn yn llwyddiannus.'

'*Oh my god*,' meddai Mrs Terry eto, cyn i'w chorff ddechrau crynu'n wyllt a dechrau udo. Deuai sŵn tywyll allan o grombil ei chorff, fel pe bai'n dod o ogof ddofn. Doedd y swn a gynhyrchai ddim yn naturiol. Camodd ei gŵr ati i'w chysuro ond gwthiodd ef i ffwrdd.

'Dy job di oedd edrych ar ôl y crwt, neud yn siŵr na fydde fe'n cael unrhyw niwed ac fe fethest ti â'i gadw fe'n saff a nawr mae e wedi marw.'

Clywai ei hunan yn yngan y geiriau ofnadwy hyn am y tro cynta, gan adael i'w holl ofnau a phob moleciwl o alar ruthro drwyddi gan fygwth ffrwydro ynddi.

Camodd Freeman i'r adwy.

'Bydd geirie cas yn arllwys drwy'r ddau ohonoch chi yn y cyfnod nesa ond bydd angen urddas er mwyn parchu'r cof am Zeke. Bydd swyddog yn cyrraedd cyn bo hir sydd wedi'i hyfforddi i'ch cynorthwyo chi, ond yn y cyfamser dwi am roi cyfle i chi ymweld â'r man lle darganfuwyd y corff.'

'Pam ddim mynd i weld y corff ei hunan? Dwi eisiau gweld fy mabi.'

'Bydd cyfle i chi ymweld â'r morg os byddwch chi wir yn teimlo'r angen, ond rhaid i fi'ch atgoffa bod Zeke wedi marw flynyddoedd yn ôl. Falle taw'r peth pwysig yw gweld ble'i claddwyd e.'

'Ble buodd e farw, chi'n feddwl?'

'Mae'n lle prydferth, lle tawel a falle bydde'r ddau ohonoch chi am osod blodau ar y llecyn.'

'Falle mai dyna fydde orau,' dywedodd tad Zeke, ei gorff fel petai wedi lleihau wrth dderbyn y newyddion.

'O, fy mab tyner!' ebychodd y fam. 'Bydde fe'n dathlu ei ben-blwydd ddydd Mercher nesa. Falle bydden ni'n mynd ag e i'r sinema, neu fynd i fowlio ac yna bydde fe a'i ffrindiau yn mynd i'r lle byrgyrs newydd 'na ar Stryd y Farchnad.'

'Paid poenydio dy hunan, cariad.'

'Paid galw fi'n cariad! Sdim cariad ar ôl ar yr aelwyd 'ma. Mae 'nghalon i wedi crino, ac unrhyw gariad oedd gen i tuag atat ti wedi hen wywo.'

Teimlai Freeman fod yn rhaid iddi ddweud rhywbeth.

'Fel dwedes i, Mrs Terry, fe fydd y ddau ohonoch chi'n mynd drwy bob math o deimlade ond fe gewch chi help i ddelio 'da'r rheini. Ond, am nawr, mae'r car tu fas.'

Wrth i'r rhieni ei dilyn drwy'r drws gofynnodd Mrs Terry a oedd ei babi wedi dioddef.

'Dyw e ddim yn diodde nawr,' oedd yr ateb diplomyddol.

Teimlai'r siwrne'n faith, am i Mrs Terry feichio llefain yr holl ffordd gan wrthod pob ymgais gan ei gŵr i'w chysuro ac erbyn hanner ffordd awgrymodd Freeman y byddai'n syniad da i Mr Terry deithio yn y sedd flaen. Stopiodd Tom Tom y car ger siop Spar a phrynodd Freeman lwyth o hancesi papur, dau fag mawr o fints a thusw o flodau.

'Diolch,' meddai Mrs Terry, gan geisio mopio'r rhaeadr a redai o'i thrwyn a'i llygaid.

Oerfel yw galar. Crynai Mrs Terry wrth i'r car ddod i ben y daith. Cymerodd Freeman ei braich a'i thywys i'r fan. Safodd Mrs Terry yno'n rhewi, y tu mewn a'r tu allan. Camodd ei gŵr i sefyll wrth ei hymyl, gan gynnig cyfnewid ei fraich yntau am un Freeman ac er syndod dyma'i wraig yn toddi i'w freichiau ac yn ochneidio'n ddwfn, gan dynnu anadl yn uchel, fel y gwnaeth hi wrth esgor Zeke ar y diwrnod anhygoel hwnnw. Ceisiodd gofio rhai o'r dyddiau da, ond ni ddaeth yr un atgof iddi.

'Ife fan hyn buodd e farw?' gofynnodd tad Zeke.

'Ni ddim yn credu 'ny. Mae rhywun yn cwestiynu'r *suspect* ar y foment.'

Er taw Tom Tom ddylsai fod yn holi Daniels roedd y ffrwgwd rhyngddo a Mr Terry, a'r disgyblu llym a ddilynodd, yn meddwl na châi wneud. Roedd wedi teipio adroddiad llawn yn gyflym i DI Simpson, a fyddai'n holi. Dewis da, gan fod Simpson yn ddyn caled, un i godi ofn ar y diafol ei hunan. Ac yn gyfrwys hefyd: wedi astudio technegau holi a chwestiynu fel bod y gwir wastad yn dod mas o'i guddfan.

Ar y mynydd, wrth i'r gwynt chwyrlïo dros y grug isel, roedd y tad wedi bod yn ystyried arwyddocâd yr hyn ddywedodd Tom Tom.

'Suspect?' holodd Mr Terry, a sioc yn ei lais. 'O'n i'n meddwl 'ych bod chi wedi dala'r llofrudd.'

'Ydyn. Y llofrudd ddaeth â ni yma, ond mae'n rhaid mynd drwy'r broses. Ond fe yw'r un. Fe yw'r dyn euog.'

Cerddodd Mrs Terry o'u blaen er mwyn gosod tusw o flodau ar y 'bedd'. Chwipiai'r gwynt gan fygwth chwythu'r blodau i ffwrdd, ond gyda styfnigrwydd mam plannodd y blodau yn y pridd, cyn lluchio ei hun ar draws y bedd, fel petai wedi llewygu. Ond poen y golled oedd wedi'i tharo, gan sugno'r nerth o'i choesau.

Gair o dystiolaeth

CEISIAI DANIELS EDRYCH yn ddi-hid wrth i Simpson osod y peiriant recordio yn ei le ac adrodd manylion y cyfweliad. Bob hyn a hyn edrychai Simpson ar y drych ar un wal yr ystafell fel petai pobol yn sefyll y tu ôl iddo, megis mewn ffilm, ond mewn gwirionedd drych arferol oedd e. Eto, roedd pob gambit seicolegol o help i gael yr holl wybodaeth ganddo. Doedd Simpson ddim yn gwybod ystyr y gair 'methiant' wrth holi.

'Reit 'te, gawn ni ddechrau? Allwch chi gadarnhau eich enw?'

'Peter Daniels.'

'A'r cyfeiriad?'

'31, Marshfield Road, Sgeti.'

'Byw yno'n hir?'

'Chwe mis.'

Gwyddai Simpson o brofiad fod pedoffiliaid yn dueddol o symud cartre yn gyson, rhywbeth yn eu natur efallai, ond hefyd symud cyn i neb amau dim. Trefi glan y môr oedd eu cartrefi mwyaf poblogaidd, nid yn unig am fod lot o blant ar hyd y lle ond hefyd oherwydd bod digonedd o swyddi dros dro – fflipo byrgyrs neu weini mewn bar, a llond lle o lefydd i aros dros dro hefyd. Drifftwyr oedd cynifer ohonynt, yn symud o le i le, yn chwilio am eu prae, fel gwencïod.

Gwyddai hefyd yn union ble roedd Daniels yn byw gan iddo fod yno'r diwrnod cynt yn holi'r cymdogion, a hwythau fel petaen nhw'n perthyn i lwyth cyntefig, gyda mwy o datŵs na'r Maoris.

'O fe, Mr Daniels,' meddai un mam-gu oedd yn edrych fel wresler Sumo, a chanddi wallt wedi'i liwio'n goch, gwyn a glas, fel Jac yr Undeb. 'Ry'n ni wedi bod yn meddwl hwpo bom petrol drwy'i ddrws e. Pawb yn ame ei fod yn lico plant, a rownd fan hyn dyw'r *vigilantes* ddim yn gallu stumogi ryw ffycin nonsens gan y *nonces*.'

Nododd Simpson yr ieithwedd, gyda 'nonce' yn air a ddefnyddir yn y carchar am bedoffeil. Roedd y fenyw a safai o'i flaen â golwg filain yn ei llygaid, rhywun a allai ffrwydro'n hawdd, y math o fenyw allai greu coelcerth yn stafell ffrynt Daniels, heb fecso dam.

'Weloch chi fe 'da plant? Weloch chi'r crwtyn 'ma yn ei dŷ, neu o gwmpas y tŷ, Mrs Smith?'

Edrychodd y fenyw ar y llun am hydoedd, fel petai'n chwarae gêm gyda Simpson, gweld pa mor bell gallai ei amynedd ymestyn.

'Do, weles i hwn. Dwi'n cofio fe'n gweud taw hwn oedd crwtyn ei frawd a dyma fi'n gofyn iddo beth oedd ei enw ac o ble ro'dd e'n dod ond fydde fe ddim yn edrych lan o gwbl, jyst yn edrych ar y llawr, a weda i 'thoch chi, ro'dd llond bola o ofon ar y crwtyn bach. Yn wir, dyna pam es i weld Harry Shiv. Harry sy'n sorto pethe mas rownd ffordd hyn.'

'Dwi'n gwbod am Mr Shiv a'i ddull o sorto pethe mas. Mae e'n hysbys i'r heddlu.'

*

Bys lawr yn gadarn ar y botwm coch. Yn recordio. Cododd Simpson o'i gadair a cherdded y tu ôl i Daniels cyn dechrau prowlan o gwmpas y stafell.

'Odych chi'n gweithio?'

'Brici, fan hyn a fan 'co.'

'Ond dwi'n gweld eich bod chi'n seino mlân, yn derbyn y dôl.'

Shit, roedd y llofrudd wedi cwympo mewn i'r fagal honno'n syth bin. Roedd e mor brysur yn canolbwyntio ar gadw pethau'n syml, gan wybod y byddai gormod o fanylion yn arwain at iddo gael ei garcharu am oes. Ond wedyn, doedd wynebu achos arall am ei fod wedi bod yn gwneud ychydig o waith ar seits adeiladu ddim yn mynd i gyfrif lot.

Nid bod Daniels yn gweld unrhyw beth o'i le ar yr hyn a wnaeth e. Doedd dim moesau ganddo o gwbl. Roedd y crwtyn ar fai, yn ei demtio fe yn y lle cyntaf. Yn gwisgo fel 'na. Yn gwenu arno fe. Y gwallt golau, euraid, yn fflachio yn yr haul fel gwallt angel. O, roedd Daniels, neu Daniella i'w ffrindiau agos, yn dotio ar wallt golau. Byddai'n hoffi tynnu gwallt yn gwlwm tyn gan ddangos pwy oedd y gwas a phwy oedd y meistr. Cofiai dynnu ei wallt perffaith, gwallt ar gyfer hysbyseb siampŵ fel Timotei, a'i dynnu mor dynn fel bod cwlffyn gwaedlyd wedi'i dynnu'n rhydd. Do, fe waeddodd y crwt. Ac roedd Daniels wedi mwynhau'r gweiddi! Gallasai fod yn boenydiwr proffesiynol, gweithio shiffts yn Abu Ghraib neu yn Guantanamo.

'Ac yn gweithio mewn lle byrgyrs?' gofynnodd Simpson, oedd yn gwybod yr holl atebion i'r cwestiynau agoriadol, camau tebyg i symud y gwerinwyr mewn gêm o wyddbwyll, un chwaraewr yn ceisio dod i adnabod ei wrthwynebydd. Cofiai Simpson rywbeth ddywedwyd gan Tomkins yn aml, dyfyniad gan Mao Tse Tung, 'Y cam cyntaf yn ystod rhyfel *guerrilla* yw gwir ddealltwriaeth o'r gelyn.' Llygadai Daniels bob symudiad a wnâi Simpson, wrth iddo barhau i gamu o gwmpas y gell mewn cylch, ond yn newid cyfeiriad pob hyn a hyn, fel na fyddai'r shit bach yn gwybod o ble deuai'r cwestiwn nesa, yn llythrennol.

'Ydw, dwi'n gweithio yn fflipo byrgyrs weithie. Chwe chant y diwrnod ambell waith. A dwi ddim mor hoff â hynny o gig. Chi'n lico cig? Beth yw'ch enw chi? Chi'n lico tamed bach o gig yn eich ceg, Mr...? Fi'n lico fe, yn lico fe lot. Yn enwedig oen bach. Chi'n lico tamed o gig oen bach yn 'ych ceg, Mister X? Yn enwedig os ydi e'n dal yn ffres. Cig oen ifanc. Llond ceg.'

Drysodd Simpson gyda hyn. Deallai fod Daniels yn gyfrwys ac yn glyfar ac wedi dechrau chwarae'r gêm, fel petai wedi astudio'r rheolau'n ddwys. Yn sicr teimlai Simpson fod ei bwysau gwaed yn codi oherwydd cercs y ffycwit yma o'i flaen ac roedd yn hollol hanfodol iddo gadw'n cŵl, a chanolbwyntio. Gwell symud y gêm yn ei blaen.

'Ti'n ffond o fechgyn, ai dyna wyt ti'n dweud? Yn rhywiol, felly?'

Daeth y cwestiwn yn rhy sydyn i Daniels. Sychodd ei lwnc a gofynnodd am lasied o ddŵr.

Cododd ei bwysau gwaed eto, a theimlai Simpson ronynnau o gynddeiriogrwydd yn ffurfio oddi mewn iddo. Byddai'n rhaid bod yn wyliadrus. Gwyddai fod ei dymer yn fan gwan, a bod hwnnw wedi bod dan reolaeth lem am flynyddoedd. Byddai pawb yn y pencadlys wedi bod yn hapus ddigon cymeryd y creadur pathetig allan i'r dderwen fawr y tu ôl i'r maes parcio a'i hongian ar raff. A byddai'r llygaid-dystion wedi mynd i'w gwlâu'r noson honno ac wedi cysgu'n braf heb staen ar eu cydwybod.

Dyma'r rheswm pam roedd Simpson wedi bod ar gwrs i reoli ei dymer a sicrhau fod pawb yn mwynhau'r tegwch hynny oedd wrth wraidd system y gyfraith. Ond gwyddai Daniels, aka Daniella, sut roedd ysgwyd Simpson, fel ei fod yn dechrau amau bod angen dod â rhywun arall i mewn i'r broses.

Ar y gair dyma Freeman yn cerdded i mewn, yn ysgyrnygu

dannedd a golwg amhleserus ar ei gwep yn cynnig signal clir ei bod hi yma i chwarae'r *bad cop*.

'Dwi'n dwlu ar gig oen,' dechreuodd, 'ac yn mwynhau dim byd gwell na chymryd darn mawr yn fy ngheg ac yna gnoi darn mawr i ffwrdd gyda 'nannedd...'

Wrth i Freeman ynganu'r geiriau olaf edrychodd ar fan preifat Daniels.

'Ie. Coc... oen. Ma ambell ddyn yn rêl coc oen. Alla i ddim stumogi'r rheini. Ti'n deall.'

'Nawr 'te, Freeman, sdim eisiau bod yn rhy hallt,' mentrodd Simpson. 'Roedd ein cyfaill ar fin ateb fy nghwestiwn. Ti am i fi dy atgoffa?'

'Am fechgyn bach. O'ch chi'n gofyn os o'n i'n lico ffwcio bechgyn bach?'

'Nid dyna ofynnes i ond os y'ch chi am aralleirio'r cwestiwn yn y fath ffodd dwi'n hollol hapus i dderbyn ffurf newydd y cwestiwn.'

'Ma'r ddau ohonon ni'n hapus iawn i'ch gweld yn trin geirie yn y fath ffordd. Ond atebwch yn glir. Gair byr. Ie, neu na? Ydych chi'n hoffi...'

'Bechgyn. Dwlu arnyn nhw. Ffycin dwlu arnyn nhw.'

'A Zeke Terry, oeddech chi'n dwlu arno fe?'

'Ro'dd e'n sbesial. Ro'dd Zeekey yn dwlu arna i 'fyd. Dwedwch chi hynny wrth ei fam a'i dad, wnewch chi? Bod Zeekey Boy yn dwlu mynd mewn i'r sach 'da Daniels. Wnewch chi?'

Y foment honno byddai Freeman a Simpson wedi bod yn hapus iawn i ymosod ar y dyn, a'i fwrw nes y byddai'n edrych fel petai rhywun wedi llenwi ei ddillad â chig mins. Synnodd Freeman wrth deimlo'i hunanreolaeth yn diflannu.

'Sut a ble laddoch chi fe?'

Ond doedd Daniels ddim wedi gorffen chwarae gyda

Freeman eto. Hi oedd Clarice i'w Hannibal Lecter yntau. Gallai ei haroglu hi, ei melyster drwy ei sgert. Edrychai hi arno fel twlpyn o faw. Gallai deimlo sut roedd hi am wneud unrhyw beth i osgoi poenydio rhieni Zeke drwy glywed beth yn union ddigwyddodd i Zeke yn ystod ei oriau olaf, ei wythnosau olaf, fel bod pawb yn y llys yn glir bod popeth wnaeth e yn fwriadol. Unwaith roedd y geiriau ar dâp byddai'n rhan o'r dystiolaeth a gâi ei ddefnyddio gan yr erlynydd yn y llys. Gwyddai hefyd y byddai Mr and Mrs Terry yn y llys bob dydd, yn gwywo wrth glywed y wybodaeth, gan fwyta i mewn i'w bywydau fel asid. Yn gobeithio clywed y byddai Daniels yn marw yn y carchar, yn hen ddyn mewn cell.

Tynnodd Freeman anadl ddofn.

'Reit, be ddigwyddodd i Zeke? Cymrwch eich amser. Ma 'da ni drwy'r dydd... a'r nos.'

'Chi'n siŵr? Dy'ch chi ddim yn edrych fel y math o bitsh sy'n gallu stumogi gormod o fanylion.'

'O, dwi'n byw ar fanylion. Rhowch y manylion i gyd, a bydda i'n hapus.'

'Ble weloch chi Zeke y tro cynta?' gofynnodd Simpson, oedd am glywed y gwaetha. Agorodd gan o Coke a chymryd llwnc helaeth.

'Y tro cynta...' dywedodd y cachgi, gan lyfu ei ên gyda'i dafod. 'O ie, dwi'n cofio'r diwrnod 'na. Fel tase hi'n ddoe...'

Eisteddodd Simpson, a symud ei gadair ymlaen tuag at ymyl y ford. Fel hyn gallai syllu'n syth i lygaid Daniels, i weld y diafoliaid yn symud o gwmpas yno, y llengoedd ohonyn nhw yn bwydo ar galon afiach, septig, crin y dyn.

Tynnodd Freeman ei chadair hithau hefyd yn agosach at y bwrdd, er mwyn gwrando'n astud ar stori'r llofrudd.

'Roedd y cont bach yn cerdded i'r ysgol bob bore ac adre

bob prynhawn yn brydlon ac roedd e wastad yn gwenu.'

Ffrwynodd Simpson ei hun rhag ofn iddo ofyn y cwestiwn elfennol, amlwg. Ai'r crwt oedd yn gwenu arno fe, neu ai fe oedd yn gweld y bachgen yn gwenu ac yn meddwl taw gwenu arno fe oedd e?

'O'n i'n gweld ei fod e isie dim byd llai na shafftad ond yn jocan ei fod e ar ei ffordd adre i weld ei fam... Felly, gofynnes iddo fe. "Wyt ti'n hapus i 'ngweld i?"

"Pwy wyt ti?" gofynnodd Zeke.

"Wnwcl Pete. Dy Wncwl Pete, sydd wedi bod yn byw yn Seland Newydd. Ti'n nabod y lle, nag wyt ti?"

"Na, fi heb glywed am y lle."

"New Zealand. Ti wedi clywed am New Zealand, y ffyc-twat diawl? Beth ma nhw'n dysgu i ti yn yr ysgol, blodyn? New Zealand yw'r lle sy'n hala cig oen a chwaraewyr rygbi allan i'r byd"...'

Torrodd Freeman ar ei draws.

'Sgen i ddim llawer o ddiddordeb mewn rygbi, na chig oen, dim ond yn eich perthynas â'r crwtyn bach 'ma. Nid eich bywyd personol sydd dan y chwyddwydr ond diflaniad y bachgen.'

Tybiai Simpson y byddai gadael i Daniels adrodd ei stori yn ei amser ei hun yn fwy proffidiol na'i herio fe fel hyn, ond ffrwynodd ei dafod. Tro Freeman oedd hi i ymosod, mewn geiriau clir.

'Ry'ch chi wedi cyffesu? Yn barod? Ond ddim ar y record. Dyma'ch cyfle. I roi'r byd i gyd a'i boenau y tu ôl i chi a chamu i ddyfodol newydd. Dyfodol mewn carchar, ie, ond bydd eich cydwybod yn rhydd, Daniella – ga i'ch galw chi'n Daniella?'

Wrth i Peter Daniels ddechrau adrodd yr hanes erchyll dyma sŵn rhywbeth yn bwrw'r to, a sŵn gwydr yn malurio.

'Be ddiawl yw hwnna?' gofynnodd Simpson, gan agor y drws a gadael Freeman yn gwarchod Daniels.

Wrth iddi gerdded gydag ef i'w gell dros dro mae'n meddwl am ei chyn-ŵr, oedd hefyd mewn cell am gyfnod hir. Dyn da mewn cell. Dyn drwg mewn cell. Balans y byd.

Ffarwél, wagen

E FALLAI DYLAI TOM Tom fod wedi teimlo gorfoledd, llwyddiant yn cronni oddi mewn iddo fel aer yn chwyddo balŵn. Roedd darganfod corff y bachgen, a chychwyn y broses hir o gymryd diafol o ddyn gerbron ei well yn debyg i atalnod llawn ac eto doedd Tom Tom ddim yn teimlo fel dathlu. Byddai Freeman a Simpson yn siŵr o gael y llygoden i wichian ond doedd hyn ddim yn gysur iddo. Yn sicr doedd e ddim am fod yno'n clywed y manylion o enau'r sarff, yr hanes yn hisian rhwng ei ddannedd melyn. Yn hytrach ni ddymunai ddim byd arall ond boddi pob teimlad yn ei gorff dan bwysau cefnfor o alcohol. Nid ysfa ond rheidrwydd. I Gaerdydd amdani. Am dri o'r gloch aeth i Santander a thynnu tri chan punt o arian parod, ac yna i ddal y bws.

Ar y daith gwrandawodd ar foi ifanc yn cwyno sut roedd y Llys Teulu yn mynnu cymryd ei ferch fach oddi wrtho, a threfnu ei bod yn cael ei mabwysiadu am fod y fam yn cymryd cocên ac wedi bod i garchar yn ddiweddar am ddwyn.

'O'dd 'da ni wyth tegell yn y gegin ac ro'dd pump ohonyn nhw'n dal yn eu bocsys. Ond maen nhw yn mynd i'w chymryd hi a dwi bron â rhedeg bant i rywle lle na allen nhw byth ein ffindio ni.'

'Ac i ble fyddai hynny?' gofynnodd ei ffrind. 'Abercwmboi?'

Nid atebodd ei gyfaill a bu bron i Tom Tom fynd i gael gair ynglŷn â thwpdra'r syniad o herwgipio'r ferch fach. Corddai ei waed, gan deimlo'n siŵr ei fod yn cymharu'r math o golled ym mywydau rhieni Zeke gyda'r pwr dab yma ar y bws.

Rhwng ymweld â'r bedd ar y mynydd, a stori'r boi ar y bws roedd Tom Tom yn barod i yfed bolied o Kronenberg erbyn cyrraedd y Wheatsheaf, ei hoff glinig yfed yn y brifddinas ers i'r City Arms gau. Adwaenai bron pawb yno, gan fod y bois y tu ôl i'r bar wedi symud yn un bloc o'r City Arms dros y ffordd. Roedd yr holl newidiadau yn ddigon i roi testun trafod i Tom Tom a'r gwerthwr tai, Bob Grant, wrth y bar. Gallai Grant weld bod Tom Tom ar ddechrau *jag* oherwydd y gwylltineb yn ei lygaid ond phoenai ddim am hynny gan fod Tom Tom yn un a allai ddal ei gwrw a phara ar ei draed am dridiau.

'Biti bod y City Arms wedi cau, gyfaill,' meddai Grant cyn tywallt hanner peint o Brains SA lawr ei wddf gyda rhwyddineb pelican yn llyncu pysgod bach fel arian byw.

'Tafarn orau yn y bydysawd am yn agos i ddegawd. Piti mawr, Mr Grant, piti mawr.'

'Beth gymrwch chi i'w yfed, Mr Thomas? Golwg sychedig arnoch chi. Golwg syfrdanol o wael os ga i fod mor hy ag awgrymu hynny.'

'Peidiwch ag awgrymu hynny achos dwi newydd ddechrau...'

'O'n i gallu gweld 'ny.'

'A bydde'n rhaid i fi'ch lladd chi â'r pecyn crisps 'ma.'

'Sut felly? Mogu 'da'r plastig?'

'Na, rholio'r peth i mewn yn belen fach a hwpo fe'n dynn lawr 'ych corn gwddwg chi. Fyddech chi ddim yn para pum munud.'

'Mae'n dda'ch bod chi ar ein hochr ni. Bydde gweld peiriant lladd mor effeithio â chithe yn gweithio i ISIS yn codi braw ar, wel, y Foreign Legion. Odyn nhw'n dal mewn bodolaeth, dwedwch?'

'O odyn. Y bois mwya caled. Weithes i 'da un ar achos aeth â fi i Ogledd Affrica. Un dyn yn gallu byw 'no am wythnos ynghanol y Sahara heb ddim dŵr na bwyd na dim twlsyn yn ei feddiant o gwbl. Ac wedyn rhedeg am ugain milltir yn y gwres rhyfedda.'

'Lwyddoch chi?'

'I neud be?'

'Ta beth o'ch chi i fod i neud yn Affrica?'

'O do. A mwy. Gyda help y Legionnaire 'ma. Gymra i beint o Otley, a fi fydd yn prynu'r un nesa.'

'Otley i'r South Wales Police a fe gymera i boteled fach o'r seidr 'na o Ddyfnaint.'

'Do'n i ddim yn gwbod 'ych bod chi'n yfed seidr, Mr Grant...'

'O, dwi'n diodde o'r gowt ac ma cwrw'n chwarae'r diawl 'da fe. Petawn i'n yfed peint o Otley byddwn yn gripil erbyn y bore.'

'Mor glou â 'ny.'

'Yn anffodus. Henaint ni ddaw ei hunan.'

'Chi'n hollol iawn fan'na.'

Diflannodd y cwrw a'r seidr fel petai'r ddau mewn cystadleuaeth. Roedd Tom Tom wedi dod o hyd i'r gwmnïaeth iawn. Heb os.

Y noson honno arweiniodd Mr Grant Tom Tom drwy uffern ei orffennol, fel Virgil yn arwain Dante drwy goridorau llawn brwmstan a dioddefaint eneidiau cyn mynd ymlaen a thrwy ranbarthau mwyaf poenydiol uffern cof y cop. Y pethau wedi eu claddu yno, am eu bod yn erchyll, yn dywyll, yn ddu. Cafodd wahoddiad gonest i fwrw ei fol gerbron cyfaill y botel.

'Wedi'r cwbl,' esboniodd Grant cyn archebu ei bumed peint, 'os gadwa i lan beint am beint 'da ti fydda i ddim yn gallu cofio dim, felly dim cyffesu fyddi di, ond therapi o ryw fath wrth i ti adrodd dy storis, er mwyn i ti gael gwared arnyn nhw.'

'Ca'l gwared! Fydda i byth yn gallu ca'l gwared ar yr atgofion 'ma.'

'Ond bydd eu rhannu nhw 'da rhywun yn eu gwneud nhw'n llai o fwganod.'

'Ti'n siarad fel 'set ti'n gwbod lot am y pethe 'ma, o ystyried taw gwerthwr tai wyt ti.'

'Do'n i ddim wastad yn werthwr tai. Dwi wedi neud lot o bethe. Ac ma rhai ohonyn nhw'n berthnasol.'

'Fel be?'

'O paid poeni am 'ny nawr. Daw popeth yn glir, cyn i bethe stopo bod yn glir o gwbl. Bydd yn digwydd cyn hanner nos os gariwn ni mlân i yfed fel hyn am orie.'

A dechreuodd y storïau lifo fel y cwrw.

'Dwi'n cofio mynd lawr i'r Avondale, lle ro'n nhw'n cadw pysgod pirana mewn tanc dŵr ar silff y ffenest a bydde'r barman... beth o'dd ei enw fe nawr?'

'Masters.'

''Na ni, cof da 'da ti. Ie, Masters yn cymeryd mantes o unrhyw ddieithryn fydde'n crwydro i mewn drwy awgrymu y dylsen nhw fwydo'r pysgod 'da creision blas ffowlyn. A bydde unrhyw un o'dd yn ddigon twp i ddodi'u bysedd o fewn cyrraedd rhesi bach o ddannedd rasel yn...'

'Dwi'n cofio'r lle'n iawn ac ma 'da fi graith ar fy mys bawd ar ôl y tro cynta es i mewn.'

'Ga i weld?' gofynnodd Tom Tom wrth agor ogof fawr o chwerthin.

'Dim ond tynnu dy go's di o'n i. Ond dwi'n cofio'r piranas.'

'Ac wedyn ca'l pecyn o Scampi Fries,' awgrymodd Grant, gan wneud i'r ddau ohonyn nhw chwerthin yn braf.

'Fi'n cofio un bender hir yn y North Star.'

'Pa mor hir?'

'Chwefror…'

'O'dd hwnna'n ffwl teim, 'te. Ond o't ti'n gweitho pan o't ti'n mynd i'r North Star bownd o fod. Yn chwilio am wybodeth… achos 'na ble ro'dd y lladron a'r puteiniaid a Maffia'r Barri yn mynd. Lle da i hela clecs a cha'l gwybodeth.'

'Na, o'n i'n mynd 'na ar liwt fy hunan. Achos o'n i isie yfed nes 'mod i'n cerdded mas i haul ganol bore. Ac fe wnes i un o fistêcs mwya 'mywyd…'

Ac yna adroddodd Tom Tom y stori am y noson pan oedd yn y North Star gyda un o'i fêts yn siarad â phuteiniaid oedd wedi gorffen eu shifft ac roedd un wedi dechrau siarad â Tom, gan adrodd stori'i bywyd, a Tom Tom yn gwybod yn iawn fod 'na batrwm i'r rhain, a bydde siawns go dda y gwnai hi esbonio bod ganddi blentyn siawns, a taw hynny oedd y rheswm ei bod hi ar y gêm yn y lle cynta. Gwyddai Tom Tom bod hyn yn rhan o gymaint o fywgraffiadau merched y nos.

Ond roedd rhywbeth gwahanol am Tracy, rhyw addfwynder yn ei chymeriad a gonestrwydd yn y dweud ac yn ei llais. Igam-ogamodd ei ffordd i'r tŷ bach ar ganol y stori ac roedd e'n wirioneddol drist i'w gadael hi, hyd yn oed am ychydig funudau ac er bod y larwm bach yn swnio yn ei ben, nid oedd yn ddigon uchel i'w rwystro rhag cerdded fel cranc gwallgo yn ôl ati wrth y bar a gofyn un cwestiwn iddi. Dyma hi'n plygu ei phen fel ei fod e'n gorfod gweithio i ddeall ei hateb, oedd yn cynnwys y geiriau 'Am ddim'.

'Ac fe na'th hi symud i mewn.'

'Gyda ti?'

'Gyda fi.'

'A'r mab. Dda'th e 'fyd?'

'Do'dd dim mab, diolch byth.'

'Ond symudodd hi i mewn er gwaetha'r celwydd noeth.'

'Symudodd hi i mewn yn noeth i gyd!'

'Ma 'da fi syniad nad yw'r stori'n gorffen yn hapus.'

'Ma 'da ti dy hat proffwydo ar dy ben mawr, Mr Grant. Un diwrnod des i'n ôl o'r gwaith, wedi shifft a hanner, a ffindo Tracy yn 'y ngwely i gyda chwsmer.'

'Diwedd y berthynas?'

'Yn gwmws.'

'Wyt ti wedi'i gweld hi ers hynny?'

'Naddo, ond cadwes i dabs, gofalu amdani hyd braich. A'th hi i weitho i Bob Ruthers, sydd ddim yn foi neis o gwbl. Es i ga'l gair 'da fe a fydde fe byth yn anghofio'r gair hwnnw.'

'Be wedest ti, os ga i ofyn?'

'Enwi ei fam.'

'Dyw pethe fel hyn ddim yn y llawlyfr.'

'O, Mr Grant bach, i bobol fel fi do's 'na ddim llawlyfr. "Whatever gets the job done", fel bydde Mam-gu yn arfer gweud.'

Bu'r ddau yn chwerthin am sbel wedi hynny.

'Ydy hi'n dal ar y gêm?'

'Mae hi 'di marw. Ei chorff yn y gamlas. Noson y 23ain o Hydref a neb wedi gweld dim na chlywed dim.'

'Ruthers?'

'Dwi ddim yn credu 'ny. Roedd Tracy wedi symud mlân.'

'Hunanladdiad?'

'Mae'n debyg. Ro'dd hi 'di plygu ei chot ar lan yr afon.'

'Mae dy fywyd yn llawn bwganod, Mr Thomas.'

'On'd yw hi'n bryd i ni ddefnyddio'n henwe cynta, Mr Grant?'

'Iawn... Tom. Bob yw'r enw.'

'Dwi'n gwbod 'ny. Mae'r seins lan ymhob rhan o'r dre. For Sale. Bob Grant and company.'

'Ti'n dditectif hyd fêr dy esgyrn!'

Y ddau'n chwerthin eto, yn toddi mewn cyfeillgarwch meddwol, cynnes.

'Shwd wyt ti'n gallu byw gyda'r holl farwolaethe? Y crwtyn bach 'na ar ben y mynydd. Iesu, ma hynny'n gorfod bod yn tyff ar y diawl.'

Gyda'r geiriau hynny edrychodd Tom Tom o gwmpas y lle gan sylweddoli am y tro cyntaf nad oedd Zeke yn ei ddilyn, nad oedd e'n bresennol ddim mwy, fel petai atalnod llawn wedi ymddangos ar ddiwedd y stori, er y gwyddai hefyd byddai'n rhaid aros tan ddiwedd yr achos llys ac efallai ymweld â'r cont yn ei gell, cyn iddo allu cael gwared yn llwyr ar y presenoldeb a fu'n agosach ato na'i gysgod ei hunan am flynyddoedd hir. Sylweddolodd hefyd nad oedd e wedi llwyddo i yfed digon i ladd y boen a deimlai pob tro y clywai enw Zeke. Hyd yn oed nawr. Roedd hyn yn beryglus.

Ond roedd Bob Grant gydag e ac roedd hyn yn gysur annisgwyl. Cadwai Bob y llif o gwestiynau i ymddangos fel petai'n sgrifennu bywgraffiad ohono: *The Great Detectives: Volume Four: Thomas Thomas*.

'Beth yw'r achos mwya anodd ti 'di gorfod gweitho arno fe?'

Roedd yn swnio ychydig bach yn ystrydebol oni bai am y ffaith taw Bob oedd yn gofyn y cwestiwn a bod dau ddrinc yr un ganddynt yn eu dwylo, fel petai angen mwy o alcohol ar y stori nesa.

'Wel, gan dy fod ti'n gofyn, a gan dy fod ti wedi prynu bob o Depth Charge, man a man i ni blymio i'r dyfnderoedd...'

'Down the hatch!' dywedodd Bob, gan lowcio'i shot fel petai'n tynnu anadl. Roedd yfed iddo'n naturiol ac yn angenrheidiol fel ocsigen.

Aeth y cyfuniad o gwrw a Drambuie yn syth i'w pennau. Ond roedd Bob a Tom yn hen stejyrs ac roedd yr effaith fel newid gêr wrth i'r noson fynd yn ei blaen, a ta p'un, roedd gan Tom stori arall i'w dweud.

Cyn iddo ddechrau adrodd stori Zeke, cerddodd dau foi

i mewn i'r bar gan hoelio sylw Tom, a gwneud iddo fynd drwy lyfrgell delweddau'r cof. Roedd rhywbeth am y boi ar y dde, oedd yn amlwg wedi treulio amser yn y carchar. Ac yna cofiodd yr enw. Terry Hazlett, a'r geiriau '...Terry Hazlett absconded from Wakefield Prison on the 13th of October and has been sighted in locations which suggest he is trying to make his way home to South Wales. The Police are warning members of the public not to approach him as he should be considered armed and dangerous.'

Meddyliodd Tom beth oedd y peth gorau i'w wneud – ffonio am bacyp, neu jyst cadw llygad ar y boi a gadael i rywun arall ei ddal. Ond roedd Tom wedi cael llond bwced o gwrw i'w yfed, gyda rỳm a Drambuie ar ben hynny ac felly doedd e ddim yn meddwl yn glir, nac yn gallu asesu'r sefyllfa. Dyma fe'n estyn ei ffôn i Bob gan ofyn iddo ddeialu rhif un ar ffôn Tom a gofyn iddyn nhw anfon help i'r bar yn syth, gan awgrymu iddo wneud hynny o'r tu allan. Gallai Bob weld yn llygaid Tom mai gorchymyn oedd hyn yn hytrach na chais ac aeth allan ar fyrder gan adael i Tom sortio pethau mas.

Prin y gallai Tom Tom gofio faint roedd e wedi'i yfed, er ei fod yn gwybod taw gwell fyddai aros nes y cyrhaeddai'r cafalri. Ond gwelai eu hunan fel cafalri un dyn, yn gallu gwasgu llwyth o inffantri dan ei draed. Camodd tuag at y bar a gofyn am ddau fodca, gan sibrwd yng nghlust y barman.

'Rhai dwbl, neu drebl?' gofynnodd y barman, gan gynnig disgownt hael ar yr ail opsiwn.

'Na, dwy botel,' atebodd Tom Tom gan nodio at y poteli llawn dau litr ar y cownter.

'I'w hyfed nawr, neu tecawê?' awgrymodd Dan y barman wrth osod y ddwy botel drom ar y cownter. 'Bydd hynny dros gan bunt, cant a deg i fod yn fanwl a dyw hynny'n gadael dim lle o gwbl am elw.'

'Bydd South Wales Police yn talu,' dywedodd Tom Tom a chyn bod Dan yn cael ei wynt ato i brotestio dyma Tom Tom yn gafael yng ngwddf y ddwy botel, un ymhob llaw a'u swingo nhw gyda'i gilydd at benglog Hazlett, y ddwy yn taro temlau ei ben ac effaith y crynsh yn ddigon i'w lorio'n ddiymadferth. Er bod un botel wedi'i malurio'n gyrbibion llwyddodd Tom Tom i achub y llall, gan arbed £55.

Edrychodd i fyw llygaid cyfaill Hazlett, gan gynnig siawns iddo ymateb ym mha bynnag ffordd y dymunai, gan roi arwydd clir iawn ei fod y barod am unrhyw beth. Ond roedd Tom Tom wedi darllen y dyn yn berffaith, a sleifiodd hwnnw i ffwrdd fel mamal i dwll, gan adael Tom Tom yn sefyll yno fel un o dduwiau Llychlyn, y Vladimir Vodka fel morthwyl yn hongian o'i arddwrn, a sŵn y cafalri'n adleisio rhwng ceunentydd nendyrau'r ddinas, wrth iddynt nesáu.

Daeth y ddau gop cyntaf drwy'r drws yn cario gynnau ac oherwydd eu bod nhw'n fois ifanc doedd yr un ohonyn nhw'n adnabod Tom Tom, felly roedd yn rhaid i Dan achub y sefyllfa wrth i'r un ifancaf weiddi ar Tom Tom i roi ei arf i lawr a gorwedd ar y llawr.

'It's ok boys, he's one of you!'

Esboniodd Tom Tom pwy oedd y boi ar y llawr, yn gorwedd yno mewn ffrwydrad o ddiemwntau, a sgarff marŵn o waed yn graddol dyfu o dan ei ên. Gyda hynny dyma'r cops eraill yn cyrraedd, nerfau pob un yn dynn, cyn deall bod un ohonyn nhw wedi llwyddo i ddal y Terry Hazlett yma a gawsai cymaint o sylw yn y bwletinau newyddion. A nawr, roedd cop nad oedd ar ddyletswydd wedi'i lorio â digon o fodca i greu Martinis i B Squad yn ei gyfanrwydd ac wedi rhoi'r math o gur pen i Hazlett y byddai'n cofio amdano tan y Dolig.

'Mae arna i ofn bydd angen gofyn i chi ddod lawr i'r pencadlys i'n cynorthwyo gyda'r adroddiad ar hyn. Mae sawl person wrth y bar yn honni eich bod chi wedi bod yn yfed yn go drwm.'

'Dwi wedi meddwi'n go galed. Dy'ch chi ddim yn credu y byddwn wedi gwneud y fath beth byrbwyll...'

'Mae'r bòs yn eich canmol am fod mor ddewr,' dywedodd y cop hynaf, 'ac wedi trefnu cynhadledd i'r wasg a bydd yn sefyll yn browd wrth eich ochr. Bydd angen i ni'ch sobri chi cyn hynny... ond yn y bôn, *well done*, rydych wedi llwyddo i ennill ambell *brownie point* i'r ffors heno.'

*

Yn Stafell Holi C esboniwyd i Tom Tom fod hyn yn rhywbeth *by the book* ac nad oedd angen iddo gael cyfreithiwr yn bresennol ond roedd yn rhaid gwneud yn siŵr na fyddai Hazlett yn cael siawns i gymryd achos yn erbyn Tom Tom na'r heddlu.

Eisteddodd Tom Tom yno'n rhaffu celwyddau am bum munud tra bod ysgrifenyddes yn teipio ei dystiolaeth.

'Ocê,' meddai'r Arolygydd, 'dylai hynny fod yn ddigon. Ro'dd y ffaith ei fod e wedi estyn am rywbeth allai fod yn arf yn ddigon i berswadio unrhyw un eich bod yn iawn i gymryd y camau wnaethoch chi.'

Yr Arolygydd oedd wedi arwain y drafodaeth a chael Tom Tom i gofio am fflach o fetal cyn estyn am y poteli, ac yntau hefyd wnaeth yn siŵr nad oedd sôn am brynu'r poteli ond yn hytrach iddo wneud penderfyniad ar amrantiad. Dyn dewr yn camu i'r adwy er mwyn diogelu'r diniwed rhag troseddwr peryglus.

Diolchodd Tom Tom iddo ac aeth yn syth i weld Tomkins, oedd wedi gofyn am ei weld.

Dyn gwelw oedd Tomkins ar y foment, yn boddi dan ddogfennau yn ymwneud â'r protestiadau, gyda rhai sylwebyddion yn amcangyfrif byddai miloedd ar filoedd yno i brotestio. Doedd dim rhyfedd yn y byd fod y gwleidyddion yn Llundain wedi cyfeirio'r ralïau adain dde i Gymru er mwyn amddiffyn eu hunain, a gwneud yn siŵr nad oedd ffenestri Llundain yn cael eu malurio, a bod unrhyw brotest yn cael ei gysylltu ym meddwl y cyhoedd â Chaerdydd neu dde Cymru, yn debyg i wleidyddion yr Eidal a sicrhaodd bod protestiadau yr anarchwyr yn erbyn y G8 yn digwydd yn Genoa gan gysylltu'r protestiadau â'r lle. Heb sôn am y corff yn y tân, a'r gwrachyddiaeth a'r prifathro heb na chalon nac afu nac aren, a phobl yn diflannu, fel yr hen fenyw aeth ar goll, ynghyd â'i Range Rover newydd sbon.

Cysylltiadau cyhoeddus oedd popeth y dyddiau yma, fel roedd Tomkins yn deall yn iawn. Os oedd unrhyw beth da yn digwydd roedd rheidrwydd i anfon datganiad i'r wasg amdano ond pe bai newyddion drwg, byddai angen strategaeth rheoli'r newyddion a sgyrsiau fesul un gyda'r hacs er mwyn sicrhau na fyddai'r stori'n ymddangos yn un llif, er bod hyn wedi mynd yn anoddach yn oes y rhyngrwyd a newyddion 24/7.

'Shwt mae'n mynd... syr?'

Cofiodd Tom Tom am y rheidrwydd i fod yn barchus ar bob achlysur, neu o leia ers iddo gael ei dderbyn yn ôl i'w swydd. Yn yr hen ddyddiau byddai'n ymdebygu i Jack Nicholson yn chwarae rhan y rebel, y milwr sy'n cerdded ar hyd y traeth ar ynys yn y Môr Tawel a llwyth o Marines yn carlamu tuag ato ac yn gofyn a yw e wedi gweld yr help sydd ar y ffordd:

'Have you seen the shore patrol?' maen nhw'n ei holi, eu llygaid yn eiddgar a gobaith yn eu lleisiau.

Mae Jack, sy'n smocio sigarét, yn gadael iddi gwympo i'r tywod ac yn datgan, heb agor ei geg rhyw lawer:

'I am the fucking shore patrol.'

Yn y dyddiau gwyllt hynny, felly y gwelai Tom Tom ei

hunan. Ond roedd am helpu Tomkins, oherwydd bod Tomkins wedi'i godi o'r mwd ac wedi cynnig braich o gymorth iddo. Gymaint gwell roedd bywyd erbyn hyn, a gan ei fod wedi yfed llond tancyr o alcohol chwythwyd y gwe pry cop allan o'i ymennydd a gallai feddwl yn glir unwaith eto.

'Dwi wedi gweld nad y'ch chi eisiau fy help i yn ystod y gwrthdystio, syr. Byddwch am i fi ganolbwyntio ar achos y prifathro, siŵr o fod?'

'Mae'n embaras hollol, cael achos fel hwn, prifathro, dyn parchus...'

'Ac mae'n ymddangos bod 'na *serial killer* gwahanol iawn ar waith, syr.'

'Sut felly?

'Gan amla byddan nhw'n dewis gwehilion cymdeithas, pobol ar y cyrion, pobol na fydd bron neb yn gweld eu heisiau nhw ond yn yr achos hwn, mae wedi dewis rhywun amlwg, rhywun â phŵer. Ac efallai'r Bwystfil wnaeth ddwyn y fenyw yn y Range Rover. Efallai bydd 'na gorff gwag arall...'

'Pwy yw e 'te? Cyn-ddisgybl i'r prifathro? Rhywun ar y staff? Odyn ni wedi siarad â phawb? Odyn ni wedi bod yn ddigon trwyadl? Plis dwedwch ein bod ni. Byddai'n dda gwbod ein bod ni'n neud un peth yn iawn oherwydd dyw'r paratoadau ar gyfer ymweliad Arlywydd America ddim yn mynd yn dda.'

'Y twat Trump 'na?'

'Un peth arall ar fy mhlat. Mae pob ffors yn gorfod neud trefniadau rhag ofn ei fod e'n dod draw. Mae cydlynu'r peth yn hunllef, gydag un asiantaeth yn dweud un peth ac un arall yn dweud rhywbeth hollol wahanol. Y gwleidyddion eisiau llyfu ei din er mwyn cael cytundeb masnach a phawb arall am iddo aros ar y cwrs golff yn Florida, yn saff o'r ffordd. Eniwe, mae'n rhaid i fi fynd i gynhadledd y wasg nawr. Dewch 'da fi, Thomas.'

'Jyst i edrych?'

'Na, i sefyll tu ôl i fi, rhag ofon bydd 'na gwestiyne na fedra i eu hateb. Ond dwi ddim yn gwbod sut galla i blismona rali yr adain dde a'r gwrthdystiade a phopeth. Bydd pobol yn siŵr o ofyn am derfysgaeth, heb sôn am y brotest dorfol fwyaf yng Nghymru.'

Camodd Tomkins yn syth i'r podiwm er mwyn annerch y gynulleidfa.

'Good morning, ladies and gentlemen. My name is Superintendent Tomkins and I'd like to welcome you all to South Wales Police HQ. I know you'll have all been fully briefed about the arrangements for the rally and you'll appreciate that although details are a little scanty, that's for operational reasons. But what we can offer you are some statistics to flesh out your stories and also I've invited my colleague, DI Thomas Thomas, to answer any questions you might have about our ongoing investigations. I know that some of you have enoyed making up some lurid headlines about a plague of serial killers so you'll appreciate we'd like to put the record straight. There is one, and he is at large, so you and your readers need to know some things to keep you safe. Yes, the gentleman on the right...'

Roedd yr holwr cyntaf yn rhywun ar yr asgell dde, sef gohebydd y *Breitbart News*. Doedd gan hwn ddim affliw o ddiddordeb mewn llofruddiaethau lleol.

'It's been suggested that the police are planning to use maximum force to suppress this perfectly democratic show of popular will. Am I right in saying that there will be more armed police officers as a part of the general contingent than at any other public demonstration since the Second World War?'

'That may be a very clever way of putting words into my mouth but I'm afraid that you're way off the mark. There will be some armed response teams on standby but in the main my officers will be unarmed, though equipped with full riot gear.'

'Any of those fancy new round shields?' gofynnodd un hac o'r *Guardian*.

'I believe so.'

'They're very good for ensuring concussion are they not? Knocking people over, down to the ground?'

'The new shields are defensive rather than offensive, sir, designed to help control inflammatory situations.'

'What's the current intelligence on the numbers of Nazis?' gofynnodd Gerry Able o *Searchlight*, y cylchgrawn oedd yn cadw tabs ar y ffasgwyr.

'We expect some eight or nine thousand marchers, though I am at pains to point out that we in South Wales Police do not refer to them as Nazis. Our intelligence teams suggest there'll be far fewer than the rather lurid and overheated estimates in some of the papers.'

'Fucking Nazis, then,' awgrymodd llais yng nghefn yr ystafell.

'I'll gloss over that remark to save any embarrassment... or court time. I don't think we've ever arrested a member of the press in the actual press room, though there's always a first time for everything. Next.'

Roedd y cwestiwn nesa am y llofruddiaethau a gwnaeth Tom Tom ei orau glas i ddelio gyda hwnnw. Roedd yr holwr am wybod y diweddaraf am yr achos ac a oedd y ffors fymryn yn agosach at ddatrys yr achos gan fod mwy a mwy o bobol yn methu cysgu'r nos oherwydd bod y Bwystfil yn dal i fod â'i draed yn rhydd.

'Galla i weud bod gwybodaeth ddefnyddiol iawn wedi dod i law ac yn ffyddiog y byddwn ni'n arestio rhywun o fewn y dyddie nesa.'

'Oes unrhyw beth gallwch chi ddweud ynglŷn â'r wybodaeth yma?'

'Am resymau amlwg allwn ni ddim datgelu unrhyw beth fyddai'n amharu ar broses ein hymchwiliadau. Ond rydym yn disgwyl eich croesawu chi i gyd yma eto o fewn y dyddie nesa. Diolch.'

Camodd Tomkins oddi ar y llwyfan gan wasgu ei law yn bwrpasol ar ganol asgwrn cefn Tom Tom i wneud yn siŵr na châi ei dynnu'n ôl i ateb cwestiwn ychwanegol. Unwaith roedd y ddau y tu ôl i ddrws caeedig dyma Tomkins yn hisian.

''Nôl o fewn y dyddie nesa? Ar ba sail y gwnest ti'r honiad hollol blydi stiwpid 'na? Iesu gwyn, os nag o'dd cael y Third Reich yn dod i'r dre yn ddigon o hunlle, nawr ma 'da ni Mystic Meg yn addo canlyniade o fewn yr wythnos pan dy'n ni ddim cam yn agosach at ddal y Bwystfil heddiw nag oedden ni pan ddechreuodd e ar ei sbri o ladd. Heb sôn am y ffaith nad ydyn ni'n hollol siŵr pryd dechreuodd e ar ei sbri. Galle'r boi fod wedi bod yn lladd ers degawde. Hec, ti'n gwbod cystal â fi nad yw'r achos yn dilyn y patrwm arferol, a heb batrwm mae'n job ni'n galetach o lawer. Ac rwyt ti, Thomas, wedi neud ein job ni gymaint â hynny'n fwy heriol drwy addo rhywbeth na allwn ni ei wireddu. Felly...'

Gyda'r gair hwn dyma Tomkins fel petai'n chwyddo mewn awdurdod yn cyhoeddi:

'... dwi am i ti sorto'r achos o fewn y dyddie nesa. Cadw at dy air neu byddi di mas eto ar dy glust. Cei di'r adnodde, yn wir, fe gei di'r holl adnodde sy'n weddill wedi plismona'r *get together* rhwng Goebbels a Himmler a'u cyfeillion mewn du. Ti'n meddwl galli di neud 'na? Ti'n meddwl os doda i ti dan yr un pwyse a dwi odano, y galli di ddatrys hyn? Hen law fel ti, sy'n gwbod sut i handlo'r wasg a phopeth!'

Roedd y coegni yn ei lais fel rhywbeth allan o enau

actor mewn drama cegin, bygythiad pantomeimaidd bron. Ond gallai Tom Tom weld ei fod yn hollol o ddifrif, am ei fod wedi camu o flaen y camerâu ac wedi addo'r byd, yn debyg i Satan yn cynnig gogoneddau'r byd i Iesu Grist yn yr anialwch. A byddai Tom Tom yn byw yn yr anialwch, heb job na phensiwn, os na fedrai ddatrys yr achos yma o fewn dyddiau.

'Erbyn dydd Llun yn iawn, syr?' gofynnodd Tom Tom heb flewyn ar dafod.

Roedd e wedi penderfynu camu i'r adwy, yn hyderus y gallai, gyda help Freeman, ddatrys hyn. Pos oedd y peth wedi'r cwbl ac roedd Freeman yn ddigon clyfar i ateb unrhyw bos. Gallai rhywun oedd yn ddigon clyfar a digon dewr i daclo'r Albis ddal llofrudd fyddai'n cripio lan at bobol mewn meysydd parcio gyda photel o glorofform. Pum niwrnod. Angen ei holl ddoethineb a help pob arbenigedd yn y ffors. Gallai wneud hyn.

'Gallwch chi drefnu'r gynhadledd i'r wasg nawr, syr. Ry'n ni ar y ces.'

*

Gwelodd Tom Tom Freeman yn cerdded ar hyd y coridor tuag ato ond cyn iddo gael cyfle i esbonio hyd a maint ei ddilema newydd gofynnodd y bòs i'r ddau gamu i fewn i'r swyddfa. O-o, meddyliodd Tom. Doedd Freeman ddim yn hapus â thrywydd y sgwrs a gychwynnodd gyda phen Tomkins dan gwmwl, ei wyneb yn gwgu wrth iddo esbonio'r pwysau cynyddol oedd arno i wneud rhywbeth sylweddol ynglŷn â'r Albaniaid hefyd. Nid dim ond y seicos ar grwydr, y cyrff yn pentyrru yn y morg, ond y bois gwyllt o'r mynyddoedd. Heb adnoddau i ddelio da un yn iawn.

'Fel rwyt ti'n gwbod yn iawn, Freeman, yn well na neb,

mae'n amhosib bron casglu gwybodaeth am yr Albis ond mae angen rhywbeth pendant arnon ni cyn bo hir oherwydd mae eu pŵer a'u dylanwad yn tyfu fesul diwrnod. Ond does 'na ddim byd gallwn ni neud i'w cysylltu nhw â'r cyffuriau, na'r puteindai ac ry'n ni'n gwbod nad oes unrhyw un yn mynd i roi tystiolaeth i ni am fod arnyn nhw gymaint o'u hofn. Felly mae'n rhaid i ni gael rhywun yn y stafell gyda nhw...'

Gallai Freeman glywed ei chalon yn gwneud sŵn fel cloch fawr yn atseinio y tu mewn iddi megis mewn ogof ddofn.

'Dyw hynny ddim yn bosib. Drycha ar y rhestr o bobol a gawsai eu lladd wrth geisio cynaeafu gwybodaeth i'r FBI er enghraifft. Nid yn unig bod yr Albis yn dreisgar ond hefyd yn hynod ddrwgdybus o bawb y tu fas i gylch eu teulu agos. Fel ro'n i'n dweud yn y *briefing*, yr ochr gyfrin honno sy'n rhoi asgwrn cefen iddyn nhw. Yn oes gwybodaeth a thechnoleg ma nhw'n osgoi'r ddau, a glynu at yr hen ffyrdd o wneud pethau, gan ddefnyddio grym i wneud yr hyn a fynnan nhw.'

'Dwi'n gwerthfawrogi dy fewnbwn, DI Freeman, ond mae'r Chief ei hun am weld symudiad sydyn. Ti 'di gweld y papur bore 'ma? Dyma beth mae'r Comisiynydd wedi bod yn ei ddweud:

We are seeing significant control being exerted, particularly by organised crime from Albania in so far as cocaine in particular is concerned... You are talking about tens of thousands of pounds generally in transactions every week. There is a danger innocent people could be killed or injured in the Albanian gang warfare.

Asked about gang infighting, Commissioner Pierce said: 'It spreads beyond that. The violence is often used to enforce the model of working. We are concerned that there are innocent bystanders in this.

Felly os ydi'r Comisiynydd yn rhannu ei gonsýrn gyda'r cyfryngau mae fel gorchymyn i ni neud rhywbeth, er mwyn diogelu'r cyhoedd. Gallan nhw gael eu niweidio drwy fod yn y lle rong ar yr adeg rong. Dyna beth mae e'n dweud yn yr erthygl.'

Gyda hyn cerddodd swyddog i mewn gyda dau becyn plastig sylweddol o gyffuriau ac oherwydd eu bod yn becynnau boliog roedd 'na bwysau sylweddol iddyn nhw hefyd.

'Dwi wedi gofyn am y ddau batsh yma o gocên i'w defnyddio fel abwyd. Ma 'da fi rif ffôn sy wedi cael ei ddefnyddio ddwywaith gan Ronnie Lockyear i gysylltu ag Elvis er mwyn gwerthu gêr iddo.'

'Ond sut gawsoch chi afael yn y ffôn, syr?'

'Mae gan Lockyear fabi bach chwe mis oed. Mae Lockyear am ei gweld hi'n tyfu, a phan wnaethon ni ddarganfod y pecynnau hyn ym mŵt ei Range Rover rhoddon ni'r dewis iddo rhwng snitsio ar yr Albaniaid neu fynd i garchar am weddill bywyd ei blentyn. Dewis hawdd iddo, gan taw dim ond gofyn am un peth roedden ni, sef un rhif ffôn...'

Gwenodd y Chief.

'Does 'na'r un Maffia yn y byd sy'n glyfrach na South Wales Constabulary. Felly, Thomas, y *serial killer* o fewn wythnos, a'r Albaniaid cyn gynted â phosib. Bant â chi, *chop, chop.*'

Ar ei ffordd allan drwy'r drws cofiodd Tom Tom am yr hyn ddywedodd Freeman: nad oedd yr FBI na Homeland Security na phob asiantaeth arall wedi llwyddo i hoelio'r Albis yn un haid. Dim pwysau, felly.

Yn ei natur

FYDDAI'R DDAU FACHGEN, Daf Dizz a Mwrthwl, yn mwynhau dim byd gwell na chrwydro o gwmpas gwarchodfa natur Parc Slip, gan fod un ohonyn nhw'n dipyn o adarwr a'r llall yn eitha da am adnabod pryfed. Y tro diwethaf iddyn nhw ymweld â'r lle roedd haid o gornchwiglod ar y corstir ac un aderyn prin, y telor Dartford, yn nyddu ei ffordd drwy'r llwyn o eithin. Ond doedd dim cymaint o bethau i'w gweld ar yr ymweliad hwn, a gwnâi'r niwl oedd wedi drifftio ar hyd y gwastadeddau hi'n anodd gweld mwy nag ugain metr ymlaen. Eto roedd y ddau grwt wrth eu boddau, gan fod awyrgylch rhyfedd i'w fwynhau, a'r tirlun o'u cwmpas yn annaturiol o dawel, diolch i'r niwl, a oedd yn trwchu fesul munud. Clywsant grychydd yn codi o ddŵr y sianelau, ei gri gyddfol yn cael ei lyncu gan y tarth.

Aeth hi'n anodd cadw at y llwybr, er iddo gael ei gynllunio ar gyfer defnyddwyr cadair olwyn, gydag ochrau uchel, pendant. Ond efallai fod 'na ddarn ar goll achos o fewn dim roedd rhaid i'r ddau ymladd eu ffordd drwy fieri trwchus a thyfiant o goed ifanc. Yna cwympodd Mwrthwl dros rywbeth trymach na gwreiddyn trwchus, a chafodd y ddau sioc anferthol o weld taw corff oedd yno, corff menyw, gyda thwll mawr lle dylai'r geg fod.

*

Cyrhaeddodd Freeman o fewn yr awr a Tom Tom funudau ar ei hôl.

'Dannedd ar goll?' gofynnodd Tom Tom, gan wybod yr ateb cyn holi'r cwestiwn. 'A'r gwefusau 'fyd.'

'Mae hyn yn datblygu'n fwy o hunllef nag ro'n i'n ddisgwyl achos yn amal, erbyn hyn, ry'n ni'n mynd drwy restr o bobol ac yn eu cwestiynu, neu ma 'na drywydd amlwg iawn i'w ddilyn. Ond gyda'r Bwystfil, beth sy 'da ni ond cyrff a mwy o gyrff ond heb unrhyw wybodaeth pwy sy'n gwneud hyn. Dim yw dim.'

'Paid bod mor siŵr. Dwi wedi bod yn meddwl. Y peth mwya amlwg ynglŷn â'r llofruddiaethe yma yw'r diffyg tystiolaeth camera, dim delwedd o gwbl. Nawr, gan ystyried bod 1984 wedi hen fynd heibio, a llyfr Orwell wedi ei llawn wireddu, wel mae angen edrych yn ddyfnach i hynny. Dyma lofrudd sy'n gwbod ble mae'r camerâu a sut i wneud yn siŵr nad yw'n ymddangos ar yr un ohonyn nhw. Beth ddigwyddodd i'r syniad ei fod yn arddwr?'

'Neb yn gallu helpu. Holon ni bawb. Ac mae pob coleg deintydda wedi ateb. Rhywun sy'n gosod camerâu felly, Freeman?'

'Dyna beth o'n i'n feddwl. Ma 'na bum cwmni sy'n gosod camerâu yn eu lle yn Ne Cymru.'

'Pump ymweliad felly.'

'O'n i'n meddwl gallwn i wneud y rheini.'

'Er mwyn...?'

'Er mwyn i ti ganolbwyntio ar y corff diweddara. Mae Rawson wedi dechre ar y gwaith yn y morg yn barod. Mae'r papurau wedi bod yn brysur yn trafod y prifathro ac yn awgrymu canibaliaeth a phopeth.'

'Sut maen nhw'n gwbod am hyn?'

'O, synnwn ni ddim bod adran y wasg ein hunain wedi bod yn rhannu'r stori. Efallai er mwyn newid sylwedd y stori.'

*

Ugain awr ar ôl i'r bechgyn ddarganfod y corff, ac ar ôl i'r tîm fforensics archwilio'r safle, fe'i cludwyd i'r morg. Ond heddiw roedd y Diwrnod Agored yno ac erbyn i Tom Tom gyrraedd ystafell yr awtopsi roedd Rawson wrthi'n diddanu ei gynulleidfa. Rhybuddiwyd pawb y gallai gweld y corff dynol yn cael ei dorri a'i ymchwilio fod yn ormod i rai pobol, ond roedd crowd yno oherwydd yr union beth hynny.

'Gwell dechrau 'da'r offer. Fel y gwelwch chi, bydd y blêd yn colli min yn ystod yr archwiliad, a bydd angen hyd at bedair yn ystod y prynhawn. Faint ohonoch chi sy'n bwriadu aros tan y diwedd? Iawn, wel gwell i rai ohonoch chi sy'n sefyll ffindo sêt achos ry'n ni'n mynd i fod 'ma am sbel. Reit, yn ôl at y cit. Llif drydan i dorri drwy'r penglog a'r asennau, er bod y *clippers* 'ma'n gallu bod yn haws, mae'n dibynnu. Ac wedyn y ddyfais fach handi 'ma, sy'n rhyw fath o sgriw, hwn sy'n gwahanu top y penglog wedi i'r llif dorri drwyddo, hefyd cyllell fara, fel yr un sydd 'da chi gartre yn y gegin, hon i rannu darnau o'r afu a'r ymennydd.'

Gallai Rawson weld fod y bobol yn yr ystafell wedi dechrau blino'n barod ar ei siarad, eu bod nhw'n ysu am waed neu am weld pethau macâbr.

'Dyma'r Big Slicer, a blaen llydan sy'n berffaith ar gyfer gweithio ymhlith y perfedd ac yna'r ddau beth yma, pethe pwysig iawn, pren mesur, a mantol i bwyso pethe'n fanwl.'

Dyma Rawson yn estyn ei law mewn i jar ac yn tynnu calon ohoni, a'r organ yn dripian formaldehyde.

'Dyma'r organ brysuraf yn y corff, y galon, a chan fod pwys yn gyfystyr â 454 gram mae hon yn pwyso llai na phwys. Gan amla bydd calon yn pwyso 320 gram ac mae un fel hon, sy'n pwyso dros 400 yn arwydd efalle fod rhywbeth o'i le. O ystyried ei bod hi'n hollol hanfodol, organ itha bach yw hi. Pan ddaw hon i stop bydd y person yn dod i stop. Mae mor syml â hynny. Ond o edrych ar y maint, dyma i chi foi a hanner, yr afu, yr organ fwyaf yn y corff, yn pwyso 1,200 gram hyd at 1,500. Gallwch chi roi amser caled i'r afu a bydd hi'n gwella...'

Edrychodd Rawson yn slei ar Tom Tom, ond gwnaeth hwnnw osgoi ei edrychiad.

'Oni bai eich bod chi'n cael cancr neu *cirrhosis* yn yr afu, gall ddelio 'da goryfed, gorfwyta a sawl math o afiechyd heriol arall.'

Tra oedd Rawson yn disgrifio'r offer roedd un aelod o'r gynulleidfa yn llyfu hufen iâ a dechreuodd un arall ffilmio'r anerchiad.

Daw'r gwaharddiad mewn llais pendant, 'Na, dim lluniau. Does 'da ni ddim caniatâd y teulu... oherwydd 'dyn ni ddim yn gwbod pwy yw'r teulu eto.'

Gallai synhwyro bod angen rhywbeth i gorddi'r dyfroedd achos bod golwg ddiflas ar rai o'r criw yn barod.

'Reit 'te, amser torri. Ar ôl y toriad cyntaf, pan fyddwch yn tynnu'r croen yn ôl, y peth cynta i'w nodi yw'r lliw. Mewn achos o wenwyno drwy garbon monocsid er enghraifft bydd y cyhyrau yn fwy pinc – fel stecen sydd ond braidd wedi'i choginio – gan fod moleciwl o garbon monocsid yn cymysgu â haemoglobin yng nghelloedd eich gwaed yn cynhyrchu lliw coch llachar. Neu os bydd rhywbeth fel wal yr abdomen yn drwchus, tri chentimetr er enghraifft, mae'n awgrymu bod y person yn dew, ond bydd patholegydd da wedi nodi hynny'n barod, wrth edrych ar y corff.'

Chwarddodd neb.

'Mae angen bod yn ofalus iawn wrth dorri rhwng y croen a'r asennau, gan fod y croen yn denau iawn a dwi ddim am dorri twll achos byddai hynny'n ei gwneud hi'n anodd iawn i'r un fydd yn paratoi'r corff ar gyfer angladd. Hefyd bydd yn rhaid osgoi torri'r asennau eu hunain. Mae'r cyhyrau hefyd yn denau, a'r wal o gwmpas yr abdomen yn ddim mwy na modfedd yn y rhan fwyaf o gyrff.

'Ond, edrychwch shwt mae'r asennau'n amddiffyn y galon a'r ysgyfaint, yn codi fel mur o'u cwmpas i'w cadw'n saff. Mae'r cartilag hwn, sy'n cysylltu'r asennau a'r sternwm, yr asgwrn yma sy'n rhedeg i lawr y frest, yn hawdd i'w dorri ac ar y ddwy ochr iddynt mae *arteries* sylweddol, sydd yn bwysig pan fydd rhywun yn cael llawdriniaeth ar y galon. Felly, gallwch dorri drwy'r bandiau yma o gartilag yn hawdd iawn, eto mae dewis 'da chi pa offer i'w ddefnyddio gan ddibynnu ar oedran y person, gan ei fod yn tewhau wrth heneiddio. Gallwch dorri rhywun iau na thri deg yn hawdd, bron â chyllell boced ond gall person hŷn fod yn llawer caletach. Meddyliwch am y glust, sydd hefyd wedi'i gwneud o gartilag. Mae'n hyblyg ond yn tyff iawn, fel mae unrhyw un sydd wedi ceisio gwneud twll ynddi'n gwbod yn iawn.

'Mae'r person o'n blaenau ni dros ei chwe deg oed felly bydd angen blêd newydd arna i ar ôl torri drwy'r asennau. Wrth droi'r sternwm a'r cartilag naill ochr mae e fel agor drws, a gallwch weld sglein a lliw'r perfedd.'

Erbyn hyn roedd y dyn a fu'n bwyta'r hufen iâ wedi gosod y côn yn y twba sbwriel, heb ei orffen.

'Yn gyntaf cewch chi bethau nodweddiadol anatomegol. Gall *hiatal hernia* wasgu'r stumog yn dynn gan greu sach uwchben y diaffram, neu gallwch weld calon wedi chwyddo heb fod neb yn gwbod tan hynny, neu ysgyfaint smociwr trwm yn ddu bitsh. Ym mhob dyn bydd y testis chwith yn is na'r un dde, ond os ydi'r un dde yn is mae'n arwydd bod yr organau wedi'u trefnu wyneb i waered. *Situs inversus* yw'r enw am hyn, a bydd y galon ar yr ochr dde yn lle'r chwith, a'r afu ar y chwith i'r abdomen yn lle'r dde. Mae'n bosib trafod y corff yn nhermau gwyrth, sdim dwywaith am hynny, er 'mod i'n gorfod bod dipyn yn fwy mater o ffaith.

'Fel wedes i, mae pob awtopsi yn cynnig rhywbeth newydd, rhywbeth annisgwyl efallai... Dwi wedi dod o hyd i glust y tu mewn i'r stumog ar ôl ffeit wael. Un tro roedd dyn wedi niweidio ei hunan yn y ffordd mwyaf intimet os ga i ei ddodi fe fel 'na, ac wedi gwaedu i farwolaeth. Ma gwaedu i farwolaeth yn boenus iawn, ymhob ffordd. Ond os bydd rhywun yn sâl yn emosiynol dyw e ddim yn teimlo poen. Gall rhywun fod mewn ffeit a fydd e ddim yn teimlo poen o gwbl.

'Bob tro byddwn ni'n agor corff ry'n ni dystion tawel a phreifat – wel, os nad oes crowd o'n cwmpas ni, fel heddi wrth gwrs – a gallwn weld pob peth: y drincs ma nhw wedi'u hyfed, y plant a gariwyd yn y groth, arferion rhywiol, defnydd cyffuriau, y math o waith ma rhywun yn wneud, trais ar yr aelwyd, damweiniau yn y gwaith neu wrth sgio, ma popeth sy'n wahanol i'r norm yn cael ei nodi.'

Bellach roedd Rawson wedi codi hwyl, ac yn adrodd y ffeithiau yn bregethwrol.

'Bydd 'na ddewisiadau i'w gwneud. Ar ôl edrych ar yr organau yn eu lle, gan edrych ar y berthynas rhwng y naill a'r llall, bydd angen eu tynnu nhw mas. Ma dwy ffordd o wneud hyn, y ddwy wedi'u henwi ar ôl patholegwyr o'r Almaen. Gan ddefnyddio techneg Rokitansky bydd pob un yn dod mas ar yr un pryd, ond gyda thechneg Virchow bydd pob organ yn dod mas fesul un, a'i archwilio'n fanwl yn ei dro.'

Erbyn hyn roedd hyd yn oed Tom Tom yn dechrau boddi o dan yr holl wybodaeth a phawb yn chwysu ac er nad oedd yn orawyddus i wneud hynny trodd Rawson yr *air con* ymlaen, sy'n gallu chwythu afiechydon o gwmpas, neu hyd yn oed ddarnau bach pwysig o dystiolaeth. Edrychai'r gynulleidfa dipyn yn hapusach o gael awyr iach, yn hytrach na sawr marwolaeth.

'Gawn ni egwyl fach nawr, cyfle i chi gael paned o de allan yn y coridor, neu brynu tocyn raffl, neu hyd yn oed edrych ar y casgliad o swfenîrs sydd 'da ni yma heddi. Mae 'da ni gasgliad o ffotograffau anhygoel o awtopsis y gorffennol, a phob un yn artistig iawn, dim byd i godi cyfog nac i ypsetio neb.'

Ond dyw Tom Tom ddim yn becso dam, oherwydd mae e wedi gweld ateb, ynghanol y farwolaeth a sglein y sgalpels. Rhyw fath o ateb, o leia.

Tybia bod y Bwystfil wedi gweld y math yma o beth, hyd yn oed gwneud y math yma o beth, fel myfyriwr meddygol efallai. Mae'n gwybod beth yw techneg Virchow, heb os, oherwydd hynny cyfeiriodd ei law wrth wacáu corff Mr Davies y prifathro druan.

*

Y noson honno mae Tom Tom yn gyrru i gartref hen bobol yn ardal Cimla lle mae un o'r nyrsys wedi derbyn pum can punt ganddo am ychydig o wybodaeth ac ychydig bach o help.

Heb i neb ei weld mae'r nyrs yn ei dywys i ystafell foethus, breifat, lle mae hen fenyw yn cysgu'n braf, wedi'i chyrlio'n bêl. Mae hi wedi cael tair tabled heno yn lle un, felly mae'n cysgu cwsg y meirw.

Saif wrth erchwyn y gwely yn deialu rhif.

'McAllister. Thomas.'

'Ie?'

'Mae'ch mam yn cysgu'n braf.'

'Be ffwc?'

'Dwi yma wrth ei hymyl nawr. Room 5, Willow House.'

'Peidiwch...'

'Gallen i ddefnyddio'r union air. Weles i rai o'ch *goons* yn trial fy nilyn i adre.'

'Pa fath o gop sic sy'n bygwth neud rhywbeth i hen fenyw?'

'Wedes i ddim byd am fygwth, dim ond ei bod hi'n cysgu'n dyner o 'mlân i.'

'Peidiwch gwneud dim byd iddi.'

'Odw i'n cyffwrdd yn eich sofft spot? Beth ma hyd yn oed rhywun fel chi yn becso am ei fam?'

'Dwi'n dod lan nawr.'

'O, bydd hi'n rhy hwyr. Ma tri chwarter awr rhwng eich tŷ chi a fan hyn. Hyd yn oed â gyrru ar ras, fyddech chi byth yn cyrraedd mewn pryd... Dyma'r sgôr. Cadwch chi draw o 'nheulu i ac mi gerdda i mas o Room Five yn dawel bach, dim ond gadael bocs bach o siocledi ar ei chlustog.'

Gallai Tom Tom glywed y llosgfynydd yn rymblo yng nghrombil McAllister, hyd yn oed drwy spicyr bach y ffôn.

'Ocê. Gadwch iddi fod. *Fifteen all.* Ond bydda i'n cofio am hyn. Well i chi dyfu pâr newydd o lygaid yng nghefn eich pen. Achos ma'r pâr arall yn dod mas whap. Diolch am ffonio.'

Gosododd Tom Tom focs bach o Ferrero Rocher wrth ymyl y gwely, cyn chwythu cusan i gyfeiriad yr hen fenyw, ei gwallt gwyn fel candi fflos yn y golau.

Nawr roedd angen iddo ganolbwyntio ar faterion eraill. Dal y Bwystfil a helpu Freeman gyda'r Albaniaid. Digon i'w wneud.

Code Red

'**D**ERE. MA ANGEN i ni fynd lawr i gwrdd â'r boffins yn Uned Tri. Nawr. Sdim amser i yfed te.'

Cyfarth roedd Freeman, nid siarad.

Cododd Tom Tom yn syth, gan osod ei hoff fỳg 'Ospreys R Go' ar y ddesg gan sarnu hylif, ond doedd dim amser iddo ddelio â hynny. Dilynodd Freeman at ddrysau Unedau Un, Dau a Thri, yng nghrombil yr adeilad, lle roedd y system wresogi, y stafelloedd cadw tystiolaeth a'r celloedd holi. Gwyddai Tom Tom taw yn Uned Tri roedd y teclynnau electronig i gyd, a taw yma roedd calon ymdrechion *surveillance* y ffors.

Tapiodd Freeman y cod i fynd i mewn, gan wneud i Tom Tom feddwl nad oedd yr un lle o fewn y pencadlys nad oedd ar agor iddi, a rhyfeddu hefyd at ei gallu i gofio rhifau pob drws. Ambell waith gallai hi ymddangos mwy fel robot nag fel menyw, yn prosesu gwybodaeth yn ddiemosiwn. Ond roedd 'na ryw sensitifrwydd yn cysgodi rhywle, a briwiau hefyd. Eto, roedd hi wedi'i gusanu. Ddwywaith. Ac fe deimlai chwant amdani'n dal gafael ynddo, yn cynyddu fesul munud yn ei chwmni. Gan fod Tom Tom wedi bod yn plismona mor hir gwyddai rywbeth am ffyrdd cymhleth y ddynol ryw. Cymhleth dros ben.

Gallasai'r ystafell fod yn rhan o set ffilm *sci-fi*, gyda sgriniau cyfrifiadurol enfawr fel muriau gwydr â phob math o ffigyrau'n fflicran drostyn nhw, y pedwar dyn yn eu hastudio'n edrych fel gwyddonwyr, yn gwisgo'r un fath o sbectol siâp crwn, oedd bron yn gomig.

'Freeman, neis 'ych gweld chi. Ma popeth yn barod. Ai dyma'ch cyfaill sy'n mynd i neud y job?'

'Dwi heb esbonio'r job iddo fe 'to, Hoskins.'

'Reit. Chi am i fi neud, rhag ofon iddo gael ofon?'

'Os chi moyn. Ond dyw Thomas byth yn ofnus, ga i neud 'ny'n hollol glir.'

Teimlai Tom Tom fel James Bond wrth i Hoskins esbonio sut roedd angen gludo'r *transmitter* mewn lle dirgel o dan gar un o'r Albaniaid, ac y byddai stripiau glud yn ddigon i wneud hynny. Dyna'r darn hawdd.

'Hawdd?!' ebychodd Tom Tom wrth geisio dychmygu ei hun yn gwasgu fel mecanic o dan y car i osod y bocs bach maint blwch ffags yn ei le. Chwysai wrth feddwl am y peth.

'Nawr, ry'n ni wedi treulio amser yn dod o hyd i'r anawsterau sy'n eich wynebu ac mae 'na un ar ddeg.'

'Pam na allwch chi cael hyd i un arall ac fe allwn i wynebu'r un faint o dreialon â Hercules!'

Edrychodd Hoskins arno fel petai'n siarad iaith y Bushman. Fel gwyddonydd, gwyddai lot am wyddoniaeth ond braidd dim am y clasuron, nac yn wir am y dyniaethau. Gallech ddweud fod Hoskins yn *geek*, hyd yn oed yn *uber-geek*, yn ymddiddori gymaint mewn technoleg a theclynnau nes na fyddai ganddo amser i feddwl am bethau eraill fel bwyd a dillad. Yn wir, gwisgai'r un siwt bob dydd yn union fel y byddai Einstein yn ei wneud, fel na fyddai'n gwastraffu amser yn gorfod penderfynu beth i'w wisgo. Hefyd yn ei focs bwyd bob dydd byddai brechdanau ham, salad ac wy, ymhob tymor.

'Hercules – mab Jiwpiter i'r Rhufeiniad, mab Zeus i'r Groegiaid. Un o ffigyrau mawr chwedloniaeth. Eniwe, bu'n rhaid iddo wynebu deuddeg o dreialon,' esboniodd Tom Tom.

'Reit...' atebodd Hoskins, gan edrych fel petai araith fach Tom fel peiriant creu niwl iddo. Camodd tuag at y bwrdd gwyn cyn gofyn i'r cyfrifiadur ddangos prosiect 'Plant a Bug'. Wrth iddo siarad byddai'r sgrin yn newid delweddau wrth i'r meddalwedd adnabod geiriau arbennig.

'Dyma ble roedd Elvis Kelmetai yn gweithio ac roedd hi'n anodd iawn torri i mewn oherwydd fod y lle fel Fort Knox, dynion gyda gynnau ar y tu fas, camerâu ym mhob man, drysau dur trwm, a hyd yn oed cyn cyrraedd ei swyddfa byddai'n rhaid mynd drwy iard sgrap yn llawn cŵn peryglus. American Pit Bulls, pump ohonyn nhw. Fyddai hyd yn oed eu perchnogion ddim yn cerdded yno, ond yn gyrru drwy'r lle ac yn taflu cig i'r cŵn cynddeiriog.'

'Pam mae angen y cŵn a'r dynion arfog?'

'Oherwydd dyw'r cŵn 'ma byth yn cysgu.'

'Iawn,' meddai Freeman. 'Dwi'n credu bod y ddau ohonon ni'n gwbod bod y ffordd hon, fel y ffordd i'r groes, y Via Dolorosa, i'w hosgoi ar bob cyfrif. Beth am ei gartre?'

'Roedd hwnnw'n wahanol,' dywedodd Hoskins, 'gan ei fod e'n dibynnu ar y ffaith nad yw pobol yn gwbod ble roedd e'n byw.'

'Ar wahân i ni...'

'Ar wahân i ni. Gwybodaeth yw pŵer, dyna'r gwirionedd. Bydd Elvis yn ofalus i guddio'r ffaith ei fod e'n byw fan hyn...'

Gyda'r geiriau hynny daeth llun o'i gartref, ynghyd â diagram yn dangos lleoliad y walydd o'i gwmpas a'r drysau i mewn ac allan.

'Mae'r systemau diogelwch yn dynn, gyda camerâu ar bob drws a wal. Ond mae'n dibynnu mwy ar y ffaith y bydd yn cyrraedd 'na ar hyd llwybr gwahanol bob dydd ac nad oes neb yn cael gwbod manylion y trip, Felly, ar un olwg, mae hwn yn darged meddal. Halon ni ddrôn lan i edrych ac mae 'da ni luniau da o'r holl safle.'

'Awn ni am y cynta,' dywedodd Tom Tom gyda phendantrwydd yn ei lais.

'Er gwaetha'r cŵn?'

'Er gwaetha'r cŵn. Bydd angen bac-yp arna i, wrth gwrs, ond dim o fewn y ffors.'

Deallai'n iawn. Roedd y boffins wedi clywed am Marty, a'i anturiaethau gwallgo. Fel gweithio gyda'r Incredible Hulk ond heb y gwyrddni.

'Paid â dweud dim a fydda i ddim yn gwbod unrhyw beth. Dyw'r sgwrs yma eriod wedi digwydd. Eriod!'

'Bydd angen rhywbeth i ddenu sylw'r cŵn,' awgrymodd un o'r boffs.

'Rhywbeth fel cathod. Cŵn. Cathod. Ti'n gwbod sut ma hynny'n mynd? Beth am gymeryd ambell sachaid o gathod gyda ni, a rhyddhau'r rheini?' awgrymodd Tom Tom.

'Ti o ddifri?'

'Dwi'n hollol o ddifri. Neu gallwn fynd am y gwenwyn. Lladd y ffycyrs gyda chig llawn *strychnine* cyn ein bod ni'n mynd dros y ffens. Ond ma angen i ni fynd mewn a mas heb i unrhyw un wbod ein bod ni 'di bod yno.'

'Ocê, y cathod amdani. Gallwn ni eu dychryn oddi yno unwaith ry'n ni wedi dodi'r bocs bach yn ei le.'

'A ble wyt ti'n mynd i gael gafael ar y cathod 'ma?'

'Mae cefnder i fy ffrind, Marty, yn gweithio yn pownd y cyngor. Galla i rentu llond fan o gathod wrtho fe heb ddim problem.'

'Ti'n nabod pawb, on'd wyt ti? Gyda llaw, welaist ti'r newyddion heno? Mae pobol yn dechrau anesmwytho ynglŷn â'r Bwystfil, yn dweud bod y cops yn crap. O'n i'n meddwl mai dy achos di oedd hwnnw.'

'Popeth yn ei iawn bryd, Marty.'

'Ti'n rhy cŵl ambell waith, yn rhoi'r Albanians cyn y *serial killer*. Am restr siopa!'

'Dwi i fod i ganolbwyntio ar y Bwystfil, ond mae angen help ar Freeman 'fyd. Bydd y Bwystfil yn slipo lan cyn hir, creda di fi.'

'Ond mae'n bosib bydd rhywun arall yn marw.'

'Dyna'r tristwch, Mart, dyna'r tristwch.'

*

Pan gwrddodd Tom Tom â Marty y noson honno roedd y bocs dan ei gesail yn edrych yn rhy fach ar gyfer cathod bach heb sôn am gathod mawr.

'Dim cathod?'

'Dim angen. Ma gen i'r lyflis bach 'ma...'

Agorodd y ces i arddangos cyfres o gapsiwlau arian.

'Wel, d'yn nhw ddim yn edrych fel cathod, ma hynny'n wir. Beth 'yn nhw?'

'*Stun grenades*.'

'*Stun grenades*. Ble ddiawl gest ti'r rheina?'

'Lidl.'

'Na, o ddifri, ble gest ti nhw?'

'Ti ddim isie gwbod. Ond ma nhw'n dod 'da garantî.'

'A beth yw hwnnw?'

'Bod pob ffycin ci'n mynd i fod ar ei gefen, unwaith ma'r rhain yn mynd off.'

'Ar eu cefne'n farw, neu'n anymwybodol?'

'Dwi ddim yn siŵr. Collodd rhywun dudalen y cyfarwyddiade.'

'D'yn ni ddim isie lladd yr anifeilied. D'yn ni ddim am iddyn nhw wbod 'yn bod ni 'di bod ar gyfyl y lle.'

'Wel, ma dewis 'da ti. Naill ai ein bod ni'n mynd mas nawr

â whech tun o Whiskas a *noose* i ddal cathod gwyllt, neu ddefnyddio'r *grenades*, neu'n meddwl am Plan C.'

'Ond beth sy'n mynd i ddigwydd i'r gards tra bod hyn yn digwydd. D'yn nhw ddim yn mynd i aros 'na fel dolie clwt, odyn nhw? Ma nhw'n ddynion arfog, bois sy'n gweithio'n galed yn treinio i fwrw'r targed yn ei ganol, bois sy'n mwynhau ca'l unrhyw gyfle i danio'u dryllie. Bydd y saethu'n dechre'n syth, creda di fi.'

'Paid becso.'

Famous last words.

*

Trefnwyd popeth yn weddol sydyn ar ôl hynny, gan taw dim ond Tom Tom a Marty fyddai'n gwneud y jobyn.

Byddai rhywun mwy rhesymegol na Marty yn paratoi cyn mynd i ganol ffau'r llewod, drwy ddysgu ychydig bach am lewod er enghraifft, ond yn hytrach na gwneud unrhyw beth synhwyrol o'r fath aeth Marty allan i yfed Beamish a chwarae darts. Bob hyn a hyn gwelodd fod Tom Tom yn ceisio'i ffonio, ond anwybyddodd y saith galwad er mwyn canolbwyntio ar y slotian. Am chwarter i un ar ddeg trodd y ffôn ymlaen a chlywed llais Tom Tom yn gofyn yn glir, heb arlliw o fflwstwr, a oedd e'n barod, ond hefyd yn gofyn a oedd e'n iawn i yrru, gan nad oedd Tom Tom yn siŵr a ddyle fe gael car HQ ar gyfer y noson.

'Dwi wedi cael pump peint, felly dwi'n iawn i yrru, er ddim falle yn llyged yr heddlu.'

'Ocê, ga i gar heb ei farcio allan o'r pownd. Paid yfed mwy. Ma'r Albis yn fois ffyrnig ac os gwelan nhw unrhyw gyfle am waed byddan nhw'n manteisio. Bydd isie watsio mas am y cŵn, 'na'r peth pwysig.'

'Os gallwn ni eu hosgoi nhw byddai hynny'n beth da.

Rhwng fy ffobia cŵn a *reputation* yr Albis mae'r holl beth yn swnio fel dringo'r Matterhorn... mewn fflip fflops a thong.'

Archebodd Marty un peint arall a saith pecyn o Beef Jerky. Cyfaddefai nad oedd yfed yn syniad da, ond gwyddai hefyd ei fod wedi dechrau cael ambell fflach o nerfusrwydd ynglŷn â gwneud jobs, rhywbeth i'w wneud â'i oedran, ei fod yn arafu ac nad oedd mor gryf ag y bu. Rhoddai gwendidau dyn mewn perygl ac yn sicr byddai unrhyw wendid wrth geisio trapio'r Albaniaid yn annoeth ar y naw.

Cymerodd swig olaf o'i beint pan welodd y car yn tynnu lan tu fas. Roedd ceir y cops mor amlwg oherwydd bod rhywun wedi'u pimpio i edrych, wel, fel ceir wedi'u pimpio, ond doedd yr olwynion crôm na'r pethau plastig yn hongian yn y ffenest ddim yn ei dwyllo.

'Ocê, Sunbeam?' meddai Tom Tom wrth ei gyfaill.

'Wastad yn lyfli mynd am sbin ganol nos i grombil y tywyllwch. I fwydo cwn Annwn gyda'n cyrff ni'n hunain.'

'Blydi hel, Mart, ti 'di bod yn darllen neu rywbeth?'

'Y wejen. Mae'n lico'r stwff Celtaidd 'ma, a *handcuffs*,' atebodd Marty, gydag awgrym y byddai'n gwerthfarwogi benthyg pâr ar ôl gorffen y job.

'Dwi'n siŵr fod hyn yn amser da achos fydd y gwylwyr ddim yn aros ar ddi-hun drwy'r nos. Ma nhw bownd o fod yn chwarae cards ac yn yfed oherwydd do's dim rheswm iddyn nhw fecso. Eu job nhw yw gwarchod Elvis ac ma Elvis yn ei wely. Neu, beth sy'n fwy tebygol, nad oes neb yn gwarchod yn y nos.'

Bu'n rhaid gadael y car y tu ôl i res o unedau diwydiannol cyn cerdded draw am le Elvis. Doedd 'na'r un golau i'w weld ac roedd swyddfa'r bois diogelwch yn ddu fel y fagddu. Ond roedd y cŵn ar ddi-hun, a byddai angen i'r ddau ddod o hyd i le uwchben yr iard, nid yn unig i daflu'r grenadau ond wedyn eu dilyn i mewn i'r iard, a gwneud yn siŵr fod ganddyn nhw ffordd o ddianc ar ôl gosod y teclyn yn saff yn ei le. Byddai'n eironig petai'r ddau'n cael eu trapio ynghanol y cŵn a nhwythe wedi dihuno.

Roedd y cŵn yn udo ac yn cyfarth fel cŵn uffern, a Tom Tom yn ceisio anghofio'r ffaith taw'r unig beth yn y bydysawd roedd ar Marty eu hofn oedd cŵn. Teimlai'n greulon ei fod e wedi llusgo'i ffrind i mewn i'r fath sefyllfa ond ni fyddai'n gallu gwneud y jobyn yma heb help rhywun fel Marty. Marty yw'r SAS a'r Navy Seals mewn un. Ac roedd wrthi'n llusgo ysgol ar draws darn o dir wast fel petai'n gwneud dim byd mwy sinistr na mynd i olchi ffenestri... ganol nos.

'Ocê, lan â ni.'

Roedd y grenadau yn llaw Marty. Doedd dim angen iddo anelu'n gywir, dim ond eu saethu nhw i mewn i'r iard a gadael i'r mwg cemegol wneud ei waith. Tynnodd y triger deirgwaith ac roedd tri grenâd yn hisian eu ffordd drwy'r awyr ac yn bwrw'r tarmac gyda phlinc cyn drybowndio fan hyn a fan draw. Roedd un o'r cŵn hanner ffordd drwy gyfarthiad cyn cwympo'n sach o ffwr i'r llawr a chafodd ei gyfeillion eu taro'n fud, a bellach yn gorwedd ar eu cefnau, eu dannedd pwerus yn rhyw wenu dan effaith y tawelyddion cryfion.

Cyfrifodd Marty a Tom Tom i ddeg cyn neidio dros y wal. Agorodd un ci Rottweiler, a hwnnw'n pwyso cymaint â wreslar Sumo, ei lygaid am hanner eiliad cyn diflannu 'nôl i ogof ddofn ei freuddwydion ciaidd. Glaniodd Tom Tom yn lletchwith a saethodd poen lan ei goes chwith wrth iddo droi'n sydyn ar ei bigwrn. Eto, gallai hercian ymlaen, tuag at y garej lle roedd y car wedi'i gloi'n ddiogel... nes bod Marty yn arddangos ei sgiliau digamsyniol wrth agor y clo, drwy ddefnyddio blaen pin hetiau. Gwthio hanner milimetr y ffordd yma, yna newid cyfeiriad a rhoi tro i'r cog bach. I mewn â nhw.

Daeth golau cryf y Maglite yn ddefnyddiol wrth chwilio am le i osod y teclyn, ond gwnaeth Tom Tom ei orau i sicrhau nad oedd yn taflu stribedi o olau rhag ofn bod camera yn ffilmio, neu bod rhyw system larwm wedi'i guddio yno.

Diflannodd Marty o dan y car ac mewn llai na munud sicrhaodd y teclyn yn saff yn ei guddfan. Wrth i'r ddau chwilio drwy'r compownd am gasys y grenadau roedd un o'r cŵn yn dechrau dihuno. Cododd Marty fys bawd i ddangos ei fod e wedi dod o hyd i bob cesyn a'i bod hi'n amser baglu oddi yno. Erbyn i'r gatiau agor yn y bore byddai'r cŵn yn cynddeiriogi fel arfer a neb yn gwybod i Tom Tom a Marty fod ar gyfyl y lle.

*

Yng ngholofn olygyddol y *Western Mail* maen nhw'n gofyn i'r Prif Gwnstabl ymddiswyddo dros achos y Bwystfil. Mae ofn wedi lledaenu fel niwl dros y tir, a'r heddlu yn amlwg ddim yn medru gweld ffordd i ddal y dyn. Nid yw'n helpu ei fod yn eu gwawdio drwy ddanfon bys bob dydd mewn parsel i swyddfa'r papur. Bysedd menyw, gyda modrwyon yn eu lle.

Wrth ddarllen yr ysgrif mae Tomkins yn dechrau chwysu. Efallai bydd y locustiaid yn dod nesaf. A'r pla o frogaod. Yn achos y Bwystfil mae dau gant o blismyn yn mynd o ddrws i ddrws a'r rheini'n ddrysau maen nhw wedi curo unwaith o'r blaen, heb sôn am dimau'n mynd trwy dystiolaeth camerâu o bob math, a thimau'n dilyn y cliwiau deintyddol er mwyn rhoi cyfle i Thomas a Freeman ddelio â'r Albaniaid. Bellach mae'r gost o blismona hyn oll yn gyfwerth â holl gyllideb y ffors am hanner blwyddyn a hynny'n codi fesul awr. Efallai dylsai feddwl am ymddeol cyn hir. Dyw straen fel hyn yn dda i neb. Nid job yw hyn ddim mwy. Hwn yw ei fywyd a dyw hynny ddim yn iawn.

Gwaed ar y llethrau

ROEDD ELVIS YN hela, ar saffari, wedi gadael Maesteg ac yn teithio i gyfeiriad Nantyffyllon ac ymlaen i Gaerau, cyn troi oddi ar y ffordd fawr i ganol coedwig bin sy'n codi'n fur rhyngddynt â'r tir agored yr ochr draw. Wnâi injan y Range Rover ddim grwgnach o gwbl wrth ddringo'r bryniau serth, y graean yn tasgu'n wyllt wrth i Kemit gyflymu ble dylai fod yn arafu, ond roedd y crwt yn mwynhau bod yn yrrwr i ddyn mor bwerus, oedd newydd roi codiad cyflog hael iddo. Sylweddolodd y gallai fod yn ddyn cyfoethog yn ôl yn Sauk petai am ddychwelyd yno, oedd yn llai tebygol bellach wedi iddo gwrdd â Susie Sue a wnaeth ddwyn ei galon a'i gosod mewn cawell i'w chadw'n saff. Gweithiai Susie Sue yn y Bamboo Garden yn Resolfen lle byddai'n rhoi ambell beth bach ychwanegol yn ei fag tecawê bob tro. Ond ofnai ddod â hi i fewn i'w fyd gwallgof.

*

O dan y car, mewn man tywyll uwchben yr echel, roedd y teclyn bach yn dangos union leoliad y car ond hefyd gallent glustfeinio ar eu sgwrs, er na fyddai'n glir iawn oherwydd lefel sŵn y teiars yn sgrialu a throi. Yn rhwystredig iawn, dim ond ambell air o'r sgwrs rhwng Elvis a Kemit gallai Freeman a Thomas ei glywed. 'Gyrru. Hedfan.'

'Kemit, ti'n gyrru fel taset ti eisiau hedfan i ddiwedd y daith.'

Ond er bod y geiriau'n mynd ar goll gallai Freeman a Thomas gyfeirio'r tîm gwylio i fan lle gallent gadw llygad ar y ddau yn eu cerbyd newydd sbon.

Doedd hyn ddim yn broses hawdd, ond serennai Freeman. Byddai'n dda yn gweithio i Air Traffic Control. Roedd angen darogan i ble byddai'r ddau'n mynd ac wrth edrych ar y map penderfynu ar y lle gorau i weld beth fyddai'n digwydd yno. Darogan dau beth ar yr un pryd. Llwyddai Freeman i ddilyn taith y smotyn gwyrdd ar y sgrin a dilyn heolydd yr uchelfannau â'i bys ar fap, gan asesu cyflymder y cerbyd, yn troi naill ai i'r dde neu i'r chwith, a hefyd dyfalu pam ddiawl eu bod nhw'n cymryd yr hewlydd yma yn y lle cyntaf.

'Ma nhw ar fin gadael y brif hewl... Be sy'n dod nesa?'

Ceisiodd Freeman gael ffics perffaith ar y lleoliad ond hefyd ar y man gorau i arsyllu dros y lleoliad hwnnw.

*

'Rhy glou, bòs?'

'Paid â phoeni. Ro'n i'n gyrru'n wyllt 'fyd pan o'n i yn dy oedran di. Ro'dd gen i'r moto-beic cynta yn y pentre a gallwn fynd o Vaqarr i Peze Helmes mewn pum munud fflat.'

Roedd Kemit ar ben ei ddigon y tu ôl i lyw'r car drud, pwerus. Cofiai'r olwg ar wyneb y gwerthwr pan ofynnodd Elvis a oedden nhw'n derbyn arian parod a'r ffws rhyfedda wedyn wrth i ddyn arall orfod roi pob un o'r papurau ugain punt drwy'r peiriant adnabod arian ffug. Pan ofynnodd Kemit pam na fyddai Elvis wedi talu â phapurau pum deg punt atebodd yn swrth nad oedden nhw i gyd wedi sychu. Ond yn y diwedd cymerodd y dyn y tri llond bag o arian papur a'u gosod yn y sêff, wrth i Kemit ac Elvis geisio cofio rhif y cod wasgodd y dyn. Doedd gan y gwerthwr ceir ddim syniad fod yr arian yn drewi o droseddau, drygs a phuteindra.

O'r diwedd daethon nhw i stop ar rimyn o dir caregog uwchben Fferm Penrhiwtyn, lle roedd y gwynt yn fain hyd yn oed ar ddiwrnod heulog fel heddiw. Gwisgai Elvis bâr o fŵts milwrol trwm am ei draed a siaced *camouflage* oedd yn rhy fach iddo. Roedd y fferm yn shambls, a'r tŷ di-raen wedi'i amgylchynu gan goed wedi'u blastio gan wyntoedd cryfion nes eu bod yn bonsai cryd cymalog, coed criafol wedi'u twistio fel darnau o elastig yn siapiau annaturiol.

'Reit,' medd Elvis yn ei Albaneg mwyaf awdurdodol. 'Mae angen i ni gael yr offer o'r bŵt.'

Pranciodd Kemit rownd y cefn ac agor y drws lle'r oedd dau Kalashnikov newydd yn sgleinio mewn rac teithio wedi'i addasu'n bwrpasol.

'Drycha,' meddai Elvis, gan wasgu botwm bach du a wnâi i'r gynnau ddiflannu o'r golwg o dan deiar sbâr. 'Nid bod angen y math yma o ddyfeisgarwch pan ti'n delio 'da Heddlu De Cymru. Ry'n ni wedi delio 'da phob un o un deg naw o asiantaethau gwybodaeth America, ac wedi llwyddo i wrthsefyll pob ymgyrch yn ein herbyn. Os cadwn ni bopeth o fewn y teulu byddwn yn parhau'n gryf. Gwaed am waed yn achos dy frawd, mwy o waed am waed yn achos dy elyn.'

Deuai'r Albaniaid o ddiwylliant saethu a defnydd y gwn mor gyffredin yn y pentrefi mynyddig ag roedd ffon fugail, a chlywid sŵn bwledi'n diasbedain ar wahanol achlysuron. Ond er ei fod wedi cario dryll o'r blaen roedd pwysau'r Kalashnikov bron yn drech na'r dyn ifanc, a rhaid oedd iddo gerdded yn gyflym gydag Elvis, gwaith anodd gan fod yr haul yn grasboeth, a hithau ond yn ddeg o'r gloch y bore.

'Bydd angen i ni fynd ymhellach. Ry'n ni'n rhy agos i'r tŷ.'

Tan nawr credai fod Elvis yn teithio ar lwybrau estron, ond roedd rhywbeth ynglŷn â'r ffordd roedd yn meddiannu'r tirlun, yn prowlan ar hyd erchwyn y cwar uchel a hwnnw'n disgyn oddi tano. Roedd fel petai'r lle yn ei fap personol ac y gallai gerdded o gwmpas gyda mwgwd dros ei lygaid, neu yn y nos heb leuad.

*

Erbyn hyn roedd rhai o'r heddlu wedi cyrraedd y lle perffaith i arsyllu ar Kemit ac Elvis o bellter diogel. Roedd y lein rhwng Freeman ac Uned Tri yn hynod o glir, fel petaen nhw yn yr ystafell drws nesa, un o fanteision yr oes ddigidol.

'Ry'n ni'n eu gweld nhw'n glir ac mae'r ddau'n cario Kalashnikovs.'

Dyw Uned Tri ddim fel arfer yn cario arfau am eu bod nhw wastad yn ddigon pell i ffwrdd ac yn ymladd eu brwydrau drwy ddefnyddio camerâu cudd, meicroffonau Sennheiser a sgiliau recordio geiriau. Un tro bu'n rhaid iddyn nhw gael rhywun oedd yn gallu darllen gwefusau er mwyn deall beth roedd gangster o'r enw Chucky Master yn ei ddweud wrth siarad â'i hunan mewn drych. Ateb i bopeth.

'Gallech chi eu rhoi nhw ar dudalen flaen y *Times*. Popeth yn siarp yn y lluniau: ry'n ni'n sortio'r sain mas ar y foment. Maen nhw'n eitha pell ond mae'n gwd sbot weden i, a dyw'r ddau glown 'na ddim wedi dod i'r mynydd i hela cnau!'

*

Ysgyrnygodd Kemit ei ddannedd a thynnu'r peiriant lladd yn uwch ar ei ysgwyddau. Ymlaen â nhw, y dyn ifanc yn chwysu fel mochyn wrth i'r haul godi uwch ei ben. Doedd yntau ddim yn deall beth yn union roedden nhw'n eu hela. Ym mynyddoedd Albania byddai bleiddiaid ac eirth a chawodydd o geirw'n tasgu lawr y llethrau o flaen bŵts trwm a stŵr yr helwyr yn gweiddi ar ei gilydd. Ond wrth weld Elvis yn cyfri'r defaid a sylwi ar y marciau adnabod coch a phorffor deallodd yn union beth fyddai'r targedau. Agorodd Elvis ei ddwylo, unwaith, ddwywaith, dair. Tri deg o ddefaid. Kebab Central.

Nid hela oedd hyn i Elvis, ond ffordd o ddiwallu'r angen am waed a ruthrai drwy ei wythiennau... hen, hen ysfa, oedd wedi dyfnhau dros y blynyddoedd oherwydd y diwylliant o ddial, a defnyddio gynnau ar bob achlysur posib, o angladdau, priodasau, i fedyddio plant.

Ond cyn dechrau tanio at yr anifeiliaid eisteddodd Elvis ar fryncyn o fwsog sych a chynnig sigarét i Kemit. Gwrthododd. Doedd y bachgen erioed wedi ysmygu achos roedd cancr yr ysgyfaint wedi troi ei dad-cu o fod yn ddyn cig a gwaed yn sgerbwd cyn ei bryd. Taniodd Elvis y ffag a chymryd un anadl ddofn, i dynnu'r nicotin i afonig chwim ei waed.

'Dwi'n cofio 'Nhad yn fy nhywys i ben y mynydd pan o'n i tua dy oedran di a chyn i ni fynd yn ein blaene i hela, byddai wastad yn cael smôc hir, yn synfyfyrio, er mwyn gwacáu ei feddwl.'

Arhosodd yn ddigon hir i geisio creu awyrgylch tebyg cyn neidio o'i gwrcwd ar ei draed.

'Ocê. *Show time.*'

*

Llwyddodd Freeman i roi cyfeiriadau da a chlir i Uned Dau, felly gadawson nhw'r car ar drac yn y goedwig a symud yn gyflym i gopa llecyn o dir a roddai golygfa 360 gradd iddyn nhw. Daethant â'r camera a'r lensys mwya pwerus allan o'r bagiau cynfas a'u gosod ar dreipodau twt, yr holl broses yn cymeryd llai na thri deg eiliad.

'Popeth yn recordio. Tsiec. Y ddau ddyn yn glir yn y ffrâm.

Canolbwyntio ar y ddau gangster o Albania ar ben mynydd gyda Kalashnikovs. Nid bugeilio maen nhw, ma hynny'n siŵr.'

*

Tynnodd Elvis bâr o *silencers* allan o'i boced a'u ffitio ar yr AK-47 fel y byddai asasin proffesiynol yn ei wneud. Yna, camodd ymlaen, codi stoc y gwn i'w ysgwydd a dechrau tanio, bron heb anelu o gwbl gan ei fod yn dibynnu ar y ffaith ei fod yn defnyddio rowndiau awtomatig, a'r tri deg bwled yn saethu allan ar garlam.

Rhedai'r praidd tua'r wal gerrig ar y ddôl, i ffoi rhag y ddau ddyn. Dechreuodd Elvis ganu, hen gân y mynydd, tra crynai Kemit o ganlyniad i effaith cic y gwn ar ei ysgwydd ac yntau'n rhy swil i esbonio i Elvis nad oedd wedi saethu gwn o unrhyw fath o'r blaen, heb sôn am AK-47, er iddo weld digon o bobol yn eu trin.

Swagrodd Elvis yn bwrpasol ar hyd y cae wrth iddo dorri gyddfau'r anifeiliaid a orweddai ar lawr, gan gadw llygad ar y dyrnaid o anifeiliaid a lwyddodd i osgoi'r gawod o fetel marwol. Ond roedd hyn yn rhy hawdd, a doedd e ddim wedi diwallu'r angen cyntefig ynddo am waed. Yna ymddangosodd yr hen ffermwr o gyfeiriad y clos, a chanddo ddryll dan ei gesail. Gwaeddodd ar y ddau ond ni chafodd air o ateb, dim ond chwistrelliad o fwledi a'i fwrodd yn gelain i'r llawr.

*

'Yr Albanian Tapes. Ma 'da ni un o'r gangsters mwya ar gamera yn lladd dyn. A phraidd o ddefaid mynydd.'

'Ac yn ceisio cael gwared ar y dystiolaeth. Ti'n dal i recordio, jyst rhag ofn?'

Yn eu cuddle, ar fanc o dir llawn grug uwchben ceunant dwfn llwyddodd Uned Dau i ffilmio'r holl beth.

'Bingo!' meddai Hoskins, gan newid y lens yn gyflym i sicrhau fod ganddynt dystiolaeth ddigamsyniol na allai neb ei wadu na'i gwestiynu mewn llys barn.

'Gallwn ni hoelio'r ffycyrs nawr,' meddai Nurse, arweinydd Tim Dau. 'A gwneud rhywbeth na allai'r CIA, FBI, Interpol na'r Pab wneud gyda'i gilydd. Blydi hel, Hoskins, ry'n ni'n mynd i fod fel y boi Woolworths na wnaeth lwyddo i ddal Nixon yn Watergate.'

'Woodward 'chan, nid Woolworth. Bob Woodward o'r *Washington Post* a lwyddodd i ffindo'r Deep Throat.'

*

'Dere,' dywedodd Elvis, 'rho help llaw i fi lusgo'r ffycyr 'ma i'w fedd agored.'

'Ond bydd rhywun yn siŵr o'i weld e fan'na.'

'Sneb byth yn dod lan fan hyn, paid becso.'

Dyma dir anghysbell, heb lwybrau cyhoeddus na neb i aflonyddu ar y tawelwch. Neb, ar wahân i'r ci ffyddlon ddaeth i drybowndio tuag at gorff ei feistr. Carlamodd calon Kemit, wrth ddisgwyl ffrwydrad arall o wn Elvis, ond edrychodd ar y ci a dweud,

'Dyw anifail ddim yn gallu siarad, felly prin ei fod e'n mynd i ddenu sylw at y corff. A ta p'un, mi fyddwn ni wedi'i hen faglu hi o 'ma. Nawr 'te, cymra di'r straen... coes yr un, a braich yr un...'

Llusgwyd yr hen ddyn at rimyn o garreg a rhyddhaodd Elvis y corff a gadael iddo gwympo'n galed am ddau gan troedfedd a mwy, cyn clywed diasbedain yr esgyrn yn chwalu, a sŵn fel bag plastig yn rhwygo.

Cododd y brain gyda'i gilydd i archwilio gwaelod y cwar.

*

Byddai'r cops wedi rhwydo'r ddau yn syth bin oni bai am un peth. Clustfeiniodd yr unedau ar sgwrs y ddau a chlywed bod llong yn dod i fewn i Lansawel, gan gludo cargo gwerth miliynau. Doedd dim angen bod yn ddewin i wybod beth fyddai'r cargo hwnnw. Felly, gyda sêl bendith y *top brass* dyma nhw'n gadael i'r ddau fynd yn rhydd. Am y tro.

*

'Mae 'da ni job i neud,' meddai Freeman mewn llais sigledig braidd ac roedd yr is dôn o gryndod yn synnu Tom Tom a ddaeth yn gyfarwydd ag awdurdod ei bartner. Cyffesai iddo fod yn hollol, hollol anghywir ynglŷn â hi, a bod yn rhaid derbyn ei fod yn siofenistaidd ond gan wybod hefyd bod llewpart yn gallu newid ei smotiau. Yn wir gallai ddadlau ei fod yn colli'i smotiau'n gyfan gwbl wrth iddo dreulio fwyfwy o amser yn ei chwmni.

Ac yn ei thro edrychodd Freeman ar Tom Tom. Gwelai ddyn wedi'i falurio gan drais, wedi gweld gormod o dystiolaeth y gallai pobol fod yn ddidostur o greulon dro ar ôl tro. Yn hynny o beth roedd e fel ei diweddar ŵr a wnaeth farw yn fyw ar y we, fel pornograffi ar gyfer milwyr ISIS. Ar ôl erchylltra ei farwolaeth – ei ben wedi ei eillio, y dynion mewn mygydau yn ei amgylchynu, y cleddyf, y gwaed yn tasgu – addawodd Emma na fyddai'n cael perthynas arall fyth eto.

Ond doedd y dyn yma, y cop yma, y cyn-alcoholig a safai o'i blaen ddim yn gofyn am ddim byd ganddi, ar wahân i'w harbenigedd, oedd yn gwneud iddi fod eisiau rhoi. Rhoi o'i chalon nid o'i phrofiad. Dychmygai'r ddau ohonyn nhw'n dihuno yng nghynhesrwydd ei gilydd, a rhythmau domestig eu boreau i'w clywed cyn sicred ag adar y to'n trydar yn y gwteri tu fas. Clinc y cwpanau. Hisian tegell. Yr haul yn dod drwy'r llenni. Y coffi'n arogli'n siarp.

Bu'n rhaid iddi ddinistrio'r delweddau hynny, y ffantasïau twp. Cyd-weithwyr oedden nhw. Ocê, roedden nhw wedi cusanu fwy nag unwaith. Ond ffwlbri oedd hynny. Canolbwyntio ar y gwaith oedd yn bwysig. Y gwaith oedd yn pentyrru. Cargo ar y ffordd. Bwystfil yn rhydd.

Ond, edrychodd drachefn ar y dyn o'i blaen, wrth iddo gysgodi sigarét rhag y gwynt er mwyn ei danio.

Gallai Emma foddi yn y llygaid 'na. Llygaid oedd fel llynnoedd.

Problemau
yn y gwaith

Taranai'r swn wrth i Sarjant Carter redeg nerth ei goesau a'i ysgyfaint i'r man ymgynnull – cerrig yn bwrw'r to a'r walydd, ffenestri'n darnio ac arogl llosgi'n dod o rywle. Edrychodd ar ei ffôn a synnu gweld nad oedd hwnnw'n gweithio. Yn yr oes hon roedd bod heb ffôn yn meddwl nad oedd hi'n bosib gwneud bron dim byd. Gallai weld pobol eraill yn cerdded neu'n rhedeg gan syllu bob hyn a hyn ar eu ffonau nhwythau. Wedi drysu. Yn llwyr. Roedd e newydd fynd â chinio i lawr at Daniels ar ôl iddo gael ei gloi drachefn ar ôl y cyfweliad, gan ffrwyno'i hunan rhag poeri yn y cawl. Digwyddai hyn gyda phob un oedd wedi niweidio plentyn. Casineb y cops yn bygwth brigo.

Rhedodd Carter draw i'r cyntedd lle roedd ugeiniau o gops wedi ymgasglu yn ddryslyd ac yn ddigyfeiriad, gan greu dryswch tebyg i gwch gwenyn ar dân a'r frenhines mewn peryg. Anodd credu'r sefyllfa, yn enwedig oherwydd yr olygfa y tu allan i'r pencadlys, wrth i gannoedd o bobol lwyddo i fynd heibio'r dynion diogelwch wrth yr iet, a'i chwalu hi'n ufflon gan lenwi'r maes parcio. Taflai nifer gerrig, tra bod gan eraill boteli coctel Molotov i'w cynnau cyn eu taflu.

Roedd hi'n bandemoniwm gwyllt, wrth i geir fynd ar dân, ond ni allai neb adael drwy'r prif ddrws oherwydd y dyrfa yno. Mil arall wedi cyrraedd yn barod, y dorf yn chwyddo. Fflachiodd delwedd i feddwl Carter – pentrefwyr gyda llusernau a phicffyrch yn martsio ar gastell y dyn drwg yn barod i'w losgi i'r llawr, Dracula neu rywun. Ond HQ?

'Pam ma nhw 'ma?' gwaeddodd ar un o'r Arolygwyr a geisiai benderfynu sut i hala dynion mas, ond doedd y camerâu ddim yn gweithio.

'Ddim yn gweithio?'

'Ma rhywun wedi hacio'r system.'

'Felly, nid protest wedi'i threfnu ar amrant yw hon,' awgrymodd.

'Nage, mae pob system gyfathrebu wedi ffaelu.'

'Pa ganrif y'n ni byw ynddi?' cyfarthodd yr Arolygydd cyn rhuthro ar draws y cyntedd i gyfarch y Prif Gwnstabl oedd yn wynebu'r dorf y tu allan y tu ôl i wydr trwchus y drws blaen. Safai yno ar ei ben ei hun gyda megaffon yn ei law, cyn i griw o gops ddod ato'n reddfol i ddiogelu ei fywyd. Cododd y Prif y teclyn i'w wefusau a chyfarth gorchymyn ar bawb i adael y pencadlys yn syth bin, gan eirio'r Riot Act yn glir. Ond prin y gallai unrhyw un glywed geiriau'r Prif uwch y sŵn.

Felly, roedd yn rhaid troi at Plan B. Nid bod ganddo Plan B ond man a man gwneud rhywbeth arall a'i alw fe'n Plan B. Pwyntiodd at griw o ddynion a safai ar ochr dde'r cyntedd.

'Reit, dwi isie i chi fynd ar ôl y dyn yn yr hwdi coch – chi'n ei weld e? Fe sy'n arwain pethau, o'r hyn galla i weld. Dwi isie i chi arestio dau neu dri o'i gwmpas e'n syth. Y tric yw adnabod yr arweinwyr a'u gwahanu oddi wrth y lleill. Gall y sgwod nesa fynd a gwasgaru'r crowd o gwmpas y tri. Hetiau caled pawb, siacedi terfysg hefyd. Mae angen gosod trefn ar, wel, ein pencadlys.'

Ond gweithiai'r dorf fel un, fel haid o ddrudwns, ac wrth i'r cops symud drwy'r drws ar ochr chwith y cyntedd dyma nhw'n ymgasglu i wthio yn eu herbyn. Wrth i hynny ddigwydd roedd ffiwsilâd o friciau yn bwrw'r ffenestri ar yr ochr arall, a'u chwalu'n deilchion, a chyn i'r cops allu symud ffrwydrodd hanner dwsin o Molotovs ar y llawr. Aeth tri plismon ar dân, wrth i'w cyfeillion chwilio'n wyllt am ddiffoddwyr. Roedd y lle fel bedlam, ac roedd anarchiaeth y sefyllfa'n drech nag unrhyw ddisgyblaeth.

Roedd y Prif yn dechrau chwyddo mewn awdurdod, yn bwydo ar y tensiwn. Ond roedd bod heb signal ffôn a dynion yn cael eu rholio ar lawr i ddiffodd y fflamau yn ei ryfeddu.

Heb seremoni dyma'r drws ar y chwith yn agor a'r dyn yn yr hwdi coch yn cerdded i mewn. Llychlynnwr o ddyn, ei wallt yn hir ac yn llaes.

'Ry'n ni isie'r bastad laddodd y crwt!'

Camodd y Prif tuag ato â'i gerddediad yn debyg i Gary Cooper yn y ffilm *High Noon* yn cerdded mas i wynebu'r *gunslingers*. Roedd gan ei swyddogion barch tuag ato, a chododd eu hedmygedd wrth iddo wynebu arweinydd y dorf filain a hwythau'n bygwth rhuthro ato fel *wildebeest* yn torri pridd y Serengeti'n ddwst mân.

'Allwn ni ddim neud 'na, syr. Mae gennym gyfrifoldeb i warchod hawliau pawb. Ond mae gennym hefyd gyfrifoldeb i ddelio 'da'r rhai sy'n torri'r gyfraith. Felly, os na fyddwch yn gwasgaru mewn munud, union chwe deg eiliad, bydd yn rhaid i fi'ch arestio chi i gyd. Pob un wan jac.'

'A sut chi'n mynd i neud hynny?' gwawdiodd yr hwdi coch.

Cyn i'r Prif ateb camodd Sarjant Carter ymlaen, gan bwyntio gwn yn syth tuag at frest y dyn. Roedd e wedi eistedd wrth y ddesg flaen am flynyddoedd, yn breuddwydio am y diwrnod pan gâi'r cyfle i wneud rhywbeth cyffrous fel hyn.

'Rhowch eich arfau i lawr, nawr!' dywedodd Carter, yn feistr ar y sefyllfa.

'Ond sgen i ddim arfau...'

'Mae mob yn lluchio bomiau petrol, boi'n cario *machete*, a'r boi nesa ato yn cario rhywbeth fel cleddyf o'r canol oesoedd. Odych chi'n siarad drostyn nhw? Os felly, chi'n arwain criw arfog...'

Trodd y Prif i edrych ar Carter.

'Mi reola i hyn, Carter.'

Ond wrth iddo droi dyma'r dyn yn brasgamu ato a Carter yn ymateb drwy saethu dau dwll anferth yn y llawr reit o flaen ei Doc Martens.

'Ffyc mi, y cop twatlyd! Gallech chi fod wedi saethu 'nhraed i bant.'

'Dwi'n dal i ystyried yr opsiwn!'

'Be? Saethu o flaen llond y ffycin lle o gops? Pa mor ffycin stiwpid ma'n rhaid i rywun fod i weithio fan hyn?'

Chwarddodd â llond ysgyfaint o wawd yn ei lais. Cynyddodd y tensiwn, gyda'r dorf y tu allan wedi dechrau udo enw Daniels yn uwch ac yn uwch. Dyma sut y byddai'r Ku Klux Klan yn ymgynnull y tu allan i swyddfa'r Sheriff rhywle yn Alabama neu Mississippi, meddyliodd y Prif, ond heb y masgiau gwyn a'r *robes*.

'Dewch â Daniels. Lladdwch y llofrudd.' Setlodd patrwm i'r gweiddi a'r udo. 'Lladdwch y llofrudd. Lladdwch y llofrudd.'

Y dorf yr ochr draw i'r ffenestri mawr gwydr oedd yn rheoli pethau nawr, yn llifo'n un, fel hylif mewn dysgl. Heb ffordd o gyfathrebu, doedd dim byd yn y llyfr i esbonio sut i ddelio â gwarchae yn eich pencadlys eich hunan. Roedd ganddyn nhw arbenigwyr fel Freeman i ddelio â sefyllfa o warchae rhywle arall ond doedd hwn ddim ar y radar, ddim yn rhywbeth gallai unrhyw un ei ragweld. Yr unig obaith oedd Carter, wrth iddo bwyntio'i wn at wyneb yr hwdi coch.

Ac yna digwyddodd yr hyn y byddai'r Prif a Carter yn ei gofio am byth. Trodd yr holl heddweision yn y cyntedd eu cefnau ar Carter fel un. Troi eu cefnau mewn un symudiad, heb air o orchymyn, yn bihafio'n reddfol ac yn dorfol ar yr un pryd.

'Sdim un llygad-dyst nawr,' meddai Carter wrth Hwdi Coch, oedd ar fin gwenu mewn hapusrwydd wrth weld y weithred hynod hon.

'Ond mae gen i lygad-dystion. Drychwch arnyn nhw.'

Ond roedd y wyrth wedi lledaenu, oherwydd roedd y dorf hefyd wedi dod i benderfyniad a phob un o'r rheini yn adleisio penderfyniad y cops drwy droi eu cefnau. Doedd neb eisiau gweld rhywun o'u plith yn cael ei ladd dros hyn.

'Be ffwc?' gofynnodd yr arweinydd yn llawn huodledd.

Dyma'r foment y byddai pob un o'r actorion yn y ddrama hon yn ei chofio am byth. Y plismyn wedi rhewi. Y dorf wedi tawelu a'r ddwy garfan wedi troi eu cefnau ar ei gilydd.

Bydd seicolegydd yn sôn am hysteria torfol, a sut mae criw mawr o unigolion yn gallu bihafio fel un dan amgylchiadau o densiwn a hynny, efallai, oedd yn esbonio gweithredoedd y ddau griw, y byd yn troi ar echel yr annisgwyl.

Safodd y Prif a Sarjant Carter yn stond am gyfnod hir, yn edrych ar y dorf yn gwasgaru. Prin bod yr un ohonynt yn deall sut llwyddodd y *vigilantes* yma i chwalu'r system gyfathrebu a'r holl systemau diogelwch. Ond mewn byd pan fo'r Rwsiaid yn gallu hacio cyfrifiaduron ar draws America, o Michigan i Maine, roedd unrhyw beth yn bosib.

Yna cofiodd y Prif Gwnstabl ffaith oedd wedi bod yn llechwra yng nghefn ei feddwl, lle bydd rhywun yn storio gwybodaeth megis dyddiadau pen-blwydd aelodau pell y teulu, neu ddyddiad adnewyddu yswiriant. Cerddodd draw at yr hwdi coch.

Gwyliodd hwnnw ef yn camu'n bwrpasol tuag ato.

'Dwi'n eich arestio am achosi terfysg difrifol ac anghyfreithlon. Does dim rhaid i chi ddweud unrhyw beth ond gall niweidio'ch amddiffyniad os na wnewch ateb pan gewch eich cwestiynu. Gall unrhyw beth y byddwch chi'n ei ddweud gael ei gyflwyno fel tystiolaeth.'

Cynigiodd y dyn yn yr hwdi ei ddwylo i'r Prif er mwyn iddo osod y cyffion arnyn nhw a chamodd un o'r cops a rhoi pâr sbâr i'w fòs.

'Diwrnod arall o blismona,' meddai'r Prif, fel petai'r math yma o beth yn digwydd yn aml. Edrychodd ar y mwg yn codi'n drwchus o Bloc B, gan weddïo na fyddai'r fflamau'n lledu.

'Ga i fenthyg hwn am eiliad?' gofynnodd i'r hwdi, gan afael yn ei ffôn symudol.

Cymerodd y ffôn a deialu 999. Nodiodd, a chamodd y PC at yr hwdi a'i gymeryd i lawr i'r celloedd.

'Gwasanaeth tân ac ambiwlans i CF64 9TZ os gwelwch yn dda... Na, mae'r heddlu yma'n barod.'

Dim tawelwch i fod

Wrth yfed ei drydedd paned o goffi y bore hwnnw teimlai Tom Tom fod y digwyddiadau yn y pencadlys ddeuddydd ynghynt ar frig y rhestr o bethau rhyfedd roedd e wedi'u gweld yn y ffors. Gweld dwy garfan yn bihafio gyda'r fath undod. Ond ni chafodd fawr o amser i synfyfyrio ynghylch y peth oherwydd daeth Freeman i mewn gyda'i gwynt yn ei dwrn.

'Dewch. Dewch nawr, Thomas! Daniels...'

Teimlai Freeman bod hyn yn troi'n batrwm. Argyfwng. Freeman yn cyfarth. Rhedeg nes bod megin eich hysgyfaint ar fin popio.

Cododd Tom Tom yn syth er mwyn dilyn Freeman oedd yn carlamu lawr y coridor i gyfeiriad y celloedd. Pan gyrhaeddodd y ddau'r gell lle roedd Daniels, roedd un plisman yn rhoi CPR iddo ond nid oedd yr arwyddion yn dda. Gorweddai rhaff ar lawr, fel neidr fawr frown.

'Ody e'n mynd i fod yn iawn?' gofynnodd Freeman i un o'r staff oedd yn taro brest Daniels fel petai'n ceisio torri'r esgyrn yng nghawell ei frest.

'Cyrhaeddon ni jyst mewn pryd,' atebodd hwnnw cyn mynd ati i gymryd pỳls y dyn.

'Sut ddiawl llwyddodd e i gael darn o raff i mewn i'w gell?' sibrydodd Tom Tom.

'Rhywun roddodd y rhaff iddo, fwy na thebyg. Ac efallai cael help i osod y rhaff yn ei lle, a hyd yn oed ei godi fe lan.'

Pwyntiodd at y marciau ar y llawr, fel petai ysgol aliwminiwm wedi sgathru yno.

'Os gallwn ni ffindo'r ysgol, ffindiwn ni'r *hangman.*'

'Un dyn neu fwy? Byddai'n cymeryd mwy nag un i godi Daniels. Dyw e ddim yn ddyn ysgafn.'

Dyma Tomkins wrth y drws.

'Iesu gwyn! Ma'r lle 'ma'n mynd mwy fel set drama bob dydd. A sut ddiawl ga'th y boi afael ar raff?'

Esboniodd Freeman ei theori iddo a chyfarthodd ei ymateb.

'Reit, ffindwch yr ysgol 'na nawr, a gwnewch yn siŵr bod y fforensics yn chwilio am olion bysedd.'

Heb yn wybod iddyn nhw, roedd hi'n rhy hwyr i Freeman a Tom Tom chwilio am yr ysgol, oherwydd roedd honno yng nghefn fan heddlu yn troi mas o'r iard, ar ei ffordd i'r dymp. Gwenodd y gyrrwr mewn ffordd faleisus, cyn troi i ganol llif y traffig.

*

Ddwy awr yn ddiweddarach roedd Tomkins yn eistedd gyda Freeman a Tom Tom yn ei swyddfa, a'i ben dan gymylau mawr du o ofid.

'Un ohonon *ni* sy 'di neud hyn, felly bydd angen i ni gael rhywun o Materion Mewnol i ddod i holi Daniels. Ond dwi isie un ohonoch chi fod yn y cyfweliad. Tom Tom, wyt ti'n hapus i neud?'

Cytunodd Tom Tom drwy nodio.

'A Freeman, fyddech chi'n fodlon mynd drwy'r gell gyda'r grib fannaf yn y byd? Mae rhywun wedi ceisio lladd llygad-dyst pwysig, reit o fewn pencadlys yr heddlu, cofiwch. Bydd angen i ni sgrinio pawb, ie, pawb. Nid jyst y cops ond pob person sydd wedi bod miwn a mas o fan hyn yn y dyddie dwetha.'

243

'Ma tamed bach o *snag* 'da hynny, syr,' dywedodd Freeman. 'Dyw'r camerâu'n dal ddim yn gweithio a dim ond ers wyth bore 'ma ddaeth y we'n ôl.'

'Shit, Freeman. Chi'n hollol iawn. Gwell i ni ofyn i HR am restr lawn o bawb sy'n gweithio yma, gan gynnwys y glanhawyr a'r contractwyr.'

'Bydd hynny'n rhai cannoedd, syr. Bydd angen help arnon ni.'

'Fe gewch chi help. Dyma un achos ma'n rhaid i ni ei ddatrys, neu bydd newyddiadurwyr y *Chronicle* yn chwerthin am ein pennau o nawr tan ddydd y farn,' dywedodd Tomkins, yn edrych fel petai ei wallt wedi britho'n bupur a halen dros yr wythnosau diwethaf.

Dechreuodd y bòs restru'r holl bethau oedd ar ei blat:

'Ma 'da ni Elvis i'w ddal, a'r Albis yn bwrw ati'n ddi-hid. Y Bwystfil yn dal i ladd fel a fynno, a rhan o HQ wedi llosgi'n ulw. Ond ma 'da ni dystiolaeth. 'Na i gyd sydd ei angen yw'r dyn. Ac wedyn fydd Elvis byth yn broblem 'to.'

'Ma nhw fel tasen nhw isie profi eu bod nhw'n rhyw fath o Hydra.' Bu Tom Tom yn ddigon cwrtais i esbonio hyn. 'Mewn chwedle Groegaidd ro'dd gan y Gorgoniaid wallt fel nadredd ac ro'n nhw'n galw'r rhain yn Hydra ac wrth dorri un pen bant, bydde un arall yn tyfu'n wyllt yn ei le. Ma'r Albis chydig bach fel 'na, ond ydyn nhw, Freeman? Os bydd rhywbeth yn digwydd i'r pen teulu, ma aelod arall yn camu i'w le'n syth. Cadw popeth o fewn y teulu. Fel yna ma nhw'n amddiffyn eu cyfrinache. Freeman, ma rhywbeth wedi bod ar fy meddwl ers sbel. Pam benderfynoch chi arbenigo ar y teuluoedd gwyllt yma o orllewin Ewrop?'

'Hawdd, syr,' meddai Freeman. 'Pan o'n i yn y brifysgol darllenes i lyfr gan anturiaethwraig o oes Fictoria aeth i grwydro ar ei phen ei hun i ganol llwythau mynyddoedd Albania, yn gwbl eofn. Daeth hi i nabod y lle a'r bobol mor dda nes y daethon nhw i'w pharchu hi'n fawr, oherwydd iddi ddod â meddyginiaeth y Gorllewin.'

'Felly rwyt ti'n rhyw fath o anturiaethwraig hefyd. Yn hoffi perygl, bron yn ddibynnol arno fe, fel pobol sy'n neidio o awyren mewn parasiwt.'

'Dwi'n hoffi rheoli perygl, bod yn feistr arno, ac mae gwybodaeth yn arf perffaith yn hynny o beth. Dyna pam dwi wedi astudio'u hiaith a'u ffordd o fyw. Gall rhywun astudio ac astudio ond dyw hynny ddim o reidrwydd yn help i chi eu gwir ddeall. All neb, sydd ddim yn dod o Albania, ddeall y ffordd ma nhw'n aberthu gwaed bob cyfle.'

'Felly pam dyw Elvis ddim mewn trwbwl am neud rhywbeth mor dwp a stiwpid. On'd yw e'n dodi pob un o'r Albis lleol mewn lle anodd iawn?' holodd Tom Tom

'Mae ar bawb ofn Elvis oherwydd ei fod yn hollol seico. Ma lladd, nid yn ail natur, ond yn un o'r pethe mwya hanfodol iddo. Mae e'n byw i ladd ac yn gweld dinistr fel hobi.'

'I fynd yn ôl at y brif broblem yn yr orsaf 'ma, pwy y'ch chi'n meddwl fydde'n neud hyn? Rhywun sy'n casáu *paedos* cymaint â'r mob geisiodd losgi'r pencadlys lawr?'

'Dyw pawb ohonyn nhw ddim yn casáu *paedos*, dim ond yr arweinwyr ac ma'r rheini jyst isie achosi trwbwl nid o reidrwydd am wneud niwed i Daniels. Ma'r wlad 'ma dan bwyse ar y foment. Weloch chi'r pennawd oedd yn dweud eu bod nhw'n amcangyfrif bydd Brexit yn costio £1.1 biliwn y flwyddyn i Gymru? Ac mae'r adain dde'n cryfhau! Felly roedd gan y mob 'na bob math o resyme dros ymgasglu. Ac roedd rhywun wedi awgrymu byddai cael gafael ar bedo'n beth da.'

'Un ohonon ni. *Inside job?*'

'Falle. Sori, mwy na thebyg. Eniwe, bydde hyn yn *piece of piss* petai'r blincin camerâu yn gweithio. Bydde 'da ni lun o'r person...'

'Neu'r persone…'

'Rhywun neu rywrai o fewn y ffors sy'n meddwl ei fod e neu hi, neu nhw, yn gallu cael getawê gyda chrogi rhywun yn ei gell ei hunan â darn o raff. Rhywun a wisgodd fenig latecs i gario'r rhaff a gwneud cwlwm ynddi yn gelfydd iawn, fel bydd morwr yn neud.'

Byddai'r sgwrs wedi ymestyn ond daeth galwad frys ar ffôn Tom Tom.

Diolchodd i'r person ar ben arall y lein ac yna trodd at Freeman.

'Daniels wedi cael harten mae'n debyg, ac ar ei ffordd i'r ysbyty.'

Cerddodd Tom Tom yn bwrpasol i'r cyntedd, yn llawn glanhawyr yn sgubo'r gwydr, a chriw arall yn dechrau trwsio'r ffenestri a falwyd gan y criw ynfyd. Yn ei ben gallai glywed un o'r caneuon hynny o *Les Miserables* sy'n dathlu llwyddiant y bobol a safai tu ôl i'r *barricades*. Anodd credu pa mor hawdd roedd pobol wedi llwyddo i dorri mewn i'r compownd, ond dyna un o fanteision y cyfryngau torfol, er bod y rheini'n perthyn i bobol ifancach na Thomas ac yntau'n stryglo braidd gyda'r holl ddulliau newydd o gyfathrebu technolegol.

'Pwy a'th gyda Daniels yn yr ambiwlans?' gofynnodd i'r heddlu ar ddyletswydd.

'Neb, ond ro'dd dau paramedic 'da fe ac maen nhw'n mynd i ffonio pan fydd e'n ymwybodol eto.'

'Ocê,' dywedodd Tom Tom gyda gwg ar ei wyneb.

'Odw i wedi neud rhywbeth o'i le?'

'Na, na, ti 'di neud popeth yn ôl y rheole, ond dwi'n amau bydd angen rhywun i'w warchod e 24/7. Elli di siarad â rhywun ynglŷn â hynny? Gwed dy fod 'di wedi siarad â fi am y mater – tra 'mod i'n mynd draw i weld Daniels.'

'Ond dim ar ben dy hunan,' meddai Freeman oedd newydd gyrraedd.

'A... fy nghysgod,' oedd ymateb Tom Tom iddi.

Rhaid oedd dioddef tagfa draffig ar y ffordd draw, gyda phob math o waith adeiladu ar yr hewlydd. Ceisiodd Tom Tom ddewis miwsig i gysuro yn hytrach na'r math o stwff byddai'n gwrando arno fel arfer, rhywbeth roc megis 'Motorcycle Emptiness' gan y Manics. Cododd un o CDs diweddara Brian Eno, gan ofyn i Freeman ddodi'r crynoddisg yn y chwaraewr.

'Ma 'da ti ddewis eang o fiwsig...'

'Un fantais o gael car y gwaith dros dymor hir. Gallu dewis cerddoriaeth 'yn hunan, a dim gorfod ei lanhau e'n rhy amal.'

Cnôdd Freeman ei thafod, oherwydd bob tro byddai'n teithio gyda Tom Tom byddai'n ysu i arallgyfeirio'r car i un o'r llefydd glanhau neu at fan lle byddai criw o Rwmania yn glanhau cerbyd tu mewn a thu fas am bymtheg punt. Efallai byddai'n gofyn iddo pryd gâi ei ben-blwydd a phrynu hynny fel anrheg iddo.

'Ma hwn yn edrych fel *inside job*, on'd yw e?' gofynnodd Freeman, gan ddechrau mwynhau'r tonnau o synau braf. 'Gall y math 'ma o fiwsig hala rywun i lesmair. Beth yw enw hwn?'

'Brian Eno. Yr albym newydd, *The Ship*. Athrylith o ddyn. Gweitho lot gyda Bowie.'

'Dwi wedi clywed amdano. Paid meddwl 'mod i'n byw ym myd yr opera yn unig. Ro'dd gen i *Another Green World*.'

'Clasur, heb os.'

'Fel *The Cunning Little Vixen* gan Janáček.'

'O, reit.'

Datblygodd y gêm yma dros gyfres o deithiau yn y car. Hi'n ceisio profi ei bod hi'n cadw lan gyda cherddoriaeth boblogaidd ac ar yr un pryd yn ceisio gweld a oedd e'n gwybod unrhyw beth o gwbl am fiwsig clasurol.

Erbyn i Tom Tom a Freeman gyrraedd yr ysbyty roedd y ddau'n teimlo rhyw nerfusrwydd, yn enwedig wrth gyrraedd y ddesg yn Ward Maesteg i glywed y nyrs yn dweud bod dau blismon arall wedi mynd draw i weld y claf yn barod yn ei ystafell breifat.

'Ble ma'r ystafell?' cyfarthodd Tom Tom gyda chymaint o gwrteisi ac oedd yn bosib o ystyried yr argyfwng.

'Pedwar B.'

'Pryd dda'th y plismyn eraill?'

'Rhyw bum munud yn ôl.'

Rhuthrodd y ddau ar hyd y coridor ac erbyn iddyn nhw gyrraedd roedd drws yr ystafell ar agor led y pen ond doedd neb yn y gwely a'r llenni'n chwythu gan fod y ffenest ar agor.

'Reit. Cer di lawr ac af i lan. Allan nhw ddim fod wedi mynd yn bell.'

'Trolis. Bydd e ar droli,' mentrodd Freeman.

'Fyddan nhw ddim yn edrych fel plismyn... fel porthorion mwy na thebyg. Ffonia am bac-yp. Allwn ni ddal y rhain, sdim dowt.'

Gan nad oedd y nyrs wrth y ddesg wedi gweld neb rhaid eu bod nhw wedi mynd i fyny grisiau'r allanfa dân. Ond yna clywodd y ddau waedd erchyll, a daeth honno o enau Daniels yn gorwedd ar lawr y coridor gyda syrinj mawr yn ei frest. Ond doedd dim arwydd o neb arall, fel petai'r plismyn ffug wedi troi'n wlith, neu'n rhith.

Daeth doctor atyn nhw yn syth. Bu'r dyn ar lawr yn lwcus am y tro cynta yn ei fywyd – roedd y syrinj wedi methu'r galon a heb racsio'r ysgyfaint chwaith.

'Fydd e byw?' gofynnodd Tom Tom.

'Yn sicr.'

'Piti,' ymatebodd Tom Tom yn ddi-hid, wrth i olwg o sioc ymddangos ar wyneb y doctor ifanc yn y got wen.

Ond er chwilio'n ddyfal roedd y plismyn, ffug neu real, wedi diflannu.

Rhamant

'**B**e? Cusanodd Freeman ti? Dy bartner gwaith? Ddwywaith! *God almighty*, ma hynna'n *turn up for the books*.'

Eisteddai Tom Tom gyda'i chwaer yn rhannu potelaid o Siglo, neu Siglo ar y Siglen fel y galwai'r ddau'r gwin coch cryf o Sbaen. Esboniodd sut roedd e wedi colli'r ddau foi yn yr ysbyty ac am ei amheuon am ddau o'i gyd-weithwyr, Selway a Jacket, wedi iddyn nhw droi lan cyn pawb ar y cyrch. A bihafio'n od, gan ddal ei sylw. Ond doedd ei chwaer ddim am wybod hynny.

'Wnest ti'i chusanu hi'n ôl?'

'Fi na'th ei chusanu hi. O'dd hi dan lot o bwyse. Ro'dd y ddou ohonon ni wedi bod dan lot o bwyse. Petai pethe ddim mor ddifrifol bydde'n rhaid i ti werthin wrth feddwl am yr holl achosion sydd wedi glanio ar ein plat. Ma 'na lofrudd slei sy'n symud drwy'r ddinas 'ma fel petai'n gallu symud drwy walydd heb unrhyw ymdrech. Ma un o benaethiaid llwyth gwyllta'r Albaniaid yr ochr yma i fynyddoedd y Carpathiaid wedi mynd yn AWOL, ond ma'i fois e'n dal i grwydro de Cymru yn dwyn cŵn fel ma byrglars confensiynol yn dwyn setie teledu. Ac yna ma 'da ti'r anarchwyr sy'n meddwl dim am ymosod ar HQ yn eu miloedd, a nawr mae Daniels mewn peryg. Ond y prif beth yw bod ei gŵr hi 'di marw.'

'Y?'

'Ei gŵr.'

'Dyma'r tro cynta i fi glywed unrhyw beth am ŵr.'

'Ddylwn i ddim fod 'di sôn amdano fe ta p'un. Buodd e'n gweithio *undercover*, fel Jihadist. Mynd i Syria ac yn ôl ddwywaith, gweithred beryglus, wrth esgus ochru gyda'r bobol ro'dd e'n casglu gwybodaeth amdanyn nhw. Ac er mwyn ennill eu ffydd a'u hymddiriedaeth roedd yn rhaid iddo neud pethe erchyll yn Damascus. Ond cafodd ei ddala, a cha'l ei ddienyddio'n gyhoeddus, yn fyw ar y we. Ar y newyddion am ddyddiau.'

'O, dwi'n cofio 'ny'n iawn. O edrych arno fe, gallet ti feddwl ei fod e'n un ohonyn nhw, lliw ei groen, ei wallt hir, a'r llyged tywyll 'na.'

'Fe oedd ei gŵr hi, Susan.'

'*Dear me.* 'Na beth yw baich.'

'A rhaid i ti beidio gweud dim gair wrth neb, neu bydd ei bywyd hi mewn peryg.'

'Pam wedest ti wrtha i, 'te?'

'O'dd rhaid i fi weud wrth rywun. Dwi'n dechre ame a alla i ddal ati.'

'Addo un peth i fi, *bro*. Paid bwrw'r jiws 'to.'

'Sdim amser i fynd ar y lysh, creda di fi.' Claddodd yr atgof am y bendar diweddar gyda Bob-gwerthu-tai.

'Pa mor hir parodd y gusan? *Scorcher*? *Half scorcher*? *Hollywood ending with all the trimmings*?'

'Be ti'n feddwl, *Hollywood ending*?'

'Diwedd ffilm, ble mae'r arwr yn snogo'r arwres tra bod y *credits* ar fin ymddangos.'

'Greddf na'th i fi ei chusanu hi, rhyw angen i roi cysur, nid nwyd na chwant. Y tro cynta, hynny yw. O'n i mewn gormod o sioc ar ôl clywed am ei gŵr. Gwranda. Ma pob math o shit yn disgyn fel glaw a dwi dan y cwbwl lot heb le i gysgodi. Bydd angen rhywun wrth fy ochr i ac roedd Emma'n gorfod bod yno.'

'Emma?'

'Freeman. Emma Freeman.'

'Sori, dwi fel slej.'

Edrychodd ei brawd arni'n ddwys wrth iddo newid y testun. 'Mae'n rhaid i ni ddod o hyd i rywle diogel i gadw Daniels.'

'Ti isie gwarchod y diawl 'na ar ôl beth na'th e i'r crwt?'

'Yn honedig, beth na'th e i'r crwt. Gwaith y llys yw penderfynu ydy e'n euog ai peidio.'

'Ond ma fe 'di cyffesu, on'd yw e?'

'Gall e newid ei feddwl. Neu galle ei gyfreithiwr ffindo rhyw nam ar y broses neu ar y dystioleth.'

'Ond *fe* na'th 'ych arwain chi at gorff Zeke. Dyle hynny fod yn ddigon. Bydde fe'n arbed llwyth o arian i'r trethdalwr tase fe'n marw nawr, yn lle bod ni'n gorfod talu am yr holl flynyddoedd o fwyd a llety.'

'Ble a'th y ferch 'na o'dd yn arfer gwerthu'r *Socialist Worker*? Sut wnest ti droi yn *Daily Mail reader*, blodyn?'

'Paid "blodyn" fi! Ma pobol fel y Daniels 'ma'n neud i fi hwdu. Meddylia am y crwtyn, yn ei feddiant e am yr holl amser. Sdim syniad 'da neb beth na'th e ddiodde.'

'Dwi'n cytuno 'da ti ond alla i ddim cytuno 'da ti'n swyddogol. Rhaid bod yn ddiduedd. Bydde rhai'n dadlau taw'r peth gore alle rhywun wneud 'da Myra Hindleys ac Ian Bradys y byd 'ma yw gadel iddyn nhw fynd heb feddyginiaeth, dŵr na bwyd. Ond petaen ni'n neud hynny ry'n ni'n troi'r wlad yn lle anwar, ansicr, a ffoaduriaid yn gadael wrth y miliwn. Fyddwn ni ddim gwell na Saudi Arabia yn bomio Yemen yn ddwst.'

'Beth yw hyn, *Newsnight*?'

'Ti'n gweld be dwi'n feddwl, *sis*? Mae'n rhaid i ni gadw'n safone moesol neu fyddwn ni'n ddim gwell nag anifeilied.'

'Ocê, *Newsnight*.'

'Rhaid i fi fynd i weld Marty.'

'O-o, wedyn bydd trwbwl.'

'Pwy arall fydde'n fodlon cadw dyn drwg yn saff rhag y cops neu'r cops ffug sy am ei ladd?'

'Iesgyrn, ma 'da ti job ddiddorol.'

Ffoniodd Marty ar y ffordd draw i'w fflat ond doedd dim ateb, felly cyfeiriodd Tom Tom y car tua'r Civic Mine, sef y clinic yfed diweddara ar restr Marty, sy'n ffafrio un lle arbennig cyn iddo gael ban oddi yno am wneud rhywbeth hurt. Cafodd ei daflu mas o'r Bulldog am fwydo *laxatives* i'r gath, gan dyngu llw na fyddai'r tabledi'n gweithio ar anifail fel y byddai ar berson. Ond ar ôl y ffrwydrad ac ar ôl y chwerthin – gyda phawb yn y bar yn methu credu faint o gach saethodd allan o ben ôl y creadur mewn llinell syth – cafodd Marty *life ban* gan Dancey, y perchennog, oedd wedi hen flino ar shenanigans y dihyryn anystywallt.

Doedd braidd neb yn y Civic Mine, dim ond dau hen foi yn chwarae Dominos. A Marty.

'Dy'ch chi ddim yn gweld lot o Dominos dyddie 'ma,' dywedodd wrth ei gyfaill wrth iddo eistedd ar stôl wrth ei ymyl.

'Peint?' gofynnodd Marty, heb wên.

'Ie, gymra i un,' atebodd ei ffrind. 'Be sy'n bod? Ti ddim yn edrych yn rhy hapus i 'ngweld i.'

'*Hangover*, fel petai rhywun wedi bod yn defnyddio 'mhen i fel gordd. A'r ymennydd wedi'i sgramblo...'

'Dim byd newydd, felly. Ble fuest ti?'

'Aberafan.'

'Ffansi. Ar ben dy hunan?'

'Na, gyda'r glygen. Ond ti ddim 'di dod 'ma i ddilyn hynt 'y mywyd carwriaethol...'

'Er ei fod e'n dipyn mwy lliwgar na fy un i. Wel, ocê, ma 'da fi broblem.'

'O, ma hynny'n fiwsig i'r glust. Dwi wrth fy modd gyda trwbwl, fel ti'n gwbod.'

'Problem wedes i, dim trwbwl. Ma rhywun yn trial lladd Daniels.'

'Gwd. Os lwyddith e, 'na i gyfrannu i'r *whip-round* i roi rhywbeth bach iddo fel diolch.'

'Ma'n rhaid i fi ei gadw fe'n saff. Tomkins wedi gofyn...'

'Pam? Pam ddim ei gynnig e'n aberth i rywun?'

''Na beth wedodd 'yn chwaer. Ond gwranda Marty, mae'n fwy cymhleth na hyn. Ma cops yn ceisio'i ladd e.'

'Fi'n deall 'ny. Byddwn i isie ei ladd e 'fyd ar ôl beth na'th e i Zeke. Iesu, dwi'n rhyfeddu nad wyt ti dy hunan wedi hwpo fe lawr ffleit hir o risie. Ti 'di anghofio i ti ga'l hunllefe am flynyddoedd, a hynny 'di dy arwain at gyfnod o yfed yn drymach na dwi'n yfed, sy'n gweud llawer, fy ffrind.'

'Wnei di ei gadw fe'n saff i fi, Marty?'

'Os ffrind, ffrind,' dywedodd Marty, gan archebu dau beint a'u rhoi ar tab ei gyfaill.

*

Drannoeth rhyfeddodd Tom wrth weld Skoda lliw lemwn yn stopio tu fas i'r tŷ ac yna Freeman yn camu mas, wedi'i gwisgo mewn cot Affgan hir oedd yn gwneud iddi edrych fel hipi circa 1968. Rhuthrodd i'r drws cyn bod un o'r bechgyn yn ei gweld hi a dweud rhywbeth dwl neu anweddus.

Ceisiodd Tom Tom lyncu'r cwestiwn ddaeth i'w feddwl ond methodd â chadw'n dawel.

'Be ffwc yw'r car 'na? O'n i'n meddwl bo' ni'n cael pŵl car er mwyn i ni yrru *in cognito*.'

'Be?'

'Gyrru o gwmpas heb bod neb yn gweld taw cops y'n ni.

Mewn car bydd pobol gyffredin yn iwsio, dim car y lliw 'na...'

'Canary yellow.'

'Yn union. Pa fath o *crim* sy'n gyrru o gwmpas mewn car lliw caneri, oni bai ei fod e'n ddall... A beth yw'r got 'ma? O Oxfam?'

'Fel mae'n digwydd, ie. O'n i'n meddwl ein bod ni'n mynd ar ôl boi sy'n gwerthu cyffuriau, er mwyn gwneud y cysylltiad ag Elvis, sy'n gwerthu'r nwyddau.'

'Fesul tunnell, ydyn. Dyn busnes, Kev Matthews, gyda chysylltiade o Baglan yr holl ffordd i'r Hindi Kush, rhwng Affganistan a Phacistan. Ond sori, ddylen i ddim fod wedi gweud dim byd, yn enwedig ar 'yn job-gwisgo-lan cynta.'

'Ma'n ocê, ma pobol wedi gweud...'

'Gweud beth. 'Mod i'n anodd ac yn bownd o dy ypsetio di, am 'mod i'n alcoholig, ac yn gwneud rheolau fy hunan...'

'Rhywbeth fel 'na. Ond hefyd wedon nhw taw ti yw un o'r goreuon.'

'Pwy wedodd 'na?'

'Alla i ddim gweud.'

'Prosser? Ma Prosser mor ansicr, yn mynd o gwmpas yn gweud pethe neis am bobol erill er mwyn iddo fe neud ffrindie ond ma pawb yn gwbod mai dim ond seboni ma fe.'

'Na, dim Prosser.'

*

Anaml byddai Tomkins yn gwenu ac yn sicr fyddai e byth yn dawnsio, ond heddiw roedd yn dawnsio ac yn gwenu fel *leprechaun* ar hyd y lle ar ôl iddo weld y dystiolaeth ar fideo o Elvis yn lladd rhywun – ar gamera. Ac roedd manylion y llong wedi dod i mewn gan wylwyr y glannau. Byddai'n cyrraedd cyn hir a byddai parti sylweddol o cops yno i'w chroesawu.

Mae'r fideo yn codi cryd arno. Anfonwyd ambiwlans i'r fferm wrth gwrs, rhag ofn bod yr hen ŵr yn dal yn fyw, ond gallai unrhyw un weld na allai hyd yn oed hen fugail ar ben mynydd fyw heb ei ben.

Felly daeth y ddawns o lawenydd i ben mor sydyn ag y dechreuodd, gyda Tomkins yn sobri o'r dathliad hollol anghydnaws â'i gymeriad.

'Dyma'n siawns ni i neud beth ma bron pob llu arall yn y byd wedi ffaelu neud, sef dodi un o uwch benaethiaid Maffia'r Albaniaid dan glo am gyfnod hir iawn. A chymeryd ei gocên yn y broses. Cargo a hanner, mae'n debyg.'

Wrth iddo freuddwydio am arddangos y cyffuriau mae'n cael syniad da. Bydd angen dal pawb sy'n gysylltiedig â'r Albis. Bydd yn siŵr o siarad â Thomas a Freeman, er efallai y byddan nhw'n meddwl ei fod wedi mynd o'i go. Sy'n bosib. Yn bosib iawn. Sut gallan nhw wneud yr hyn a fethodd yr FBI i'w wneud?

Bron na allai ddychmygu Elvis yn marw yn y jâl yn dilyn llofruddiaeth fel hon, un mewn gwaed oer, a hen ddyn na wnaeth ddim byd mwy na dod allan i amddiffyn ei braidd ar ochor y mynydd. Diawch, byddai'r erlynydd yn cael *field day*.

'Rhaid ei ddala fe wrth i ni rwydo'r llong neu bydd e'n ôl ym mynyddoedd ei famwlad ymhen dim. *Top priority.* Bydd yn rhaid i ni baratoi hefyd am ymgais i'w gael e allan o'n gafael wedi hynny. Yn wahanol i'r Met, ble gallan nhw fynd â therfysgwyr i Paddington Green, sy'n *bomb proof*, do's 'da ni ddim adnodde i warchod y math yma o droseddwr. Felly, bydd rhaid ei gadw dan glo mewn lle na fydd unrhyw un yn meddwl edrych amdano, a dim ond pedwar ohonon ni fydd yn gwbod. Dwi ddim am i'r wybodaeth honno eich gwneud chi'n darged i'r Albis chwaith. Hec, dy'n ni ddim hyd yn oed yn gwbod pwy yw bòs Elvis. Yw e yn y wlad hon? Efalle daw hynny'n glir pan gawn ni sniff o'r abwyd.'

'Abwyd? Odych chi'n gobeitho defnyddio Elvis i ddenu mwy o'i fath i mewn i drap, syr?' gofynnodd Tom Tom.

'Prin y byddwn yn llwyddo i'w gael e i gyffesu o gwbl, heb sôn am siarad am eraill yn y rhwydwaith, ond efallai daw 'na rywrai ar ei ôl, a llenwi'r rhwyd chydig yn fwy. Beth y'ch chi'n feddwl, Freeman?'

'Haws cael gwaed allan o lemwn na brad o enau dyn.'

'Be?'

'Hen ddihareb Albanaidd, sy'n tanlinellu pa mor ddwfn ma ffyddlondeb yn rhedeg yn eu *psyche* nhw. Fydd Elvis ddim yn torri dan bwyse. Bydd yn dipyn mwy tebygol o dorri ei dafod ei hunan bant na dweud gair yn erbyn unrhyw aelod o'i deulu.'

'Gwell i ni neud yn siŵr na fydd ganddo unrhyw beth siarp yn ei gell felly.'

'Fydde fe ddim angen cyllell. Bydde fe'n hollol barod ac yn gwbl abl i gnoi ei dafod ei hunan i ffwrdd.'

'Dy'ch chi ddim yn meddwl bod modd ei dorri fe, felly?'

'Bydd angen rhywbeth mwy na bygythiad i'w hala fe i garchar am smyglo cyffuriau. Bydd pobol yn ei drin e fel tywysog mewn fan'na achos ma gan bawb barchedig ofn yr Albaniaid.'

'A beth am y boi arall, Kemit? Roedd e'n ifancach, ac felly yn wannach.'

'Ond bydd mwy o ofn Elvis ar Kemit nag unrhyw beth arall yn y byd, er bydd e hefyd yn ei garu yn y ffordd ddyfna bosib. Mae'n anodd i bobol ddeall y ddeuoliaeth, yr ofn a'r cariad yn plethu'n un, fel nadroedd yn caru, ond dyna ni, dyna beth yw hanfod y bobol 'ma. Fydd Kemit ddim lot o iws, chwaith. A'r peth cynta bydd angen ei neud wrth gwrs yw eu dala nhw. Mae'r llong yn y sianel yn barod. Y *Butterworth*.'

'Beth sy'n digwydd i ni?' gofynnodd Tomkins. 'Mae hyn fel ffilm bellach, a Jack Nicholson yn chwarae'n rhan i.'

'Tom Cruise yn chwarae Tom Tom…'

Rhyfeddai Tom Tom at y ffordd y gallai Freeman ymddangos fel petai hi oedd y bòs, nid yn unig am ei bod hi'n ymgnawdoliad o'r rhigwm taw gwybodaeth yw pŵer ond hefyd oherwydd bod ganddi awdurdod naturiol yn llifo drwy ei gwythiennau.

'Bydd y dynion sy'n gwarchod Elvis a'r cargo ar eu llw yn fodlon marw wrth ei amddiffyn.'

'Be chi'n awgrymu felly? Y peth diwetha ry'n ni eisie yw *shoot-out* yn ein dinas fach dawel. Bydde'r Chief Con yn cael ffit.'

'Efalle bydd angen cyfrwystra yn hytrach na gynne.'

'O's syniad 'da chi?'

'Rhowch hanner awr i fi. Thomas, o's amser 'da ti am goffi?'

'Ma wastod amser 'da fi am goffi. Costa cyflym?'

'Costa amdani.'

Roedd Tom Tom wedi dysgu sut i archebu coffi ar ôl blynyddoedd o yfed te'n unig ac erbyn hyn roedd ei archeb yn sefydlog. Espresso dwbl a dŵr byrlymog ac roedd e wedi dysgu bod dewis Freeman yr un mor ddibynadwy… latte tal gyda siot o hylif cnau cyll. Wrth iddo edrych ar y dewisiadau ar y bwrdd du y tu ôl i'r cownter roedd bron yn hiraethu am y dyddiau pan fyddai'r dewis dipyn yn symlach, te mewn cwpan neu fŷg, coffi'n ddu neu'n wyn.

'O'n i mewn fan hyn cwpwl o wythnose yn ôl yn darllen erthygl yn y papur am Gaza ac ro'dd na fenyw ifanc yn siarad â'i bachgen bach yn Arabeg ac yn Gymraeg a phan ofynnes iddi pam ro'dd hi'n siarad Arabeg dyma hi'n dweud ei bod hi'n byw yn Gaza. Ma'r byd yn fach ac yn mynd yn llai.'

'Piti na fydde rhywun yn siarad Albaneg alle weud wrthon ni beth i neud yn y sefyllfa 'ma.'

'Oes 'da ti gynllun?'

'Dim rili. O'n i'n gobeitho bydde modd concoctio rhywbeth rhwng y ddau ohonon ni.'

'Bydd yn anrhydedd bod o help i chi, Madam.'

Byddai Freeman wedi chwerthin ar y tôn ffug fonheddig ond gwyddai bod angen dod o hyd i syniad gwych ar fyrder ac nid ar chwarae bach byddai taclo'r Albaniaid.

'Ga i fwy o siwgwr, Thomas?'

Cerddodd Tom Tom draw i nôl pecyn o siwgwr ond pan gododd dyma hi'n codi pob bys ar ei llaw dde. Byddai angen belten go dda o siwgr i ddatgloi'r syniad a wyddai oedd yn llechwra yn ei phen. Hanner ffordd drwy'r latte melys, cryf, daeth yr ateb.

Cynnig gwerthu'r ffilm ohono fe'n lladd y bugail i Elvis. Fel petai heddwas am wneud arian ar y slei ac wedyn anfon cop i gasglu'r arian.

Edrychodd ar Tom Tom gan wybod taw dim ond un dyn y gallai ei drystio i wneud hynny. A chan gofio beth ddigwyddodd i'r dyn diwethaf gollodd ei fywyd wrth wneud rhywbeth tebyg, dechreuodd hi deimlo'r un teimladau tuag at hwn. Rhai dyfnion, annisgwyl, trydanol.

Troi at dechnoleg

DAETH Y SYNIAD i Tom Tom ganol nos ac erbyn iddo godi yn y bore roedd e'n barod i ofyn i'r dyn a edrychai ar ôl y gwasanaethau IT i wneud rhywfaint o waith 'pwysig iawn' iddo fe yn y gobaith y gallai'r apêl yma i ego'r *geek* plorog sicrhau na fyddai'n mynd at Freeman am gyngor.

Y nod oedd cael gafael mewn gwybodaeth ynglŷn â sut i gysylltu â'r Albaniaid er mwyn helpu Freeman ac efallai ei diogelu. Teimlai fymryn yn euog ei fod yn gwneud hyn y tu ôl i gefn ei bartner, yr arbenigwraig ar yr Albaniaid, ond gwyddai Tom Tom na fyddai bod yn foesol a glynu wrth y rheolau ddim o reidrwydd yn help i ddal y bois drwg. Gweithiai Freeman yn ei ffordd resymegol hithau: gweithiai Tom Tom yn ei gorwynt yntau.

Roedd IT yn hapus iawn i weld Tom Tom. Go brin y byddai unrhyw un yn dod i'w weld o'r naill wythnos i'r llall.

'Sut galla i eich helpu chi, 'Sbector Thomas?' gofynnodd IT gan edrych drwy bâr o sbectol oedd yn fwy trwchus na gwaelod poteli llaeth hen ffasiwn.

'Dwi eisiau hysbysebu rhywbeth ar y We Dywyll.'

'O! Chi'n siŵr, gyfaill? Dim ond troseddwyr sy'n defnyddio hwnnw gan amla, i werthu arfau, cyffuriau, pobol yn cynnig y math o wasanaethau y gallen nhw fynd i drwbwl mawr petaen nhw'n cael eu dal.'

'Ma nhw'n gweud 'ych bod chi'n gallu ca'l gafael ar unrhyw beth ar y We Dywyll...' awgrymodd Tom Tom.

Atebodd IT drwy siarad fel pwll y môr, geiriau dyn oedd mor hynod falch i weld person arall yn ystod oriau gwaith.

'Gallaf, dybiwn i, ond beth sy'n synnu nifer o bobol yw bod 'na reole ynglŷn â'r pethe hynny, hyd yn oed. Yn wir ma'r rheole llyma yn gysylltiedig â'r safleoedd sy'n gwerthu'r pethe mwya poblogaidd. Yn wahanol i'r hyn mae lot o bobol yn ei feddwl, welwch chi ddim gwerthwyr yn trial shiffto gwenwyn, ffrwydron, fideos treisgar nac unrhyw arfau all chwythu'r byd yn gyrbibion. Mae rhai marchnadleoedd yn gwrthod gwerthu gynnau, hyd yn oed yn America. Rhaid gweithio'n galed i ddod o hyd i safle sy'n delio mewn data, chi'n gwbod, y manylion ar gerdyn credyd sydd wedi'i ddwyn ac i weud y gwir, o'r hyn dwi wedi'i weld, ma'r rhan fwya o bobol yn defnyddio'r We Dywyll i brynu a gwerthu cyffurie meddal. O, a dillad ffug. Mae Asia'n brysur iawn yn creu a gwerthu dillad ffug ac erbyn hyn allwch chi ddim gweud y gwahaniaeth rhwng crys go iawn gan Yves St Laurent ac un wedi'i neud yn Gua Gong.'

Syllodd Tom Tom ar grys IT oedd yn edrych yn ddrud iawn, a'r llythrennau YSL wedi'u gwnïo'n gelfydd iawn ar waelod y llawes. Ddywedodd e ddim byd achos roedd e angen y boi 'ma ar ei ochr.

'Odych chi'n gwbod sut i hysbysebu stwff? A hysbysebu mewn ffordd byddai carfan arbennig o ddefnyddwyr yn gallu darllen y neges?'

'O, ma hynny'n hawdd. Ma popeth yn cael ei drefnu mewn ffordd sy'n debyg iawn i'r we gonfensiynol, felly ma 'da chi grwpie o ddefnyddwyr yn ôl categorïau, a ffordd o weld pwy sy'n ymddiddori ynddyn nhw. Yr unig beth dy'ch chi ddim yn gallu gwneud yw gweld pwy yn union yw hwn a hwn, neu hon a hon. Ffordd o gysylltu'n unig yw e ac mae hyd yn oed y ffordd o dalu yn wahanol i'n system ni.'

'Be chi'n feddwl?' gofynnodd Tom Tom, gan smalio ei fod

yn deall popeth yn y sgwrs hyd yn hyn.

'Ma defnyddwyr y We Dywyll yn defnyddio Bitcoin neu math o crypto arian arall, sy'n cyfnewid gwasanaethau fwy neu lai.'

'Dim doleri fel ma gweddill y byd yn neud?'

'Na, y prif beth yw sicrhau nad oes ffordd o ddilyn yn ôl at y cais neu'n ôl at ei wreiddyn, felly bydd unrhyw arian ble rydych chi'n gallu adnabod tarddiad yr arian, megis y rhif arbennig 'na gewch chi ar unrhyw ddoler, yn beryglus. Er mwyn cael y math yma o gash, sydd ddim yn gash, bydd angen mynd i un o'r mannau siopa cyfrin megis Crypto Market, Valhalla neu The Real Deal.'

'Odyn nhw'n hysbysebu digwyddiade?'

'Maen nhw'n hysbysebu mwy o bethe nag y gallech chi'i ddychmygu. Gallwch weld gemau pêl-droed neu ornestau bocsio gyda'r sgôr ymlaen llaw...'

'Ymlaen llaw? O wela i... gemau wedi'u fficso. Ond pam na all y bwcis edrych ar y pethe 'ma 'fyd?'

'O, rhaid i chi gael eich nomineiddio i dderbyn y math yma o wybodaeth... gan amla grŵp bach o bobol sy'n talu rhywun i golli ffeit a wedyn rhyw ugain neu ddeugain o bobol sy'n gosod bets, ddim yn rhy fawr, fel na fyddan nhw'n denu gormod o sylw.'

'Sut y'n ni'n plismona hyn i gyd?'

'D'yn ni ddim,' atebodd IT, gan deimlo ei ddiymadferthedd ei hun.

*

'Ti 'di neud pethe stiwpid yn dy ddydd...' awgrymodd Marty wrth Tom Tom.

'Ydw.'

'Fel fi, ti 'di neud pethe stiwpid a pheryglus.'

'Ydw.'

'Ond ma hwn yn coroni'r cwbl.'

'O, cytuno'n llwyr. Bydde'n rhaid i rywun fod yn fwy na hanner call a dwl i wneud rhywbeth fel hyn. Torri mewn i genels yr heddlu er mwyn dwyn un o'r cŵn.'

'Cŵn sydd wedi'u hyfforddi i ymosod ar bobol, a'u cadw'n dawel drwy sgyrnygu'u dannedd yn agos at eu llyged.'

'Feddylies i am gynllun arall ble ro'n ni'n torri i mewn i'r pownd a chymeryd un o'r cŵn peryglus sy newydd ei rwydo ac sy'n siŵr o ga'l ei ddodi i gysgu, ond wedyn fe feddylies i...'

'... Ei bod hi'n well taflu dy job i'r bin a neud y peth mwya byrbwyll a stiwpid all unrhyw un neud. A plis, esbonia be ti'n mynd i neud 'da'r Alsatian? O'n i'n meddwl eu bod nhw i gyd yn byw gyda'u handlyrs gartre.'

'Y rhan fwya ohonyn nhw. Ond dyw'r rhain heb ga'l eu dosbarthu 'to.'

'Sori. Ma gan y ffors arian i brynu cŵn ond dim digon i'w defnyddio nhw. Ai dyna be ti'n weud? O'n i'n gwbod bod pethe'n tyff ond ddim mor tyff â 'ny.'

'Marty, dwi ddim yn gwbod yn iawn pam mae cŵn yn y lle 'ma. Dwi jyst isie un sy'n cario *microchip*, prawf ei fod e'n berchen i ni'r cops.'

'Ond be ffwc ti'n mynd i neud 'da fe?'

'Abwyd. Dwi'n mynd i ddod ag Elvis mas o ta ble mae e'n cwato drwy gynnig *dog fight* a hanner. Dwi'n credu 'mod i'n deall ei feddwl e'n ddigon da i wbod bydde cyfle i fetio ar gi'r heddlu yn erbyn un o'r hen stejyrs yn apelio'n fawr ato.'

'Ac wrth gwrs dyw lyfli Freeman yn gwbod *sweet FA* am hyn.'

'Sdim angen iddi hi wbod. Achos byddwn ni 'di dala Elvis cyn bod hi'n cael sniff bod unrhyw beth yn digwydd.'

'Os na chawn *ni* ein dala...'

'Byddwn i'n gweud 'mod i 'di dy orfodi di i neud hyn, gan fygwth dy deulu.'

'Ond ma pawb yn gwbod na fydde unrhyw un yn meiddio cwrdd â blewyn ym mhen aelod o 'nheulu i. A ta p'un, dim ond Anti Nel sy'n dal ar dir y byw. D'yn ni ddim yn byw yn hir fel teulu.'

'O'r hyn dwi'n wbod amdanat ti a dy *lifestyle*, sdim rhyfedd.'

'Ocê, sdim isie bod yn faleisus.'

Erbyn hyn roedd y ddau wedi cyrraedd maes parcio nid nepell o genels yr heddlu ac roedd eu presenoldeb wedi dechrau ar garnifal o udo a chyfarth.

'Sdim seciwriti 'ma?'

'Paid â bod yn ddwl. Y cŵn yw'r seciwriti. Pwy yn ei iawn bwyll fydde'n...'

Penderfynodd Tom Tom beidio gorffen y frawddeg. Yn lle hynny gafaelodd yn y torrwr weiar pwerus, camu lan at y ffens a thorri twll sylweddol, mwy o faint na fe ei hunan.

'Os ga i fod mor ewn â gofyn, pam mae angen twll mor fawr?'

'Er mwyn llusgo'r ci drwodd.'

'Llusgo?'

Dangosodd Tom Tom ddryll bach danjerys yr olwg i Marty ac esboniodd...

'Ma 'da fi ffrind, diolch i'r Iôr, sy'n gweithio yn Sŵ Bryste. Gofynnes i beth fydde fe'n defnyddio i lorio rheinoseros gwyllt sy'n tasgu fel tanc tuag atat ti a fe wedodd bydde'r stwff 'ma'n ddigon i'w stopio. Ma'r stwff yn y dart yn cymeryd chwe eiliad i gwrso drwy'r system gwaed. A dwi wedi'i roi fe yn y *meatballs* 'ma. Ond bydd e'n gweithio ar gi dipyn yn gyflymach.'

'Diawl, Tom, d'yn ni ddim yn mynd i ladd y ci drwy ddefnyddio rhywbeth sy'n rhy bwerus, ydyn ni?'

'Dwi wedi meddwl am 'ny. Dwi ond yn defnyddio hanner y mesur.'

'O grêt. Bydd y ffycyr dim ond yn hanner 'yn lladd ni!'

Allai Marty ddim credu beth ddigwyddodd wedyn – roedd yn debyg i rywbeth mewn cartŵn. Safodd Tom Tom y tu fas i'r cenels gan daflu peli o gig dim lot mwy o seis na marblis wedi'u llenwi â tawelyddion pwerus i gyfeiriad pob caets.

'Dyma be ti'n galw yn Plan, Tom Tom?'

'Os o's 'da ti syniad gwell bydda i'n hapus i roi deg eiliad i ti esbonio…'

Taflodd Tom Tom ragor o ddarnau o gig yn llawn *ketamine* i mewn i'r caetsys ac er mawr ryfeddod i Marty, gwelodd gi'n cwympo.

'Ti'n gweld?' meddai Tom Tom. 'Un lawr, sai'n siŵr faint sydd i fynd. O glywed y sŵn, gobitho gallwn ni fod miwn a mas yn *double quick time.*'

Taflodd y blwch llawn peli cig i'r llawr ac i mewn â fe drwy'r twll gyda Marty yn gorfod dilyn heb gael y cyfle i ddweud cymaint o ofn cŵn oedd arno.

Chymerodd hi ddim llawer o amser i dorri drwy'r padloc ar gaets yr anifail oedd yn cysgu ond doedd Tom Tom ddim wedi ystyried pwysau'r ci, yn enwedig un diymadferth. Roedd drws y caets yn gyfyng, a'r cŵn eraill yn fedlam o gyfarth gwyllt nes na allai Marty glywed gair a waeddai ei gyfaill. Roedd cyfres o oleuadau coch wedi'u tanio, gan awgrymu rhyw fath o larwm. Er nad oedd sŵn roedd y cod Morse o fflachiadau coch yn creu tensiwn, nes teimlai'r ddau yn noeth gan ofn, y ci'n anodd ar y diawl i'w lusgo, a'r ci yn y caets nesa ato'n bygwth cnoi ei ffordd drwy'r weiar. Wrth iddyn nhw lwyddo i gario'r ci mor bell â'r llwybr a arweiniai o'r cenel tua'r goedwig twriodd Tom Tom mewn bwndel mawr o ddail lle roedd whilber yn cwato. Achubiaeth. Sylweddolodd Marty fod

Tom Tom wedi cynllunio mwy nag roedd e wedi meddwl.

Hwpodd y ddau gorff diymadferth Alfie'r Alsatian yn y whilber ac i gefn fan wrth i rai o gyd-weithwyr Tom Tom yrru yno'n wyllt, ar ôl derbyn cyfres o alwadau ffôn gan bobol oedd yn byw yn agos at y cenels yn dweud bod yr anifeiliaid wedi mynd yn wyllt.

Dechreuodd y ddau chwerthin yn afreolus wrth i'r ceir yrru heibio, un, dau, tri car yr heddlu a phob un yn perthyn i'r uned cŵn tra'u bod nhwythau'n ceisio dal llofrudd o Albania drwy ddefnyddio un o'u cŵn nhw, heb ganiatâd, fel abwyd.

'Tom Tom, ni'n neud y pethe mwya hurt!'

'Bydde bywyd yn ddiflas fel arall!'

A dyma nhw'n chwerthin eto, y ci'n chwyrnu ac yn tawelu gan freuddwydio am sinco'i ddannedd yng nghoes hwligan pêl-droed.

Ffoniodd IT yr un noson. Synnodd Tom Tom glywed bod Elvis, neu un o *sidekicks* Elvis wedi cymeryd yr abwyd yn syth. Gwta ddwy awr ar ôl i IT bostio'r hysbyseb yn cynnig gornest yn erbyn ci'r heddlu, gan bwysleisio bod y creadur mewn *active service*, nid hen gi oedd wedi ymddeol.

Cafodd wahoddiad i gymeryd rhan mewn ffeit o fewn yr wythnos. Byddai'r manylion ynglŷn â sut i gyrraedd y lle yn cael eu postio ar safle i danysgrifwyr yn unig a byddai angen talu blaendal o ddeng mil o bunnoedd i ymuno â'r rhestr o danysgrifwyr a gâi'r hawl i fetio yn y digwyddiad ei hun. Byddai'r bwcis swyddogol yn gwisgo bow teis pinc a du, a'i bod hi yn erbyn rheolau'r gystadleuaeth i osod *side-bets* o unrhyw fath. Rheolau! A hynny mewn gornest ymladd cŵn answyddogol ac anghyfreithlon.

'A beth y'n ni'n mynd i neud 'da'r ci 'ma yn y cyfamser, ar wahân i roi bwyd a dŵr iddo fe?'

'Ei hyfforddi fe.'

'A shwt ar wyneb y ddaear ni'n mynd i neud 'ny?'

'Feddyli di am rywbeth,' awgrymodd Tom Tom, gan na allai yntau feddwl am unrhyw beth.

Llwyddodd Marty i goncro'i ofn a dyfeisio ffordd o ganiatáu i'r ci redeg o un ystafell i'r llall ar ôl darn o gig ar ddarn o linyn pysgota, yn debyg iawn i hala milgi ar ôl cwningen wedi'i wneud o ddarnau o glwtyn. Byddai wrth ei fodd yn gweld pŵer y ci yn drybowndio dros y concrit, er gwyddai hefyd nad oedd yr anifail wedi'i hyfforddi i ymladd ac y byddai'n erbyn bwystfilod ffyrnig fyddai'n lladd yn reddfol, ar amrant.

Pan esboniodd Tom Tom i Freeman beth oedd yn mynd i ddigwydd ni allai wrthsefyll y barâj o gwestiynau a ddilynodd. Cynddeiriog? Oedd. Pwy oedd y ffrind yma oedd yn fodlon rhoi benthyg ci i Tom Tom, ci oedd yn siŵr o gael ei aberthu er mwyn iddyn nhw ddal Elvis? Oedd 'na ffordd i ddal yr Albaniaid cyn yr ornest er mwyn gwneud yn siŵr bod y ci'n ddiogel? Yna gwawriodd rhywbeth ar wyneb Freeman pan ofynnodd iddo a oedd gan hyn unrhyw beth i'w wneud â'r digwyddiad yn y cenels? Doedd Tom Tom ddim yn gallu dweud celwydd wrth Freeman ond ni allai ddweud y gwir wrthi chwaith, felly cytunodd y bydden nhw'n gwneud pob ymdrech i ddiogelu'r ci.

'A pha fath o gi yw e?' gofynnodd Freeman, gan osod ei habwyd ei hunan.

'Alsatian.'

'Un ifanc. Llai na blwydd?' Oherwydd dyna oedran y ci ddiflannodd o bownd yr heddlu. 'Arglwydd, Tom Tom, be ti 'di neud nawr 'to?'

'Temtio Elvis allan o'i guddfan. Ca'l cyfle i fynd i un o'r ffeits cŵn 'ma ma nhw'n trefnu, a thocyn i un ohonon ni fynd i mewn yn arwain ci sy'n gwbod sut i edrych ar ôl ei hunan. Yr unig beth sy isie neud yw gadael i fi fynd, a bod Marty...'

'Marty? Ti 'di gadael i'r dihiryn 'na gamu reit i ganol busnes yr heddlu yn ei sgidie maint un deg pedwar unwaith eto.'

'Un deg pump. Ma nhw wedi tyfu'n ddiweddar. Rhywbeth i neud â magu pwyse.'

Ni chafodd arlliw o wên gan Freeman, a hithau'n rhannol ddig ond hefyd yn rhannol bles ag effeithiolrwydd y cynllun boncyrs. Gwyddai na fedrai hi na'i chyfeillion mwyaf gwybodus baratoi trap cystal â hwn. Roedd ganddyn nhw dystiolaeth gadarn i wneud yn siŵr y byddai Elvis yn diflannu am gyfnod hir iawn. Byddai'n hen ddyn yn gadael y carchar. Ond byddai'n rhaid gwneud i'r Alsatian ddiflannu ar yr un anadl â dal Elvis, er o ystyried pa mor anodd fyddai llwyddo i ddal yr Albaniaid, problem gymharol fechan oedd datrys problem y ci.

'Ocê, Thomas. Dyw'r sgwrs 'ma ddim wedi digwydd ac os bydd unrhyw un yn gofyn, bydda i'n gwadu fel Jiwdas. Ydy hynny'n glir?'

Teimlai Tom Tom ryddhad o ddeall bod ganddo o leia ddealltwriaeth y gallai ei gynllun weithio, er nad caniatâd na sêl bendith, a bod dyfeisgarwch a dychymyg yn gallu bod yn rhan o arsenal y plisman fel i fardd.

'Diolch, Freeman. Dwi'n gwbod dim am unrhyw gi fy hunan, dim ond y manylion yn y *tip-off* dienw yn dweud ble bydd Elvis yn canu wythnos i nos Iau. Bydd e'n siŵr o ganu detholiad o'r hits – 'Blue Suede Shoes', 'Jailhouse Rock'!'

Chwarddodd Freeman ac edrych ar Tom Tom mewn ffordd od. Oedd siawns ei bod hi'n edmygu'r hyn roedd e wedi'i wneud, ond ei bod hi'n gorfod gwisgo mwgwd i guddio'r ffaith?

*

Bu Elvis yn droseddwr dieflig am gyfnod mor hir fel nad oedd am dderbyn y cynnig anarferol hwn heb ei gwestiynu sawl gwaith. Pam nawr? Ci'r heddlu'n dod mas o'r glas, fel petai? Ond gwyddai hefyd y byddai'r gwaed yn rhuthro drwy wythiennau'r pyntars o gredu bod eu cŵn nhw'n gallu cael siawns i reibio Alsatian y cops. Achos dyna fyddai hi; cyfle i dynnu copgi'n gyrbibion, gydag arian mawr yn cyfnewid dwylo. Byddai'n sbectacl, fel yr hyn fyddai'n digwydd yn arena'r Rhufeiniaid gynt, y dorf yn udo, y gwaed yn llifo fel afon Tiber.

'Bydd angen i ni fod yn ofalus,' mae'n awgrymu wrth Kemit, 'ynglŷn â'r boi fydd yn dod â'r ci 'ma. Ry'n ni'n gwbod sut i adnabod cop. Bydd y bois ar y drws yn gallu gwynto cop achos mae e'n arogli'n ddrwg, yn ddigon i neud i ddyn hwdu. Ond gwedwch wrth y lleill i gadw llygad barcud ar y ffycyr fydd yn dod â'r aberth. Ma 'da ni wrthwynebydd 'fyd. Barracuda. Yn perthyn i'r sipsiwn o Baglan. Sdim un ci wedi'i faeddu fe, eriôd. Dannedd fel siarc a synnwn i ddim nad ydyn nhw'n siarpno dannedd y diawl. Erbyn i'r 'Cuda orffen 'da ci'r pig bydd e'n edrych fel bod rhywun wedi'i ddodi fe drwy'r blendyr. Yn edrych fel mins. Blydi mins.'

*

Doedd Marty ddim yn hapus gyda'r cynllun o gwbl achos byddai Tom Tom yn y fath berygl, y math o beth byddai rhywun gwallgo yn dyfeisio wedi cymeryd deg tabled o LSD.

Y cynllun... Byddai Marty yn gyrru Tom Tom i'r ffeit gan wybod bod yn rhaid gadael y car o fewn cyrraedd ar droed. Fyddai hi ddim yn bosib cario arfau o unrhyw fath, ond tybiai Marty a Tom Tom y byddai'r trefnwyr yn siŵr o fod wedi pacio gynnau, i gadw trefn ar y gweithgareddau gwaedlyd. Doedd dim dewis gan Marty ond aros, ac nid oedd aros yn amyneddgar mewn car tra bod ei ffrind yn cymeryd Alsatian anghyfarwydd ar dennyn i ganol criw o *villains* gwyllt, yn betio ar eu cŵn peryglus i racsio cŵn y *villains* eraill, yn rhan o gymeriad Marty.

Rhybuddiodd Tom Tom ef y dylai aros yn y car, doed a ddelo, gan ofyn i Marty dyngu llw ar fywyd ei fam, a Marty'n gwneud hynny gydag ufudd-dod ffals, gan nad oedd Marty yn gwybod pwy oedd ei fam beth bynnag. Ond roedd Tom Tom yn ffrind bore oes, rhaid parchu hynny, hyd at angau os byddai rhaid.

Roedd y ci'n anhygoel o ddof o ystyried, efallai achos ei fod yn ifanc neu achos bod arbrawf Marty o fwydo hanner tabled Mogadon iddo i weld effeithiolrwydd y cyffur yn gwneud y ci braidd yn gysglyd. Gallai aros ar ei draed ond wnaeth e ddim brwydro wrth osod y tennyn am ei wddf, na sgyrnygu dannedd. Aberth o gi.

Doedd dim golwg dda ar ei gyfaill pan gyfarfu Marty ag ef rownd y gornel o dŷ ei chwaer a phan ofynnodd Marty beth oedd yn bod disgwyliai ateb yn esbonio ei fod e'n nerfus, oedd yn gwbl naturiol dan yr amgylchiadau. Ond nid nerfusrwydd oedd yn gyfrifol.

Ers i Zeke Terry adael ei fywyd, wedi'r angladd, doedd Tom Tom ddim wedi gweld unrhyw beth anarferol, dim ysbryd ac yn sicr dim ysbryd bachgen bach, nes gwelodd, neu ddychmygodd, fod marwolaeth yn ymweld ag e. Doedd ganddo ddim cot ddu, na dillad claddu nac unrhyw beth ystrydebol. Nid Glyn Cysgod Angau confensiynol mo hwn. Yn hytrach, gwelodd angau ar ffurf dyn golygus yr olwg, Eidalaidd, gyda gên gref a'r math o farf trwchus sy'n tyfu fesul munud, llygaid brown dwfn a gwallt du fel y fagddu, a siwt ddrudfawr wedi'i thorri'n berffaith.

Esboniodd Tom i Marty sut roedd y dyn wedi sefyll rhyw ugain llath oddi wrtho, cyn closio'n raddol nes ei fod bron yn gallu gweld adlewyrchiad ohono'i hun yn y llygaid chwilmentus. Ond dros y dyddiau diwetha roedd y dyn wedi bod fwy neu lai yn hollbresennol ac yn cadw'n glosach ac yn glosach ato. Yna, heno, hanner awr cyn i Marty ac yntau gwrdd, ymddangosodd drachefn, gan wasgu'i wyneb yn erbyn ffenest ei stafell wely, er nad oedd modd i berson byw sefyll y tu allan, wyth troedfedd neu fwy yn yr awyr. Gwasgai ei wyneb mor glòs at y gwydr nes ei fod yn edrych fel petai'i groen yn toddi, fel petai Madame Tussauds wedi mynd ar dân a'r ffigyrau cŵyr yn toddi yn y gwres.

'O'dd ofon arna i, rhaid gweud. Marwolaeth o'dd e, 'di dod i chwilio amdana i, fel tase fe'n dweud bod 'yn amser i 'di cyrradd. Ac o ystyried beth sy o 'mlaen i heddi, sdim rhyfedd. Os buodd jobyn anodd yn 'yn hanes i, wel dyma fe.'

'Sef yr union reswm pam na ddylet ti fod yn neud hyn ar ben dy hunan.'

'Ond ro'dd y neges yn hollol glir – un dyn, un ci, dim mwy. Sdim dewis 'da ni, Marty. Ond unwaith ry'n ni'n gwbod lle gallwn ni ddala Elvis, bydd yn werth yr ymdrech.'

'Sut dwi fod ca'l y cafalri i mewn, a finne ddim yn gop?'

'Bydd gen ti rif ffôn Tomkins.'

'Ond dyw Tomkins ddim yn gwbod unrhyw beth am hyn.'

'Ma fe'n gwbod sut dwi'n gweitho, neu o leia sut ro'n i'n gweithio yn yr hen ddyddie, a dyw e ddim yn mynd i droi ei drwyn ar gyfle euraid fel hyn. Ac mae Freeman yn gwbod nawr, a bydd hi wedi cael sgwrs 'da'r bòs ac wedi esbonio taw dyma'r unig ffordd i gael Elvis i'r rhwyd.'

Ceisiodd Marty newid cyfeiriad y sgwrs, gan ysgafnhau pethau.

'Ti eriôd wedi meddwl gweithio i'r RSPCA? Dyma'r ail waith mae handlo cŵn wedi bod yn sgil hanfodol...'

Ond doedd Tom Tom ddim yn y mŵd i chwerthin.

'Ma 'na gŵn yn gwarchod y fynedfa i uffern 'fyd.'

'Ti wedi bod yn swoto dy chwedloniaeth 'to, gyfaill? Gallai'r ddau ohonon ni fynd ar *Mastermind*.'

'Na'th Emma rhoi benthyg llyfr i fi. Ar ôl i fi holi am Hercules.'

'Emma nawr, ife? Dim Freeman. Os 'na rywbeth yn mynd mla'n ti am ei rannu 'da dy hen ffrind?'

'Hi yw'r rheswm dwi'n becso ynglŷn â heno. Dwi'n gorfod cyfadde 'mod i'n ffond ohoni, sdim dwywaith am hynny. Ac fe licen i ga'l cyfle i ddod i'w nabod hi'n well. Ond alla i ddim neud hynny os ca i'n lladd!'

'Chei di mo dy ladd, fe wna i'n siŵr o 'ny.'

'A Dr Death? Ti'n mynd i weud wrtho *fe* nad wy'n barod i fynd 'to?'

'Gad ti fe i fi. Dwi wedi cwrdd â Dr Death fwy nag unwaith ac ry'n ni ar delere da. Weda i wrtho fe i 'nghymeryd i yn dy le di.'

'Fydd dim angen i ti aberthu dy hunan drosta i, Marty. Ddim heno, ta p'un.'

Ymladdfa

DAETH Y MANYLION drwodd awr cyn y ffeit ac roedd Marty a Tom Tom yn adnabod y lle'n syth. Hen warws ar Cadoxton Road yn arwain allan o Gastell-nedd drwy Felin Cryddan. I gyrraedd yno byddai angen iddyn nhw ruthro ond roedd y ci'n styfnig ynglŷn â mynd mewn i gefn car Marty, fel byddai unrhyw un o ystyried ei fod fel tip sbwriel ar bedair olwyn.

Am blydi sefyllfa! Cerddai Tom Tom dros iard y gweithle gyda chi Alsatian cysglyd a ddechreuodd ddihuno wrth glywed sŵn heriol y cŵn gwyllt yn ymgasglu, gyda chriw o Albaniaid wedi'u gwisgo mewn gwisg genedlaethol yn cynnwys sgertiau a hetiau fez. Doedd gan Tom Tom ddim syniad pam roedden nhw wedi'u gwisgo felly, efallai ei fod yn help i wneud yr achlysur yn fwy urddasol, a byddai'r olygfa, petai mewn ffilm ar y sgrin fawr, wedi cael yr adrenalin i lifo. Ond nid ffuglen oedd hon, na rhaglen ddogfen wedi'i ffilmio'n gyfrin gan dîm o newyddiadurwyr wedi bod yn gweithio'n gudd ers blynyddoedd.

Pefriai llygaid maleisus yr Albaniaid dan borffor dwfn eu hetiau fez. Teimlai Tom Tom fel crwtyn noethlymun yn cerdded i mewn i allor yr Aztecs. Cododd ei freichiau er mwyn i'r dyn diogelwch cyntaf ei ffrisgo am arfau, a gwneud hynny'n drylwyr. Byddai syniad Marty o ddod â *shiv* bach yn ei hosan wedi bod yn hynod o annoeth.

Erbyn hyn roedd clustiau'r ci wedi codi ac roedd sgyrnygu

dannedd a ffyrnigrwydd y cŵn eraill yn ei wneud yn nerfus iawn. Cerddodd y ddau i mewn i'r ystafell olau, lle roedd arogl chwys, sigârs ac alcohol yn gymysgfa. Safai tua deugain o ddynion ar hyd y lle, ambell un yn yfed siampên allan o ffliwtiau mawrion a gallai deimlo'u chwilfrydedd a'u hamheuon ohono. Cerddodd un dyn sylweddol draw ato a doedd dim rhaid i Tom Tom feddwl ddwywaith: hwn oedd Elvis, y llofrudd mynydd a *head honcho* y gang o Albaniaid oedd wedi trefnu'r noson. Llwyddodd Elvis i lenwi pob sillaf yn ei gwestiwn gyda malais di-gwestiwn.

'How the fuck did you get a police dog? My man tell me it's genuine, with a police microchip which we've just cut out of its leg. You police? You smell like police. How you know about us? Only Dark Web reaches us and pigs don't know how to get in there. We're hidden beyond things. You a pig?'

Llamodd calon Tom Tom ond llwyddodd i edrych i lygaid Elvis, a gweld creulondeb pur yn llechu cyn ateb...

'My father was a cop and I hated him. So I hate all cops. Which is why I stole a copper's dog and I have him here as sacrifice.'

Gwirionodd Elvis ar y gair 'sacrifice' oedd yn llwyddo i droi'r ffeit, sef gweithred fasnachol yn y bôn, i mewn i ryw fath o ddefod sanctaidd.

'If you're cop then I will take out your throat and feed it to that dog. Prove to me you're not cop.'

'You don't scare me. Nothing scares me.'

Camodd Tom Tom tuag at dri boi caled iawn yr olwg gan ddryllio ei ddwrn i drwyn yr un yn y canol gan achosi tasgfa o waed.

Roedd hyn yn ddigon i Elvis ac ystumiodd ar ddau o'i *goons* i wahanu'r tri, gan wneud yn glir bod ganddyn nhw arfau ac y bydden nhw'n hapus iawn i'w defnyddio. Llwyddwyd i dawelu pawb cyn bod Elvis yn gwahodd y reffarî, a ofalai am bob agwedd o'r achlysur, i gamu ymlaen a dechrau'r ymladdfa.

Cynigiwyd un cyfle olaf i osod bets cyn bod yr Alsatian yn wynebu ei wrthwynebydd. Doedd Tom Tom ddim yn dymuno'n ddrwg i'r ci ond gwyddai fod angen gweithred eithafol er mwyn rhwydo creadur fel Elvis, un a saethodd hen ffermwr mewn gwaed oer.

Paratodd i ddechrau'r ornest. Edrychai'r ci arall yn fygythiol fel ci llofrudd ond cyn bod y reffarî yn cael cyfle i orchymyn y ddau handlar i ryddhau eu cŵn dyma sŵn ffrwydrad sylweddol ym mhen pella'r adeilad, a fflach o olau ac yna gwmwl o fwg cyn i sŵn seirens atseinio.

'Marty,' meddyliodd Tom Tom wrth weld ei siâp yn camu drwy'r mwg gan chwilio am Elvis. Gwelodd fod drws ar agor y tu ôl iddo a cherddodd draw gan adael i'r ci lamu drwyddo ac fe'i heglodd hi heb edrych yn ôl.

Roedd dryswch ymhobman – dynion yn rhedeg fan hyn a fan draw wrth i'r tân yn yr ystafelloedd drws nesa ddechrau rhuo a'u meddiannu, y cŵn yn rhedeg yn wyllt, y fflamau'n eu cythruddo a'u troi'n fleiddiaid, gan symud yn gytûn, gan gnoi, ymosod ar y dynion oedd wedi'u cau i mewn i gornel yr ystafell, tafodau'r tân yn llyfu'n wyllt ac yn goch, wrth i gŵn eraill redeg drwy'r drws, gan drybowndian i'w rhyddid.

Erbyn hyn roedd Elvis ar lawr, wedi i Marty lwyddo i ddod o hyd iddo a'i daro â sylindr diffodd tân. Yn y pandemoniwm, roedd hi'n rhy hwyr i'r dihirod fynd am eu gynnau, oedd yn saff mewn cwpwrdd wrth y drws. Dilynwyd ceir yr heddlu gan sawl ambiwlans ac injan dân fel prosesiwn, yn unol â phatrwm Major Incident Response.

Ni wyddai Tomkins pwy oedd wedi'i ffonio ond roedd yn amau taw Marty oedd y tu ôl i hyn, yn enwedig ar ôl i un o'r heddlu ddweud iddyn nhw ddod o hyd i gi coll yr heddlu. O fewn deng munud, dyma Tomkins yn cerdded allan o'r stafell oedd yn arllwys mwg i'r stafell nesaf, yn llusgo corff diymadferth neb llai nag Elvis y tu ôl iddo.

'Ma gen i gymaint o gwestiynau. Ond y cynta wrth gwrs yw, wyt ti'n iawn?'

Nodiodd Tom Tom.

'Ble mae Marty?'

'Heb ei weld e, syr. Dim ers hydoedd.'

'Ond fe na'th e ffonio...'

'Sori, syr. Os o's rhywun wedi ffonio 'da llais tebyg i Marty, wel, cyd-ddigwyddiad llwyr yw 'ny.'

'Fe welodd Simpson rhywun yn edrych fel Marty yn rhedeg drwy dwll yn y ffens yn dilyn haid o gŵn gwallgo.'

'O ga'l un cyd-ddigwyddiad bydd hi'n fwy na phosib y cewch chi un arall. Fel Dominos.'

'A'r Alsatian. Sut oedd y ci'n rhan o'r cyd-ddigwyddiad 'ma? Ma fe'n un cyd-ddigwyddiad yn ormod, wedwn i.'

Oedodd y ddau i wylio Elvis yn cael ei lwytho i mewn i gefn y fan, y boi'n dihuno wrth glywed iddo gael ei arestio ar amheuaeth o lofruddiaeth.

'Byddwch yn ofalus, foneddigion,' meddai Tomkins. 'Ma hwn yn foi peryglus iawn. Cod 13 amdani.'

Hwn oedd y cod a fynnai bod yn rhaid diogelu'r cyhoedd a'r heddlu rhag niwed, gan ddefnyddio llefydd arbennig fel gorsaf heddlu Paddington Green yn Llundain i gadw carcharor. Yn yr achos hwn roedd Elvis yn mynd i dreulio dyddiau ym manc y Nat West yng Ngorseinon, yn y seff, lle roedd pot piso a gwely haearn yn disgwyl amdano.

Edrychodd Elvis ar Tom Tom gan stumio y byddai'n torri ei wddf pe câi gyfle a doedd gan Tom Tom ddim amheuaeth y byddai wedi gwneud hynny â'i ddannedd petai angen.

'Ma dy ffordd di o neud pethe'n ddigon i roi harten i fi, ond ma nhw'n gweithio, myn uffarn i,' mynegodd Tomkins.

'Unrhyw newyddion am Freeman, syr?'

'Ma hi, fe, tithe, ar y ces. Ma hi 'di mynd i gwrdd â'r Bwystfil.'

'Shwt 'ny?'

'O, ti'n nabod Freeman. Bod yn ddyfal. Dilyn proses. Gofyn y cwestiyne iawn. Osgoi tactege fel hyn – fel chwythu hanner y *crims* yn ne Cymru'n yfflon, yn ogystal â llond cenel o gŵn.'

'Ble ma hi?'

'Ma'n amser i ti fynd gatre. Bydd Freeman yn iawn. Ffona i ti os ca i unrhyw newyddion.'

Cerddodd Tom Tom i gyfeiriad yr afon ac yna tua'r uned lle parciodd ef a Marty. Doedd dim sôn am ei gyfaill ond yna nododd arogl sigâr dda, un o'r rhai ddaeth drwy'r embargo a fu yn erbyn Ciwba.

Gan ddilyn ei drwyn dyma fe'n gweld Marty yn eistedd yn smocio yng nghysgod llwyn draenen ddu.

'*Got your man*, gyfaill.'

'*Bang to rights*, gyfaill.'

'Amser dathlu, felly?'

'Dim cweit. Ma Freeman wedi mynd ar ôl y Bwystfil, a 'sda fi ddim syniad ble ma hi 'di mynd.'

'Tip top cop, o beth dwi'n clywed.'

'Dwi'n gobeitho bydd hi'n iawn. Ma'r boi 'ma'n beryg a fel 'se fe'n gwbod popeth. Ond ma Freeman yn eitha siŵr taw gwbod ble ma'r camerâu i gyd ma fe. Mae wedi siarad â phob cwmni ac asianteth sy'n gosod camerâu.'

Gwyddai Tom Tom nad oedd ganddo'r egni i ddechrau ras arall. Ond roedd Emma ar gynffon y Bwystfil. A'r düwch yn setlo dros y tir wrth i'r gwyll droi'n nos. Rhaid iddo fynd.

Gwaith ditectif

BU'N RHAID I Freeman ymweld â thri chwmni cyn iddi
weld hysbyseb y tu allan i Farrow and Mercer taw
hwn oedd y cwmni camerâu diogelwch mwyaf yn Ewrop ac
roedden nhw hefyd yn gyfrifol am bob system o oleuadau
traffig yn Mhrydain. 'If you go through a red light you're
going through our red light,' meddai'r hysbysfwrdd ar y
lawnt sylweddol a gâi ei dyfrio gan dîm o dri garddwr. Gallai'r
cyntedd weddu gwesty pum seren, gyda desg mahogani
enfawr dan fanc o glociau yn dangos yr amser mewn cyfres
o ddinasoedd ledled y byd. Mr Mercer ei hun oedd y dyn yn
aros i'w chroesawu ac roedd e'n awyddus iawn i gynnig pob
cymorth, yn enwedig gan fod yr heddlu wedi achub bywyd
ei fab ieuengaf yn dilyn damwain moto-beic ddwy flynedd
ynghynt.

'Petai un ohonoch chi heb roi CPR iddo wrth ochr yr hewl
fyddai Martyn ddim wedi goroesi, felly alla i byth ddiolch
digon i chi. Os oes unrhyw beth galla i wneud i chi...'

'Ydych chi'n nabod eich staff, Mr Mercer? Dwi'n deall eich
bod yn gwmni mawr ond...?'

'Dwi'n nabod pob aelod o'r staff ym mhob un o'n deuddeg
swyddfa, yn bersonol. Yn nabod eu rhieni'n aml iawn. Ry'n
ni'n *old school* go iawn yn Farrow and Mercer.'

'Ydych chi erioed wedi gorfod rhoi'r sac i rywun, neu eu
disgyblu nhw am rywbeth difrifol iawn?'

'Gawn ni weld...'

Edrychodd Mr Mercer ymhell dros fryniau'r cof a threigl y blynyddoedd.

'Dwi'n falch o ddweud ein bod ni'n dueddol o fod yn lwcus mewn materion felly.'

'Oes na lyfr disgyblaeth 'da chi, rhywbeth felly?'

'Oes, oes. Roedd y cyfrifwyr yn mynnu ein bod ni'n cadw pob sgrapyn o bapur, rhag ofn byddai 'na dribiwnlys, neu ryw achos yn ein herbyn. Collodd un boi flaen ei fys ar beiriant glanhau – peiriant glanhau, wir i Dduw i chi – ac fe siwodd ni am ugain mil, a byddai wedi ennill yr achos oni bai bod rhywun wedi dweud iddo fod yn yfed cyn dod i'r gwaith. Mae'n gas gen i weud ein bod ni wedi gorfod cyflogi ditectif preifat i ymchwilio ar ein rhan, dilyn hynt y dyn wrth iddo fynd ar *pub crawl* cyn dechrau shifft. Nawr 'te, awn ni i weld Mrs Matthews. Hi sy'n rhedeg, bechingalw fe, Human Resources ac mae 'da hi bopeth ar ei chyfrifiadur. Ma hi'n drylwyr iawn.'

'Oes unrhyw un sy'n dod i'r meddwl fyddai'n debygol o gamddefnyddio'r math o wybodaeth sydd gan rywun sy'n gweithio i'r cwmni?'

'Lleidr, chi'n feddwl?'

'Llofrudd, mae gen i ofn.'

'O diar,' dywedodd Mrs Matthews oedd yn cael yr amser mwya cyffrous yn ei bywyd. Plismones a llofrudd! Yn y cwmni.

'Malcolm.'

'Malcolm?'

'Ian Malcolm. Gawson ni bob math o drwbwl 'da fe. Wnaeth e ychwanegu darn o feddalwedd i'n camerâu ni fel y gallai ei fêt eu diffodd nhw wrth fynd i siopau bach â gwn yn ei law i hawlio arian. Meddyliwch, ei fod e wedi mynd mor bell â dodi *chip* bach ynghanol y *chips* eraill i ganiatáu hynny.'

'Beth ddigwyddodd iddo fe?'

'Dyw'r cwmni ddim yn dymuno gweld ei enw yn y wasg yn gysylltiedig â throseddwyr, felly gadawon ni i Mr Malcolm fynd, gyda rhybudd.'

'Er ei fod e wedi bod yn helpu ei fêts mewn *stick-ups*.'

'Doedd yr heddlu ddim yn gallu profi dim. Dyn cyfrwys yw e ac roedd hi'n anodd i unrhyw un brofi iddo ychwanegu neu addasu *circuits* y camerâu achos bod ein prif dechnegydd wedi diflannu heb siw na miw a doedd neb yn gallu profi i sicrwydd ei fod e wedi tampro 'da nhw.'

'Mor soffistigedig â hynny? Diflannu, chi'n dweud. Ma gen i ddiddordeb cwrdd â'r dyn 'ma. Oes cyfeiriad 'da chi, neu o leia ei gyfeiriad pan oedd e'n gweithio i chi?'

'Gawn ni weld...' Cliciodd ei bysedd fel castanets ar yr allweddell.

Ar ôl rhoi'r manylion, ychwanegodd, 'Dwi ddim yn gweld e fel llofrudd, cofiwch. Dyn drwg efallai, ond nid llofrudd. Ond wedyn, mae gymaint o gyfweliadau ar y teledu pan fydd rhywun drws nesa wedi gwneud rhywbeth erchyll, yn aml yn dweud rhywbeth fel, "O, roedd e'n ddyn lyfli, yn cadw ei hunan i'w hunan." A wedyn yn ffindo mas ei fod e wedi claddu'r wraig dan dunnell o goncrit mas yn y bac. Pob lwc. Dwi'n teimlo fel ecstra yn *Law and Order CSI* heddi.'

'Wel, ry'ch chi wedi bod yn ganolog i'n hymchwiliade.'

'Canolog? O diar mi, gwell i fi iste lawr. Dwi'n cael y *flushes*, wir i chi.'

Ffoniodd Freeman Tom Tom a dweud wrtho y byddai'n ei gasglu ar y ffordd i Ddyfatty, gan ofyn iddo hefyd gysylltu â'r swyddfa er mwyn i rywun edrych drwy'r rhestr etholwyr i wneud yn siŵr bod eu dyn yn dal i fyw yno. Ychydig wedyn dyma Tom Tom yn derbyn galwad o'r swyddfa, ac fe gadarhawyd hynny. Ond, fel yr esboniodd i Freeman, doedd y gallu i osod *chip* mewn camera ddim yn profi bod rhywun wedi lladd a gosod y corff mewn oergell o stafell ar stad ddiwydiannol.

Canodd ffôn Tom Tom eto a dechreuodd llais arllwys gwybodaeth yn un llif.

'Reit, reit, wela i. Diolch.'

'Ti'n gwbod beth oedd Serendip?' gofynnodd i Freeman ac aeth yn ei flaen i esbonio. 'Enw gan yr Arabiaid am Sri Lanka oedd Serendip ac ro'n nhw'n teimlo'n lwcus eu bod wedi darganfod yr ynys a dyna sut ry'n ni'n cael y gair 'serendipity', neu ddamwain hapus.'

'Pam y wers hanes, Tom?'

'Am fod lwc ar ein hochr ni. Dal Elvis a nawr hyn. Roedd Ian Malcolm yn un o ddisgyblion Ronnie Davies pan oedd e'n dysgu yn Telford. Ac fe gafodd ei ddiarddel o'r ysgol. Sdim byd gwaeth na hen grachen emosiynol, yn gymysg â siom.'

'Odyn ni'n gwbod pam?'

'Na, ddim 'to. Ond ma'r ddou beth ry'n ni'n ei wbod am Ian Malcolm yn awgrymu ein bod ar y trywydd iawn – disgybl i Ronnie, a'i dad yn ddeintydd. Dechreuodd ar gwrs deintydda ond gadawodd ar ôl tymor.'

'Oes angen bac-yp arnon ni?'

'Dwi ddim yn credu. Bydd cripian lan yn dawel yn well na hedfan mewn yn sŵn i gyd.'

Tŷ digon llwm oedd gan Ian Malcolm, y llenni ar y ffenestri wedi llwydo yn yr haul a'u tyllu gan wyfynnod.

'Af i i'r ffrynt, a rhoi digon o amser i ti gyrraedd yr ardd gefen.'

Ni welodd yr un o'r ddau y camera bach yn dilyn eu symudiadau.

*

Gwyliai Ian Malcolm y delweddau'n fflicran o'i flaen.

Y ffrwydron yn eu lle. Tsiec.

Y ddynes ar y llwybr ffrynt. Tsiec.

Y dyn yn cerdded tuag at y trap arall. Tsiec.

Gwyddai y byddai'r diwrnod yma'n gwawrio rywbryd ond dim cweit mor sydyn â hyn chwaith. Edrychodd ar y camerâu i gyd yn eu tro, gan fwydo data i helpu chwilio am wynebau'r ditectifs oedd yn baglu tuag at eu marwolaeth. Roedd e wedi gadael drwy dwnnel i'r ardd drws nesa a chyrraedd y fan lle roedd yr offer yn cael eu cadw.

Ble roedd hi? Ble roedd y Big Bang i gael gwared arni? Byddai'r ffrwydrad yn un sylweddol.

*

Roedd Freeman wedi gweld y camera ac wedi meddwl am y posibilrwydd y byddai trap. Ffoniodd Tom i ddweud wrtho am aros am ychydig funudau, a'i bod hi'n galw am wasanaeth y Bomb Squad.

Ni chwestiynodd Tom Tom y penderfyniad. Serendipity. Dyna beth wnaeth i Tom Tom benderfynu nad oedd y dyn ymhell i ffwrdd. Byddai am weld y ffrwydrad, teimlo'r aer gwyllt yn rhuthro drwy ei wallt, yn siglo'r lle.

Ond yna, drwy ffenestr fudr, gwelodd ffigwr yn symud. Rhedodd draw i rwbio'r budreddi i ffwrdd er mwyn gweld yn gliriach. Crwt oedd yno, bachgen tua'r un oed â Zeke a chyda hyn sylweddolodd Tom Tom bod hyn yn bersonol, bod y crwtyn wedi'i glymu'n dynn wrth gadair fawr ledr, yno iddo yntau. Ac roedd pob larwm yn ei gorff yn clochdar. Trap! Trap! Gan wybod ei fod yn brwydro yn erbyn cyfrwystra hen genawes yn amddiffyn ei llwynogod bach, rhaid iddo fod yn hynod ofalus. Doedd dim amser i'w golli, wrth i'r bagiau dŵr hallt ddripian a dripian, a gweld llygaid y crwtyn yn bygwth gadael eu hogofâu yn y benglog achos yr ofn pur oedd wedi cronni y tu ôl iddyn nhw.

'Freeman. Ma 'da ni sefyllfa ofnadw. Ma fe 'di gadael her i ni ac ma crwtyn bach yn ei chanol hi. Rownd y cefen. Ma angen help arna i nawr. Plis.'

Roedd y gair olaf yn ddigon i wneud i Freeman sylweddoli fod Tom Tom mewn cyfyng gyngor go iawn. Erbyn iddi gyrraedd roedd Tom Tom yn ceisio gweld a oedd unrhyw beth yn cysylltu'r gadair a'r drws ffrynt a dyna fe, llinyn fel llinyn pysgota.

'Ti'n gweld? Ma 'na linyn yn cysylltu'r gadair a'r drws ac os aiff rhywun drwy'r drws bydd 'da ni sbageti dynol ymhobman. Ond ma 'da fi deimlad bod yn rhaid i ni symud yn sydyn. Dwi'n siŵr bod y cloc yn tician. Yr unig beth galla i feddwl yw mynd i mewn drwy'r ffenest gefen, ond dwi'n rhy fawr i fynd drwyddi.'

Camodd Freeman tuag at y ffenest heb ddweud gair a chododd ei hun tua'r ffrâm a Tom Tom yn cynnig cledr ei law iddi sefyll arni. Doedd dim gair, y ddau'n deall ei gilydd i'r dim. Aeth drwyddi'n chwimwth fel cath. Llamodd calon Tom Tom wrth i'w chorff lluniaidd ddiflannu o'r golwg.

Bellach roedd Freeman y tu ôl i'r crwt a gallai weld bod llinynnau yn estyn i bod cyfeiriad o'r gadair, fel gwe pry cop, ac yntau wedi'i barlysu gan ofn yn y canol.

Dim amser i ymresymu. Cyfrif i ddau. Camu dros y llinynnau cyntaf gan wneud yn siŵr nad oedd hi'n cyffwrdd yn yr ail res. Anadlai'r crwt yn gyflym. Gallai Freeman bron â chyffwrdd ysgwyddau'r crwt ond wrth iddi estyn ymlaen dyma hi'n cyffwrdd yn un o'r llinynnau gan achosi i ben clown saethu o focs o'i blaen ac yna dechreuodd sŵn munudau cloc seinio'n uchel drwy'r stafell.

Rhaid gweithredu, boed hynny'n annoeth a pheryglus neu beidio. Roedd wyneb y clown yn chwerthin ar ei phenbleth.

Un. Dau. Tri. Symudodd yn chwim ac yn bendant tuag at y dyn ifanc, wedi tynnu ei chyllell er mwyn torri'r rhwymau plastig, ac er ei bod hi'n hanner disgwyl ffrwydrad llwyddodd i gael un fraich yn rhydd yn sydyn iawn, cyn symud a rhyddhau ei geg. Gyda hynny, ochneidiodd y bachgen yn uchel cyn gweiddi mewn ryddhad. Ceisiai Freeman ffrwyno'i phenbleth ynglyn â sut i ddod allan o'r trap ond doedd dim eiliad ganddi i ddadansoddi achos roedd angen rhyddhau'r fraich arall ac erbyn hyn roedd Tom Tom wedi dechrau gweiddi ei henw'n uchel iawn, a hithau'n gweiddi'n ôl. Roedd y llinynnau'n rhydd bellach o'u blaenau, a'r gwe pry cop wedi'i chwalu. Cariai Freeman y bachgen ac er ei fod mewn sioc, nid ymddangosai fel petai wedi'i niweidio'n gorfforol. Gwenai Tom Tom arni, a sylwodd hithau, wrth edrych ar y crwt, fod pob un o'i ddannedd yn ei geg. Fflachiodd hapusrwydd rhyfedd drwyddi.

Ochneidiodd Tom Tom. Tynnodd ei anadl er mwyn gweiddi'n groch...

'All clear, all clear! Ffonia am ambiwlans ac yna ffonia Rawson, y patholegydd. Dwi'n dod mewn. Gobeitho.'

Ond boddwyd eu lleisiau gan sŵn byddarol y ffrwydrad a oedd yn ddigon i ddihuno'r meirwon ym Mynwent Santes Fair. Ond doedd neb wedi'i ddal ganddo na'i niweidio gan mai'r drws ffrynt a chwythwyd ac roedd y tri'n ddigon pell.

Ddeng munud yn ddiweddarach roedd y bachgen yn saff yn yr ambiwlans ac roedd Freeman, Tom Tom a Rawson yn ymchwilio'r lle.

'Trap,' meddai Tom Tom, 'ond ddim yn y ffordd gonfensiynol.'

'Paid gadael iddo fe. Ti'n gryfach na fe.'

'Dwi ddim mor siŵr.'

'Ody e wedi gadael unrhyw beth arall ar ôl?' gofynnodd Freeman i Rawson.

Yna, cofiodd Tom Tom am y fan. Y ffycin fan wen 'na. Pe na bai wedi cael ei ddenu gan ffigwr y crwt byddai wedi mynd i archwilio'r cerbyd. Cofiodd weld y fan mewn mwy nag un o'r fideos, yn diflannu wrth i'r camerâu gael eu diffodd.

'Freeman, dwi'n gwbod ble ma'r ffycyr! Rawson, galw am bac-yp. Wrth gwrs! Y ffycin fan rownd y gornel.'

Wrth agosáu at y cerbyd cadwent lygaid barcud ar y drysau. Symud fel un, cadw'n isel, y naill berson yn gwybod yn union beth fyddai'r llall yn ei wneud.

Wrth iddo groesi'r llathenni prin rhyngddynt a'r fan ni allai Tom Tom gredu bod y dyn wedi bod mor ddwl ag aros mor agos at y crwt ac yntau'n gwybod bod y cops ar ei warthaf. Mor agos ato nes bron gallu dal gafael ynddo a'i lusgo'n rhydd ar ei ôl.

Nòd gan Freeman i Tom Tom. Nòd yn ôl. Un. Dau. I mewn â'r ddau.

Ac roedd e yno, yn eistedd gerbron Jodrell Bank yn monitro'r camerâu, ond roedd ei lygaid, llygaid y cawr, ar agor ond yn farw, a gwên erchyll ar ei wefusau gan ei fod wedi dod o hyd i'r ffordd i drechu Tom Tom a'r holl gops a'r system iawnderau, osgoi carchar, yr holl ffotograffwyr fyddai'n ceisio cael llun ohono yn y fan ar y ffordd i'r llys ac osgoi dwyn anfri ar ei chwaer na wnaethai ddim byd gwael i unrhyw un ar hyd ei hoes. Doedd e ddim am i Tom Tom gael clod, na cholli ei statws fel duw ymhlith dynion.

'Shit,' meddai Tom Tom yn uchel.

Teimlai siom enbyd achos rhan o'r dêl, y ddêl rhwng y dyn drwg a'r cop, oedd bod y naill yn cael gweld y llall yn mynd o flaen ei well. A chyda hynny byddai cyfle i edifarhau, a chyfle i deuluoedd y dioddefwyr ddelio â'u colled drwy weld cyfiawnder yn cael ei weithredu. Ambell waith byddai'r troseddwr yn dal ei ben yn ei ddwylo a hyd yn oed yn llefain. Pan gâi'r gair 'Euog' ei daflu'n glir dros y llys, byddai rhyddhad, dathliad, galar a gwacter yn uno o fewn pob sillaf a llafariad. Dyna beth fyddai wedi digwydd i hwn, y Bwystfil, nad oedd yn edrych yn fwystfilaidd iawn nawr, wrth i'r dynion ambiwlans ei osod ar stretsher a'i gludo i ffwrdd. Mewn ffordd, roedd wedi llwyddo i ddianc, a gwneud hynny gan adael bachau bach metal dan groen Tom Tom, fel shrapnel o fom y Bwystfil, Malcolm. Byddai'r post mortem yn dangos fod seianid yn ei stumog, ffordd lwfr o adael y byd, fel Adolf Hitler.

Cerddodd Freeman ato, a rhoi ei braich o gwmpas ei ysgwyddau. Edrychai wyneb y clown ar y ddau ohonynt yn sefyll yno, yn fwy o ddelwau na'r clown ei hunan, y ddau jyst yn sefyll, yn hel meddyliau – Tom Tom wedi blino hyd at angau yn pwyso a mesur goblygiadau'r hyn oedd wedi digwydd y prynhawn hwnnw.

'Bydd y crwt yn iawn, yn gorfforol o leia, a bydd yr adran trawma yn gofyn i Hopkins ddod draw o Fryste i weithio 'da fe. Efallai ei fod yn beth da nad oedd e wedi gweld ei herwgipiwr ac felly fyddai dim wyneb 'da fe i gynnwys yn ei hunllefau.'

'Pam laddodd y Bwystfil ei hunan?' gofynnodd Tom Tom.

'Ro'dd y llofrudd pathetig yma'n deall, mewn ffordd, ein bod ni'n glyfrach nag e ac y bydde fe'n cael ei ddala. Ma hyd yn oed duw-ddyn yn cael ei ddal yn y pen draw. Dim ond un ffordd mas oedd 'da fe. Ti wedi dy siomi on'd wyt ti, nad yw e'n cael clywed y dystiolaeth yn ei erbyn, ac wedyn y nifer o flynyddoedd y bydde fe'n eu treulio yn y carchar. Treulio gweddill ei fywyd yno os nad dedfryd ddwywaith hyd ei oes. Wedi sefyll yno gyda'i lygaid fel marblis heb dinc o emosiwn, ond fydde fe ddim wedi difaru o gwbl, ry'n ni'n gwbod hynny. Dyw pobol fel hyn byth yn edifar.'

Edrychai Tom Tom ar Freeman, Roedd hithau'n mwynhau edrych ar Tom wrth iddo ddechrau adrodd stori, yn stwmblo'n ffwndrus dros y geiriau oherwydd diffyg cwsg a'r holl straen.

'Ma 'na stori glywais i ar 'y ngwylie unwaith… am Iddew yn ca'l ei ddala yn dwyn taten yn Auschwitz ac yn ca'l ei lusgo gerbron y Commandant a hwnnw'n dweud taw'r unig ddedfryd o'dd marwolaeth. Ond ro'dd y Commandant newydd ddychwelyd o Berlin ble ro'dd eu meddygon gorau wedi rhoi llygad ffals newydd iddo ac felly, achos ei fod e'n teimlo mor hapus am y peth, bydde fe'n rhoi siawns i'r Iddew ddweud p'run o'dd y llygad ffals a pha un o'dd yr un iawn ac o ateb yn gywir, byddai'n gadael iddo fyw. Heb fymryn o oedi dyma'r Iddew yn dweud taw'r un chwith o'dd yr un iawn.

"Sut wyt ti mor siŵr?" gofynnodd y Commandant.

"Achos yn y llall ro'dd 'na chydig bach, bach o drugaredd."

'Y math hynny o lygad fydde'n syllu ar bawb yn y llys, petai Malcolm wedi byw.'

Daeth neges drwodd eu bod nhw wedi rhwydo'r *Butterworth*, oedd yn cario nid bagiau ond sacheidiau o gocên. Amcangyfrifiad o werth y cargo – ugain miliwn os nad mwy. Ond nid hynny oedd ar feddwl Freeman, er bod hi'n gwybod arwyddocâd y digwyddiad.

'Mae gen i un cwestiwn i ti, Tom.'

'*Shoot!*'

'Beth gynigiest ti i McAllister er mwyn iddo rhoi enw Lip i ni, wnaeth arwain at Daniels yn y pen draw?'

'Y byd. Cynigies i'r byd i gyd iddo fe.'

Tynnodd Freeman Tom Tom tuag ati.

'Beth nawr? Gallwn ni ddechre ar y gwaith papur os ti isie. Dyw'r biwrocrats byth yn madde. Cyn gweld beth gallwn ni neud fory.'

'Ma hi'n ocê, ti'n gwbod,' mentrodd Tom Tom. 'Ma'r achos o wrachyddiaeth 'da ni o hyd. Gwrachyddiaeth yn yr oes fodern. Dyle hynny gadw ni mas o drwbwl, a ffindio pwy oedd am ladd Daniels. Un ohonon ni oedd e wedi'r cwbl.'

Cerddodd y ddau tua'r car, ysgwydd wrth ysgwydd. Ac wrth gwrs roedd Freeman yn gwybod. Roedd hi'n gwybod popeth erbyn hyn.